EVA-MARIA BAST

Tulpentanz

GROSSE GEHEIMNISSE Die Matriarchin Helena Eichenhaun führt ihre Designerfirma »Saphir!« mit eiserner Hand. Dann tritt der junge Leonhard Bux in ihr Leben und schafft es, das Herz der kühlen Lady im Sturm zu erobern. Helenas erwachsene Söhne bringen dem Liebhaber ihrer Mutter größte Skepsis entgegen. Die Töchter hingegen gönnen ihr ihr Glück. Nachdem Helena Leonhard einen Heiratsantrag gemacht hat, findet sie ihn am nächsten Morgen tot in ihrem Tulpenbeet auf. Zeitgleich verschwindet in Aalen die Pfeife des berühmten Wahrzeichens, des Spions. In welchem Zusammenhang steht der Fall mit dem Tod von Leonhard Bux? Die Journalistin Alexandra Tuleit und Kommissar Ole Strobehn enthüllen Stück für Stück eine unglaubliche Geschichte und kämpfen zeitgleich um ihre Beziehung, die auf eine harte Probe gestellt wird. Helena gerät derweil ins Zweifeln: War Leonhard gar nicht der, für den er sich ausgab? Wer ist der Maulwurf, der mit seinem Verrat die Firma fast in den Ruin trieb? Und dann gibt es noch eine zweite Leiche …

Eva-Maria Bast, Jahrgang 1978, ist Journalistin, Autorin und Leiterin des Journalistenbüros »Büro Bast&Thissen«. Ihre Schwerpunkte sind Geschichten über Menschen in besonderen Lebenssituationen, Themen mit historischem Bezug, Politik und Brennpunktberichterstattung. Sie initiierte und schrieb die Buchreihe »Geheimnisse der Heimat«, die 2011 startete und rasch zu einem regionalen Bestseller wurde. Die Reihe wird seither laufend erweitert. Zeitgleich begann sie ihr Studium der Geschichte. Eva-Maria Bast hat drei Kinder und lebt mit ihrer Familie in Überlingen am Bodensee.

Bisherige Veröffentlichungen im Gmeiner-Verlag:
Vergissmichnicht (2012)

EVA-MARIA BAST

Tulpentanz

Kriminalroman

GMEINER *Original*

Personen und Handlung sind frei erfunden.
Ähnlichkeiten mit lebenden oder toten Personen
sind rein zufällig und nicht beabsichtigt.

Besuchen Sie uns im Internet:
www.gmeiner-verlag.de

Im Ehnried 5, 88605 Meßkirch
Telefon 07575/2095-0
info@gmeiner-verlag.de

1. Auflage 2013

Lektorat: Claudia Senghaas, Kirchardt
Herstellung: Mirjam Hecht
Umschlaggestaltung: U.O.R.G. Lutz Eberle, Stuttgart
unter Verwendung eines Fotos von: © suze / photocase.com
Druck: GGP Media GmbH, Pößneck
Printed in Germany
ISBN 978-3-8392-1413-8

Für meine Oma Anneliese Bast, an deren Tür auch immer ein Kehrwoche-Schild hing. Die Stunden bei der Urschwäbin mit »Greeschde Nudla ond Kardofflsalad« sind mir unvergessen. Mögest Du in Frieden ruhen, liebste Oma.

Und für meine Eltern Lena und Alfred Bast, die mich im tiefsten Schwabenland so aufgezogen haben, dass ich des Schriftdeutschen mächtig wurde. Mächtiger als des Schwäbischen, wie ich gestehen muss. Was mir, als ich ins Badische zog, eine echte Chance gab. Hätte mich mein Dialekt gleich als Schwäbin gekennzeichnet – ich weiß nicht, ob man mich dann so herzlich aufgenommen hätte, wie das der Fall war.

ERSTES KAPITEL

Konstanz

Er ließ das Fernglas sinken und zog die Mundwinkel in einer Mischung aus Gier, Verachtung und Faszination herab. Sie fesselte ihn ebenso, wie sie ihn abstieß: Am Fenster stand Helena Eichenhaun, 48 Jahre alt und eine der erfolgreichsten Unternehmerinnen am See, ach was, in ganz Baden-Württemberg. Sein Atem malte Wolken in die Luft, die an diesem Frühlingsmorgen noch so kalt und klar war wie im Winter. Es gefiel ihm, die Wölkchen zu betrachten, die aus seinem Mund in Richtung Himmel quollen. Sie waren so real. Etwas, das man greifen konnte und das ihm zumindest einen Hauch dessen verlieh, was er nicht besaß: Identität. Fasziniert stieß er weitere Atemwolken hinterher. Puff, puff, puff.

Drüben an der Villa, einem prachtvollen Haus im Konstanzer Musikerviertel, regte sich etwas. Helena hatte die Haustüre geöffnet. Er hatte erwartet, dass sie in dem gleichen strengen Designerkostüm zur Tür heraustreten würde wie gestern. Ach was, nicht im gleichen. Frauen wie sie trugen *niemals* das gleiche, schon gar nicht an zwei aufeinander folgenden Tagen. Aber in einem ähnlichen. Er beobachtete sie schon eine ganze Weile. Wenn sie ins Büro ging, trug sie immer denselben Stil: Außer den strengen Kostümen befanden sich in ihrem Kleiderschrank, das wusste er aus eigener Anschauung, noch ebenso streng geschnittene Hosenanzüge. Dazu trug sie stets Pumps und manchmal, an kühleren Tagen, auch Stiefel, was ihm ausnehmend gut gefiel. Es machte sie jünger, fand er. Wobei Helena Eichenhaun ohnehin nicht aussah wie Ende 40. Vor allem dann nicht, wenn sie ihre schulterlangen, silberblonden Haare offen ließ, statt sie im Nacken zu einem strengen Knoten zu stecken. Oder wenn sie sie auf dem Hinterkopf zu einem praktischen Pferdeschwanz zusammenband, so wie jetzt.

Sie begann schon an der Haustüre zu laufen. Flüchtig blickte sie in seine Richtung und er duckte sich rasch hinter einen großen Busch. Was ein Glück, dass Helenas Haus nicht näher am Zentrum stand, sondern so abgelegen lag, dass die Bebauung lückenhafter wurde und die umliegende Natur ausreichend Möglichkeiten bot, sich zu verstecken. Kurz hinter ihrem Grundstück wurde der Uferweg zu einem weichen Waldweg – und es waren hier auch längst nicht mehr so viele Menschen unterwegs wie im vorderen Uferteil. Schon gar nicht an diesem frischen Morgen. Nur einige Frühsportler trabten durch die Kühle und erweiterten das vom See her kommende Geräuschspektrum – Möwengeschrei und das leise Plätschern der Wellen, wenn ein Boot vorüberkam – um vereinzeltes Ächzen und das rhythmische Klopfen ihrer Füße auf dem weichen Waldboden.

Bumm, bumm, bumm.

Auch Helena joggte an ihm vorbei, in Richtung Fähre. Sie hatte ihn nicht gesehen. Gott sei Dank. Es wäre schlimm, wenn sie ihn entdecken würde. Sie würde Fragen stellen, unangenehme Fragen. Erklärungen von ihm verlangen, die er ihr nicht geben konnte. Und dann würde sein Plan scheitern, verflucht noch mal. Bock darauf hatte er nicht. Er wollte keine krummen Dinger mehr drehen. Und *ihn* wollte er eigentlich auch in Ruhe lassen. Er war ruhiger geworden in den letzten Jahren, und deshalb tat es ihm leid, dass er *ihn* nun wieder piesacken musste. Aber was blieb ihm anderes übrig, das Leben hatte es nicht gut mit ihm gemeint. Und wenn er vom lieben Gott schon nicht mit Attributen und erst recht nicht mit Geld gesegnet worden war – anscheinend hatte ihn der Heiland schlichtweg vergessen –, dann musste er eben selbst dafür sorgen, dass er etwas vom Kuchen abbekam. Bisher war ihm das auch ganz gut gelungen.

Seine grauen Augen folgten Helenas schmaler Gestalt, die in Jogginghosen und einer pinkfarbenen, engen Joggingjacke steckte. Es irritierte ihn immer noch, dass sie joggte. Er hatte sie bisher nie joggen sehen. Und das, obwohl er alles über sie, die zwölf Jahre ältere Lady, wusste. Was sie am liebsten aß, wie sie tickte, welche Unterwäsche sie trug. Er strich sich durch die wilden, braunen Haare. Ob sie wegen *ihm* joggte? Wollte sie schöner sein für *ihn*? Schlanker, durchtrainierter?

Ein Lächeln spielte um seine Mundwinkel, doch gleich darauf erlosch es wieder. Die Sache war heiß, die Frau war heiß. Er durfte jetzt auf keinen Fall einen Fehler machen.

ZWEITES KAPITEL

Friedrichshafen

»Scher dich zum Teufel!« Die eisige Stimme Helena Eichenhauns klang wie ein Peitschenhieb. Sie knallte gegen das künstlerische Herz ihres Sohnes und hinterließ dort blutige Wunden.

»Verschwinde. Und wage es nicht wieder aufzutauchen, bis du mir etwas Vernünftiges vorlegen kannst. Und nicht solche … solche … solche …« Helena betrachtete angewidert eines der Papiere, auf die Christian seine neuesten Entwürfe gezeichnet hatte. »Solche langweiligen, unkreativen, ideenlosen Schmierereien«, fuhr sie fort.

Mit spitzen Fingern, als wolle sie sich die Hände nicht mit derart niveaulosem Zeug beschmutzen, packte sie das Papier an der äußersten Ecke und ließ es in den schwarzen, glänzenden Designmülleimer segeln, der aussah wie eine edle Bodenvase.

Sodann hob sie ihr perfekt geschminktes Gesicht, zog die sorgsam ausgerissenen und mittels Stift wieder aufgemalten Augenbrauen ein paar Millimeter nach oben und richtete ihren kühlen Blick auf die zusammengepressten Lippen ihres Sohnes Christian. »Du brauchst gar nicht so beleidigt zu tun«, sagte sie streng. »Du weißt, dass wir es nur so weit gebracht haben, weil ich uns keinen, aber auch absolut *keinen* Fehler erlaube.«

Helena Eichenhaun stand an der Spitze der in Friedrichshafen ansässigen Modefirma Saphir!, die in einer Liga mit Gucci, Chanel und Louis Vuitton spielte. Sie hatte das

Imperium aus den Händen ihres Schwiegervaters übernommen – ihr Mann, da war sie sich mit ihrem Schwiegervater einig gewesen, taugte nichts. Zwischenzeitlich war ihr Gatte Albert verstorben und sie musste ihn nicht mehr mitschleppen. In den vergangenen zehn Jahren hatte sie hart gearbeitet, jede Sekunde ihrer Zeit in ihre Firma gesteckt und die Erziehung der pubertierenden Kinder wechselnden Hausmädchen überlassen. Jetzt waren sie erwachsen und teilweise in der Firma tätig. Was sie einander keineswegs näher gebracht hatte. Helenas Verhältnis zu ihren Kindern war von jeher kühl und distanziert. Wie sie eigentlich allen Menschen kühl und distanziert gegenüberstand. Mit Ausnahme von Leonhard. Ein Lächeln spielte um ihre Mundwinkel, als sie an ihn dachte. Leonhard. Der neue Mann in der Designabteilung. Sie hatten sich auf einer Vernissage kennengelernt, *seiner* Vernissage.

Doch als sie dann dort war, war jede schlechte Laune vergessen. Schon als sie den Ausstellungsraum betrat, wurde sie von der intensiven Stimmung, die von den Bildern ausging, gefangen genommen. Die Werke schienen zu einem einzigen großen Gesamtkunstwerk zu verschmelzen. Einem Kunstwerk, das genau das atmete, was Helena in ihrer Firma haben wollte und nie hatte zum Ausdruck bringen können. Weder in Entwürfen, noch in Kleidern oder Accessoires und auch nicht in Worten. Sie hatte nie beschreiben können, wonach sie suchte. Sie hatte ein Bild im Kopf, eine Stimmung im Blut, aber sie konnte anderen nicht erklären, wie dieses Bild aussah und wie sich die Stimmung anfühlte, die sie in ihrer Mode widergespiegelt haben wollte. Deshalb verschlug es ihm buchstäblich den Atem, als sie es nun so deutlich vor sich sah: Lebendigkeit, Charme, Detailverliebtheit, ein Hauch von Prunk und Eleganz.

Leonhard Bux, der Künstler, war wie seine Werke. Extravagant, schmeichelhaft, anders. Sie, die eiserne Lady, schmolz unter seinem grauen, leicht verschleierten Blick und seinen warmen Worten, mit denen er sie begrüßte, regelrecht dahin. Noch am selben Abend landeten sie im Bett. Dass er zwölf Jahre jünger war als sie, störte sie nicht. Und das, obwohl sie eigentlich gesteigerten Wert auf Konventionen legte. Was die Leute dachten, war ihr wichtig, also verhielt sie sich so, dass die Leute nur das Beste dachten – oder eher: Ihr keine Verfehlungen und Ausrutscher nachsagen konnten. Denn dass viele Menschen sie wegen ihres sehr kühlen Wesens nicht mochten, war ihr klar. Und irgendwie wollte sie das auch so. Sie *wollte* perfekt sein. Und sie wollte die Leute auf Abstand halten. Keiner sollte ihr zu nahe kommen.

Doch dieses Mal waren ihr die Leute und der Tratsch egal. Dieses Mal ging es nur um sie selbst. Und um ihn. Vor allem um ihn.

Seither hatte Leonhard einen festen Platz in ihrem Leben. Sie hatte ihn gewollt – ihn, den Mann und ihn, den Künstler. Und sie hatte ihn bekommen. Zumindest den Künstler, Leonhard war inzwischen Mitglied der Designabteilung von Saphir! und er machte seine Sache sehr, sehr gut. Des Mannes konnte sie allerdings nicht wirklich habhaft werden. Er schaffte es wieder und wieder, sich ihr zu entziehen. Nie konnte sie ihn ganz greifen, nie das Gefühl haben, sich seiner sicher zu sein, ihn zu besitzen oder gar einen Anspruch auf ihn zu haben. Das irritierte und faszinierte sie gleichermaßen und es machte ihn umso reizvoller.

Leonhard arbeitete in der Designabteilung unter Christian. Die beiden Männer mochten sich nicht. Oder besser gesagt: Christian mochte Leonhard nicht. Er sah in ihm eine permanente Bedrohung und fand es so lächerlich wie peinlich, dass sich seine Mutter mit einem zwölf Jahre Jüngeren eingelassen und ihn obendrein noch eingestellt hatte. »Du verhältst dich wie König Karl, der hat seinen Geliebten auch immer einen Job besorgt«, ätzte er nun und deutete auf die Türme der Schlosskirche, die man vom Friedrichshafener Firmengebäude aus sehen konnte. Das einstige württembergische Königspaar Karl I. und Olga hatte das Häfler Schloss gern als Sommerresidenz genutzt und besonders Olga war bei den Einwohnern Friedrichshafens sehr beliebt gewesen – vor allem wegen ihrer sozialen Ader und weil sie schon zwei Jahre vor ihrer Thronbesteigung den Riedlewald gerettet hatte, indem sie ihn einfach kaufte und damit eine Abholzung verhinderte.

Es war klar, dass Christian auf den 30-jährigen Amerikaner Charles Woodcock anspielte, zu dem der wesentlich ältere Karl nicht nur – wie zu seinen vorigen Liebhabern – eine enge Bindung gehabt hatte, sondern den er auch zum Baron Woodcock-Savage ernannte und mit einem stattlichen Vermögen beglückte. Woodcocks Einfluss auf den König war sehr groß, was man Karl allgemein übel nahm, es kam zu einem Skandal, teils war sogar von einer Absetzung des Königs die Rede. Karl gab die Beziehung zu Woodcock schließlich auf.

»Ich nehme an, dass du die Beziehung zwischen dem König und Baron Woodcock-Savage meinst«, sagte die belesene Helena da auch schon. »Aber ich kann dich beruhigen: Erstens bin ich naturgemäß nicht schwul, zweitens habe ich nicht vor, ihn zum Baron zu machen und drittens ist der Altersunterschied zwischen Leonhard und mir geringer als der zwischen dem König und dem Baron.«

Aber ihr Sohn hatte schon recht mit seinen Sorgen, dachte Helena im Stillen. Leonhard *war* eine Bedrohung für Christian. Nicht weil Leonhard ihr Geliebter war. Sondern weil er der Beste war. Christian sah sich selbst zwar gern als Künstler, war aber schlichtweg keiner. Ihm fehlte der Tiefgang, er war oberflächlich und das Einzige, was ihn interessierte, war das Geld, das seine Entwürfe abwerfen konnten, weil er auf einen berühmten Namen und eine große Maschinerie zurückgreifen konnte. Und das merkte man seinen kalten, seelenlosen Entwürfen an. Jetzt presste er wütend hervor: »Würde unter diesem Entwurf Leonhard Bux stehen, würdest du ihn absegnen.«

Helena musterte ihn abschätzig. Verweilte mit ihrem kühlen Blick auf seinem sonnengebleichten, schulterlangen Haar, sah in seine wässrigen, blauen Augen, taxierte das viel zu gebräunte Gesicht – eine Bräune, die sich wie eine Plastikmaske über die Haut ihres Sohnes legte. Er wirkte unecht, stellte sie mit einem leisen Anflug von Bedauern fest. Unecht und inhaltslos.

»Irrtum, mein Lieber«, sagte sie. »Wenn Leonhard Bux mir einen solchen Entwurf vorlegen würde, würde ich ihn hinauswerfen. Und das sollte ich mit dir eigentlich auch tun.«

Christian beugte sich über die Tischplatte und sah seine Mutter drohend an. Spucketröpfchen der Empörung, leise und fein, segelten schwerelos durch die Luft und landeten kaum merklich auf Helenas Gesicht. »Das kannst du nicht, Mutter. Schon vergessen, dass du mich brauchst? Dass ich

Anteile an der Firma habe? Und eines Tages werde ich auch deine erben.«

Obwohl Helena selbst kühl und berechnend war und obwohl sie die immer ein wenig anmaßende Art ihres Sohnes kannte, musste sie angesichts der Dreistigkeit seiner Worte nach Luft schnappen. Kurz tat es weh, ein scharfer Stich ganz nah am Herzen. Dann aber siegte die Wut. »So?«, fragte sie scharf und beugte sich ebenfalls über den Tisch, dem ungeliebten Sohn entgegen. »Sei dir da mal nicht so sicher. Ich habe vor, Leonhard zu heiraten. Er kann die Firma hundert Mal besser in die Zukunft führen als du. Und dann passt auch dein komischer Vergleich mit König Karl: Dann werde ich meinem Geliebten nämlich auch ein stattliches Vermögen zukommen lassen.«

»Das wagst du nicht«, zischte Christian. »Und wenn du es doch tust, dann wird dir das sehr, sehr leid tun. Und ihm auch.« Mit hastigen Fingern sammelte er die Papiere ein, die er auf dem Schreibtisch seiner Mutter ausgebreitet hatte, zumindest diejenigen, die sie noch nicht in ihrem Mülleimer hatte verschwinden lassen. Er stopfte sie achtlos in seine große, schwarze Mappe und verließ mit wütenden Schritten das Zimmer, ohne Helena noch einen Blick zu gönnen.

Helena blieb reglos sitzend zurück und starrte noch auf die weiße, gepolsterte Tür, nachdem sie sich längst hinter ihrem Sohn geschlossen hatte. Bis auf wenige Farbakzente, wie zum Beispiel den schwarzen Mülleimer oder die feuerrote Couch, war ihr Zimmer ganz in Weiß gehalten. Weiße Regale, die mit unzähligen Büchern über Mode und Design gefüllt waren, ein weißer nierenförmiger Schreibtisch, weiße

Stühle. Es war, das erkannte sie jetzt voller Entsetzen, ein schrecklicher Fehler gewesen, ausgerechnet Christian von ihren Heiratsplänen zu erzählen – noch dazu, bevor Leonhard selbst davon erfuhr. Aber er hatte sie so wütend gemacht mit seiner selbstherrlichen Arroganz, so unglaublich wütend. Was hatte sie geschuftet, um die Firma dorthin zu bringen, wo sie jetzt war. Es widerstrebte ihr, sie in die Hände dieses geldgierigen Mannes zu geben. Ob er nun ihr Sohn war oder nicht. Mit seinem Talent hätte er den Laden innerhalb eines Jahres in den Ruin getrieben, da war sie sich sicher. Leonhard hingegen … Wieder malte sich dieses verträumte Lächeln in ihr Gesicht.

Die Firma war nicht der einzige Grund, warum sie ihn heiraten wollte. Sie wollte ihn besitzen. Es irritierte sie, dass er nicht nach ihrer Pfeife tanzte. So korrekt, pünktlich und zuverlässig er beruflich war – privat konnte sie ihn einfach nicht greifen. Leonhard versetzte sie, reagierte nicht auf Anrufe und SMS, um im nächsten Moment wieder unglaublich liebevoll und romantisch zu sein. Damit verhinderte er – vielleicht, nein, *wahrscheinlich* ohne es zu wissen, dass sie ihren Unmut ihm gegenüber zum Ausdruck brachte. Weil sie die Momente, in denen er charmant und zärtlich war, aufsaugte wie ein Schwamm und sie nicht mit ihren Vorwürfen über nicht beantwortete Mails und SMS zerstören wollte. Leonhard war ein Freiheitsvogel. Und genau das machte ihn so reizvoll.

DRITTES KAPITEL

Überlingen

Alexandra erwachte von einem markerschütternden Schrei. Sie fuhr auf und versuchte, sich in der Dunkelheit zu orientieren. Es war Ole, der da so herzzerreißend schrie. Schon wieder. Zum dritten Mal in dieser Woche. Sie tastete im Dunkeln nach dem Lichtschalter, knipste hastig die Lampe an, beugte sich über ihn, packte seine Schulter und rüttelte ihn sanft. »Ole, Schatz. Aufwachen. Du träumst wieder schlecht.« Ole schlug wild um sich und traf sie hart an der Wange. Erschrocken presste sie ihre Hand auf die schmerzende Stelle. Ole erwachte von dem Schlag und starrte sie aus riesengroßen, schreckgeweiteten Augen an. Es dauerte, so kam es Alexandra vor, ewig, bis das Entsetzen dem Erkennen wich und erst Erleichterung, dann Zärtlichkeit und schließlich Liebe durch seine Augen zog. All das geschah innerhalb von Sekunden. Und dann glitt jener Ausdruck über sein Gesicht, den sie so fürchtete: Oles Miene verschloss sich. Schloss sie aus, aus seiner Welt, wies sie ab, schickte sie fort.

Sie war schleichend gekommen, die Veränderung in ihrer sonst so glücklichen Beziehung. Alexandra hatte sie zunächst gar nicht bemerkt. Zu sehr, das warf sie sich jetzt vor, war sie mit sich selbst beschäftigt gewesen. Da waren die wöchentlichen Therapiesitzungen mit ihrer Psychologin, in denen sie den Mord an Elisabeth Meierle aufarbeitete, einer alten Dame, die sie im vergangenen Frühsommer mit durchgeschnittener Kehle auf einer Parkbank gefunden hatte. Dann war da ihre Arbeit an ihrem Buch ›Geheimnisse der Heimat‹. Vor zwei Wochen war das Werk herausgekommen und sie hatte in den Monaten davor wirklich schuften müssen. Ole hatte die ganze Zeit über an ihrer Seite gestanden. Ruhig, unerschütterlich und, so hoffte sie, auch ein wenig stolz auf seine erfolgreiche Freundin. Er war ihr Fels in der Brandung. Aber irgendwo in all dem Trubel hatte sie den Zugang zu ihm verloren. Wie sich ein Fels nie regt und rührt, nie etwas von den Geheimnissen preisgibt, die vielleicht in seinem großen, mächtigen Leib schlummern, hatte auch Ole immer mehr über sein Innenleben geschwiegen, war buchstäblich versteinert. An ihrer Seite. Und sie hatte es nicht bemerkt.

Etwa zu dieser Zeit hatten seine Alpträume begonnen. Wieder und wieder wachte er nachts schreiend auf und wollte ihr dann, auf ihre drängenden Fragen hin, nicht erzählen, was er geträumt hatte. Was ihn so umtrieb. Warum es ihm so schlecht ging. *Warum sie dabei war, ihn zu verlieren.*

Sie vermutete, dass es die Erinnerung an jene Tage war, in denen er gefangen im Keller eines Konstanzer Einfamilienhauses gelegen hatte. Ole hatte seinerzeit im Fall der toten Elisabeth Meierle ermittelt, so hatten sie sich kennengelernt. Die Mörderin der alten Dame hatte ihn in eine Falle gelockt und ihn tagelang mit der Tochter der Toten in einem Keller festgehalten. Alexandra ahnte, dass es Ole ziemlich in seinem Stolz gekränkt hatte, ihr in die Falle gegangen zu sein. Zumal er sich damals zu allem Überfluss auch noch unprofessionell verhalten und seine Kollegin nicht über seine Ermittlungen in Kenntnis gesetzt hatte. Es war ein unerlaubter und unverantwortlicher Alleingang gewesen und nur weil er ihr, Alexandra, gegenüber erwähnt hatte, wo er hingehen würde und sie dies später seinen Kollegen mitteilte, konnten er und die Tochter der Toten schließlich gerettet werden.

»Ist es wegen des Kellers?«, wiederholte sie nun die Frage, die sie jedes Mal stellte wenn er schlecht geträumt hatte, und legte vorsichtig eine Hand auf seinen Arm. Er war schlafwarm und ein wenig feucht. Ein Schweißfilm hatte sich über seine Haut gelegt, Tau der Angst und des Entsetzens.

»Nein, das habe ich dir doch schon so oft gesagt«, fuhr Ole sie barsch an. Er machte eine abrupte Bewegung und schüttelte dabei ihre Hand ab. »Es ist alles gut, es war nur ein Alptraum, okay? Mach bitte nicht so ein Theater deswegen. Und jetzt lass uns weiterschlafen, ich muss morgen früh raus.« Seine Stimme, die sonst so schmeichelnd, so weich und warm war, klang hart und aggressiv. Und sie wurde noch härter, als er anfügte: »Ich habe kein so lockeres und leichtes Leben wie ihr Redakteure, die ihr erst um halb zehn Uhr bei der Arbeit erscheinen müsst.« Alexandra spürte, wie ihr die Tränen in die Augen schossen. Es tat weh, dass er so mit ihr sprach, schmerzte, dass er sich derart vor ihr verschloss. Sie wandte den Kopf ab, um ihre Tränen zu verbergen. Er sollte nicht merken, wie sehr er sie verletzte. Vermutlich würde er sie dann für eine Heulsuse halten. Doch Ole hatte ihr ohnehin schon den Rücken zugedreht und sich die Decke über den Kopf gezogen. »Machst du das Licht noch aus?«, bat er und war Minuten später eingeschlafen.

Alexandra aber konnte nicht schlafen, zu vieles ging ihr wieder und wieder im Kopf herum. Ole und sie waren so glücklich gewesen. Sie hatte das Gefühl gehabt, dass sie einander mit Haut und Haaren gehörten, ohne sich dabei gegenseitig einzuengen. Bedingungslose Liebe, bedingungsloses Vertrauen. Und jetzt lag plötzlich ein ganz anderer Mann neben ihr im Bett. Auf ihre Verletztheit folgte Wut. Wut, dass er sich derart gnadenlos vor ihr zurückzog, Wut, dass er ihr nicht einmal die *Chance* gab, ihn zu verstehen. Am liebsten hätte sie ihn an der Schulter gepackt, ihn geschüttelt und ihn gezwungen, mit ihr zu reden. Doch sie wusste, dass es nichts bringen würde. So charmant Ole oft war – er konnte auch ungemein stur sein. Und er mochte es überhaupt nicht, wenn man ihn unter Druck setzte. Stattdessen musste sie versuchen, sein Vertrauen zu gewinnen. Es kränkte sie tief, dass sie es noch nicht hatte. Sie hatte eigentlich gedacht, dass sie sich alles sagten, alles voneinander wussten. Zumal sie sich in einer Zeit kennengelernt hatten, als sich ihrer beider Leben im Umbruch befanden. Ole war frisch nach Überlingen gezogen und sie hatte gerade die Leiche am Bodenseeufer gefunden. Bei ihrer ersten Begegnung war sie in Ohnmacht gefallen, bei ihrer zweiten weinend in seinen Armen zusammengebrochen. Sie war immer davon ausgegangen, dass diese schwere Zeit sie besonders aneinander geschweißt hatte. Dass die Liebe wuchs, wenn man gemeinsam, Seite an Seite, harte Zeiten durchstand. Dass es gut war, alles voneinander zu wissen und den anderen in seinen tiefsten und finstersten Stunden erlebt zu haben.

Nun gestand sie sich ein, dass eigentlich immer nur sie ihr Wesen offenbart hatte. Ole war immer da gewesen, war immer stark gewesen. Der Gestalt gewordene Beschützer. Und sie, sie hatte sich dankbar fallen lassen, sich angelehnt.

Denn wenn sie eigentlich auch eine starke und selbstständige Frau war, so sehnte sie sich doch nach der starken Schulter eines Mannes. Und die hatte Ole. Definitiv.

Als der Morgen über Überlingen heraufdämmerte, hatte sie viele schlaflose Stunden hinter sich. Sie stand leise auf und ging mit nackten Füßen über den Holzdielenboden hinüber in Oles Küche. Auch wenn sie nicht zusammenwohnten, gab es kaum eine Nacht oder eine freie Stunde, die sie nicht gemeinsam verbrachten. Er lebte halb bei ihr und sie hatte die Hälfte ihres Hausrats zwischenzeitlich bei ihm deponiert. Alexandra wünschte sich, dass das so blieb. Oder dass sie sogar ganz zusammenziehen würden. Sie wollte ihn und sie liebte ihn. Über alles. Das war ihr in den langen Stunden dieser Nacht mit schmerzlicher Gewissheit klar geworden – natürlich hatte sie es auch vorher schon gewusst, aber als sie vorhin, wieder einmal von ihm zurückgewiesen, dagelegen und gegrübelt hatte, hatten sich ihre Gefühle für ihn mit einer Macht offenbart, die beinahe wehtat. Und mit der schwindenden Nacht war auch ihre Wut über sein Verhalten verraucht. Alexandra holte sich einen Beutel Yogitee mit Schokogeschmack aus dem Hängeschrank über der Spüle und setzte Wasser auf. Während der Schnellkocher die Flüssigkeit auf die richtige Temperatur brachte, trat sie ans Fenster und blickte auf die Stadt hinunter, die langsam aus ihrem Nachtschlaf erwachte. Dort unten fuhr ein Mann mit Hut auf dem Fahrrad durch das Franziskanertor und die Franziskanerstraße hinunter. Der Nachbar von schräg gegenüber, der in dem Eckhaus zur Christophstraße lebte, verließ mit seiner Aktentasche unter dem Arm hastig sein Haus und eilte in Richtung Bahnhof. Im Gehen zog er sich noch seine Jacke über, wobei ihn die Aktentasche augenscheinlich störte. Er blieb stehen, stellte sie auf dem Boden ab, schlüpfte in seine Jacke, griff wieder nach der Aktentasche und hetzte weiter. Sie wusste, dass er nach Friedrichshafen fuhr, wo er bei einer Bank als Individualkundenberater arbeitete.

Vom See her kam der orangefarbene Kleinlaster des städtischen Bauhofs – bis obenhin mit Müll beladen – gefahren. Einer der Müllmänner stand hinten auf der Ladefläche und blickte grimmig in den heraufziehenden Tag. Ich könnte mir auch etwas Schöneres vorstellen, als den Müll anderer Leute wegzuräumen. Und das dann auch noch um diese Uhrzeit, dachte Alexandra.

Hinter ihr klickte der Wasserkocher, der sich automatisch abgeschaltet hatte, nachdem das Wasser den Siedepunkt erreicht hatte. Alexandra riss ihren Blick von dem frühmorgendlichen Geschehen unten auf der Straße los und ging zur Küchenzeile hinüber. Und als sie die kochende Flüssigkeit über ihren Teebeutel goss, beschloss sie, sich nicht weiter darüber zu grämen, dass sie Oles Vertrauen anscheinend verloren hatte. Stattdessen wollte sie versuchen, es wieder zu erlangen. Es zu *verdienen*. Ja, sie wollte um ihre Liebe kämpfen.

VIERTES KAPITEL

Friedrichshafen

Helena fuhr erschrocken zusammen, als die Tür zu ihrem Büro ruckartig aufgerissen wurde. Sie hatte gerade über ihren Bilanzen gesessen und besorgt festgestellt, dass die Umsätze immer weiter in den Keller gingen. Sie musste sich etwas einfallen lassen und zwar schnell. Ihrer Assistentin hatte sie gesagt, dass sie auf keinen Fall zu sprechen wäre. Umso ungehaltener war sie nun über die Störung. Doch das änderte sich rasch. Herein stürmte Leonhard mit zerzausten braunen Haaren und blitzenden grauen Augen. Er trug, wie immer bei der Arbeit, Jeans und ein eng anliegendes Sweatshirt, das seinen flachen Bauch und seine muskulösen Oberarme betonte. An seinem Shirt hatten sich zwei Stofffetzen verfangen, die nun wie bunte Fähnchen hinter ihm herwehten. Helena konnte nicht verhindern, dass sich – trotz der offensichtlichen und beunruhigenden Verärgerung, die tiefe und dunkle Schatten in Leonhards Gesicht warf – ein strahlendes Lächeln auf ihrem Gesicht ausbreitete, als sie seiner ansichtig wurde. Und ihrer verzweifelten Sekretärin, die Leonhard ins Zimmer gefolgt war und stammelnd um Entschuldigung für dessen unangemeldetes Auftauchen bat, warf sie einen ihrer äußerst seltenen freundlichen Blicke zu. »Schon gut, Lisa«, sagte sie milde. »Lassen Sie uns allein.«

»Was kann ich für dich tun?«, fragte sie, als sich die Tür hinter Lisa geschlossen hatte. Sie stand auf, ging um ihren Schreibtisch herum und streckte die Arme nach Leonhard aus, voller Sehnsucht nach seiner starken und auch ein wenig dominanten Umarmung. Doch noch bevor sie ihn erreicht hatte, machte Leonhard eine grobe, abwehrende Handbewegung und drehte sich von ihr weg. Helena ließ die ausgebreiteten Hände wieder sinken und blieb mit hängenden Armen stehen. Eine für sie mehr als untypische Geste.

»Wann gedachtest du mir mitzuteilen, dass du mich heiraten möchtest? Sollte ich es über einen Aushang am Schwarzen Brett erfahren?«, fauchte er. »Oder wolltest du erst die Gesellschafter in der nächsten Konferenz darüber informieren?«

»Leonhard, ich …«, begann sie.

»Was?« Er fuhr herum und starrte sie finster an.

»Es tut mir leid. Mir ist das einfach so rausgerutscht. Es weiß bisher keiner außer Christian. Er hat mich so provoziert, und da …«

»Da kam ich gerade recht, um ihm eins auszuwischen, ja?«, fragte Leonhard bitter.

»Nein, so ist es nicht. Das darfst du nicht glauben«, versicherte Helena und wunderte sich selbst darüber, wie flehend, wie bettelnd ihre Stimme klang. Sie hasste sich dafür.

»Wie ist es dann?«, fragte Leonhard mit einer Strenge, die so gar nicht zu ihm passen wollte.

»Ich liebe dich«, sagte sie und ihre Stimme war leise wie ein Hauch.

Stille folgte ihren Worten. Sie dehnte sich aus, wurde breiter, größer, nahm immer mehr Raum ein, verdrängte alles andere. Helena hatte ihren Blick zum Boden gerichtet und wagte kaum zu atmen, wagte nicht, ihn anzusehen. Noch nie in ihrem Leben hatte sie diese Worte zu jemandem gesagt, nicht einmal ein ›ich hab dich lieb‹ zu ihren Kindern war über ihre Lippen gekommen. Und nun sagte sie diesem Mann, der vor zwei Monaten wie ein Wirbelwind in ihr Leben gerauscht war, dass sie ihn liebte.

Sie spürte, dass er sich ihr näherte. Und dann fühlte sie seine Finger an ihrem Kinn. »Hey«, sagte er sanft, zwang sie, den Blick zu heben und ihn anzusehen. Sie hob die Augen. Sein eben noch so hartes und angespanntes Gesicht war mit einem Mal weich und zärtlich. »Hey«, sagte er noch einmal. Dann beugte er sich vor, um sie zu küssen. Sein Kuss war hart, fordernd und besitzergreifend. Seltsamerweise gefiel ihr das, denn es trieb sie in eine Welt, die ihr bisher völlig fremd gewesen war. Eine Welt, in der jemand anderes die Führung übernahm. In der sie sich nur anzupassen, anzuschmiegen brauchte. Eine Welt, in der sie weich sein konnte. Frau sein durfte.

Helena gab sich seiner Umarmung hin – und deshalb war es, als stieße er sie ins kalte Wasser, als er sie plötzlich und unvermittelt losließ. Finster starrte er sie an. »Glaub bloß nicht, dass ich dir verziehen habe, nur weil ich dich küsse. Ich bin immer noch stinksauer.«

Mit diesen Worten drehte er ihr den Rücken zu und eilte mit großen Schritten zur Tür. In dem Geräusch, das entstand, als er sie schloss, lag seine ganze Verärgerung.

Von: Helena Eichenhaun
Gesendet: 25. April 2013, 11.18 Uhr
An: Leonhard Bux
Betreff: Heiratsantrag

Liebster, es tut mir unendlich leid, ich wollte Dich nicht verärgern. Ich wollte Dich eigentlich mit meinem Heiratsantrag überraschen. Heute Abend bei einem schönen Essen. Und dann ist mir das einfach so rausgerutscht, ausgerechnet Christian gegenüber. Machst Du mir die Freude und gehst mit mir essen? Und kannst Du dann so tun, also wüsstest Du von nichts und ganz überrascht sein, wenn ich Dir heute Abend den Heiratsantrag mache? Bitte!

Helena Eichenhaun
Saphir!
Geschäftsführende Gesellschafterin

Von: Leonhard Bux
Gesendet: 25. April 2013, 11.25 Uhr
An: Helena Eichenhaun
Betreff: Ich weiß nichts von einem Heiratsantrag

Sehr geehrte Frau Eichenhaun,

ich weiß nichts von einem Heiratsantrag, den Sie mir gemacht haben, nicht gemacht haben, zu machen geglaubt haben oder zu machen vorhatten.

Selbstverständlich werde ich Ihnen als meiner Vorgesetzten die Einladung zum Essengehen nicht ausschlagen. Ich werde pünktlich sein. Wir treffen uns um 20 Uhr. Ich hole Sie ab.

Mit freundlichen Grüßen
Leonhard Bux
Saphir!
Designer

Helena wusste nicht, ob sie verletzt sein sollte oder nicht. Sie konnte Leonhard einfach nicht durchschauen. Warum siezte er sie plötzlich? Sollte das ein Scherz sein? War es liebevoll gemeint? Oder siezte er sie, um zu unterstreichen, dass er immer noch verärgert war und sich das auch nicht so schnell ändern würde? Wie auch immer. Jedenfalls hatte er einem Treffen mit ihr zugestimmt und das war das Wichtigste. Sie würde ihre Chance zu nutzen wissen und heute früher Schluss machen. Rasch warf sie einen Blick auf die Uhrzeit, die in der rechten unteren Ecke ihres Computers angezeigt wurde. 11.32 Uhr. Um 14 Uhr hatte sie noch einen Termin, danach würde sie Schluss machen. Sie war fest entschlossen, heute Abend besonders schön zu sein. Sie würde das volle Programm durchlaufen: Friseur, Maniküre, Pediküre, neue Schuhe, neues Kleid.

Was aber sollte sie ihm antworten? Wie du mir so ich dir, dachte sie und schrieb:

Von: Helena Eichenhaun
Gesendet: 25. April 2013, 11.40 Uhr
An: Leonhard Bux
Betreff: Re: Ich weiß nichts von einem Heiratsantrag

Sehr geehrter Herr Bux,

mit Freude habe ich zur Kenntnis genommen, dass Sie die Einladung Ihrer Chefin heute Abend angenommen haben. Ich warte pünktlich um 20 Uhr vor meinem Haus in Konstanz auf Sie. Da Sie ja bereits die Gelegenheit hatten, mich in meinem privaten Wohnhaus aufzusuchen, dürfte Ihnen der Weg dorthin geläufig sein.

Mit freundlichen Grüßen

Ihre Chefin
Helena Eichenhaun
Saphir!
Geschäftsführende Gesellschafterin

FÜNFTES KAPITEL

Friedrichshafen

Michael lehnte sich weit auf seinem grauen Bürosessel zurück, sodass die Lehne ein wenig nachgab und nach hinten schwang. Er steckte Daumen und Zeigefinger seiner rechten Hand unter seine Brille, kniff die Augen fest zusammen und begann, sich die Nasenflügel zu massieren.

Sina starrte ihn an. Sie hasste diese Geste. Ihr Bruder suggerierte seinem Gegenüber damit, dass er weit besseres zu tun hatte, als sich mit seinen albernen Sorgen zu befassen. Nicht zum ersten Mal stellte sie fest, dass er arrogant und verkniffen wirkte. Was war nur aus dem kleinen Jungen geworden, der lachend über die Wiese im Garten ihrer Villa gerannt war? Der mit ihr auf die Bäume im riesigen Park geklettert und bei Eiseskälte in den See gestiegen war? Der schüchterne und ehrgeizige Michael, der, wenn er mit ihr zusammen war, doch manchmal so fröhlich und ausgelassen sein konnte, war immer derjenige unter den

Geschwistern gewesen, der ihr am nächsten stand. Christians Oberflächlichkeit fand sie abstoßend und Katharina mochte sie zwar eigentlich, fand aber nicht wirklich einen Zugang zu ihrer verträumten, kleinen Schwester. Katharina studierte im x-ten Semester Literatur und verdingte sich gern als Künstlerin. Sie hatte zweifelsohne eine Begabung, aber weder den Elan noch das Durchhaltevermögen, etwas daraus zu machen, geschweige denn, es für die Firma einzusetzen. Und die Affenliebe, mit der Katharina an ihrer Mutter hing und um ihre Zuneigung bettelte, fand Sina fast schon peinlich – wobei Michael das früher ebenfalls getan hatte. Auch sie, Sina, hatte die Liebe der Mutter immer vermisst, vor allem nachdem der Vater gestorben war, der in den Augen ihrer Mutter zwar ein Versager war, der seinen Kindern aber immer die Liebe gegeben hatte, die sie so dringend brauchten. Aber im Gegensatz zu ihren Geschwistern hatte sie nie um Helenas Zuneigung gefleht. Sie war zwar, das gestand sie sich ein, Modedesignerin geworden, um ihrer Mutter zu gefallen, hatte sich erhofft, dadurch ihre Anerkennung zu gewinnen. Aber nachdem diese nicht kam, hatte sie es mehr oder minder schulterzuckend aufgegeben, und weil sie feststellte, dass sie trotzdem genau den richtigen Beruf gewählt hatte, tat es auch nicht allzu weh. Es machte ihr Spaß, zu entwerfen, zu designen, mit Stoffen und Effekten zu spielen. Mehr noch, es war eine echte Leidenschaft geworden. Von der Mutter hatte sie sich immer mehr distanziert und nun den Eindruck, dass sie seither für ihre Mutter interessanter war. Plötzlich zeigte Helena Interesse an ihren Entwürfen, plötzlich wollte sie sie in der Firma haben. Aber jetzt wollte sie, Sina, nicht mehr. Zumindest *noch* nicht. Es ist das immer gleiche Prinzip von Anziehung und Abstoßung, wie man es auch zwischen Mann und Frau kennt, dachte sie. Das, was man nicht haben kann, was sich einem nicht zu Füßen wirft, scheint interessanter. Sie wusste sehr genau, dass das ein Gesetz war, das zwischen Mutter und Tochter keinesfalls gelten sollte. Dass es zwischen ihr und Helena dennoch bestand, machte sie traurig.

Und nun wollte ihre Mutter heiraten. Christian hatte seine Geschwister aufgeregt zu einem Treffen gebeten – Katharina war allerdings an der Uni und konnte nicht teilnehmen – und war, kaum dass sich alle in Michaels Büro versammelt hatten, empört mit jener Neuigkeit herausgeplatzt, die bei Michael zum Massieren seiner Nasenflügel führte. Michael. Eigentlich wusste sie genau, wann der kleine Junge sich zu dem verkniffenen Mann entwickelt hatte. Auch hier war der Tod des Vaters ursächlich. Der Vater war der Einzige gewesen, der Michael Respekt zollte. Die Mutter schien ihn immer nur als Schwächling zu sehen und zeigte ihm das auch. Und als ihn dann noch seine Freundin eine Woche vor der Eheschließung mit seinem besten Freund betrogen und die Hochzeit daraufhin abgesagt hatte, hatte sich Michael endgültig wie ein Versager gefühlt, was er hinter seiner arroganten Maske zu verbergen suchte. Es gelang ihm mehr schlecht als recht und sorgte eher dafür, dass Michael sich immer wieder der Lächerlichkeit preisgab. Er pflegte seinen Doktortitel stets hervorzuheben. So auch jetzt: »Leute, ich bin Wissenschaftler«, teilte er seinen Geschwistern mit.

Christian sah ihn verständnislos an. »Ja, und?«

Michael wurde rot, merkte selbst, dass dieser Satz, mit dem er sich vor allem Unangenehmen zu retten und sich eine Bedeutung zu geben versuchte, die er nicht hatte, hier fehl am Platze war. »Ich … ich meine nur, dass ich mich mit solchem emotionalen Zeug nicht auskenne«, versuchte er sich stotternd aus der Affäre zu ziehen.

»Es geht hier auch nicht um die spät pubertierenden Gefühle unserer Mutter, sondern um unsere Zukunft, um unsere Firma«, ließ Christian sich verärgert vernehmen. »Sie hat mir gegenüber durchblicken lassen, dass sie ihm alles vermachen will und wir nichts bekommen.«

Michael atmete scharf ein.

Christian registrierte es mit Befriedigung. Endlich hatte diese Trantüte begriffen, worum es hier ging. »Ich kann mir das Szenario schon ausmalen«, fuhr er genüsslich fort. »Mutter wird diesem … diesem … diesem Pseudo-Künstler die Firma überschreiben und wir haben dann hier drin absolut nichts mehr zu melden.«

»Moment!«, schaltete Sina sich ein. »Wir haben alle unsere Anteile von Vater. Schon vergessen? Ich weiß gar nicht, warum ihr euch so echauffiert.«

Christian sprang auf und funkelte seine Schwester erbost an. »49 Prozent. Du weißt genau, dass wir damit keine Entscheidungen treffen können, wenn es hart auf hart kommt. Zumal wir ja ohnehin nie einer Meinung sind.«

Sina musterte ihren älteren Bruder vom blonden Scheitel bis zur Sohle seiner lächerlichen spitz zulaufenden und auf Hochglanz polierten Schuhe. »Man könnte meinen, es gehe dir gar nicht um Mutter, sondern einzig und allein um die Kohle, die sie hat. Freu dich doch, dass sie ein kleines bisschen Glück gefunden hat. Sie ist einsam.«

»Einsam!«, schnaubte Christian verbittert. »*Einsam*? Bei vier Kindern? Sie hätte uns ja nur mal *wahrzunehmen* brauchen. Wir waren auch einsam an ihrer Seite. Verdammt einsam sogar. Unsere Mutter ist eine eiskalte und berechnende Karrierefrau mit null Emotionen. Zumindest hat sie keine für ihre Kinder. Für diesen hergelaufenen … Möchtegerndesigner aber anscheinend schon.«

Sina kniff die Lippen zusammen und wandte den Blick ab. Sie wusste, dass es stimmte, was Christian sagte, aber sie konnte es trotzdem nicht leiden, wenn ihr Bruder derart über ihre Mutter herzog.

»Du hast recht«, sagte Michael in diesem Moment. »Das geht ganz und gar nicht und wir müssen das irgendwie verhindern.«

Sina sah ihre Brüder sprachlos an. »Ihr seid widerlich«, stieß sie hervor.

Aber die beiden beachteten sie gar nicht.

Christian hatte Michael fest ins Auge gefasst. »Stimmt«, sagte er langsam. »Ich bin ganz deiner Ansicht. Und ich weiß auch schon wie.«

SECHSTES KAPITEL

Aalen, Ostalb

»Das ist eine Unverschämtheit, Herr Oberbürgermeister.«

Klaus Schwarz verzog schmerzlich das Gesicht, als die brüllende Stimme seines Gesprächspartners in sein Ohr drang, und hielt den Hörer ein kleines Stück weg.

»Ich habe immer noch nicht verstanden, was Sie eigentlich von mir wollen«, erklärte er bemüht freundlich.

Als Klaus Schwarz vor zehn Jahren als Oberbürgermeister der Stadt Aalen angetreten war, hatte er sich geschworen, immer ein offenes Ohr für seine Bürger zu haben, ihnen zuzuhören und auf ihre Bedürfnisse einzugehen. Das war freilich nicht in dem Maße möglich, in dem er sich das wünschte – und in dem das manche Bürger auch erwarteten. Schließlich musste er auch noch seinen zahlreichen anderen Amtsgeschäften nachkommen. Aber wann immer es ging, war er für seine Bürger zu sprechen. So auch heute für diesen brüllenden Herren, dessen Namen er nicht verstanden hatte.

»Des isch a Frechheit, was d' Schdad mit m arma Schbion machd!«, ereiferte sich der Mann.

Schwarz kratzte sich verdutzt an seinem grau melierten Hinterkopf. Was meinte der Bürger nur? Waren irgendwelche Maßnahmen an der Holzskulptur auf dem Glockenturm des historischen Rathauses vorgenommen worden, von denen er nichts wusste? Er konnte nicht über jedes Detail informiert sein, das in der Stadt vor sich ging. Das aber musste der erboste Bürger nicht unbedingt wissen. »Was genau meinen Sie?«, hakte er vorsichtig nach.

»Was I moin? Hend Se des no net gsää? Irgend ebber hot em Schbion sei Pfeife g'schdola. Des war beschdimmd d' Schadd. Ebber andersch kommt do ja gar net nauf.«

In Schwarz' Kopf fuhren die Gedanken Achterbahn. Wollte der Mann ihn veräppeln? Dazu klang er zu ernst und zu erregt. Wenn der Aalener Spion allerdings wirklich keine Pfeife mehr haben sollte, dann war das in der Tat eine Katastrophe. Dann musste er handeln. Und zwar sofort.

»Ich komme«, presste er hervor, knallte den Hörer auf die Gabel, zerrte seinen dunklen Mantel aus dem Schrank und riss die Tür zum Vorzimmer auf. »Frau Häberle, ich muss unverzüglich weg. Ich weiß nicht, wie lange es dauert«, verkündete er.

»Aber … aber die Herren vom Bauamt warten draußen. Ihre Besprechung hätte eigentlich schon vor zehn Minuten begonnen, aber Sie haben telefoniert. Und in einer halben Stunde kommt die Kämmerin«, stammelte Roswitha Häberle.

Schwarz winkte, schon rennend, ab und raste an den Herren der Bauverwaltung vorbei, die draußen vor der Tür auf den Besucherstühlen warteten, sich in Erwartung einer Begrüßung durch den Bürgermeister erwartungsfroh von ihren Plätzen erhoben und ihm, als er vorbeigerannt war, verblüfft nachsahen.

»Mitkommen«, bellte der sonst so freundliche Schwarz über die Schulter und sauste mit fliegendem Mantel die Treppe herunter. Im Laufen platzierte er noch seinen Hut auf seinem schwarzgrauen Haar.

»Was ist denn passiert, Herr Oberbürgermeister?«, fragte Stadtbaumeister Jochen Ernst, der dem Befehl seines Chefs sofort Folge geleistet hatte und ihm nun, gemeinsam mit Tiefbaumeister Matthias Kober, hinterherhetzte.

»Die Pfeife des Spions ist angeblich fort.«

Schwarz' Worten folgte ein kollektives, ungläubiges Ächzen der Herren des Stadtbauamtes. Der Spion war Aalens Wahrzeichen. Er saß auf dem historischen Rathaus in einem Turm mit einer Uhr. Die Aalener liebten ihren Spion, denn einer Sage zufolge hatte die Stadt dem Spion ihre Rettung im Dreißigjährigen Krieg zu verdanken. Da nämlich wollte das feindliche Heer die Stadt zerstören – und die Aalener schickten einen besonders schlauen Mann aus ihren Reihen zum Feind. Seine Aufgabe: ausspionieren. Und als der Feind den Spion fragte, wer er sei und was er wolle, soll er gesagt haben: »Erschrecket net, ihr hohe Herra, i will bloß gucka, wie viel Kanone ond anders Kriegszeug ihr hent. I ben nämlich der Spion von Aale.« Der Feind war daraufhin der Ansicht, dass von Menschen, die einen derart dummen Spion schicken, nichts zu befürchten wäre, und sah von einem Angriff auf die Stadt ab. Unter die Raucher war der Spion allerdings erst im 19. Jahrhundert gegangen. Schwarz vermutete, dass man ihm, indem man ihm eine Pfeife in den Mund steckte, den Charakter eines englischen Spions, wie sie in jener Zeit in Mode gekommen waren, hatte geben wollen. Die jetzige Generation der Aalener jedenfalls kannte den Spion nur mit seiner Pfeife. Und nun sollte sie plötzlich verschwunden sein?

Schwarz sauste über den Marktplatz und spähte angestrengt zum Glockenturm hinauf. Der Spion drehte sich in einer langsamen Bewegung von links nach rechts und zurück. Im Profil konnte man es besonders gut erkennen: Der Bürger hatte recht. Den Mund des Aalener Spions zierte keine Pfeife mehr. Auch die Herren des Bauamtes hatten sich davon inzwischen überzeugt, was Schwarz an dem scharfen Einatmen des einen und einem spontanen »Ach du Scheiße« des anderen bemerkte.

»Ja. Ach du Scheiße. Das können Sie aber laut sagen«, bekräftigte Schwarz und drehte sich zu seinen Männern um. »Was in aller Welt machen wir jetzt?«

SIEBTES KAPITEL

Überlingen

»Morgen!«, muffelte Ole, als er das Polizeigebäude betrat. Monja Grundel, seine kleine, dicke Kollegin mit dem lustigen braunen Bürstenhaarschnitt, kam ihm schon im Flur entgegen. »Morgen, Miesepeter«, rief sie fröhlich. Unwillkürlich musste Ole grinsen. Er hatte seine Kollegin sehr ins Herz geschlossen, nachdem sie ihre Anfangsschwierigkeiten überwunden hatten. Ole hatte sich erst an ihre burschikose Art gewöhnen müssen und als er vor rund einem Jahr aus der Metropole Hamburg nach Überlingen gekommen war und gleich als Erstes zusammen mit Monja Grundel einen Mordfall zu lösen hatte, hatte ihm die Ur-Badenerin ganz deutlich gezeigt, was sie von ihm, dem nordischen Hünen hielt: rein gar nichts. Doch dann hatte er festgestellt, dass hinter ihrer rauen Schale ein sehr weicher und auch überraschend verletzlicher Kern steckte. Und schließlich hatte die Grundel ihn auch noch schätzen gelernt. Nicht dass er es verdient hätte. Ole brachte sich in der letzten Zeit viel Selbstverachtung entgegen und hatte schwer mit sich zu kämpfen. Es war nicht die Tatsache, dass er im Zusammenhang mit dem Mord an Elisabeth Meierle in die Falle gegangen war. Es war viel mehr das Gefühl, versagt zu haben.

Die Grundel hatte ihn danach beschworen, sein unprofessionelles Verhalten in seinem Bericht über den Tathergang unter den Tisch fallen zu lassen. Ole hatte sich dabei ganz und gar nicht wohlgefühlt – er wollte zu den Fehlern stehen, die er begangen hatte. Er wollte Buße tun. Doch Monja hatte regelrecht darum gebettelt, den Mantel des Schweigens darüber zu breiten. Sonst, hatte sie gefürchtet, werde man ihn vielleicht von der Zusammenarbeit mit ihr abziehen. Und sie habe ihn zwischenzeitlich sehr ins Herz geschlossen und halte ihn für einen äußerst fähigen Kollegen. Sie brauche ihn, hatte Monja schlicht gesagt. Und so hatte er ihr den Gefallen getan. Und er war gerührt gewesen.

Irgendwie hatte er gelernt, sich damit zu arrangieren, dass er seine eigene, wenig ruhmreiche Rolle in diesem Fall vertuscht hatte. Der Alltag lenkte ihn von dem nagenden schlechten Gewissen ab. Da war sein neues Leben in Überlingen, neue Freunde, neue Kollegen, Orte, die er entdecken wollte und vor allem: seine Beziehung mit Alexandra. Nie zuvor war Ole so glücklich gewesen, hatte sich so verstanden und aufgehoben gefühlt. Und nie zuvor hatte er gewusst, dass das Gefühl der Liebe eine Intensität annehmen konnte, die beinahe schmerzhaft war. Er staunte darüber und genoss es. Er war fast glücklich.

Doch dann kam der 7. Februar. Der Schmotzige Dunschtig. Seine erste Fastnacht am See. Ein Tag, den er mit Spannung erwartet hatte. Alexandra war schließlich schon Wochen zuvor ganz aus dem Häuschen gewesen, hatte ihm voller Stolz ihr knallrotes Kostüm mit dem riesigen Kopf und den blonden, langen Haaren gezeigt. Wie viele andere Überlingerinnen wollte sie als Löwe gehen. Und ihn hatte sie zu überreden versucht, sich in der Narrenzunft anzumelden und Hänsele zu werden. Der Überlinger Hänsele galt als die Traditionsfigur schlechthin. Lachend hatte er abgewehrt und argumentiert, dass er sich die Fastnacht erst einmal anschauen wolle. Wenn es ihm gefalle, versprach er, würde er darüber nachdenken, sich für das kommende Jahr ein Hänsele-Kostüm nähen zu lassen.

Doch er sollte nicht dazu kommen, die zahlreichen Narrenveranstaltungen zu besuchen, die an jenem Tag geboten waren. Weder dem Narrenbaumstellen konnte er beiwohnen, noch dem Hänselejuck am Abend, von dem ihm Alexandra so vorgeschwärmt hatte und bei dem Hänsele zu bengalischer Beleuchtung die Franziskanerstraße heruntersprangen. Den Anfang des Kinderumzugs bekam er noch mit. Die Narreneltern zeigten sich gerade am Franziskanertor, als Ole in die Bank gerufen wurde, die sich nur wenige Meter weiter befand. Ein Banküberfall. Vermutlich dachte der Bankräuber, ein überschuldeter Mittfünfziger, dem die Zwangsversteigerung seines Hauses drohte, dass alle Einsatzkräfte beim Umzug gebunden waren. Dass sie sogar schneller vor Ort sein konnten, weil sie praktisch direkt nebenan den Umzug überwachten, darauf war der Räuber nicht gekommen.

Es war eigentlich keine große Sache gewesen. Der Mann war schnell gefasst und Monja Grundel, die vom Bankräuber mit einer Schreckschusspistole bedroht worden war, hatte diese sofort als solche erkannt und war lächelnd auf den Täter zugegangen. »Machen Sie doch keinen Unsinn«, hatte sie ruhig gesagt und ihm die Waffe einfach aus der Hand genommen. Monja war toll gewesen, ganz ohne Frage. Und ganz im Gegensatz zu ihm. Er, Ole, hatte die Waffe nicht als Spielzeug entlarvt, was er als Polizist eigentlich ohne Weiteres hätte können müssen. Und wenn sie noch so täuschend echt war. Was er sich aber vor allem vorwarf, was ihn umtrieb und ihn fertigmachte: Er hatte nichts getan, um seiner Kollegin zu helfen. Er hatte versagt, wie schon einmal. Plötzlich war alles wieder da gewesen. Der schreckliche Banküberfall in Hamburg vor über einem Jahr. Das tote Kind, der tote alte Mann. Und er, der diese Leben hätte retten können, wenn er früher reagiert hätte. Denn als er den Bankräuber damals erschossen hatte, war es zu spät gewesen. Da hatte der Täter bereits das Kind und den alten Mann umgebracht. Weil Ole damit nicht fertig wurde, hatte er sich nach Überlingen versetzen lassen. Doch wie es schien, versagte er auch hier. Er, der eigentlich nicht an Schicksal glaubte, war nun überzeugt, dass dieser Überlinger Banküberfall eine Art Prüfung an ihn hatte darstellen sollen. Dass es zugleich eine Chance gewesen war, diesmal richtig zu handeln, diesmal zu retten.

Aber stattdessen hatte er dagestanden wie angewurzelt und die Szenerie mit weit aufgerissenen Augen beobachtet, während vor seinem *inneren* Auge eine Parallelwelt aufzog. Es waren Bilder, die ihn lähmten, ihn bewegungs- und handlungsunfähig machten, Bilder, die er so lange versucht hatte zu verdrängen, Bilder, die er erst in Alexandras Armen ein wenig vergessen konnte. Alexandra. Sie hatte etwas Besseres verdient als ihn. Sie hatte sich in einen Helden verliebt und nicht in einen Versager. Er schämte sich abgrundtief vor ihr. Gerade weil er sie so liebte, weil sie die erste Frau seit Langem war, die wirklich sein Herz berührte, weil er sich eine gemeinsame Zukunft mit ihr vorstellen konnte, ja, theoretisch sogar Kinder mit ihr wollte, durfte sie nicht wissen, was er getan hatte. Durfte nicht wissen, was er für ein Feigling war. Überhaupt: Kinder. Seit sie im Sommer im Strandbad beiläufig darüber gesprochen hatten, war das immer wieder Thema zwischen ihnen, auch, wenn sie noch nicht einmal ein Jahr zusammen waren. Und je mehr sie darüber sprachen, desto mehr wuchs Oles Zweifel. *Durfte* er denn überhaupt Kinder haben? War das fair? Er, der den Tod eines Kindes zu verantworten hatte, durfte er Vaterglück erleben? Er zweifelte stark daran. Nur: Wie sollte er das Alexandra sagen? Sie würde ohnehin enttäuscht sein, wenn sie erfuhr, dass er gar nicht ihr strahlender Held, sondern ein feiger Versager war. Und sie würde doppelt enttäuscht sein, wenn er ihr sagte, dass er keine Kinder haben wollte. Konnte. Durfte.

Ole hatte sich an jenem Tag des Überlinger Banküberfalls nach Feierabend in seiner Wohnung verkrochen und die Decke über die Ohren gezogen, als draußen die Hänsele den Berg vor seinem Haus herunterjuckten. Die SMS und Anrufe von Alexandra, mit der er verabredet gewesen war, hatte er ignoriert und sich am Abend, als sie besorgt und in einem roten Kostüm in seine Wohnung kam, mit plötzlichen Kopfschmerzen entschuldigt.

»Ist alles in Ordnung bei dir, Morgenmuffel?«

Von weit her drang Monja Grundels Stimme in seine Gedanken.

»Findest du die neue Farbe meiner Haarsträhne etwa daneben?«, setzte sie stirnrunzelnd nach.

»Wie?« Ole brauchte einige Sekunden, bis ihm klar wurde, dass er die ganze Zeit über auf Monja Grundels knallgelbe Haarsträhne gestarrt hatte, die aus ihrem braunen Bürstenhaarschnitt ragte und ihr in die Stirn fiel. Obwohl – oder vielleicht gerade weil – Monja Grundel ein recht unattraktives Äußeres hatte, war sie sehr eitel. Die Haarsträhne war ein vorsichtiger und zugegebenermaßen auch recht unglücklicher Versuch, etwas aus sich zu machen. Bei Oles Ankunft in Überlingen war sie blau gewesen und hatte seither über Grün und Rosa bis hin zu jenem grellen Gelb gewechselt.

Monja sah ihn zaghaft an und wartete auf eine Antwort. Ole ging das Herz auf und er empfand eine tiefe Sympathie für die kleine, verunsicherte Frau, die in Monja steckte. Die auch schön sein wollte. Und es auf ihre Art ja auch war – was man aber erst bemerkte, wenn man sich ihre oft mürrische Miene wegdachte. Auch Monja war ein Mensch, der bewundert werden wollte. Plötzlich dachte Ole: Eigentlich haben wir beide die gleichen Wünsche, wenn auch auf unterschiedliche Weise.

»Nein, die Farbe steht dir ausgesprochen gut«, sagte er herzlich. »Es ist nichts, ich … ich war nur gerade in Gedanken. Bitte entschuldige.«

»Dann ist ja gut«, grinste Monja Grundel. »Dann lass uns mal an die Arbeit gehen.«

Die Arbeit gestaltete sich ganz anders als gedacht. Die Aktenberge, derer sich Ole heute eigentlich hatte annehmen wollen, blieben liegen: Im Garten der in Konstanz lebenden Firmenchefin von Saphir!, Helena Eichenhaun, war eine Leiche gefunden worden. Ole und Monja gehörten der Sonderkommission des Polizeipräsidiums Konstanz an, die zur Aufklärung des Falls gegründet worden war.

ACHTES KAPITEL

Konstanz

»Bei dem Toten handelt es sich um einen gewissen …«, der schmale, diensteifrige Polizeibeamte warf mit wichtiger Miene einen geschäftigen Blick in seine Akten und fuhr dann fort: »… um einen gewissen Leonhard Bux, wohnhaft in Aalen im Ostalbkreis, seit zwei Monaten bei der Firma Saphir! beschäftigt.«

»Danke.« Ole nickte seinem Kollegen knapp zu und ging dann, Seite an Seite mit Monja Grundel, durch die Polizeiabsperrung, die das Ende der Sackgasse abriegelte. Die Villa lag im Konstanzer Musikerviertel und war das letzte Haus an einem schmalen Sträßchen, das zum See führte. Das Gebäude war riesig und herrschaftlich, die parkähnliche Rasenfläche, die sich dahinter erstreckte, beinahe unanständig groß. Sie führte bis zu einem mächtigen, schmiedeeisernen Gartenzaun, der die Villa von dem Fußgängerweg abgrenzte, der am See entlang führte. Ein kleines Bootshaus stand links, eine Pergola rechts des Eisenzauns. Ein Ruderboot lag mit der Unterseite nach oben dazwischen im Gras. Ob jemand aus der Familie es regelmäßig zum Wasser zerrte, um zu rudern? Ole ließ seinen Blick durch den Garten schweifen und verharrte an dem Punkt, auf den sich alles konzentrierte: Am rechten Ende der Wiese, vor einer dicken Wand aus hohen Bäumen, Büschen und Hecken, blühten Frühjahrsblumen in allen erdenklichen Farben. Und mitten in diesen Frühjahrsblumen, genauer gesagt, in einem Beet aus gelben Tulpen, lag die Leiche. Ein großer, schlanker Mann mit braunen, zerzausten Haaren, die jetzt allerdings von Blut verklebt waren. Er lag auf dem Bauch, deshalb konnte Ole sein Gesicht nicht sehen, aber er schätzte ihn intuitiv auf Mitte 30. Am Hinterkopf des Mannes klaffte eine große Wunde.

»Wissen wir schon etwas über die Tatwaffe?«, fragte Monja Helmut Ehrle, den Gerichtsmediziner, der neben der Leiche auf dem Boden kniete. Ehrle, semmelblond, schmal und, wie Ole fand, sehr jung, blickte kurz auf. »Es war ein stumpfer, schwerer Gegenstand«, sagte er kurz. »Mehr kann ich aber erst sagen, wenn ich ihn genauer untersucht habe.«

Ole machte den Mund auf, um zu fragen, wann man mit den Ergebnissen rechnen könne. Ehrle kam ihm zuvor. »Ich beeile mich.« Seine Antwort verriet, dass dies – obgleich er aussah, als komme er frisch von der Uni – offensichtlich nicht sein erster Fall war. Anscheinend wusste der Mediziner, dass Beamte am Tatort immer fragen, wann die Untersuchungsergebnisse vorliegen werden.

»Was aber sehr merkwürdig ist, sind die offenen Hände, sehen Sie?«

»Um Gottes willen!«, rief Monja entsetzt. »Das ist ja schrecklich.«

Auch Ole starrte fassungslos auf die Hände des Mordopfers. Die Haut war regelrecht weggeätzt.

»Wenn mich nicht alles täuscht, wurden ihm diese Verletzungen nach dem Tod beigebracht«, kommentierte der Semmelblonde.

»Aber was macht das für einen Sinn?«, grübelte Monja.

»Ob es irgendetwas mit Diebstahl zu tun hat?«, überlegte Ole. »Früher gab es ja den Brauch, Dieben die Hand abzuhacken. In Überlingen gibt es dazu am Aufkircher Tor sogar einen Stein mit einer eingemeißelten Hand. Alexandra hat das für ihr Buch ›Geheimnisse der Heimat‹ herausgefunden.«

»Aber das ist doch Jahrhunderte her«, wandte Monja ein. »Außerdem: Abgehackt wurden die Hände unseres Opfers ja wohl nicht. Eher … abgezogen.«

»Haben Sie eine Idee, wie man ihm diese Verletzungen zugefügt haben könnte?«, fragte Ole.

»Das war ganz klar eine Säure«, antwortete Ehrle stirnrunzelnd. Zum ersten Mal wirkte er nicht ganz so überheblich und selbstsicher. Der Fall schien auch ihm schwer zuzusetzen.

»Gibt es irgendwelche Spuren vom Täter?«, wandte Ole sich an zwei Kollegen der Spurensicherung, die in ihren weißen Ganzkörperanzügen auf dem Boden des Tulpenbeetes herumkrochen. Ihre Asservatenbeutel waren noch fast leer, nur in einen hatte der ältere der beiden einen Erdklumpen gegeben.

Der Jüngere zuckte die Achseln. »Jede Menge verschiedene Fußabdrücke, dort, wo blanke Erde ist, was aber nicht verwunderlich ist. Die letzten Tage waren schön, da werden sich einige Menschen hier im Garten aufgehalten haben.«

»Hautabschürfungen unter den Fingernägeln können wir aufgrund des Zustands der Hände nicht finden. Nach Fremd-DNS suchen wir«, ließ Ehrle sich vernehmen.

Ole sah sich um und deutete auf die zertretenen Blumen rechts und links der Leiche. »Sieht so aus, als habe es einen kleinen Kampf gegeben. Sonst wären die Blumen nicht so niedergedrückt.«

Monja nickte bestätigend. »Er scheint nicht einfach so hinterrücks erschlagen worden zu sein.«

»Irgendwas, das als Tatwaffe infrage kommt?«

Auch Monja blickte sich suchend um und zeigte dann mit dem Kinn in Richtung des Bootes, das einsam und verkehrt herum im Garten lag. »Ich würde mal sagen, die Ruder zu diesem Boot fehlen«, brummte sie.

»Das, werte Kollegin, haben wir auch schon bemerkt«, mischte sich Volker Nei, ein Konstanzer Kollege, der soeben zu der Gruppe getreten war, eifersüchtig ins Gespräch. Ihm gefiel die kürzlich erfolgte Polizeireform, nach der dem Polizeipräsidium Konstanz nun auch noch Kollegen der anderen Seeseite angehörten, so gar nicht. Und es passte ihm erst recht nicht, dass dieser nordische Hüne und seine kleine dicke Kollegin nun hier herüberkamen, um die Konstanzer Fälle zu lösen. Seiner Ansicht nach war das Beschäftigungstherapie für die gelangweilten Kollegen und nichts weiter. Schließlich ereignete sich in Überlingen ja so gut wie nie ein Mordfall. Bis auf diese eine Sache mit der alten Dame im vergangenen Jahr. Gut, die beiden hatten den Fall zusammen gelöst. Und deshalb meinten nun anscheinend alle, dass dieses komische Paar nur mit den Fingern zu schnippen brauchte, um Mörder zu fangen. Altgediente Kollegen wie ihn, Volker Nei, übersah man dabei einfach. Dabei gab es niemanden, der Konstanz so gut kannte wie er. Seit 25 Jahren war er Polizeibeamter in der Grenzstadt und er kannte hier jeden Winkel. Auch über die Familienverhältnisse der Eichenhauns wusste er bestens Bescheid. Mehr um sich vor den Kollegen mit seinem Insiderwissen zu brüsten, als weil er wirklich zur Aufklärung des Falls beitragen wollte, sagte er: »Die Familie bewahrt Ruder und andere Gegenstände zum Segeln, Rudern, Paddeln und Schwimmen im Bootshaus auf.« Er wies vage auf das kleine, schmucke Fachwerkhäuschen, das Ole schon aufgefallen war. »Da drin befinden sich wohl jede Menge Paddel und Ruder.«

»Haben Sie drinnen schon einmal nachgesehen?«, erkundigte sich Ole.

Nei presste die Lippen zusammen. »Ich glaube nicht, dass das meine Aufgabe ist«, schnappte er.

»Nicht?«, fragte Ole. »Warum denn nicht? Ich dachte, Sie wären, ebenso wie ich, hier, um den Fall zu klären?« Er sah seinen Kollegen stirnrunzelnd an. »Also, wenn das nicht Ihre Aufgabe ist, dann ist es meine. Ich werde mir das später ansehen. Aber erst mal will ich mit den Frauen dahinten sprechen.«

»Geh du ruhig, ich schaue mich im Bootshaus mal um«, sagte Monja und warf ihrem Kollegen Nei einen giftigen Blick zu. Eifersüchtige Platzhirsche wie ihn konnte sie gar nicht leiden. »Ich bin mir da auch nicht zu schade für. Im Gegenteil erhoffe ich mir von einem Besuch im Bootshaus wichtige Erkenntnisse.«

Unter den bösen Blicken seines Kollegen überquerte Ole die Wiese und ging zu der großen, schmiedeeisernen Hollywoodschaukel mit den dicken, weißen Sitzpolstern, auf der eine elegante, blonde Frau saß und mit starrer Miene vor sich hinblickte. Ole erkannte sie als Helena Eichenhaun, Besitzerin der Villa und des Grundstücks und außerdem viel bewunderte Chefin der Modefirma Saphir!. Rechts und links der Blonden saßen zwei jüngere Frauen, vielleicht ihre Töchter. Die eine wach, selbstbewusst und ein Ebenbild der Mutter, mit halblangen, blonden Haaren und blauen Augen, die allerdings wärmer strahlten als Helenas. Die andere wirkte eher abwesend, ihr Blick war verträumt, ihre braunen Haare flossen um ihre Schultern und bis auf den Rücken.

»Frau Eichenhaun?«, fragte Ole.

Helena sah ihm ins Gesicht. Ole blickte auf eine perfekte kalte Maske, sah dahinter aber echte Verzweiflung lodern. Er stutzte. Wenn ein Mitarbeiter der Firma am frühen Morgen tot im Tulpenbeet des Privatanwesens der Familie aufgefunden wurde, dann bedeutete das vermutlich, dass er private Beziehungen zu einer der Eichenhauns unterhielt. Des Alters wegen hatte Ole zunächst auf eine der Töchter getippt, doch diese waren nicht im Mindesten so betroffen wie ihre Mutter, ja, schienen sie sogar trösten zu wollen.

»Mein Name ist Ole Strobehn, ich bin Mitglied der Sonderkommission, die sich um die Aufklärung des Falles kümmert«, sagte er sanft.

Helena Eichenhaun starrte ihn immer noch mit unbewegter Miene an. Sie schien seine Worte gar nicht wahrgenommen zu haben.

»Frau Eichenhaun, wie kommt es, dass Herr Bux ausgerechnet in Ihrem Tulpenbeet aufgefunden wurde? Haben Sie private Beziehungen zu ihm gepflegt?«

»Er war mein Verlobter. Gestern Abend hat er meinen Heiratsantrag angenommen.« Ihre Stimme klang gepflegt und sehr kühl. Gar nicht so, als hätte sie gerade vom Tod ihres Geliebten gesprochen, sondern mehr, als würde sie Ole mitteilen, dass das Wetter bald umschlägt.

»Das tut mir sehr leid, Frau Eichenhaun. Mein aufrichtiges Beileid.«

Sie kommentierte seine Worte mit einem knappen Nicken.

Ole musterte die beiden jüngeren Frauen. Die Blonde erkannte er als eine Freundin Alexandras, die er einmal bei einem Fest kennengelernt hatte. Sie erwiderte seinen Blick frei und offen. Die Braunhaarige wich ihm aus, schien verlegen zu sein. »Sind Sie die Töchter?«, fragte er.

»Ja«, antwortete die Blonde. »Mein Name ist Sina Eichenhaun, das ist meine Schwester Katharina.« Mit der einen Hand streichelte sie unablässig die Finger ihrer Mutter, mit der anderen machte sie nun eine vage Bewegung in Richtung der Braunhaarigen.

»Mein Kollege von der Gerichtsmedizin schätzt, dass der Tod vor etwa fünf Stunden eingetreten ist. Also gegen …«, er sah auf die Armbanduhr, die ihm Alexandra zu Weihnachten geschenkt hatte. »… gegen fünf Uhr morgens«, fuhr er fort. »Bitte verzeihen Sie mir die Frage, aber ich muss sie stellen. Wo waren Sie zwischen vier und sechs Uhr morgens? Sie alle?«

»Im Bett«, erklärte Sina prompt. Das können Sie gern meinen Freund fragen, wobei der natürlich auch geschlafen hat.«

»Wie heißt Ihr Freund und wo wohnt er?«, wollte Ole wissen.

»Elias Mann und die Adresse schreibe ich Ihnen auf«, antwortete Sina. »Sie müssen sich aber beeilen, er wollte heute Morgen auf eine längere Reise aufbrechen. Wir wollten zusammen auf Weltreise gehen, aber all das hier …«, sie machte eine vage Handbewegung.

Ole nickte. Es war logisch, dass Sina ihre Reise verschieben wollte. Und er hätte sie auch gar nicht weglassen dürfen.

»Leben Sie zusammen?«, erkundigte er sich.

Sina schüttelte den Kopf. »Ich war bei ihm. Ich selbst habe eine traumhaft schöne Wohnung im Paradies.«

Obwohl er inzwischen schon von vielen Konstanzern gesagt bekommen hatte, sie lebten im Paradies und wusste, was es damit auf sich hatte, musste Ole jedes Mal wieder schmunzeln. Für jemanden, dem nicht klar war, dass einer der Konstanzer Stadtteile als Paradies bezeichnet wurde, klang das ziemlich merkwürdig.

»Und Sie?« Er wandtc sich an die Braunhaarige.

»Ich?« Ihr Blick schien von weit her zu kommen. Katharina rieb sich mit einem ihrer behandschuhten Hände über das Gesicht und Ole dachte, dass diese junge Frau die Vorurteile, Frauen würden immer frieren, bestätigte. Für Handschuhe fand er es definitiv zu warm. Ebenso übertrieben war die Decke, in die Katharina sich gehüllt hatte, und das Feuer, das er durch die bodentiefen Glasscheiben der Veranda im Wohnzimmer flackern sah.

»Ja, du«, peitschte Helena Eichenhauns Stimme. »Er hat dich schließlich angesehen, oder?«

Die Braunhaarige zuckte zusammen. Sie tat Ole leid.

»Wie heißen Sie?«, fragte er sanft, obwohl Sina ihm den Namen ja bereits genannt hatte.

»Katharina. Katharina Eichenhaun.« Die Stimme war leise, wie ein Hauch.

»Red' doch etwas lauter, Kind, der Kommissar kann dich ja nicht hören. Du solltest dir das wirklich endlich einmal angewöhnen«, nörgelte Helena Eichenhaun.

»Ja, Mutter«, sagte Katharina gehorsam und bemüht laut.

»Wohnen Sie hier in der Villa?« Ole ignorierte das Schnauben Helena Eichenhauns, mit dem sie sagen zu wollen schien: Natürlich wohnt diese Versagerin immer noch in der Villa und fällt mir zur Last.

»Ja«, antwortete Katharina leise. »Ja, ich … ich studiere romanische und deutsche Literatur an der Uni, wissen Sie? Da ist das einfach bequemer.«

»Seit gefühlten zwölf Semestern«, sagte Helena mit einer Stimme, die vor Verachtung troff. Ole fragte sich, wie eine Mutter ihr eigenes Kind so abfällig behandeln und noch dazu vor einem Fremden bloßstellen konnte.

Das schien auch Sina so zu empfinden. »Jetzt hör doch endlich mal auf, dauernd auf Katharina rumzuhacken«, schnauzte sie und entzog der Mutter ihre Hand.

»Ich war auf einer Party und bin irgendwann am Morgen zurückgekehrt. Das muss gegen sechs gewesen sein«, sagte Katharina leise. »Meine Freunde können das sicher bezeugen.«

Ole wurde wachsam. »Haben Sie irgendetwas bemerkt, als Sie nach Hause kamen?«

Katharina schüttelte den Kopf.

»Sind Sie durch den Garten gekommen?«

»Nein, durch die Haustüre«, sagte Katharina.

»Was haben Sie dann gemacht?«

»Ich habe mir im Kamin ein Feuer angezündet, weil mir kalt war.« Sie deutete nach drinnen, wo hinter dem Fenster Flammen im Kamin züngelten. »Dann habe ich mir ein Buch genommen und etwas gelesen.« Sie verstummte.

»Und weiter?«, bohrte Ole, den Hauch von Ungeduld in der Stimme.

»Ich muss dann wohl eingeschlafen sein. Ich bin hochgeschreckt, als ich Mutter im Garten schreien hörte. Ich bin zu ihr gelaufen und habe dann sofort die Polizei benachrichtigt.«

Ole nickte. »Und Sie, Frau Eichenhaun?«, wandte er sich an die eiserne Lady in der Mitte.

»Ich habe auch geschlafen«, sagte Helena knapp.

»Kann das jemand bezeugen?«

»Nein. Mein Zeuge ist tot.«

Ole presste die Lippen aufeinander. Diese Frau ging ihm tierisch auf den Keks.

»Wohnte Leonhard Bux bei Ihnen? Gemeldet war er im Ostalbkreis.«

»Ja«, sagte Helena. »Als ich ihn kennenlernte, wohnte er in einem Hotel. Dann habe ich ihn eingestellt und nach kurzer Zeit ist er bei mir eingezogen.«

»Wann war das?«, wollte Ole wissen.

»Gott, das weiß ich nicht mehr ganz genau«, murrte Helena. »Ich müsste im Kalender nachsehen.«

»Dann tun Sie das bitte. Ohnehin müssen wir noch Ihre Personalien aufnehmen. Wann haben Sie ihn zuletzt lebend gesehen?«

»Gestern Abend«, erklärte Helena. »Wir … wir waren essen und haben unsere Verlobung gefeiert. Und danach, nun ja, danach …« Sie wollte nicht weiter sprechen. Ole nickte und bedeutete ihr damit, dass sie nicht mehr ins Detail gehen musste. Ihm war es ja auch lieber, wenn diese kühle Dame nicht die Details ihres Sexuallebens vor ihm ausbreitete. »Sie müssten Ihre Aussagen ohnehin noch einmal zu Protokoll geben«, erklärte er. »Bitte kommen Sie nachher zu mir in den Einsatzwagen.«

NEUNTES KAPITEL

Aalen, Ostalbkreis

»*Was* sagen Sie da?« Kommissar Geissler konnte es nicht glauben. Das Verschwinden der Pfeife des Aalener Spions hatte den gesamten Ostalbkreis in Aufruhr versetzt. Der Oberbürgermeister bat denjenigen, der die Pfeife entwendet hatte – denn wenn sie dem Spion bloß aus dem Mund gefallen wäre, müsste sie ja noch vor dem Spionrathaus liegen – sie umgehend zurückzubringen. Die Mitteilung war in allen Zeitungen und natürlich auch im Amtsblatt erschienen. Das Stadtoberhaupt bot sogar an, der ›Finder‹ könne die Pfeife anonym im Rathaus abgeben. Es ging ihm nicht um Repressalien, sondern er wollte dem Wahrzeichen Aalens schlicht und einfach sein Profil gebendes Rauchgerät wieder zukommen lassen. Die Zeitungen überschlugen sich mit Vermutungen über den Übeltäter; die einen glaubten, es handle sich um einen Dummejungenstreich, andere waren überzeugt, kämpferische Nichtraucher hätten dem Spion die Pfeife aus dem Mund gerissen, weil sie einen Rauchenden an derart prominenter Stelle nicht dulden wollten. Und wieder andere stellten sogar ganz wilde Vermutungen über Spionage an – schließlich hatte der Aalener Spion seinen Namen nicht von ungefähr.

Die große Frage bei seinen, Geisslers, Ermittlungen war: Wer hatte eigentlich Gelegenheit, so nah an den Spion heranzukommen, dass es ihm glückte, ihm die Pfeife aus dem Mund zu nehmen? Die Antwort war einfach. Von außen war das kaum machbar. Nur mit einer Drehleiter der Feuerwehr – oder für einen sehr geschickten Hauswandkletterer – war es möglich, den in luftigen Höhen sitzenden Spion zu erreichen. Und dass das dann auch noch unbemerkt vonstattengehen sollte, war kaum vorstellbar. Schließlich saß der Spion am Eck der beiden wohl belebtesten Straßen in der Stadt – dem Marktplatz und der Reichsstädter Straße. Selbst nachts und bei schlechtem Wetter war hier eigentlich immer viel los. Und den Spion auf seinem hohen Turm konnte man von sehr vielen Stellen der Stadt aus sehen. Nein, das war für Kommissar Geissler klar: Die Pfeife des Spions musste von innen entwendet worden sein. Zugang zum Glockenturm hatten außer der Stadt nur die Mieter, vor allem der der oberen Wohnung. Und nach diesem hatte er, Geissler, vergebens gesucht. Bis ihn soeben ein Anruf der Polizeidirektion Konstanz erreichte und man ihm mitteilte, dass am schönen Bodenseeufer in Konstanz ein Bürger Aalens ermordet worden sei: Leonhard Bux. Und genau der war der gesuchte Mieter des oberen Stockwerks des Spionenhauses. Geissler war klar, dass er auch noch in der Stadtverwaltung nachforschen musste, wer Gelegenheit hatte, sich den Schlüssel zum Spionenturm zu besorgen – eine lange Liste würde das vermutlich sein. Dass Bux just in jener Nacht sterben musste, in der die Pfeife des Aalener Spions verschwand, das konnte nun wirklich kein Zufall sein.

Das sah der Kollege vom Bodensee, ein Herr namens Ole Strobehn, ganz genauso, als er ihm seine Überlegungen telefonisch mitteilte.

»Ich war gerade am Tatort«, verkündete Geissler aufgeregt und strich sich in hastigen Bewegungen wieder und wieder über seinen gepflegten schwarzen Schnauzbart, während er den Telefonhörer mit der anderen Hand fest umklammert hielt. »Die Spurensicherung ist kräftig am Suchen, bisher haben wir noch keine Ergebnisse. Aber wir halten Sie auf dem Laufenden. Und natürlich werden wir uns nun auch Zutritt zu seinen Räumlichkeiten verschaffen.«

»Sehr gut«, befand Ole. »Wir halten Sie ebenfalls auf dem Stand der Dinge. Je nachdem, wie sich die Sache entwickelt, würden meine Kollegin und ich zeitnah nach Aalen kommen, um vor Ort weiterzuermitteln.«

Geissler versicherte dem Kollegen vom Bodensee eifrig, dass man ihn auf der Ostalb herzlich willkommen heißen werde, und legte auf. Die Sache schlug immer höhere Wellen. Er konnte sich kaum eine Tat vorstellen, die in Aalen für mehr Aufregung sorgen konnte als das Verschwinden der Pfeife des Spions. Und nun also auch noch ein Mord.

Wieder strich sich Geissler – diesmal langsam und sehr bedächtig – über seinen Schnurrbart. So sehr er den Tod des Aalener Bürgers auch bedauerte – es war ohne Frage auch aufregend, was hier geschah. Die innere Erregung, die sich leise, prickelnd und verheißungsvoll in ihm ausbreitete, machte ihn ein wenig verlegen Er empfand sie als unanständig. Als Polizist hatte er sich nicht zu freuen, wenn Verbrechen geschahen. Trotzdem: Dass der Ostalbkreis in der Kriminalstatistik Baden-Württembergs seit Jahren sehr weit hinten rangierte war zwar schön, wer lebte nicht gern auf einem friedlichen Fleckchen Erde, aber manchmal war es eben auch ein wenig langweilig. Geissler war der Überzeugung, dass er für diesen Posten völlig überqualifiziert war. Gemeckert hatte er freilich nie – und es schon gar nicht ausgesprochen. Es war nur eine stille Feststellung gewesen, mit der er sich dann und wann aus seinem oft gleichförmig verlaufenden Alltag hinwegträumte. Und nun passierte endlich einmal etwas. Endlich konnte er sich beweisen.

ZEHNTES KAPITEL

Konstanz

»Sie können Ihre Akten zuklappen, der Fall ist gelöst«, verkündete Helena Eichenhaun.

Ole blickte sie verdutzt an. »Wie meinen Sie das?«, hakte er nach. Es war zwei Minuten nach zehn. Pünktlich auf die Sekunde war Helena vor exakt zwei Minuten in seinem Büro bei der Konstanzer Polizei aufgetaucht, das man ihm zur Verfügung gestellt hatte, seit man ihn – sehr zum Ärger seines Konstanzer Kollegen Nei – zum Leiter der Sonderkommission ernannt hatte. Monja wurde seine Stellvertreterin.

»Ich weiß, wer der Mörder ist. Er hat mir zuvor sogar gewissermaßen noch mitgeteilt, dass er beabsichtigt, Leonhard umzubringen. Nur habe ich nicht gedacht, dass er tatsächlich ernst machen würde. Sonst hätte ich das zu verhindern gewusst, das können Sie mir glauben.« Ihre Stimme klang bitter und war voller Hass, aber ihr Gesicht, das seltsam maskenhaft wirkte, verzog sich nicht und zeigte keinerlei Regung, während sie die Worte sprach, die langen, schlanken Beine übereinander schlug und ihren Rock glatt strich.

»Von wem sprechen Sie und was hat er gesagt?«, wollte Ole wissen.

Helena verzog missbilligend den Mund. »Von meinem Sohn. Von meinem *eigenen* Sohn. Christian. Mein Ältester. Können Sie sich das vorstellen?«

»Das sind harte Anschuldigungen, Frau Eichenhaun.« Ole lehnte sich auf seinem Stuhl zurück und verschränkte die Arme. »Sehr harte Anschuldigungen sogar.«

»Es ist die Wahrheit«, beharrte Helena. »Mein Sohn hat praktisch angekündigt, dass er ihm etwas antun wird. Ich habe es nur nicht kapiert.«

Ole blickte sie abwartend an.

»Ich habe Leonhard gefragt, ob er mich heiraten will«, sagte sie und zum ersten Mal seit sie mit Ole sprach, geriet ihre kühle Stimme leicht ins Wanken. »Das wissen Sie ja bereits. Und als ich meinem Sohn davon erzählte, regte er sich furchtbar auf, hatte Angst um sein Erbe und hat mit Konsequenzen gedroht.«

»Das bedeutet noch nicht, dass er einen Mord begangen hat«, stellte Ole klar.

»Sie kennen meinen Sohn nicht«, widersprach Helena. »Wenn es sein muss, geht er auch über Leichen.« Sie stockte kurz, als ihr bewusst wurde, dass dieser abgedroschene Spruch in ihrem Fall einen ganz eigenen, bitteren Beigeschmack hatte.

Ole heftete seinen Blick auf ihr Gesicht. Er dachte, dass sie eigentlich eine schöne Frau war, wunderschön sogar. Ihre Züge wirkten fast aristokratisch, aber leider hatten sie eine arrogante Prägung, was ihr ein hochnäsiges Aussehen verlieh. Doch das Gesicht war fein gezeichnet, die Wangenknochen hoch, die Haut rosig und glatt und ihr blondes Haar fiel seidig auf ihre Schultern. Er dachte, dass sie schöner aussehen würde, wenn sie die Make-up-Schichten reduzieren und vor allem darauf verzichten würde, ihre Augenbrauen auszureißen und durch aufgemalte Striche zu ersetzen. Die Schminke verstärkte den maskenhaften Eindruck. Er fragte sich, ob sie das Make-up absichtlich so dick auftrug, weil sie eine Maske brauchte, eine Mauer zwischen sich und der Welt.

Das Make-up machte sie älter, denn es betonte ihre Mimikfalten. Ihre Gesichtsbewegungen schnitten sich in die Schminke ein, unbarmherzig, ehrlich.

»Mein Sohn zieht durch, was er sich vornimmt und zwar mit aller Konsequenz«, sagte sie nun und es klang fast ein wenig traurig, als sie ergänzte: »Das hat er von mir. Leider.«

Ole stimmte ihr im Stillen zu. Wobei er sich auch ansonsten nichts vorstellen konnte, was diese Frau ihren Kindern an positiven Attributen hätte vererben können.

»Wie kannst du es wagen, mich derart zu diskreditieren?«

Christian war weiß vor Wut, als er ins Büro seiner Mutter platzte. Er kam direkt von einer dreistündigen Vernehmung mit Ole Strobehn, in der ihn der Kommissar mit dem Vorwurf seiner Mutter konfrontiert und ins Kreuzverhör genommen hatte. Wie ein Schwerverbrecher hatte er sich gefühlt. Kommissar Strobehn, dachte er verbittert, freut sich, dass meine Mutter ihm einen Verbrecher auf dem Silbertablett serviert hat. Für ihn ist der Fall längst gelöst. Nur widerstrebend, so kam es Christian vor, hatte er ihn wieder gehen lassen. Die Verdachtsmomente reichten wohl nicht aus. Strobehn hatte auch angekündigt, dass er Christians Alibi überprüfen wollte. Und das war in der Tat ein Problem. Doch darum würde er sich später kümmern. Erst einmal musste er dieser selbstgerechten Frau, die ihn geboren hatte, die Meinung geigen.

Kurz hatte er innegehalten, als er sie, nachdem er die Tür aufgerissen hatte, am Schreibtisch sitzen sah. Ein schmales Wesen in schwarzem Kostüm und schwarzer Bluse, ein dunkler Fleck in hellen Hallen. Er hatte sie nicht gesehen, seit es geschehen war, doch anhand der Linien in ihrem Gesicht und auch an ihrer Körperhaltung, die lang nicht so straff und gerade war wie gewohnt, konnte er erkennen, dass sie litt. Milder stimmte ihn das nicht, im Gegenteil machte es ihn eher noch wütender. Um seinen Vater, den von ihm so heiß geliebten Papa, hatte sie nicht getrauert, daran erinnerte er sich noch ganz genau. Seine kleine Kinderseele hatte es damals fast zerrissen vor Schmerz und es hatte ihn irritiert und verletzt und um des Papas Willen auch ganz schrecklich gekränkt, dass die Mama gar nicht traurig über seinen Tod zu sein schien. Christian wurde klar, dass er seine Mutter gerade jetzt, in diesem Moment, zum ersten Mal verletzlich gesehen, sie bei einer Emotion erwischt hatte. Emotionen, die sie *ihm* nicht entgegenbrachte. Schon hatte sie ihre Maske wieder übergestülpt und musterte ihn mit kühlem Blick.

»Ich verstehe nicht, was du meinst«, sagte sie. »Und ich wäre dir dankbar, wenn du hier nicht einfach so hereinplatzen, sondern dich anmelden würdest, wie jeder andere Mensch auch.«

»Ach, brauche ich jetzt schon einen Termin, um mit meiner Mutter zu sprechen?« Christian beugte sich vor, zischte die Worte mehr, als das er sie sprach, stützte sich mit den Händen auf der Besucherseite ihres Schreibtisches ab und schob sein Gesicht, sein vor Wut glühend rotes Gesicht, nah, zu nah, an ihres heran. »Aber warum wundert mich das eigentlich, das ist ja bisher auch nicht anders gewesen.

Eigentlich dürfte mich das nicht erstaunen. Ich bin ja bloß dein Sohn.«

Für einen Moment nur schloss Helena die Augen. Mit Sätzen wie diesen traf er sie bis ins Mark. Worte wie diese erinnerten sie gnadenlos und hart daran, dass sie keine gute Mutter gewesen war. Es immer noch nicht war und vermutlich auch nie sein würde. Und das tat ihr weh, auch wenn das niemand für möglich halten oder in ihr vermuten würde. Ja, Helena Eichenhaun, die eiserne Lady, wie man sie in der Firma insgeheim nannte, hatte einen weichen, einen sehr weichen und sehr verletzlichen Kern – den sie gut zu verstecken und zu schützen wusste. Wie gern hätte sie eine Beziehung zu ihren Kindern aufgebaut. Aber irgendwie hatte sie den Moment verpasst. Erst waren sie zu klein gewesen, als dass sie etwas mit ihnen hätte anfangen können. Dann war da die Firma, die es aufzubauen galt. Und ihr Mann hatte sich ja vorbildlich um die Kinder gekümmert und seine Sache sehr, sehr gut gemacht. Sie wurde nicht gebraucht, und wenn sie sich tatsächlich einmal einen Nachmittag frei genommen hatte, um bei ihrer Familie zu sein, dann hatte sie sich seltsam hilflos gefühlt und wusste nicht so recht, was sie mit ihren Kindern anfangen, was sie zu ihnen sagen sollte. Und sie wussten es anscheinend auch nicht. Mit großen, ein wenig furchtsamen Augen starrten sie die elegante Frau an, die da bei ihnen am Tisch saß und die ihre Mami war. Aber auf ihren Schoß wagten sie sich nicht. Und Helena wäre sicherlich auch zurückgezuckt, wenn die kleinen schmutzigen Fingerchen ihr schneeweißes Leinenkleid berührt hätten.

Stattdessen kletterten sie zu ihrem Papa auf den Schoß. Kuschelten sich an seinen weichen, etwas zu dicken Bauch, der im Winter von Wollpullovern mit Rautenmuster und im Sommer von weiten Hemden bedeckt wurde. Mit ihm plauderten und lachten sie, zu ihm kamen sie, wenn sie sich verletzt hatten, mit ihm tollten sie auf dem großen Rasen Ball spielend herum. Wenn Albert mit seinen Kindern zusammen war, war er fröhlich, ausgelassen und selbstsicher. Dann konnte Helena sich fast ein leises Gefühl der Bewunderung für ihn abringen. Aber in den Stunden, in denen er neben ihr am Gartentisch saß und ihr beim Teetrinken Gesellschaft leistete, war er steif und wusste nicht, was er sagen sollte. Er fürchtete sich vor diesen Familiennachmittagen ebenso wie sie. Zwei Menschen, die zusammenkamen, weil sie dachten, dass sie es tun müssen. Als wären sie flüchtig bekannte Nachbarn, die ein Mal im Monat einen Anstandstee miteinander tranken. Menschen, die nichts gemein hatten, außer dass sie in der gleichen Straße wohnten. Auch Helena und Albert verband nichts außer der Kinder – und das auch nur wenig, da sie Helena ja ebenfalls fremd waren.

Als er dann gestorben war, ums Leben gekommen, weil ein betrunkener 18-Jähriger auf seine Fahrbahn geraten war, war sie wieder nicht für ihre Kinder da gewesen, die mit kleinen, gebrochenen Herzen dastanden und nicht wussten, wie sie über den herben Verlust hinwegkommen sollten. Für Helena ging es nun darum, ihre Position in der Firma zu sichern, schließlich war sie ›nur‹ die Schwiegertochter, die zwar die wenigen Anteile ihres Mannes geerbt hatte, die aber dem Schwiegervater noch mal beweisen musste, dass sie gut war und dass sie es konnte. Irgendwie waren die Kinder allein über jene harte Zeit hinweggekommen, sicherlich auch mit Hilfe der zahlreichen Kindermädchen, die ohne Zweifel Mitleid mit der kleinen, reichen und so schrecklich einsamen Geschwisterbande hatten.

Und als die Firma endlich so lief, wie sie sich das vorstellte, ihr Schwiegervater starb – ein weiterer, wenn auch nicht ganz so schmerzlicher Verlust für die Kinder – und sie zur Firmenchefin wurde, stellte sie erschreckt fest, dass die Kinder keine Kinder mehr waren. Auch keine Jugendlichen. Sondern Erwachsene. Und dass sie ihr fremd waren, fremder noch als früher. Dass sie keinen Zugang mehr zu ihnen fand. Ihren Schmerz und ihr Bedauern darüber versuchte sie hinter ihrer eisigen Maske zu verbergen. Nie würde sie jemandem eingestehen, dass sie versagt hatte. Schon gar nicht ihren Kindern. Sie hatte Sehnsucht nach ihnen. Schreckliche, schmerzende, rasende, alles verzehrende Sehnsucht. Helena war innerlich so vereinsamt und hatte die Kerben ihres Weges, ihres eisigen, harten Weges, so tief geschlagen, dass sie nicht mehr herausfand. Sie hatte nicht den Mut und die Kraft, auf ihre Kinder zuzugehen, sie um Verzeihung zu bitten und eine Beziehung zu ihnen aufzubauen. Stattdessen lauschte sie nun also neidisch, wenn sie ihre Mitarbeiterinnen von glücklichen Familienwochenenden erzählen hörte oder wenn sie Töchter sah, die vor dem Firmengebäude auf ihre Mütter warteten, um etwas mit ihnen zu unternehmen. Einen abendlichen Einkaufsbummel, einen Kinobesuch, was auch immer. Sie sah Kinderlippen, die Mütterwangen berührten und junge Frauen, die ihre Mütter freundschaftlich umarmten. Es tat weh. Sie wollte das auch. Doch wenn ihre Kinder sie einmal berührten – am Tag von Leonhards Tod war das zum Beispiel so gewesen, da hatte Sina ihre Hand gehalten –, dann erstarrte sie regelrecht und war unfähig, einen

Kuss, eine Umarmung oder auch nur einen Händedruck zu erwidern.

Mit Leonhard war es anders gewesen. Er hatte sie mit seiner unkonventionellen Art sofort fasziniert, sich mit seinem jungenhaften Grinsen einfach an den Eisblöcken vorbeigemogelt, die den Eingang zu ihrem Herzen versperrten. Durch ihn hatte sie – vielleicht zum ersten Mal in ihrem Leben – gelernt, was es bedeutete, jemanden zu lieben, jemandem nah zu sein. Sich auf jemanden zu freuen, auf seine Meinung Wert zu legen. Und das auch zuzulassen.

Und dann hatte man ihn ihr einfach genommen. Kaltblütig ermordet. In ihrem Tulpenbeet, vor dem sie am Abend zuvor noch zusammen getanzt und damit ihre Verlobung gefeiert hatten.

»Ich glaube nicht, dass du in deiner Funktion als mein Sohn kommst, sondern als Chefdesigner meiner Firma, die dringend neue Ideen braucht«, sagte sie jetzt ausweichend zu dem jungen Mann, der immer noch auf ihren Schreibtisch gestützt dastand und sie wütend und eine Antwort fordernd anstarrte.

Als wären ihre Worte die Nadel, die den prall gefüllten Luftballon seiner Wut zum Platzen brachte, explodierte er. »Doch Mutter, ich komme als dein Sohn«, wetterte er. Er beugte sich noch ein Stück weiter vor. Gleich wird er die Balance verlieren und vorn überkippen, dachte Helena flüchtig.

»Ich stehe hier als der Sohn einer Frau, die ihn vor der Polizei als Mörder bezeichnet hat.«

Helena musterte ihn kühl. »Was soll ich denn sonst denken? Du erfährst, dass wir heiraten werden; und die Anteile, hinter denen du so herwinselst, in Gefahr sind, und kurz darauf ist er tot. Noch dazu hast du das ja angekündigt.«

Christian schnaubte. »Ich habe gesagt, dass das Konsequenzen haben wird. Das stimmt. Aber ich gehe doch nicht hin und bringe einen Menschen um.« Er sah seine Mutter gekränkt an. »Das kannst du doch nicht ernsthaft von mir denken!«

»Ich sehe nur die Fakten, und die sprechen für sich«, beharrte Helena. Wenn du unschuldig bist, wird die Polizei das schon herausfinden. Überlasse die Ermittlungen ruhig den Beamten. Wir haben hier anderes zu tun. In wenigen Monaten soll die neue Kollektion präsentiert werden. Bis auf die paar Modelle, die Leonhard entworfen hat, haben wir nichts Brauchbares.«

Helenas Stirn umwölkte sich und sie trommelte mit ihren langen, feuerrot lackierten Fingernägeln auf der Platte ihres Schreibtisches. »Und die können wir nicht nehmen, denn die Kollektion sollte eine einheitliche Handschrift haben. Und Stücke wie Leonhard sie entworfen hat – das kann keiner nacheifern. Es würde also eine große qualitative Lücke in der Kollektion klaffen.« Sie merkte nicht einmal, wie verletzend ihre Worte waren. »Lass dir also etwas einfallen, schließlich bist du Chefdesigner.«

Christian starrte seine Mutter fassungslos an. So gefühllos konnte auch nur sie sein. Gerade erst war ihr Verlobter umgebracht worden und sie dachte schon wieder nur an die Arbeit und lamentierte, dass man die Entwürfe ihres Verlobten wegen seines Todes nicht mehr verwenden könne.

»Aber wage es nicht, mir noch mal solche jämmerlichen Entwürfe vorzulegen wie letztes Mal«, fügte sie noch hinzu.

»Weißt du was, Mutter?«, fragte Christian und stieß sich von der Schreibtischkante ab. »Diese Gefahr besteht nicht.

Ich werde dir keine Entwürfe vorlegen. Nie wieder. Ich kündige nämlich.«

Er blickte Helena ins Gesicht. »Mit sofortiger Wirkung«, fügte er hinzu und verließ ohne ein weiteres Wort den Raum. Er hatte wahrlich Wichtigeres zu tun, als sich um langweilige Modeentwürfe zu kümmern. Wichtiger als alles andere war im Moment, sich sein Alibi zu sichern. Und zwar bevor Ole Strobehn, der fixe, nordische Kommissar, bei Martina aufschlug.

ELFTES KAPITEL

Überlingen

Alexandra war erschüttert, als sie die Pressemitteilung des Polizeipräsidiums Konstanz sah, die soeben per E-Mail auf ihrem Rechner eingegangen war.

Von: Polizeipräsidium Konstanz
Gesendet: 26. April 2013, 12.35 Uhr
An: Alexandra Tuleit
Betreff: Pressemitteilung Polizeipräsidium Konstanz

Am heutigen Vormittag wurde im Garten einer Villa im Konstanzer Musikerviertel eine männliche Leiche gefunden. Bei dem Toten handelt es sich um den 36-jährigen Modedesigner und Künstler Leonhard Bux, der zuletzt bei der

Modefirma Saphir! in Friedrichshafen beschäftigt war. Die Ermittlungen dauern an. Um 15 Uhr erhalten Sie auf einer Pressekonferenz im Polizeipräsidium weitere Informationen. Beamte aus dem Bodenseekreis und dem Kreis Konstanz wurden zu einer Sonderkommission zusammengerufen. Die Ermittlungen leitet Kriminalhauptkommissar Ole Strobehn.

POK Polizeipräsidium Konstanz, Häberle
PHK Polizeidirektion Friedrichshafen, Schmidt.

Jetzt muss ich schon über eine Pressemitteilung erfahren, wo Ole sich aufhält, dachte Alexandra. Früher waren sie ständig über den anderen auf dem Laufenden gewesen. Hatten sich auch während des Tages SMS und Mails geschickt oder kurz telefoniert. Doch in der letzten Zeit erhielt sie keine Nachrichten mehr von Ole. Sie ahnte, dass er sie auch deshalb nicht mehr von seiner Arbeit aus kontaktierte, weil er sich professionell verhalten wollte. Dass er ihr damals, nach dem Tod von Elisabeth Meierle, von seinen Ermittlungen erzählt hatte, hatte ihm nachträglich zwar das Leben gerettet, aber natürlich war es sehr unprofessionell gewesen, sich ausgerechnet einer Journalistin anzuvertrauen – auch, wenn sie liiert waren. Ole musste über gewisse Dinge schweigen, sie sah das ein. Einen kleinen Stich gab es ihr aber schon, das musste sie zugeben, denn es war ein wenig so, als würde er ihr nicht vertrauen. Sie wusste auch, dass er überkorrekt sein musste, um seinen Fehler von damals zumindest ein kleines bisschen auszubügeln. Dennoch schmerzte es sie, dass sie immer mehr aus seinem Leben ausgeschlossen wurde.

Alexandra hielt sich aber nur kurz mit ihren Beziehungssorgen auf. Parallel ging ihr etwas ganz anderes durch den Kopf. Leonhard Bux. Das war doch der neue Designer bei Saphir!, der Verlobte der Mutter ihrer Freundin Sina. Erst kürzlich hatte sie mit der frisch von der Modeschule zurückgekehrten Freundin zusammen gesessen und sie hatte ihr von der neuen Liebe ihrer Mutter erzählt. Sina und Alexandra kannten sich seit der Schulzeit und waren die besten Freundinnen. Sicher, zwischendurch gab es Zeiten, in denen sie monatelang nichts voneinander hörten, einmal war sogar ein ganzes Jahr lang Funkstille gewesen. Doch wenn sie sich dann wieder sahen, dann war es jedes Mal, als hätten sie sich erst ein paar Stunden zuvor getrennt. So war es auch neulich gewesen. Sina hatte die anstrengende Zeit auf der Modeschule in Paris hinter sich und wollte nun am See entspannen, um danach mit ihrem Freund die Welt zu erkunden. Sina stellte sich vor, auf jedem Kontinent Eindrücke für ihre erste Kollektion zu sammeln. Bis tief in die Nacht hatten sich die beiden Frauen unterhalten, und dabei hatte Sina ihr auch von Leonhard Bux erzählt. »Er ist wirklich ein faszinierender Mann«, hatte sie gesagt und augenzwinkernd hinzugefügt: »Wenn er nicht schon in Mama verknallt wäre und ich mit Elias nicht so glücklich wäre, dann würde er durchaus eine Gefahr für mich darstellen.« Dann war sie ernst geworden. »Ich gönne Mama ihr Glück«, sagte sie leise. Alexandra nahm ihre Hand. Sie wusste um das schwierige Verhältnis zwischen Helena und ihren Kindern. Als sie noch ein kleines Mädchen gewesen war, hatte sie nie zu den Eichenhauns gehen wollen, auch, wenn sie eine Villa am See hatten. Sie hatte immer Angst davor gehabt, Sinas Mutter zu begegnen. Also hatte Sina lange Tage in der Altstadtwohnung von Alexandras Mutter im Konstanzer Paradies verbracht, und als die beiden Mädchen älter wurden, hatten sie sich die stadtnahe Lage zunutze gemacht und waren shoppen gegangen – oder besser: Kleider anprobieren. Denn Alexandras Mutter hatte kein Geld und Sina hatte zwar welches, war aber schon in jungen Jahren taktvoll genug gewesen, es im Beisein Alexandras nicht auszugeben. Und sie wusste auch, dass es ihrer Freundin peinlich gewesen wäre, wenn sie ihr ständig die Rechnungen bezahlt hätte.

Und nun sollte dieser Leonhard also tot sein?

Alexandra wusste, dass sie sich nicht einmischen durfte – zumindest nicht beruflich. Seit sie und Ole offiziell ein Paar waren oder besser gesagt, seit der Fall Elisabeth Meierle abgeschlossen war, gestattete ihr der Chefredakteur nicht mehr, die Polizeiberichterstattung zu übernehmen. Sie fand das nur sauber und fair und war insgeheim auch froh darüber. Zwar hatte sie Polizeiberichterstattung immer gern gemacht, aber es erleichterte das Zusammenleben mit Ole enorm, wenn sie nicht mehr involviert war. Er musste nicht ganz so genau aufpassen, was er ihr erzählte, konnte unbefangener sein. Wobei er ihr ja ohnehin nichts mehr erzählte. Sie seufzte leise.

Auch die Psychologin hatte ihr dringend abgeraten, in nächster Zeit über harte Fälle zu schreiben. Erst einmal, hatte sie gemeint, müsse Alexandra ihre eigenen Eindrücke verarbeiten. Sie wusste, dass die Psychologin recht hatte. Und sie wusste auch, dass sie den Fall, über den sie gerade via Pressemitteilung informiert worden war, eigentlich links liegen lassen sollte. Aber sie konnte es nicht lassen. Sie wollte Sina helfen, außerdem war die Berufsneugierde geweckt. Sie musste ja nichts für die Zeitung schreiben. Aber erkundigen konnte sie sich schließlich mal. Schaden konnte es zumindest nichts. Sie kramte ihr weißes iPhone aus der Tasche und tippte Sinas Nummer ein.

ZWÖLFTES KAPITEL

Aalen, Ostalbkreis

»Es ist wirklich mehr als verblüffend«, sagte Kommissar Geissler nun schon zum dritten Mal, befeuchtete seine Finger, indem er leicht darauf spuckte, und strich sich gedankenverloren über seinen schwarzen Schnurrbart. Diese für seine Mitmenschen, die ihm die Hand schütteln mussten, äußerst unangenehme Angewohnheit, war ihm dermaßen in Fleisch und Blut übergegangen, dass er sie nicht einmal mehr bemerkte.

»Verblüffend«, kommentierte er wieder und sah den jungen Polizisten, der ihm gegenüber Platz genommen hatte, um ihn über die neuesten Ermittlungsergebnisse zu informieren, über seinen Brillenrand hinweg streng an. »Und Sie sind sich ganz sicher? Sie haben sich nicht getäuscht?«

Der junge Polizist, sein Name war Hans-Jörg Eierle, lief feuerrot an. Er hatte einen Heidenrespekt vor seinem Chef und dessen Schnurrbart. »Ich bin mir ganz sicher, Herr Kriminalhauptkommissar«, erklärte er eifrig.

»Hm«, sagte Geissler. »Das ist in der Tat ganz erstaunlich, meinen Sie nicht auch?«

»Äußerst erstaunlich, Herr Kriminalhauptkommissar«, beeilte sich Hans-Jörg Eierle, seinem Chef beizupflichten.

»Also, *sein* kann das ja eigentlich nicht.«

»Aber wenn Sie erlauben, Herr Kriminalhauptkommissar, es *ist* so. Es gibt wirklich *überhaupt* keinen Zweifel.«

»Fassen wir mal zusammen«, entschloss sich der Kriminalhauptkommissar, zum Punkt zu kommen. »Es finden sich Fingerabdrücke des Ermordeten auf der Tür zum Glockenturm, was nicht weiter erstaunlich ist, denn er wohnte schließlich in dem Haus.«

»Richtig«, bestätigte Hans-Jörg Eierle.

»Weiter finden wir Fingerabdrücke des Mieters, der das Zimmer gegenüber der Tür zum Glockenturm bewohnt. Ist das korrekt, Eierle?« Geissler zwirbelte das rechte Ende seines Schnurrbarts brutal und blickte Eierle dabei eindringlich an.

»Völlig korrekt, Herr Kriminalhauptkommissar.«

»Außer diesen beiden Fingerabdrücken finden wir aber noch die sehr frischen des vor sieben Jahren verstorbenen«, Geissler kramte umständlich in den Akten auf seinem Schreibtisch und warf einen Blick darauf, »des vor sieben Jahren verstorbenen Valentin Moser«, ergänzte er.

»So ist es, Herr Kriminalhauptkommissar«, bestätigte Eierle.

»Mein guter Herr Eierle«, sagte Geissler oberlehrerhaft. »Sie werden mir doch zustimmen, dass das nicht sein kann. So viel müssen Sie auf der Polizeischule gelernt haben, um zu wissen, dass ein seit sieben Jahren Toter keine frischen Fingerabdrücke hinterlassen kann.«

Eierle schwieg verblüfft. »Aber … aber sie sind nun mal da, Herr Kriminalhauptkommissar«, stotterte er schließlich.

»Sie sind nun mal da«, wiederholte Geissler langsam. Und dann noch einmal: »Sie sind nun mal da.« Streng blickte er seinen Untergebenen an. »Und was, mein lieber Eierle, schließen wir daraus?«

Eierle kam sich vor wie in der Schule. »Dass der Tote nicht tot ist, sondern noch lebt?«, fragte er vorsichtig.

»Gut kombiniert, wirklich gut«, lobte Geissler. »Und was schließen wir weiter daraus?«

»Dass Moser die Pfeife gestohlen hat!«, triumphierte Eierle der nun, ob des Lobs seines Chefs, etwas mutiger geworden war.

»Das zumindest ist sehr naheliegend«, stimmte Geissler ihm gut gelaunt zu. »*Wissen* können wir es natürlich nicht, dazu reicht die Beweislage nicht aus. Was tun wir also als Nächstes?«

»Moser suchen?«, fragte Eierle.

»Korrekt, mein lieber Herr Eierle, völlig korrekt. Und gibt es noch offene Fragen?«

»Schon, ja, nämlich die, warum Leonhard Bux sterben musste und ob es einen Zusammenhang zwischen den beiden Fällen gibt.«

»Den gibt es«, sagte Geissler überzeugt. »Das ist so sicher wie nur was.«

DREIZEHNTES KAPITEL

Konstanz

»Erstaunlich. Wirklich. Ganz erstaunlich.« Wie auch sein Aalener Kollege brachte Ole seine Verwunderung über die Ermittlungsergebnisse hinsichtlich der Fingerabdrücke auf der Tür zum Spionenturm gleich mehrfach und sehr wortreich zum Ausdruck.

»Ich bin mir sicher, dass die beiden Fälle irgendwie zusammenhängen. Das kann kein Zufall sein«, bekräftigte Monja Grundel und verschränkte die Arme über ihrem ausladenden Busen.

»Das glaube ich auch«, stimmte Ole ihr zu.

»Was darf ich Ihnen bringen?« Die junge Bedienung strahlte den attraktiven Ole an und würdigte Monja keines Blickes. Was sich die selbstbewusste Überlingerin freilich nicht gefallen ließ. Sie saßen im Café Dom in der Konstanzer Niederburg und machten Mittag. »Ich habe gehört, dass die Burger bei Ihnen so gut sein sollen. Ich nehme den Sensation Egg Burger«, verkündete Monja. »Und dazu eine große Apfelschorle.«

»Ich schließe mich der Kollegin an«, murmelte Ole, die blonde, bedienende Schönheit keines Blickes würdigend. Als die sichtlich beleidigte Bedienung wenig später zwei riesige Burger mit Bratkartoffeln vor ihnen auf den Tisch knallte, kommentierte Ole entsetzt: »Wie um alles in der Welt soll ich die denn bitte essen!«

»Einfach reinbeißen«, grinste Monja, riss ihren Mund auf, schob den riesigen, dicken Burger hinein und kaute.

Ole beobachtete sie. Es machte ihm weder etwas aus, dass Monja mindestens 100 Kilo wog, noch dass sie meistens nach Schweiß roch. Aber wenn sie das Essen derart in sich hineinschlang und ihr dabei die Hälfte wieder aus dem Mund fiel, weil das Essen so unhandlich und der Bissen so groß war, dann fand er das nicht gerade appetitlich. Vor allem dann nicht, wenn er selbst etwas essen wollte.

Er schnitt fein säuberlich ein Häppchen von seinem Burger ab – was nicht wirklich einfach war, denn der Deckel wollte ständig herunterrutschen und den kunstvoll drapierten Belag mit sich ziehen – und steckte es sich in den Mund.

»Fassen wir mal zusammen«, setzte Ole das Gespräch fort, als er heruntergeschluckt hatte. »In Aalen verschwindet die Pfeife des Aalener Spions. Das ist, als würde man der Konstanzer Imperia eines dieser Zwerglein klauen, die auf ihren Händen sitzen.«

Monja schüttelte herablassend den Kopf, kaute schneller, schluckte herunter und stieß ihre Gabel in Oles Richtung. »Mein lieber Herr Strobehn«, sagte sie hoheitsvoll. »Das sind keine Zwerglein, sondern bedeutende Herren. Schließlich trägt der eine die Reichskrone und hält den Reichsapfel in der Hand und der andere trägt eine Tiara. das sind meiner Ansicht nach Kaiser Sigismund und Papst Martin V.!«

»Die nackt auf den Händen der erotischen Imperia sitzen«, sagte Ole mit gespielter Empörung. »Die würden sich im Grabe rumdrehen, wenn sie das wüssten. Und außerdem sagt der Künstler angeblich, das seien Gaukler. Von wegen Papst und Kaiser.«

Monja konnte nicht antworten, weil sie schon wieder mit vollen Backen kaute. Ole hingegen hatte keinen Appetit und schob den Teller nach zwei Bissen von sich. Nur ab und an piekste er seine Gabel in eine Bratkartoffel, die er sich dann in den Mund schob, wo er sie, langsam und nachdenklich kauend, zerkleinerte. Jetzt nutzte er die Stille, die sich ausbreitete, während Monja aß, um auf das eigentliche Thema zurückzukommen. »In dem Haus, auf dem sich der Spion befindet, wohnte der Mann, der tot im Garten seiner Geliebten aufgefunden wurde. Und unter den recht frischen Fingerabdrücken auf der Tür zum Turm sind auch welche von einem Menschen, der ebenfalls tot ist und zwar seit sieben Jahren.«

Monja hatte aufgegessen, wischte sich den Mund mit einer weißen Papierserviette ab und schielte begehrlich auf Oles Teller. Aber sie traute sich nicht, ihn darum zu bitten, ihr seine Portion zu überlassen.

»Hat die Spurensicherung sich gemeldet, ob es im Garten oder im Bootshaus der Familie Eichenhaun irgendwelche Fingerabdrücke gibt?«, fragte sie stattdessen.

»Eine ganze Menge sogar. Von der Familie. Und von zahlreichen Unbekannten. Freunde und Bedienstete vermutlich. Aber wir haben die Tatwaffe ja immer noch nicht. Nur eine Familie voller Verdächtiger.«

»Das mit den Rudern war also falscher Alarm?«

Ole, der unmittelbar vor seinem gemeinsamen Mittagessen mit Monja mit der Spurensicherung gesprochen hatte, zuckte die Achseln. »Ja«, sagte er. »Die Spusi geht davon aus, dass es sich um einen wesentlich härteren Gegenstand handelte. Eisen zum Beispiel.«

»Du glaubst also, es war jemand aus der Familie?«, hakte Monja zweifelnd nach. »Es könnte doch auch sein, dass der Mann, der angeblich seit sieben Jahren tot ist, Bux erschlagen hat. Ehrlich gesagt halte ich das sogar für sehr wahrscheinlich.«

»Ich bin mir da nicht so sicher«, widersprach Ole. »Das erscheint mir zu einfach.«

»Das nennst du einfach?«, ereiferte sich Monja. »Ein Toter hinterlässt Fingerabdrücke und du empfindest das als *einfach*?«

»Das natürlich nicht«, schmunzelte Ole. »Ich meine die ganze Konstruktion. Dass der angeblich Tote etwas damit zu tun hat, ist mir auch klar. Aber es gibt auch noch die Familie.«

»Christian zum Beispiel. Den halte ich für dringend tatverdächtig«, sagte Monja.

»Ich auch«, stimmte Ole ihr zu. »Aber auch die anderen hatten viel zu verlieren. »Ich frage mal Alexandra, die ist ganz gut mit einer der Töchter befreundet, dieser blonden, Sina heißt sie. Wenn ich es richtig sehe, dann waren die Söhne besonders an der Firma interessiert, sprich, sie dürfte die Ankündigung, dass ihre Mutter heiratet, am meisten getroffen haben.«

»So einfach ist das glaube ich nicht«, widersprach Grundel und stibitzte – wie sie dachte heimlich – eine Bratkartoffel von Oles Teller, als dieser in eine andere Richtung blickte. Aber Ole hatte es bemerkt. Breit grinsend schob er ihr den ganzen Teller hin und sie widmete sich, ziemlich verlegen, aber deshalb nicht minder begeistert, dem Verspeisen der inzwischen erkalteten Bratkartoffeln und des restlichen Burgers. Doch bevor sie den Burger in die Hand nahm, um ihn mit wenigen großen Bissen zu verspeisen – Verkünstelungen mit Messer und Gabel, wie Ole sie angestellt hatte, hielt sie für überflüssig –, führte sie ihren Gedankengang zu Ende.

»Ich nehme an, dass auch die Töchter bei ihrem Erbe Abstriche machen müssen, wenn die Mutter heiratet. Das sollten wir auf keinen Fall vergessen.«

VIERZEHNTES KAPITEL

Konstanz

Christian verlegte sich aufs Flehen. »Bitte, Martina, es ist wirklich sehr, sehr wichtig für mich.«

Misstrauisch, auch ein wenig wütend, sah seine Exfreundin ihn an, die schlanken Arme in die zarte Taille gestemmt. Martina war eine zierliche, fast schon dünne Person mit schulterlangen, hellbraunen Locken und braunen Augen, die viel zu groß für ihr schmales Gesicht wirkten und den zerbrechlichen Ausdruck noch verstärkten. Sie liebte ihn. Immer noch. Und er wusste es. Er wusste, dass sie ihm nichts abschlagen konnte, dass sie jede noch so kleine Gelegenheit nutzen würde, mit ihm in Kontakt zu treten oder noch besser: ihn an sich zu binden. In der Tat verpuffte ihre ablehnende und wütende Haltung mit jeder Minute, die er hier bei ihr auf dem großen Sofa saß und sie flehend ansah. »Wie stellst du dir das vor?«, fragte sie dennoch. »Du tauchst nach einem halben Jahr, in dem du weder auf Mails noch auf Anrufe oder auf SMS reagiert hast, bei mir auf und verlangst von mir, eine Falschaussage zu machen. Noch dazu in einem Mordfall.«

»Verdammt, Martina, es ist keine Falschaussage, na ja, zumindest nicht im eigentlichen Sinne. Ich weiß ja, dass ich keinen Mord begangen habe. Und du weißt auch, dass ich so etwas nie tun könnte. Dass du mir vertrauen kannst.«

»Ich? Dir? Vertrauen?« Obwohl er sie so flehend ansah und obwohl sein Anblick auf ihrem Sofa Erinnerungen an zärtliche Stunden heraufbeschwor, die sie ebendort verbracht hatten, spürte Martina, dass ihre Wut zurückkehrte. »Wie soll ich dir denn noch vertrauen, nachdem du mich die ganze Zeit über betrogen hast?« Erregt strich sie sich die braunen Haare aus der Stirn, die ihr immer wieder ins Gesicht fielen.

Martina hatte Christian nach einer zwei Jahre dauernden Beziehung verlassen, als sie ihn im gemeinsamen Schlafzimmer mit einer anderen überrascht hatte. Im darauf folgenden Streit hatte er ihr an den Kopf geworfen, dass sie ihm viel zu mager und lustlos und daher selbst schuld an seinem Fremdgehen sei und dass sie bloß nicht denken solle, das sei das erste Mal. Die Trennung war hart gewesen, denn sie hatte ihn wirklich geliebt. Aber sie wollte auch nicht alles mit sich machen lassen. Dazu war sie nicht bereit. Auch sie hatte ihren Stolz. Zumindest in den ersten drei Tagen. Danach hatte sie es nicht mehr ausgehalten, ihm verziehen und ihn angebettelt, zu ihr zurückzukommen. Aber jetzt wollte *er* nicht mehr. Es sei zu spät, hatte er ihr gesagt. Und er habe keine Lust mehr, sich von ihr einengen zu lassen.

Und nun war er also wieder da. Um was er sie bat, war unverschämt. Und sie wusste ganz genau, dass er sie nicht etwa deshalb fragte, weil ihm noch etwas an ihr lag, sondern nur, um seine eigene Haut zu retten. Aus keinem anderen Grund. Er hatte Schiss und sie war seine Rettung. Doch besser wäre sie seine Rettung, als dass sie überhaupt keine Rolle mehr in seinem Leben spielte, oder? Würde sie ihm jetzt helfen, würde er ihr dankbar sein müssen – sie wollte ihn zwar nicht aus Dankbarkeit zurückhaben, aber vielleicht war es wichtig, ihm zu zeigen, dass sie hinter ihm stand, dass sie in Zeiten der Not für ihn da war. Dann würde er erkennen, wie sehr er sie brauchte und dass es eigentlich unmöglich war, ein Leben ohne sie zu führen.

In ihren Augen leuchtete warme Hoffnung und sie ließ die Arme sinken, löste die empörte Hände-in-den-Hüften-Haltung auf, als sie sagte: »In Ordnung, ich helfe dir. Aber vorher muss ich wissen, wo du wirklich warst. Die Wahrheit, hörst du?«

Christian bemühte sich, seine Gesichtszüge unter Kontrolle zu halten und keine allzu große Erleichterung zu zeigen. Nicht weil er wirklich das Bedürfnis danach hatte, sondern mehr um sie von ihrer Frage abzulenken, streckte er die Arme nach Martina aus. »Komm her«, bat er. Die Wahrheit wollte er ihr nicht sagen. Die ging sie nichts an. Aber das konnte er ihr in dieser Härte nicht erklären. Nicht, nachdem sie sich bereit erklärt hatte, für ihn zu lügen.

Sie zögerte nur einen winzig kleinen Moment, dann umrundete sie den Sofatisch, setzte sich neben ihn und ließ sich an seine Brust sinken. So vertraut fühlte sich das an, so unendlich vertraut.

»Ich danke dir«, flüsterte Christian.

Ein Strahlen flog über ihr Gesicht. Sie hatte es gewusst. Sie musste nur zu ihm halten, ihm zeigen, dass sie für ihn da war, dann wäre alles so wie früher. Sie musste die Konstante in seinem unsteten Leben sein.

»Und wo warst du jetzt zur Tatzeit?«

»Na wo soll ich schon gewesen sein, um fünf Uhr morgens! In meinem Bett natürlich, ich habe geschlafen. Und da du mich verlassen hast, kann das niemand bezeugen.«

Martina war so glücklich über seine Antwort, dass sie keine Fragen mehr stellte. Sie merkte nicht, dass seine Umarmung herzlos und mechanisch war, sie sah darüber hinweg, dass er sie benutzte. Und sie sah auch nicht das kleine, triumphierende Lächeln, das um Christians Lippen spielte.

FÜNFZEHNTES KAPITEL

Konstanz

Helena hob den Kopf und lauschte. Ihr eigener Atem, ein wenig zu hektisch, ein wenig zu unregelmäßig, klang unnatürlich laut in ihren Ohren. Ansonsten umgab sie gähnende Stille. Eine unheimliche Stille. Sie, die eigentlich nie besonders ängstlich gewesen war, meinte ständig Geräusche zu hören. Fremde Geräusche, die hier nicht hergehörten. Und sie hatte dauernd das Gefühl, dass jemand bei ihr im Zimmer war. Sie erahnte diesen Jemand hinter ihrem Schrank, unter dem Bett und wenn sie eine Tür öffnete und in einen anderen Raum ging, dann fürchtete sie, dass ihr dort ein Fremder entgegenkommen könnte. Einer, der tötete. Einer, der grausam war, kalt und hart.

Doch kein Fremder? Ihr Sohn? Glaubte sie das wirklich? Und: Kam die Angst wegen des Mordes? Weil sie ihr den

Menschen, den sie liebte, genommen hatten? In ihrem Tulpenbeet ermordet? Verwunderlich wäre es nicht, vermutlich hätte jede Frau Angst, wenn ihr Geliebter im eigenen Garten umgebracht worden wäre. Vor allem dann, wenn sie allein war. Zum ersten Mal bedauerte sie, dass Katharina nicht da war. Die Tochter, die ihr sonst immer so auf die Nerven gegangen war, hätte durch ihre Anwesenheit wenigstens den Hauch von Sicherheit ins Haus gebracht. Aber Katharina war unterwegs, mehr als sonst, so kam es Helena vor. Anscheinend nahm sie ihrer Mutter die harschen Worte übel, die sie am Tag des Mordes an sie gerichtet hatte. Helena war also ganz allein in ihrem riesigen Haus. Einem Haus, das, wie sie jetzt erkannte, nicht wirklich einen Schutzraum bot. Durch die riesigen Glasfronten, die eine fantastische Sicht auf den See erlaubten, konnte jeder Vorbeikommende problemlos ins Haus blicken. Die Garagentüre war selten abgeschlossen. Und die bodentiefe Terrassentüre könnte man ohne Weiteres zertrümmern. Warum, fragte sich Helena mit einem Mal, habe ich eigentlich nie eine Alarmanlage anbringen lassen? Man sieht der Villa an, dass wir Geld haben. Wir müssen eine regelrecht magnetische Wirkung auf Diebe haben.

Sie fühlte sich seltsam ausgeliefert und einsam. Und dieses Alleinsein atmete bedrohlich aus jeder Pore, schrie ihr aus den Wänden entgegen und glotzte sie aus den Bildern hämisch an. Mit starren, hohlen Augen. Überall sah Helena diese Augen. Mit einem Ruck stand sie auf, trat an das riesige Panoramafenster und blickte hinaus. Sie war wütend auf sich selbst, weil sie nie auf die Idee gekommen war, Rollos oder Gardinen anzubringen. Aber sie liebte ihn nun mal, den Blick auf das Wasser, liebte es, wenn es im Winter schneite oder wenn draußen die Dämmerung hereinbrach. Man traute es ihr, der stets perfekt durchgestylten Materialistin, gar nicht zu, aber sie war eine Naturfanatikerin. Und das war es auch, was sie so an Leonhard geliebt hatte. An ihm und seinen Entwürfen. Leonhard Bux vermochte nicht nur Stoffe zu entwerfen, die von der Natur inspiriert waren, sondern sie erwachte in ihnen auch zu ihrer vollen Schönheit und Pracht. Keineswegs in Öko-Manier, im Gegenteil. »Für mich gibt es nichts Edleres und Graziöseres als die Natur«, hatte er einmal zu ihr gesagt, während er, sie fest im Arm haltend, mit ihr am Seeufer spazieren gegangen war. Und sie hatte ihm aus vollstem Herzen zugestimmt.

Leonhard hatte Stoffe entworfen, die hauchzart waren wie ein Blatt, durch das ein Sonnenstrahl fiel. Röcke und Kleider wollte er daraus nähen, kombiniert mit satten, warmen Grüntönen aus Samt, der wie Moos aussah, und aus blaugrünem Satin, das schimmerte wie der Fernsteinsee in Österreich, an dem die Familie Eichenhaun einmal einen Urlaub verbracht hatte. Es war der einzige Urlaub gewesen, den sie je als Familie gemacht hatten, aber er war rückblickend wirklich idyllisch gewesen. Sie residierten in einem kleinen, zu einem Hotel umgebauten Schloss mit Seeblick und gingen tagsüber am Ufer spazieren, die Kinder waren damals noch sehr klein gewesen.

Wie lange hatte sie schon nicht mehr an jene Tage am Fernsteinsee gedacht. So lange, bis sie Leonhard und seine Entwürfe kennengelernt hatte. Die Intensität, mit der er die Natur in sich aufsaugte, der Blick, mit dem er bei Spaziergängen jedes Detail sah, erinnerte sie an sich selbst, wie sie am Fernsteinsee die Natur in vollen Zügen genossen hatte. Ständig hatte Leonhard in der Natur Inspiration gefunden und sie in seinen Werken umgesetzt. Er hatte das getan, was sie sich für ihre Firma wünschte, was sie aber nie in Worte geschweige denn in Bilder zu fassen vermochte. Sie spürte, wie die Tränen langsam nach oben stiegen und sie hoffte, dass sie endlich fließen würden. Nicht weinen zu können war etwas Schreckliches, als würde sich die Trauer immer mehr in einem anstauen, als würde man irgendwann daran zerbersten.

Ein Knacken riss sie aus ihren Gedanken. Da war es wieder. Sie hielt den Atem an. Das Knacken kam nicht von draußen, kam nicht aus dieser dunklen schwarzen Wand, die vor ihr lag und die mit einem Mal so bedrohlich war, sondern es kam von drinnen, aus ihren vier Wänden. Aus ihrem Schutzraum, der keiner war. Sie war sich mittlerweile ganz sicher, dass sie nicht allein war, das war keine Hysterie.

Panisch sah sie sich um. Ihr Handy lag weit von ihr entfernt auf dem Couchtisch, und im gesamten Raum fand sich nichts, was sich im Zweifel als Waffe eignen würde. Sie musste einfach rennen und hoffen, dass er ihr nicht folgte, dass er sie nicht angreifen, ihr nichts tun würde. Vielleicht wollte er ja nur ihre Wertsachen, vielleicht hing es gar nicht mit dem Mord an Leonhard zusammen. Ja, das würde es sein. Schon seit einiger Zeit war Helena immer wieder aufgefallen, dass Schmuck und Geld verschwand. Erst hatte sie Katharina im Verdacht gehabt, dann, für einen sehr kurzen Moment, Leonhard. Aber sie war der Sache nicht weiter nachgegangen. Sie war zu beschäftigt gewesen. Mit ihrer neuen Liebe und damit, die Firma in eine vernünftige Richtung zu steuern. Die Umsätze machten ihr Sorgen, sie hatten eindeutig den Abwärtskurs eingeschlagen. Und das seit Längerem. Die Leute kauften nicht mehr bei Saphir!. Michael war der

Ansicht, dass es an der Wirtschaftskrise lag – sie sah das anders. Ihre Designs waren mit den Jahren einfach schlechter geworden. Gut, es gab die Klassiker, die sich immer noch verkauften, weil sie Kult waren: Saphir!-Taschen, die man an dem winzig kleinen, eingearbeiteten Saphir am Schloss erkannte. Die Saphir!-Schuhe mit eingearbeitetem Saphir an der Spitze. Und natürlich Accessoires wie Schlüsseletuis, Schreibmappen und die Füller, in deren Deckel ein blauer Tropfen saß: ein Saphir. Dieses Stück liebte Helena besonders und wichtige Dokumente unterschrieb sie nur damit. Aber allein mit den Accessoires, den Taschen und den Schuhen konnten sie das Unternehmen nicht am Leben halten. Sie brauchten den Modemarkt, mussten sich behaupten, Zeichen setzen. Die Kunden hatten sich mit den Jahren von den ebenso fantasie- wie lieblosen Ideen Christians abgewandt und bei Designern gekauft, die mehr Pep hatten. Helena konnte es ihnen nicht verübeln.

Insgeheim hatte sie auf Sina gesetzt. Die quirlige, kreative Sina, die gerade die Modeschule in Paris als Beste ihres Jahrgangs mit Auszeichnung absolviert hatte und der nun die Welt offen stand. Doch Sina hatte andere Pläne. Nach dem anstrengenden Studium wollte sie erst einmal um die Welt reisen und Eindrücke sammeln. »Verstehst du nicht, Mutter? Ich muss meine Ideen irgendwo herholen. Ich brauche Bilder aus der ganzen Welt. Erst dann kann ich gute Arbeit machen«, hatte sie argumentiert.

Helena hatte die Erklärung ihrer Tochter mit zusammengepressten Lippen hingenommen. Sie wusste, dass sie sie nicht zwingen konnte. Sina tat, was sie wollte und dafür schätzte Helena sie. Ja, Sina war das Kind, das ihr am nächsten stand. Und sie hoffte, dass die hochbegabte junge Frau irgendwann in die Firma kommen würde, wenn sie ihr nur alle Freiheiten ließ und sie nicht zwang. Sie musste sich eingestehen, dass ihr die Entscheidung, Sina frei zu lassen und sie nicht zu drängen, leichter gefallen war, weil sie Leonhard und seine Entwürfe gehabt hatte. In Leonhard hatte sie eine Zukunft gesehen. Eine Zukunft, die jetzt so schnell und endgültig beendet worden war.

Die Gedanken rasten in ungeheurer Geschwindigkeit durch ihren Kopf, während sie noch immer wie gelähmt am Fenster stand und sich nicht traute loszurennen. Das Bewusstsein, dass sie nicht allein im Raum war, dass man sie beobachtete, war jetzt beinahe übermächtig.

Sie gab sich einen Ruck. Und dann rannte sie so schnell sie konnte aus ihrem Wohnzimmer, die Treppen hinunter, in die große Eingangshalle und von dort aus nach draußen. Im Rennen griff sie nach ihrem Schlüsselbund, den sie zum Glück nicht in die Schublade, sondern auf die Ablage gelegt hatte. Erst als sie in ihrem Auto saß, wagte sie wieder durchzuatmen. Sofort aktivierte sie die Zentralverriegelung und fühlte sich nun ein klein wenig sicherer. Was für ein Glück, dachte sie, dass sie das Auto dieses Mal draußen in der bekiesten Einfahrt und nicht in der Garage geparkt hatte. Der Gedanke, in die Garage gehen zu müssen, hätte ihr ganz und gar nicht behagt. Als sie den Schlüssel ins Zündschloss steckte, merkte sie, dass ihre Hände zitterten. Reiß dich zusammen, befahl sie sich, legte den Rückwärtsgang ein und verließ die Auffahrt ihres Hauses. Des Hauses, das ihr keinen Schutz, keine Hülle mehr bot.

SECHZEHNTES KAPITEL

Konstanz

Wieder einmal sah er ihr nach. Sah, wie die Rücklichter ihres Wagens immer kleiner wurden, bis sie nach und nach ganz in der Dunkelheit verschwanden. Er hatte sie noch nie so gesehen. So ängstlich, so panisch, so aufgelöst. Sie hatte gespürt, dass sie nicht allein war, hatte seine Anwesenheit bemerkt. Sonst hätte sie nicht so reagiert. Sie hatte Angst vor ihm und das tat ihm weh. Schrecklich weh sogar. Er wollte ihr keine Angst machen, er wollte ihr Geborgenheit geben, sie beschützen, auf sic aufpassen. Und sie sollte nicht bemerken, dass er sie beobachtete. Es wäre schrecklich wenn sie vorsichtiger würde und ihm damit die Möglichkeit nähme, bei ihr zu sein. Verdammt, er war selbst schuld. Er war nicht leise genug gewesen. Er wusste doch, dass die fünfte Treppenstufe von oben knarrte, wenn man halb seitlich auf sie auftrat. Das war schon immer so gewesen. Und er wusste auch, dass die Tür sehr viel lauter knackte, wenn man den Schlüssel schnell herumdrehte, als wenn man ihn sehr langsam und sehr behutsam im Schloss bewegte.

Er war wütend auf sich. Weniger weil er sich beinahe verraten hatte als vielmehr deshalb, weil er sie dazu gebracht hatte, fluchtartig ihr Haus zu verlassen. Das wollte er nicht. Das wollte er wirklich nicht.

Wenigstens eine kleine Freude könnte er ihr machen und ihr ihren Schmuck wiederbringen. Das war das Mindeste.

Vorsichtig schlich er sich in ihr Schlafzimmer.

Das Armband mit den Saphiren, an dem sie so hing, legte er auf ihren Nachttisch. Sie sollte es gleich sehen, wenn sie wiederkäme. Er wog den restlichen Schmuck in den Händen. Am liebsten hätte er ihn wutentbrannt in den See geworfen. Doch das konnte er nicht tun, dazu hatte er nicht das Recht. Der Schmuck gehörte ihr, ihr ganz allein. Sie musste entscheiden, was sie damit tun oder nicht tun wollte.

Langsam ging er zum Safe, der sich in ihrem überdimensionalen Wandschrank verbarg. Um ihn öffnen zu können, musste er die Hände frei haben. Behutsam legte er das Geschmeide auf Helenas Schminktisch und strich dabei beiläufig und zärtlich über die silberne Bürste, in der einige blonde Haare glänzten. Er schraubte ihren Lippenstift auf und drückte einen sehr vorsichtigen Kuss darauf. Fast war es, als würde er sie auf die Lippen, die dieser Stift so oft berührt hatte, küssen. Dann schob er die Schranktüren zurück und bettete den Schmuck in das dafür vorgesehene Fach. Als er an Ort und Stelle lag, atmete er tief auf.

Und dann ging er zu ihrem Bett und legte sich auf ihr Kopfkissen, um ihren Duft zu atmen.

SIEBZEHNTES KAPITEL

Überlingen

Sina stand schon vor dem Café La Vita an der Überlinger Uferpromenade, als Alexandra kam. Alexandra hatte den Hintereingang genommen und sah durch die große Scheibe, die auf den See zeigte, dass ihre Freundin vor dem Haupteingang auf sie wartete. Sie öffnete die Tür und winkte ihr zu. Als Sina sie erblickte, lächelte sie und sprang rasch die Stufen zum Eingang herauf. Wie jedes Mal, wenn sie sie sah, dachte Alexandra, wie schön die junge Frau doch war. Das lag nicht daran, dass Sina gertenschlank war und an der richtigen Stelle Kurven hatte. Auch die Tatsache, dass sie stets sportlich-elegant gekleidet daherkam, spielte kaum eine Rolle. Ebenso wenig die schulterlangen, leicht gewellten blonden Haare und die strahlend blauen Augen. Es war vielmehr die Lebensfreunde, Power und Entschlossenheit, die aus Sinas schmalem Gesicht strahlte. Sina gehörte zu den Menschen, nach denen man sich umdrehte, zu denen man aufblickte, sobald sie einen Raum betraten. Einfach wegen der ungeheuren Präsenz, die sie an den Tag legten.

»Hi«, sagte Sina und umarmte Alexandra. »Wie schön, dich zu sehen. Ich freue mich riesig.«

»Wollen wir nach hinten gehen? Zum Draußensitzen ist es heute zu kühl«, schlug sie vor und Sina nickte. »Sehr gern, ja.«

Das edel und im Kolonialstil eingerichtete Café bestand aus drei Zimmern, die ineinander übergingen und durch große Durchgänge miteinander verbunden waren. Das hintere Zimmer war das kleinste, nur drei Tische standen hier. Aber durch die große Balkontüre hatte man eine herrliche Sicht auf den See, und außerdem war man ungestört. Und ungestört wollte Alexandra sein mit ihrer Freundin.

»Das ist ja furchtbar, was mit dem Freund deiner Mutter geschehen ist«, kam sie gleich zur Sache, während sie mit dem Rücken zum Fenster Platz nahm. Sie wollte Sina die Seesicht gönnen, schließlich war diese lange im Ausland gewesen.

»Ja«, stimmte Sina ihr zu. »Wir sind alle ganz schockiert. Wobei meine Brüder das, glaube ich, gar nicht mal so schlecht finden.«

»Warum?«, hakte Alexandra nach.

»Mama hat verkündet, dass sie Leonhard heiraten will. Christian ist ausgetickt und hat gesagt, dass das Konsequenzen haben wird. Und Michael hat ihm zugestimmt«, berichtete Sina bitter.

Ungefragt stellte die Bedienung zwei Prosecco und zwei Latte Macchiato auf den Tisch. Sie kannte die beiden jungen Frauen noch von früher. Zeitweise hatten sie jeden Tag hier gesessen und immer das exakt Gleiche bestellt. »Ich hoffe, das passt so?«, fragte sie lächelnd.

»Perfekt.« Alexandra erwiderte das Lächeln. »Danke.«

»Glaubst du, deine Brüder haben was damit zu tun?«, hakte sie nach, als die Bedienung wieder verschwunden war. Ihre journalistische Neugierde war geweckt. Obwohl sie wusste, dass sie nicht über den Fall in der Zeitung berichten durfte – und das auch gar nicht wollte –, war es wieder da, das elektrisierende Gefühl, einer spannenden Geschichte auf der Spur zu sein. Meine Therapeutin hat nicht recht, ich bin anscheinend kein bisschen traumatisiert, dachte sie flüchtig. Nach dem Fund der Leiche von Elisabeth Meierle hatte sie eigentlich gedacht, schreiend davonrennen zu müssen, wenn sich ein weiterer unnatürlicher Todesfall ereignete. Doch nun war sie ganz ruhig und brannte darauf, die einzelnen Fäden aufzudecken und zusammenzuführen. Vielleicht hätte ich Polizistin werden sollen, sagte sie sich.

Sina rührte nachdenklich in ihrem Latte Macchiato und nahm dann einen Schluck aus dem dicken, schwarzen Röhrchen. »Mit Karamellgeschmack. Wie früher«, schwärmte sie, um dann auf Alexandras Frage einzugehen. »Natürlich *glaube* ich es nicht. Ich glaube, niemand würde seinen Geschwistern ernsthaft einen Mord zutrauen, es sei denn, es handelt sich um einen Schwerverbrecher oder um einen Psychopathen. Aber irgendeiner muss es ja gewesen sein. Und meine Brüder haben sich wirklich komisch benommen.«

»Weil sie Angst um ihr Erbe hatten, jetzt, wo eure Mutter vorhatte zu heiraten?«, hakte Alexandra nach und nahm ihrerseits einen großen Schluck von ihrem Latte Macchiato.

»Ja«, bestätigte Sina. »Einen Pflichtteil hätten wir natürlich alle bekommen.«

»Wie war das eigentlich vor den Heiratsplänen eurer Mutter geregelt? Mit dem Erbe, meine ich?«

»Wir haben alle jetzt schon unsere Anteile. Mutter hält 51 Prozent und der Rest teilt sich auf uns vier auf. Wenn Mutter gestorben wäre, hätte sie die Anteile auf die Kinder verteilt, die in der Firma arbeiten. Also Christian und Michael. Sie wollte nicht, dass jemand, der eigentlich gar nichts mit der Firma zu tun hat, ein zu großes Mitspracherecht hat.«

Noch ein Schluck Latte, diesmal ohne Röhrchen, ein Fortwischen des Milchschaums aus dem Mundwinkel, dann sagte Sina: »Ich finde das auch vollkommen richtig. Nimm mal an, ich als Modedesignerin hätte mich selbstständig gemacht und wäre eine Konkurrenz für die Firma geworden. Wenn ich dann so viele Anteile gehabt hätte, dass ich Entscheidungsgewalt habe, hätte ich alles blockieren und die Firma damit zerstören können.«

»Aber wie ist das mit Beschlüssen, die einheitlich sein müssen? Da hättest du auch dagegen stimmen können.«

»Gibt es kaum, meist reicht die Mehrheit«, erklärte Sina.

»Ja aber solche Anteile sind doch einiges wert. Hättest du die nicht gern gehabt?«

Sina zuckte die Achseln. »Ehrlich gesagt habe ich mir darüber nie Gedanken gemacht. Mutter ist noch so jung, sie wird hoffentlich innerhalb der nächsten 30 Jahre nicht sterben. Und weiß ich, wo ich dann bin? Ich weiß, dass ich jederzeit in die Firma kommen und dort arbeiten kann. Das genügt mir als Sicherheit.«

Plötzlich hob sie erschrocken den Kopf. »Oder meinst du, Mutter ist in Gefahr?«, fragte sie alarmiert.

»Wieso sollte sie das sein?«, hakte Alexandra verwirrt nach.

»Na, überleg doch mal. Wenn derjenige, der Leonhard getötet hat, an die Macht und an das Geld wollte, dann müsste er doch als Nächstes Mutter aus dem Weg räumen.«

Alexandra wurde blass. »Da hast du recht«, sagte sie. »Dass ich darauf nicht gekommen bin! Ich werde heute Abend mit Ole reden.«

»Gibst du mir dann gleich Bescheid?«, bat Sina. »Ich muss zugeben, nun werde ich doch ein wenig nervös. Ich habe Angst um Mutter.«

»Natürlich«, versprach Alexandra und legte eine Hand auf die ihrer Freundin. Wieder einmal wunderte sie sich darüber, dass Sina ihre unterkühlte Mutter augenscheinlich so liebte. Andererseits war das ganz natürlich. »Ich werde dir umgehend Bescheid sagen«, versprach sie.

»Prima.« Sina grinste ihr freches Sina-Lächeln. »Und jetzt lass uns endlich anstoßen.«

ACHTZEHNTES KAPITEL

Konstanz / Friedrichshafen

Helena fuhr mit rasender Geschwindigkeit durch die Stadt in Richtung Fähre. Ihr Herz klopfte wild unter der dünnen Seidenbluse und wollte sich gar nicht mehr beruhigen. Immer wieder blickte sie panisch in den Rückspiegel aus Angst, verfolgt zu werden. Doch die Autos hinter und neben ihr wechselten in stetem Rhythmus. Trotzdem. Auf der Fähre angekommen überprüfte sie, ob ihr Auto nach wie vor von innen verriegelt war, und blieb, entgegen ihrer Gewohnheit, sitzen. Normalerweise stieg sie immer aus, und das, obwohl sie täglich mindestens zwei Mal über den See fuhr. Sie genoss es, an der Reling zu stehen, liebte das Spiel der Möwen, die mit dem Schiff um die Wette flogen. Manchmal fütterte Helena die Vögel auch mit dem Brötchen, das sie sich morgens in die Tasche gesteckt hatte, weil sie nicht dazu gekommen war, es zu essen. Dann beobachtete sie die wild flatternden Tiere fasziniert. Immer noch, nach all den Jahren, in denen die Vögel ihre täglichen Wege über den

See begleiteten, konnte sie über deren Fähigkeit staunen, in der Luft augenscheinlich stehen zu bleiben. Aber heute, nein, heute brauchte sie die Geborgenheit ihres Autos. Es war zu viel gewesen. Einfach zu viel. Es war nicht nur die Angst, verfolgt zu werden. Jetzt wo sie im Auto saß, hätte sie nicht einmal mehr beschwören können, dass da wirklich jemand gewesen war. Beinahe erschien ihr das nun lächerlich. Wer sollte sie denn schon bedrohen! Andererseits: Wer sollte Leonhard denn schon umbringen? Leonhards Tod ließ sie lange nicht so unberührt, wie sie sich nach außen hin den Anschein gab. Im Gegenteil – der Verlust zerfraß sie von innen wie ein gemeiner Parasit, der sich immer weiter ausbreitete und immer mehr von ihren Lebenskräften raubte. Sie wurde das Bild nicht mehr los. Das schreckliche Bild, wie er in ihrem Tulpenbeet lag. Es war früher Morgen gewesen und mit der Dämmerung war der Halbschlaf heraufgezogen, ein Zustand, in dem sie sich oft kurz vor dem Aufwachen befand. Dann rief ihr Gehirn die Erinnerungen an den letzten Tag hervor und sandte die Informationen direkt an ihre Gefühlswelt. Helena wusste dann, ob sie mit einem guten oder mit einem schlechten Gefühl aufwachen sollte. Lange Jahre hatte sie eigentlich nur das Aufwachen mit einem schlechten Gefühl gekannt. So viele Sorgen hatte sie gehabt. Erst die Sorgen um die Firma und ihre Ambitionen, sich dem Schwiegervater zu beweisen. Dann die unangenehme Vorstellung, dass ihr Mann sich an sie schmiegen und versuchen würde, mit ihr zu schlafen. Diese Angst hatte sie morgens früh aus dem Bett getrieben und abends erst in die Federn kriechen lassen, wenn er schon schlief. Sie ertrug ihn nicht. Oft schon hatte sie gedacht, etwas stimme mit ihr nicht, sie sei frigide. Das hatte sie geglaubt – und irgendwann auch akzeptiert –, bis sie Leonhard kennengelernt hatte, der ihr zeigte, dass sie alles andere als frigide und im Übrigen in der Lage war, tief, ganz tief zu empfinden.

Als ihr Mann gestorben war, hatten die morgendlichen Sorgensekunden vor dem Aufwachen den Kindern gegolten. Denn so wenig sie Albert geliebt hatte, so sehr liebte sie doch ihre gemeinsamen Kinder, wenn sie es auch nicht zeigen konnte. Und sie war sich darüber bewusst, dass Albert es gewesen war, der ihnen Glück, Geborgenheit und Wärme geschenkt hatte. Dafür war sie ihm dankbar gewesen und sie wusste auch, dass sie diesen Part nicht einnehmen konnte. So stark sie sonst war – hier war sie schwach, ganz erbärmlich schwach. Sie war nie bei einem Psychologen gewesen, wusste nicht, warum sie nach außen hin so gefühlskalt war. Sie konnte nur Vermutungen anstellen. Aus einer Erfahrung, die ihr als kleines Mädchen fast den Verstand geraubt hatte, wusste sie, was es bedeutete, wenn man als Kind *zu sehr* geliebt wurde. Der eigene Vater war es gewesen. Helena wurde noch heute übel, wenn sie daran dachte. Er hatte gesagt, dass das ihrer beider Geheimnis sei. Dass die Mami sterben würde, wenn sie ihr davon erzählte. Und dass sie dann schuld an ihrem Tod wäre. Also hatte Helena geschwiegen, ihr ganzes langes Kinderleben lang. Sie wollte doch nicht schuld am Tod ihrer Mutter sein! Und auch die Vorstellung, dass sie und ihre jüngere Schwester ganz allein mit ihrem furchterregenden Vater und ihm völlig ausgeliefert wären, wenn die Mutter stürbe, konnte sie nicht ertragen. Also hatte sie stillgehalten. Und sich auch dann nicht gewehrt, als ihr Vater ›lustige Fotos‹ von ihr gemacht hatte. Ihr Vater hatte sie missbraucht, bis sie zwölf Jahre alt wurde. Dann hatte er fast schon angewidert von ihr abgelassen und sich ihrer fünf Jahre jüngeren Schwester zugewandt. Und jetzt kam der Punkt, den sich Helena wirklich nie verzieh: Sie hatte zugesehen. Sie, die es gewusst hatte und ihrer Schwester hätte helfen können, hatte nichts getan. Obwohl sie mit ihrem langsam erwachsen werdenden Verstand begriff, dass die Mutter nicht sterben würde, wenn sie ihr davon erzählte, hatte sie geschwiegen, auch dann noch, als ihre Schwester sich im Alter von 17 Jahren das Leben nahm. Ihr Schweigen war gleichermaßen wie der Hass auf ihren Vater ins Unermessliche gewachsen. Ihr blieb nur noch die Flucht, und so hatte sie ihrer Familie abrupt den Rücken gekehrt und sich in eine eigene Familie gestürzt, von der sie sich Sicherheit, Halt und Stabilität erhoffte. Die sie in Albert auch fand. Die ersten Jahre waren wirklich schön gewesen. Seine Zurückhaltung – auch in sexuellen Dingen – hatte dazu geführt, dass sie ihm vertraute, sich ihm öffnete und ihm schließlich alles erzählte. Albert war entsetzt, als er davon erfuhr, hatte ihr geraten, zur Polizei zu gehen, hatte eindringlich auf sie eingeredet, dass sie ihren Vater nicht ungestraft davonkommen lassen dürfe. Sie hatte darüber nachgedacht. Ausschlaggebend war schließlich, dass Sina in das Alter kam, in der es bei ihr begonnen hatte. Sie sah Sina, diese kleine, lebenslustige, offene Kinderseele, und da erst wurde ihr klar, dass ihre eigene Seele längst zerbrochen war, zerschollen auf dem Grund des Ozeans lag, der ihr Wesen war. Plötzlich hatte sie Panik. Panik, ihr Vater werde sie ausspionieren und Sina das Gleiche antun. Das durfte nicht, unter gar keinen Umständen, geschehen. Sie ging zur Polizei und erstattete Anzeige. Die Beamtin war sehr mitfühlend und es war ihr sichtlich ungemein peinlich, Helena mitteilen zu müssen, dass der Fall inzwischen verjährt war. »Die Verjährungsfrist beträgt zehn Jahre nach dem 18. Geburtstag des Opfers«, hatte sie erklärt. »Es tut mir sehr leid.«

Wie betäubt war Helena wieder nach Hause gegangen. Es hatte sich angefühlt wie eine Ohrfeige. So lange hatte sie mit sich gekämpft, bis sie den Mut aufbrachte zur Polizei zu gehen. Und dann brachte sie ihn auf und man sagte ihr, dass das Verbrechen verjährt sei. Wieso darf so etwas verjähren, fragte sie sich wieder und wieder. Das geht doch nicht, das ist doch nicht fair. Das Gefühl, vom Rechtsstaat im Stich gelassen worden zu sein, führte dazu, dass sie sich noch mehr verschloss. Vor allem ihren Kindern gegenüber, weil sie in ihnen potentielle Opfer sah, zerbrechliche, kleine Wesen, die sich nicht wehren konnten. Es war, als fühle sie die Schrecken ihrer Kindheit bis in die letzte Faser ihres Körpers, ihrer Seele und ihres Herzens, wenn sie diese kindliche Welt zu nahe an sich heranließ. Mit Katharina, diesem zarten, ätherischen Mädchen, hatte sie noch heute Schwierigkeiten, sie war der klassische Opfertyp und das machte Helena wahnsinnig, machte ihr Angst und trieb die Erinnerungen, diese schrecklichen, grausamen Erinnerungen erbarmungslos immer und immer und immer wieder in ihr Herz und in ihren Kopf.

Warum sie keine Angst gehabt hatte, als ihr Mann sich so intensiv um seine Mädchen gekümmert hatte? Sie wusste es nicht. Aber sie war sich sicher, dass er keinerlei pädophilen Neigungen gehabt hatte. In schwachen Stunden dachte sie sich, dass bestimmt keine Frau ihrem Mann so etwas zutrauen würde. Sie war dennoch überzeugt davon. Mit dem untrüglichen Instinkt der Geschädigten hätte sie es gemerkt, da war sie sich sicher. Und trotzdem blieb sie wachsam, was dazu führte, dass sie sich nie, niemals entspannen konnte. Und das zehrte auf die Dauer an ihren Kräften. Sie wurde immer müder, immer ausgezehrter, immer härter und immer verschlossener.

Als Albert dann starb und sie die Betreuung ihrer Kinder in fremde Hände geben musste, achtete sie streng darauf, dass die Frauen, die sie einstellte, Singles waren. Sie wollte verhindern, dass ein Mann mit pädophilen Neigungen an ihre Kinder herankäme, und auch allen Lehrern begegnete sie immer äußerst misstrauisch.

Nun waren die Kinder groß und die Gefahr gebannt. Und das war vielleicht mit ein Grund dafür, dass sich Helena Leonhard derart hatte öffnen können. Aber nein, es hatte auch an seiner ganzen Art, seinem ganzen Wesen gelegen. Er hatte eine Saite in ihr zum Klingen gebracht, von der sie nicht einmal gewusst hatte, dass es sie gab. Es schien ihr, als sei er in der Lage gewesen, auf ihrem inneren Instrument so zu spielen, dass das, was sie wirklich ausmachte, was sie wirklich war, zum Klingen kam. Die Menschen, mit denen ich bisher zusammengekommen bin, haben immer die falschen Saiten gezupft, dachte sie. Und ich selbst war Meisterin darin.

An jenem Morgen also hatte ihr Gehirn ihr im Halbschlaf mitgeteilt, dass sie sich wohlfühlen könne. Dass sie glücklich sein dürfe, überglücklich sogar. Es hatte sie an die Ereignisse des vergangenen Abends erinnert. Das Essen. Den Heiratsantrag. Den Tanz vor dem Tulpenbeet. Und schließlich: Die Vereinigung im Bett. Leonhard war irgendwie anders gewesen. Weniger brummig, charmanter und weniger draufgängerisch. Ob es daran lag, dass er seine Entscheidung nun getroffen hatte? Dass er ja gesagt hatte, ihr gehörte? Wohlig lächelnd hatte sie sich umgedreht in der Erwartung, ihn neben sich liegend vorzufinden. Doch das Bett war leer. Und kalt. Was bedeutete, dass Leonhard schon vor einer ganzen Weile aufgestanden war. Verwirrt blickte sie auf den Wecker auf ihrem Nachttisch. 5.30 Uhr. Dabei war Leonhard eher ein Langschläfer. Sie setzte sich auf, knipste das Licht an, schwang die Beine aus dem Bett und griff nach ihrem pflaumenfarbenen Satinmorgenmantel. Erst sah sie im Bad nach, ob er sich schon die Zähne geputzt hatte. Aber die Zahnbürste war trocken und auch die Handtücher, die das Zimmermädchen jeden Tag frisch über den Handtuchhalter drapierte, waren unbenutzt. Sie spähte über das Treppengeländer nach unten. Alles war dunkel. Ein seltsames Gefühl der Unruhe bemächtigte sich ihrer. Hatte sie ihn überfordert? Erschreckt? Hatte sie ihm das Jawort aufgezwungen? Floh er jetzt vor ihr und ihrer Liebe? Sie trat an das riesige Panoramafenster, um in den Garten hinauszublicken. Doch es war stockfinster, sie konnte nichts erkennen. Fröstelnd kroch sie wieder ins Bett und schlang die Arme um sein Kissen. Sie durfte ihm nicht gleich hinterherrennen. Sie wusste, wenn sie ihn halten wollte, musste sie ihm seine Freiräume lassen, durfte ihn nicht einengen.

Eine halbe Stunde wartete sie. Dann ging sie nach unten. Katharina kauerte schlafend auf der Couch am Kamin. Sie runzelte die Stirn. Ob er im Garten war und eine Zigarette rauchte? Die Terrassentür stand einen Spalt weit offen. Sie stieß sie ganz auf und trat in den dunklen Garten. »Leonhard?«, rief sie. Und wieder: »Leonhard?«

Der Mond schien schwach auf ihr Grundstück, als sie barfuß über die kühle Wiese tapste. Und dann sah sie ihn. Auf dem Gesicht liegend. In ihrem Tulpenbeet. Sie begriff nicht gleich, dass er tot war. Erst dachte sie, er wäre unglücklich gestürzt. Sie fiel neben ihm auf die Knie, rüttelte und rief ihn, schrie und brüllte. Mittlerweile hatte sie verstanden, dass er nicht mehr lebte. Sie saß dort, bis zwei Arme sie von hinten umschlangen und fortzogen. Katharina, die von ihren Schreien erwacht war. Helenas Jüngste bewies ungemeine Stärke und Vernunft. Wenn sie sich danach auch wieder in ihr Schneckenhaus zurückziehen sollte: In diesem Moment konnte sie glänzen. Mit der einen Hand hielt Katharina sie umschlugen, mit der anderen zog sie ihr Handy aus der Tasche und informierte erst die Polizei, dann Sina und ihre Brüder über den Vorfall. Sie überredete ihre Mutter, sich anzuziehen – was Helena dann auch tat, sie wollte den Polizisten nicht im Morgenmantel entgegentreten. Aber erst nachdem sie Katharina das Versprechen abgerungen hatte, ihn nicht allein, ihn nicht im Stich zu lassen. »Ich bleibe bei ihm«, hatte Katharina ruhig versprochen und in der Erinnerung daran, wie ihre jüngste Tochter für sie da gewesen war in jenen Minuten, schämte Helena sich dafür, dass sie sie danach, während der Vernehmung mit dem Kommissar, so scharf angegangen hatte. Selbst Sina hatte sie dafür gerügt. Ja, Sina, die nahm nie ein Blatt vor den Mund. Unwillkürlich musste Helena lächeln.

Ein leichter Ruck ging durch die Fähre, die soeben am Meersburger Hafen angedockt hatte. Helena war so tief in ihre Gedanken versunken gewesen, dass sie gar nicht bemerkt hatte, wie die vereinzelten Passagiere – die Fähre war zu solch später Stunde recht leer – seit einigen Minuten an ihr vorübergingen, um sich wieder in ihre Autos zu setzen. Sie startete den Wagen, als das Auto vor ihr losfuhr, und rollte in die dunkle Nacht hinaus. In Richtung Friedrichshafen, in Richtung ihrer Firma. An einen Ort, an dem sie sich sicher und geborgen fühlte. Einen Ort, an dem sie die Leidenschaft, die in ihr schlummerte, in Form der Mode, die sie machte, zum Ausdruck bringen konnte. Einen Ort, der ihr Halt bot. Und der ihr Heimat war.

NEUNZEHNTES KAPITEL

Überlingen

Obwohl Alexandra mit Ole gerechnet hatte – schließlich hatten sie am Morgen verabredet, dass sie den Abend gemeinsam in ihrer Wohnung verbringen wollten, zuckte sie zusammen, als sie den Schlüssel in der Tür hörte. Sie war tief in ihren Gedanken versunken gewesen, hatte an Sina gedacht und an deren kühle Mutter mit dem toten Geliebten. Sie hatte über Ole und sich nachgedacht und darüber, dass sich etwas zwischen ihnen ändern musste. Sie konnte seinen Rückzug nicht mehr ertragen, wollte sich nicht damit abfinden, dass er sie nicht mehr an sich heranließ, dass er jeden Zugang für sie verriegelt hatte. Dabei hatte sie doch gar nichts Schlimmes getan. Sie hatten nicht gestritten, nicht mal diskutiert oder nur den Ansatz einer Meinungsverschiedenheit gehabt. Und schließlich hatte sie sich, als sie so in ihren Gedanken versunken war, auch nicht der Angst entziehen können, die schon seit Wochen an ihr nagte, die sie aber geflissentlich ignorierte: die Angst vor einer Schwangerschaft. Seit drei Wochen war sie nun überfällig. Außerdem spannten ihre Brüste und wenn sie sich recht erinnerte, hatte sie ein Mal vergessen, die Pille einzunehmen. Sicher war sie sich aber nicht. Im Internet hatte sie schon recherchiert und herausgefunden, dass spannende Brüste tatsächlich ein Zeichen für eine Schwangerschaft sein konnten. Das sicherste Zeichen war aber ohne Frage das Ausbleiben der Periode. Sie traute sich nicht, den Test zu machen. Nicht bevor sie wusste, was Ole davon hielt. Sie hatte sich vorgenommen, ihn heute Abend darauf anzusprechen.

Aber ein Blick in sein Gesicht sagte ihr, dass seine Stimmung nicht viel besser war als in den Tagen zuvor.

»Hi«, sagte sie fast schüchtern, trat einen Schritt auf ihn zu und küsste ihn auf den Mund. Sie hatte nicht nur vergessen zu kochen, sie hatte sich auch nicht für ihn schön gemacht. Nachdem sie heute schon früh, nämlich gegen 17 Uhr, Feierabend gemacht hatte, war ihr nach gemütlichen Stunden auf dem Sofa zumute gewesen. Es dauert ja ohnehin noch drei Stunden, bis Ole kommt, hatte sie gedacht. Also hatte sie ein warmes Bad genommen, sich danach in ihren ausgeleierten, samtenen Hausanzug gehüllt, den sie vor mindestens sechs Jahren bei Tchibo erstanden hatte und sich dicke Flauschsocken an die Füße gezogen. Die roten Locken hatte sie zu einem flüchtigen Knoten auf dem Kopf zusammengebunden. So gekleidet hatte sie sich aufs Sofa gekuschelt und erst gelesen, dann ihren Gedanken nachgehangen.

Es war ihr peinlich, dass Ole sie in diesem Aufzug sah. Sie

waren zum Glück noch nicht an dem Stadium ihrer Beziehung angelangt, an dem man sich für den anderen nicht mehr schön machte und ihm in alten, ausgeleierten Klamotten entgegentrat.

Doch Ole schien ihren Aufzug gar nicht zu bemerken. Er erwiderte ihren Kuss abwesend. »Hi Schatz«, sagte er und das Kosewort, dachte Alexandra, klang seltsam seelenlos und lieblos. »Ich muss mit dir reden.«

»Ich mit dir auch.«

Ole runzelte die Stirn und zog seine Jacke aus. »Kann ich zuerst?«, bat er. »Es ist wirklich wichtig.«

»Bitte«, sagte Alexandra.

Sie setzten sich an den Küchentisch. »Soll ich uns etwas zu essen holen?«, fragte sie.

Ole schüttelte den Kopf. »Nein, ich habe schon vorhin mit Monja gegessen.«

Das hätte er mir auch sagen können, dachte Alexandra mit einem Anflug von Verärgerung. Er wusste, dass ich vorhatte zu kochen.

Doch sie scheuchte die dunklen Gedanken beiseite. Sie wollte die schlechte Stimmung nicht noch verstärken und nach einem Streit stand ihr schon gar nicht der Sinn. »Also, was wolltest du mir sagen?«

»Als Pressefrau weißt du es wahrscheinlich schon«, begann Ole und Alexandras Herz schlug schneller. Nicht wegen dem, was Ole sagte, sondern wegen der Mimik, die seine Worte begleitete. Da war es wieder, jenes verschmitzte und leicht schiefe Lächeln, das sie so an ihm liebte.

Doch es verschwand ebenso schnell wieder, wie es gekommen war und hinterließ nur eine flüchtige Ahnung, dass es ihn noch gab, den fröhlichen, unbeschwerten und immer auch ein wenig schalkhaften Ole. »Der Geliebte von Helena Eichenhaun, der Mutter deiner Freundin Sina, wurde ermordet.«

»Ja«, sagte Alexandra. »Ich weiß.«

»Dachte ich es mir doch«, erwiderte Ole, wieder mit dem Hauch eines Lächelns. Alexandra begann sich zu entspannen. Wenn Ole bei seiner Ankunft auch äußerst grimmig dreingesehen hatte: Er hatte sie innerhalb der letzten zwei Minuten schon zwei Mal angelächelt, und sein Tonfall war wieder so leicht und neckend wie ganz zu Beginn ihrer Beziehung. Wenn sich die Situation weiter entspannte, würde sie vielleicht doch wagen, ihm von ihrer Angst vor einer Schwangerschaft zu erzählen.

»Weißt du, wie die Erbschaftsgeschichten da geregelt sind?«, wollte Ole wissen.

Alexandra lächelte. »Ja«, sagte sie. »Ich habe mich vorhin mit Sina getroffen und ihr genau diese Frage gestellt.«

Ole grinste, erhob sich zur vollen Höhe seiner 1,90 Meter, strich sich über die blonden Haare, die immer ein wenig zerzaust waren, und kam um den Tisch herum auf Alexandra zu. Als würde sie nichts wiegen, hob er sie hoch und setzte sie auf seinen Schoß. »Meine kluge, kleine Reporterin«, flüsterte er zärtlich und küsste sie auf den Nacken. »Was hat sie gesagt?«

»Helena Eichenhaun hält 51 Prozent an der Firma. Der Rest ist zu gleichen Teilen unter den Geschwistern aufgeteilt. Wenn Helena Eichenhaun stirbt, gehen ihre Anteile an die Geschwister, die in der Firma mitarbeiten.«

Alexandra wisperte die Worte nur noch. Ole hatte begonnen, zart an ihrem Nacken zu knabbern und ließ seine Hände langsam über ihren Bauch wandern. Nachdem sie sich wochenlang nach seiner Berührung gesehnt hatte, haute diese hier sie beinahe um.

»Und diese 51 Prozent hätte bei einer Hochzeit Leonhard Bux bekommen, sobald Helena Eichenhaun verstorben wäre?«, hakte Ole nach, ohne das Spiel seiner Hände einzustellen.

»Ja«, bestätigte Alexandra.

»Hm, da muss ich mir die Brüder mal näher ansehen. Denn die Töchter arbeiten ja wohl nicht in der Firma mit, oder?«

»Nein«, stöhnte Alexandra. »Aber wenn du jetzt nicht damit aufhörst, dann kann ich dir deine Fragen nicht mehr beantworten.«

»Das ist mir egal«, erwiderte Ole und presste sie fester an sich. »Völlig egal sogar. Das hier ist viel wichtiger als meine Fragen.« Er stand auf und trug sie nach nebenan ins Schlafzimmer.

Nachdem sie sich geliebt hatten, lag Alexandra eng an Ole geschmiegt und sog seinen herben Duft ein. Sie fühlte sich entspannt, geborgen, geliebt. Oles Finger tanzten über ihren Rücken wie Lichtstrahlen über eine Wasseroberfläche. »Darf ich dich nun weiterbefragen?«, wollte er wissen. »Hmmm«, brummte Alexandra. »Alles was du willst.«

»Hat es Sina und ihre Schwester nicht gestört, dass sie nichts bekommen würden?«

»Sina auf jeden Fall nicht, für ihre Schwester kann ich nicht sprechen. Sie hat gesagt, dass sie frühestens in 30 Jahren mit dem Tod ihrer Mutter rechnet und dass sie bis dahin ja immer noch einsteigen kann, wenn sie will.«

»Klingt logisch«, meinte Ole. »Wobei sie ja nach der Hochzeit dann von den 51 Prozent auch nichts mehr bekommen hätte. Und was ist mit den Brüdern? Kennst du sie?«

»Theoretisch ja, aber als ich sie das letzte Mal gesehen habe, waren sie obercoole Teenager. Das heißt, Christian war ein cooler Teenager. Michael war eher schüchtern und zurückhaltend.«

»Ihr seid zusammen auf die Schule gegangen, oder?«

»Ja«, Alexandra kuschelte sich fester in Oles Arme. »Aber sie waren beide ein paar Klassen über mir. Ich weiß gar nicht mehr genau, wie viele.«

»Danke, mein Schatz«, sagte Ole und diesmal klang das Kosewort nicht abgedroschen, sondern zärtlich und liebevoll. Alexandra traten Tränen der Rührung in die Augen. Gott, was bin ich empfindlich, dachte sie. Aber es war so eine angenehme, satte, träge und wohlige Stimmung und sie war so glücklich, dass Ole wieder normal war.

Doch ihr Glück sollte wenige Minuten später schlagartig vorbei sein.

»Du wolltest mich auch noch etwas fragen«, murmelte Ole an ihren Haaren. »Bitte verzeih, dass ich so unhöflich war. Dieser Fall macht mir zu schaffen.« Und mit gespieltem Ernst fügte er hinzu: »Du weißt, ich bin normalerweise ein Gentleman und lasse der Dame den Vortritt.«

»Unbedingt«, kicherte Alexandra. Obwohl Ole jetzt so entspannt war, traute sie sich nicht, ihm gleich von ihrer Angst vor einer Schwangerschaft zu erzählen. Sie würde es anders aufziehen. Sie würde ihn erst fragen, was er von Kindern hielt. Sie war sich ziemlich sicher, dass er antworten würde, er wünsche sich Kinder. Schließlich hatten sie schon vor einem knappen Jahr, als sie noch ganz frisch zusammen gewesen waren, darüber gesprochen. Wenn er dann also sagen würde, dass er Kinder klasse fände, dann würde sie das als Stichwort nehmen, ihm zu erklären, dass er vielleicht bald eines haben würde. Und dass sie den Verdacht hatte, schwanger zu sein.

»Wir haben doch vor längerer Zeit einmal über Kinder gesprochen«, begann sie vorsichtig.

Oles Körperhaltung veränderte sich sofort. Er war enorm angespannt, hörte auf sie zu streicheln und zog seine Hand zurück, als habe er sich verbrannt. »Ja?«, fragte er und es klang alarmiert.

Damit hatte Alexandra nicht gerechnet. Plötzlich war ihr kalt und sie fühlte sich unendlich einsam. »Na ja«, setzte sie an, nur um irgendetwas zu sagen. »Das ist ja jetzt auch schon fast ein Jahr her und ich wollte dich fragen … also, ich wollte dich fragen, wie du dazu stehst? Du hast letztes Jahr gesagt, dass du dir mit der richtigen Frau, also mit mir, durchaus Kinder vorstellen kannst. Und da dachte ich … also, da dachte ich … weil ja meine biologische Uhr tickt …«

»*Was* dachtest du?« Ole zog nun auch den Arm, auf dem sie gelegen hatte, unter ihr fort, und klemmte dabei einige ihrer langen, roten Haarlocken ein. Es tat weh, aber Alexandra ließ sich nichts anmerken. Sie biss sich nur fest auf die innere Unterlippe.

»Ich wollte einfach noch mal mit dir drüber sprechen«, sagte sie und merkte mit Entsetzen, dass ihre Stimme zu wackeln begann. »Aber es ist nicht so wichtig, wir können auch ein andermal, ich …«

»Wenn es nicht so wichtig ist, warum fängst du dann davon an?«, wollte Ole wissen und seine grünen Augen blitzten wie ein eiskalter Bergsee.

»Ich … also … ich wusste nicht …«

»Weißt du was? Ich gehe. Mir reicht's. So viel solltest du von der Psychologie eines Mannes wissen, dass er es überhaupt nicht leiden kann, wenn man ihn unter Druck setzt, ihm seine Freiheit rauben und ihn in einen Käfig sperren will.«

Wütend sprang er aus dem Bett, stieg in seine Jeans ohne sich die Mühe zu machen, zuvor in seine Unterhose zu schlüpfen, die stattdessen achtlos auf dem Boden liegen blieb, und zog sich sein T-Shirt über den Kopf.

Alexandra konnte die Tränen nicht mehr zurückhalten. Lautlos kullerten sie über ihre Wangen, als sie ihm beim Anziehen zusah. Da war nicht nur der Schmerz über die Zurückweisung und die verzweifelte Frage, was um alles in der Welt sie denn nun tun sollte, wenn sie wirklich schwanger war, sondern da war auch das Entsetzen über das, was er gesagt hatte. Ihr größter Alptraum war es immer gewesen, einen Mann derart einzuengen, wie ihre Mutter das mit ihrem Vater getan hatte. Keine Luft zum Atmen hatte sie ihm gelassen, bis er regelrecht geflohen war, sie beide verlassen hatte. Neun Jahre war Alexandra damals alt gewesen und ihr Vater hatte nie wieder Kontakt mit ihr aufgenommen, als sei sie schuld an allem, als habe auch *sie* ihn eingeengt. Dadurch war ihre Beziehung zur Mutter nachhaltig gestört worden, denn Alexandra war der Ansicht, dass die Mutter den geliebten und bewundernswerten Vater mit ihrer Art vertrieben hatte. Und nun warf Ole *ihr* genau das vor.

Ein Knall aus dem Flur sagte ihr, dass er die Wohnung verlassen hatte. Sie zuckte zusammen, kroch tief unter ihre Bettdecke, schlang die Arme um sich und gab sich ihren Tränen hin.

Ole rannte durch die finstere Nacht. Er wollte auf dem schnellsten Weg zum Polizeirevier. Arbeit war jetzt das einzig Richtige. Er musste sich ablenken, unbedingt. Es hatte ihn wie ein Blitz getroffen, als Alexandra plötzlich von einer Familiengründung angefangen hatte. Gerade jetzt, als er sich wieder soweit im Griff hatte, dass er sich ihr öffnen konnte – zumindest ein Stück weit. Der neue Fall hatte ihm Schwung gegeben. Es war eine neue Chance zu zeigen, dass er etwas taugte, dass er gut war in seinem Job. Eine Chance sich selbst zu beweisen, dass er diese wunderbare und kluge Frau verdiente. Es beeindruckte ihn, wie gebildet sie war, wie sozial und wie tief der Brunnen ihrer Gedanken und Gefühle. Doch genau das machte ihm auch wieder Angst, ebenso wie ihre ständige Power, die dazu führte, dass er sich neben ihr oft unzulänglich vorkam. Dass er das Gefühl hatte, sie nicht verdient zu haben, ihr etwas beweisen zu müssen. Vor allem, weil er doch getötet hatte. Er hatte ihr nie davon erzählt, zu groß war die Angst, dass sie sich von ihm abwenden würde, wenn sie es wüsste. Und er war sich inzwischen auch sicher, dass er keine Kinder bekommen durfte – so sehr er sich ein fröhliches Familienleben mit Alexandra wünschte. Ein Haus voller Kinderlachen und morgens von kleinen Kinderhänden geweckt werden, die einem ins Gesicht patschten. Aber durch seine Schuld war ein Kind gestorben und es wäre so furchtbar ungerecht, wenn er nun Vaterglück erleben dürfte, wo es dem armen Vater des toten Kindes doch für immer genommen war.

Es war keine leichte Entscheidung gewesen, dass er keine Kinder bekommen wollte – oder besser: dass er nicht konnte. Er wusste, dass er es Alexandra eines Tages hätte sagen müssen, aber doch noch nicht so bald! Er hatte gehofft, dass sich ihre Beziehung erst noch weiter stabilisieren würde. Dass er ihr dann eines Tages beichten könnte, was er getan hatte. Und dass sie ihn verstehen würde. Dann, wenn er ihr bewiesen hätte, dass er nicht immer ein solcher Feigling war wie bei jenem Banküberfall und auch nicht so ein Dummkopf wie bei den Ermittlungen um den Tod Elisabeth Meierles, als er sich von der Täterin doch tatsächlich in eine Falle hatte locken lassen.

Und nun kam sie mit Familiengründung.

Es tat ihm leid, unendlich leid, dass er sie derart harsch und grob zurückgewiesen hatte. Sie war so glücklich gewesen, so warm, so anschmiegsam. Und er, er hatte das mit einem Streich alles zerstört.

Schon im Treppenhaus hatte er umkehren und zu ihr zurückkehren wollen. Er dürstete danach, sie in den Arm zu nehmen und sich bei ihr zu entschuldigen. Doch er konnte es nicht.

Ole nahm den Seiteneingang ins Polizeirevier, um nicht an der Wache vorbei zu müssen, wo ihm die Kollegen sicherlich neugierige Fragen gestellt hätten. Natürlich wurde er trotzdem gesehen, zwei Streifenpolizisten, die gerade auf dem Weg nach draußen waren, grüßten ihn verwundert und mit fragender Stimme. Ole nickte ihnen kurz zu und verschwand dann eilig in seinem Büro. Seiner Insel. Seiner Rettung.

ZWANZIGSTES KAPITEL

Überlingen

Alexandra konnte sich nicht konzentrieren. Dabei brauchte sie eigentlich unbedingt die volle Aufmerksamkeit für ihren Artikel. Sie kam gerade aus dem Bauausschuss und Bürger und Bauausschussmitglieder hatten sich regelrecht bekriegt in der Frage, ob man der Bebauung der freien Fläche in der St. Leonhard-Straße zustimmen sollte oder nicht. Alexandra hatte die schon seit längerem währende Debatte mit Spannung verfolgt und war dankbar für die Ablenkung gewesen. Denn Ablenkung brauchte sie dringend. Nach seinem überstürzten Aufbruch am Vorabend war Ole nicht zurückgekommen und er hatte sich auch nicht gemeldet. Weder per SMS, noch per E-Mail oder per Telefon.

Auf dem Rückweg vom Bauausschuss, der im Überlinger Torhaus stattfand, hatte Alexandra sich einen Schwangerschaftstest gekauft. Zum Glück gab es die Dinger auch im Drogeriemarkt Müller, der eine relativ anonyme Atmosphäre bot. Denn die Apotheker in Überlingen kannten sie allesamt und auch wenn Diskretion zu ihrem Beruf gehörte, wäre es Alexandra äußerst unangenehm gewesen, den Test dort zu erwerben. Selbst im Müller hatte sie sich unwohl gefühlt und aus Verlegenheit noch jede Menge Süßigkeiten aus dem Regal an der Kasse geholt und auf den Test geschmissen. Das war unauffälliger, fand sie.

Über die Süßigkeiten hatte sie sich gleich hergemacht, als sie in der Redaktion angekommen war. Auf ihrem Schreibtisch lagen nun eine riesige Tüte Gummibärchen, eine Packung Kinderschokolade und – sie hatte seltsamerweise nicht widerstehen können – eine Schachtel Brausetabletten. Ihr Chef und Freund Manfred Meinwald warf ihr einen misstrauischen Blick zu, als er an ihrem Schreibtisch vorüberkam. »Was ist denn mit dir los? Du futterst doch sonst nie und schon gar nicht bei der Arbeit?«, Er griff mit einem frechen Grinsen in die Gummibärchentüte. »Du bist doch nicht etwa schwanger?«

»Natürlich nicht«, versicherte Alexandra ein wenig zu hastig und zu ernst und hielt ihrem Chef die Gummibärchentüte unter die Nase, um ihn abzulenken. »Möchtest du noch welche?«

»Nein danke«, wehrte Meinwald, auf beiden Wangen kauend, ab. »Ich muss ein wenig auf meine Linie achten.« Er zwinkerte ihr zu und klopfte sich auf seinen Waschbrettbauch. Sekunden später war Alexandra wieder allein. Sie versuchte erneut, sich auf ihren Artikel zu konzentrieren, schließlich musste er bald fertig sein. Doch sie fand und fand einfach keinen packenden Anfang. ›Im Bauausschuss kam es gestern zu einem Eklat‹, begann sie und löschte die Zeilen gleich darauf wieder. Wie langweilig und einfallslos! Kurz entschlossen kramte sie den Schwangerschaftstest aus ihrer Tasche und steckte ihn unter den Hosenbund, da die lange, hellrosafarbene Pappschachtel nicht in ihre Jeanstasche passte. Gut, dass ich heute so einen weiten Pullover trage, dachte sie. Auf dem Klo riss sie den Test mit zitternden Fingern auf. Erst die Schachtel, dann die Plastikverpackung, in die der Test eingeschweißt war. Die weiße, harte Folie fühlte sich seltsam kühl und abweisend unter ihren zitternden Fingern an. Sie legte den nun befreiten Test auf die schmale Ablagefläche über der Toilette und zog die Gebrauchsanweisung aus der Schachtel. ›Halten Sie den Teststab drei Sekunden in den Urinstrahl‹, stand dort geschrieben. Auch wurde ihr versichert, dass sie den Test zu jeder Tageszeit ausführen könne, dass der Morgenurin sich aber am besten eigne. Egal. Sie war ohnehin überfällig. Wenn sie tatsächlich schwanger war, dann würde ihr Körper bereits genügend Hormone gebildet haben.

Sie tat wie ihr geheißen und pinkelte brav auf das Stäbchen. Noch auf der Toilette sitzend holte sie es wieder hervor und starrte es an. Die Flüssigkeit kroch langsam ins Sichtfenster und verfärbte es rosa. Im ersten Fenster tauchte ein dicker roter Strich auf. Das war in Ordnung, das war der Teststreifen, hatte sie gelesen. Quälend langsam arbeitete sich die Flüssigkeit weiter vor ins nächste Sichtfenster. Als sie in der Mitte angekommen war, hielt Alexandra den Atem an. Schaute einmal hin und dann noch einmal. Kein Zweifel. Es war ein roter Strich zurückgeblieben und je länger sie wartete und ungläubig auf den Teststreifen starrte, desto kräftiger begann er zu leuchten, kräftiger noch als der Teststreifen. Es gab keinen Zweifel: Sie war schwanger. Alexandra stöhnte auf, beugte sich vor und verbarg ihr Gesicht in den Händen.

EINUNDZWANZIGSTES KAPITEL

Konstanz

»Das gibt es doch nicht!«, brüllte Ole und hieb mit der flachen Hand auf das Faxgerät, das gerade das Fahndungsfoto des verblichenen Valentin Moser ausgespuckt hatte, dessen Fingerabdrücke sich auf der Tür zum Spionenturm gefunden hatten. »Das kann doch jetzt wirklich nicht wahr sein!«

Monja Grundel schob ihren Schreibtischstuhl zurück, ging zu ihrem Kollegen und warf ihm einen Blick über die Schulter. »Das ist ja Leonhard Bux!«, rief sie aus. »Warum bekommst du ein Fax mit seinem Foto? Wir wissen doch, wie er aussieht.«

»Nein«, erklärte Ole und hieb mit dem Finger hart auf den Faxausdruck. »Das hier ist Valentin Moser. Tot seit sieben Jahren. Genauer gesagt: Tot*geglaubt* seit sieben Jahren.«

Mit seinen langen Fingern zog Ole das Papier aus dem Faxgerät, trug es zu seinem Schreibtisch, setzte sich, stützte den Kopf auf die Hände und starrte darauf. Die Hände vergrub er in seinen Haaren. Monja zog sich den Besucherstuhl heran und starrte ebenfalls auf das Papier. »Wir finden eine Leiche«, begann Ole. »Zeitgleich verschwindet ein wertvolles öffentliches Relikt aus dem Haus, in dem das Opfer lebte. An der Tür, die zu dem Relikt führt, entdeckt man frische Fingerabdrücke eines Mannes, der angeblich seit sieben Jahren tot ist. Und dem Fahndungsfoto zufolge ist dieser Mann Leonhard Bux, also unser Toter. Der Mann, dem die Fingerabdrücke zugeordnet werden können, heißt aber Valentin Moser.«

»Womit wir davon ausgehen können, dass es sich bei unserer Leiche um den Mann handelt, der eigentlich schon vor sieben Jahren gestorben ist«, führte Monja den Gedanken fort.

»Dann wären Leonhard Bux und Valentin Moser ein und derselbe«, sagte Ole nachdenklich.

»Ja«, meinte Monja. »Vielleicht hat Moser seinen Tod vor sieben Jahren nur vorgetäuscht, ist unter- und dann mit der Identität des Leonhard Bux wieder aufgetaucht?«

»Das ließe sich sehr leicht ermitteln, wenn wir die Möglichkeit hätten, Leonhard Bux' Fingerabdrücke mit denen von Herrn Moser zu vergleichen«, konstatierte Ole. Was wegen des Zustandes seiner Hände nicht möglich ist. Ich frage mich natürlich schon, ob es da einen Zusammenhang gibt.«

»Wir könnten doch einen DNS-Abgleich machen«, schlug Monja Grundel vor.

Ole schüttelte den Kopf. »Laut den Aalener Kollegen findet sich bei den Fingerabdrücken nicht die kleinste Hautschuppe und damit keine DNS-Spur, die man mit der Leiche abgleichen könnte.«

»Meinst du, der Mörder hat ihm absichtlich die Haut an den Händen abgeätzt, um die Spuren zu verwischen?«

»Denkbar wäre es«, meinte Ole.

»Ich habe eine Idee, wie wir herausfinden können, ob es sich bei Bux und dem Fremden um ein und denselben handelt«, sagte Monja.

»Und die wäre?«, fragte Ole skeptisch.

»In Helena Eichenhauns Haus müssten sich zahlreiche Fingerabdrücke befinden. Wenn Leonhard Bux tatsächlich der untergetauchte Valentin Moser ist, dann müssten wir die gleichen Fingerabdrücke, die sich auf der Tür zum Spionenturm befanden, auch in Helena Eichenhauns Haus finden.«

Ole nahm spontan das kugelrunde, immer ein wenig von Schweiß glänzende Gesicht seiner Kollegin in seine Hände und drückte ihr einen laut schmatzenden Kuss auf die Stirn. »Monja, du bist genial«, jubelte er.

»Mal langsam, mal langsam«, brummte Monja verlegen. Und dann, um abzulenken: »Woran ist dieser Moser damals eigentlich gestorben?«

»Ich hake gleich mal bei den Kollegen in Aalen nach«, versprach Ole. »Ich weiß, dass er straftatenmäßig ein ziemliches Schwergewicht war. Moment.«

Er griff zum Hörer und tippte die Nummer von Kommissar Geissler ein, die er mittlerweile auswendig kannte. Wie es seine Art war, stellte er seine Fragen kurz und knapp. Monja sah ihn gespannt an. »Volltreffer«, freute sich Ole, nachdem er wieder aufgelegt hatte. »Es gab nie eine Leiche von Herrn Moser. Er ist wohl bei einem Segeltörn auf dem Mittelmeer ums Leben gekommen: Das Schiff geriet in Seenot, seine Kameraden haben damals ausgesagt, dass er über Bord gegangen ist.«

»Und wo sind diese Kameraden jetzt? Kann man sie vernehmen?«

»Nein«, sagte Ole ernst. »Sie sind beide tot. Sie starben bei einem von ihnen angezettelten Raubüberfall. Es kam zu einem Schusswechsel.« Verdammt, dachte er, verfolgt mich dieses Thema immer noch! Immer wieder tauchen Raubüberfälle im Zusammenhang mit Tod auf.

»Und warum war Moser denn nun aktenkundig?«, wollte Monja wissen.

»Da kommt einiges zusammen«, antwortete Ole. »Körperverletzung, schwerer Diebstahl, Schmuggel. Und – und das ist das Schlimmste – mehrfacher sexueller Missbrauch.«

»Von Kindern?«, fragte Monja entsetzt.

»Das zum Glück nicht«, beschwichtigte Ole. »Aber es lagen insgesamt drei Anzeigen seiner Freundinnen vor. Es war immer das gleiche Muster: Sie wollten sich von ihm trennen, als sie von seiner kriminellen Laufbahn erfuhren. Er wollte sie nicht gehen lassen, stalkte sie und vergewaltigte sie. Alle Frauen fielen regelrecht aus allen Wolken, denn solange sie innerhalb der Beziehung waren, muss Moser ein Traum von einem Mann gewesen sein.«

»Entschuldige, wenn ich das sage«, meinte Monja Grundel. »Aber dann ist es für Frau Eichenhaun ja eigentlich besser, dass er gestorben ist. Immer vorausgesetzt, dass es sich bei Moser wirklich um Leonhard Bux handelt. Sie hätte bestimmt keinen kriminellen Mann akzeptiert.«

»Das glaube ich auch«, stimmte Ole ihr zu. »Ich schaue gleich mal, dass ich einen Durchsuchungsbeschluss kriege … Aber selbst wenn es sich bei Leonhard Bux um Valentin Moser handeln sollte, ist immer noch nicht geklärt, wer ihn ermordet hat. Ach, bevor ich es vergesse: Könntest du mal in Aalen nachhaken, seit wann Leonhard Bux das Haus dort besaß? Vielleicht ist er stadtbekannt und das Haus seit Generationen im Familienbesitz. Dann können wir uns die Suche sparen, denn wenn Leonhard Bux tatsächlich an die Stelle von Moser trat, dann kann er erst vor sieben Jahren aufgetaucht sein.«

Monja hatte schon zum Hörer gegriffen. »Merk dir, was du sonst noch sagen wolltest – das kläre ich gleich«, rief sie.

Ole schmunzelte. Als er vor einem Jahr an den See gekommen war, hatte ihn seine kugelrunde Kollegin sehr abweisend behandelt. Nie wäre sie auf die Idee gekommen, eine Anweisung von ihm anzunehmen. Doch die Zeiten des Konkurrenzspiels waren zum Glück vorbei.

»Bingo«, sagte Monja, als sie wieder aufgelegt hatte. »Die Aalener Kollegen denken mit, deswegen hatten sie diese Frage bereits recherchiert und soeben Antwort bekommen. Leonhard Bux hat keineswegs schon immer in dem Haus gelebt sondern seit ... rate mal.«

»Sieben Jahren?«, fragte Ole.

»Sieben Jahren«, bestätigte Monja.

»Das war ja leicht«, sagte Ole und klang fast schon enttäuscht. »Vermutlich sind wir da einer uralten Geschichte auf der Spur. Ich glaube nämlich nicht wirklich, dass es dieser Christian war. Er ist zwar ein echter Unsympath – aber für einen Mord hat er nicht genügend Format.«

Monja prustete los. »Also, das ist das Albernste, was ich je von einem Kollegen gehört habe. Für einen Mord hat er nicht genügend Format«, äffte sie nach. »Wie bescheuert ist das denn!«

Ole grinste breit. »Ich weiß, wie blöd sich das anhört«, gab er zu. »Aber irgendwie ist doch was dran, oder?«

»Hmja, ich weiß, was du meinst.« Monja versuchte, ihre kurzen, dicken Beine übereinander zu schlagen. Der Versuch misslang, also stellte sie sie ordentlich nebeneinander. »Ich bin gespannt auf die Vernehmungen morgen früh.« Sie schwieg kurz und starrte nachdenklich vor sich hin. »Ich glaube, es war jemand außerhalb der Familie«, sagte sie dann. »Jemand, der bisher noch überhaupt nicht in Erscheinung getreten ist.«

»Wie auch immer«, meinte Ole. »Morgen nach der Vernehmung werden wir mehr wissen.« Er klappte den Aktendeckel energisch zu. »So, und jetzt mache ich mich auf den Weg nach Hause, um mich um Alexandra zu kümmern.« Er seufzte. Monja sah ihn aufmerksam an. »Alles in Ordnung bei euch?«

»Nicht wirklich«, brummte Ole. »Ich fürchte, ich habe was gutzumachen.«

ZWEIUNDZWANZIGSTES KAPITEL

Konstanz

Helena Eichenhaun beobachtete mit zusammengekniffenen Lippen, wie die Herren der Spurensicherung das Unterste in ihrem Haus zuoberst kehrten. »Ich begreife immer noch nicht, was das alles soll«, schimpfte sie.

Ole lächelte ihr knapp zu. »Es tut mir leid, Frau Eichenhaun. Ich verstehe, dass Sie verärgert sind, doch ich kann Ihnen zum jetzigen Zeitpunkt keine Auskunft darüber geben. Aber ich verspreche Ihnen: Es wird uns in unseren Ermittlungen voranbringen.«

»Das hoffe ich«, antwortete Helena spitz. »Wenigstens haben Sie der Sache mit den Vernehmungen zugestimmt.«

Als Ole Helena am Vorabend mitgeteilt hatte, dass er zum einen ihr Haus nach Fingerabdrücken durchsuchen und zum anderen die komplette Familie vernehmen wolle, hatte sie regelrecht pampig reagiert und ihm schließlich das Versprechen abgerungen, dass ihre Familie nicht geschlossen auf dem Polizeirevier erscheinen musste, sondern bei ihr zu Hause vernommen werden konnte.

Diese Vernehmungen standen ihm jetzt bevor. »Sie haben mir einen abgeschlossenen Raum versprochen«, erinnerte er Helena jetzt.

»Ich weiß. Den bekommen Sie auch. Folgen Sie mir bitte.« Mit eleganten, ein wenig katzenhaften Bewegungen ging sie voraus. Sie balancierte perfekt auf ihren cremefarbenen Lackschuhen, die mindestens zwölf Zentimeter Absatz hatten. Ole fragte sich, ob das nicht furchtbar unbequem war und ob sie daheim immer so herumlief oder nur so gekleidet war, weil sie die Polizei im Haus hatte. Andererseits konnte er sich Helena Eichenhaun nicht wirklich im Gammellook vorstellen.

Sie waren angekommen. Helena öffnete die Tür zu einem atemberaubenden Raum. Die komplette Wand zum See wurde von einer einzigen großen Glasfront eingenommen. Die restlichen drei Wände waren bis zur Decke mit Büchern gefüllt. In der Mitte stand ein großer, dunkler Tisch, auf dem mehrere Bücher lagen. Es sah wirklich so aus, als würde Helena gern lesen – das hätte er ihr gar nicht zugetraut. Oder war es eher Katharina, die hier der Lektüre frönte?

»Fühlen Sie sich wie zu Hause«, sagte Helena und es klang ein wenig spöttisch. »Ich lasse Sie dann allein. Katharina schicke ich gleich zu Ihnen.«

»Danke.« Ole nickte knapp.

Als sie die Tür hinter sich geschlossen hatte, schickte er Monja eine SMS. Sie war irgendwo im Haus auf Spurensuche unterwegs, aber er wollte sie bei den Vernehmungen dabei haben. Sie ergänzten sich mittlerweile perfekt und es war gut möglich, ja, sogar wahrscheinlich, dass Monja etwas auffiel, das er übersah.

Und dann schickte er noch eine SMS ab. An Alexandra. Es war die siebte. Seit er so überstürzt aus ihrer Wohnung geflüchtet war, hatte sie nichts mehr von sich hören lassen. Er schämte sich für sein Verhalten und konnte verstehen, dass sie gekränkt und verletzt war. Dafür sprach auch, dass sie sich nicht meldete. Alexandra meldete sich sonst immer sofort. Als er gestern Abend vor ihrer Türe gestanden hatte, hatte sie nicht geöffnet.

Hilflos überlegte er, was er ihr schreiben sollte. Er hatte schon so viel geschrieben, so viele Worte, Gedanken und Gefühle und keine Antwort bekommen. Außerdem hörte er jetzt Schritte auf dem Flur: das harte Klappern von Damenabsätzen auf Fliesen. Also tippte er nur ein rasches ›Kuss‹ in sein Handy und sandte die SMS ab.

Sekunden später ging die Tür auf, Katharina und Monja drängten ins Zimmer. Es war ein merkwürdiges Bild, die ätherische, grünäugige Schönheit und hinter ihr die kleine, gedrungene Polizistin. »Frau Eichenhaun, guten Tag«, sagte Ole. Er erhob sich, ging Katharina ein paar Schritte entgegen und gab ihr die Hand. Dabei stellte er irritiert fest, dass Katharina schon wieder Handschuhe trug – oder zumindest eine Art Handschuhe. Es waren fingerlose Gebilde aus einem glänzenden Stoff, der Ole an Alexandras Unterwäsche erinnerte, und das gab ihm einen leisen Stich. Er vermutete, dass das irgendeine Mode war. Zumindest korrespondierten die Handschuhe mit Katharinas wallenden Röcken und dem miederartig geschnittenen Samtoberteil. Alexandra würde ihm das mit den Handschuhen sicherlich erklären können. Alexandra. Ständig gab es etwas Neues, das ihn an sie erinnerte. Sie war Teil seines Lebens. Daran gab es nichts zu rütteln.

»Nehmen Sie doch Platz«, sagte er, als er merkte, dass ihn sowohl Katharina als auch Monja ein wenig erstaunt ansahen. Beide schienen darauf zu warten, dass er die Initiative ergriff.

Katharina setzte sich umständlich auf einen der alten, harten Stühle, die am Tisch standen.

Monja nahm neben Ole Platz.

»Frau Eichenhaun, wir wollen uns noch mal über den Abend unterhalten, an dem Leonhard Bux ums Leben kam. Sie sagten, Sie hätten bei Freunden übernachtet. Ist das richtig?«

»Richtig«, bestätigte Katharina.

»Nun haben wir aber mit Ihren Freunden gesprochen und die teilten uns mit, dass Sie das Fest einmal für längere Zeit verließen, dann wieder kamen und sich schließlich schnell wieder verabschiedeten. Ist das auch richtig?«

Katharina sah ihn erstaunt an. »Nein«, sagte sie. »Nein, ich war zwischendurch nicht zu Hause.«

»Wir haben Sie nicht gefragt, ob Sie zu Hause waren, sondern ob Sie das Fest verlassen haben«, sagte Monja Grundel erstaunlich sanft. »Haben Sie?«

Der verträumte Ausdruck in Katharinas Augen wurde ein klein wenig klarer, so, als sei der Nebel, der sie ständig zu umhüllen schien, für einen Moment gewichen. »Ich war Zigaretten holen«, erklärte sie. »Das hatte ich ganz vergessen. Und als ich wiederkam, war ich irgendwie zu wach, um mich zu den anderen zu legen, die zum größten Teil schon auf dem Matratzenlager im Wohnzimmer oder auf einem der Sofas schliefen. Es war spät, alle außer mir waren k.o. Ich habe ein bisschen rumgesessen und dann bin ich nach Hause gegangen.«

»Ihre Freunde sagen, dass Sie zwischendurch ziemlich lange weg waren.«

»Ich hatte meinen Geldbeutel zu Hause gelassen und nur ein wenig Münzgeld eingesteckt. Also hatte ich keine Karte für die Zigaretten dabei. Es hat eine Weile gedauert, bis ich einen Kiosk fand, der offen hatte und mir Zigaretten verkaufte.«

»Wissen Sie noch, wann das war?«, wollte Ole wissen.

»Ich habe überhaupt keine Ahnung«, sagte Katharina, und ihre Stimme war so gleichgültig, als gehe sie das alles gar nichts an. Sie fuhr fort, eine Strähne ihres braunen, langen Haares um den Finger zu wickeln. Ole fragte sich, ob sie tatsächlich so desinteressiert war oder nur so tat. War es Melancholie oder schlicht und einfach Trägheit und Gleichgültigkeit gegenüber der Welt? Die junge Frau wirkte wie ein schlapper Sack, wenn man sie ansah, wurde man selbst regelrecht müde.

»Hatten denn die Restaurants noch auf?«, ließ Monja nicht locker.

»Nein«, murmelte Katharina. »Sonst hätte ich ja nicht so lange suchen müssen. Wissen meine Freunde denn nicht, wann ich weg war?«

»Dazu können wir keine Auskunft geben«, beschied sie Monja.

»Hmmm, verstehe, ich bin also tatverdächtig, weil ich Zigaretten geholt habe?« Es klang zugleich gelangweilt und auch ein klein wenig trotzig.

»Verdächtig sind hier alle und keiner, Frau Eichenhaun. Wir tun nur unsere Arbeit.«

Katharina zwirbelte die Haarlocke fester um ihren Finger.

»Was hielten Sie eigentlich von Herrn Bux?«, wollte Ole wissen.

Katharina zuckte mit den Schultern. »Hab ihn mir nie so genau angesehen«, erklärte sie. »Das war Mutters Sache, das ging mich nichts an. Ich schätze mal, er war okay.«

»Sie haben nie mit ihm geredet?«

»Nö«, antwortete Katharina. »Mehr als Hallo und Tschüss war da nicht.«

»Danke«, sagte Monja. »Ich habe keine weiteren Fragen.«

»Ich auch nicht«, erklärte Ole. »Schicken Sie mir doch bitte Ihre Schwester.«

»In Ordnung«, nickte Katharina desinteressiert-müde und schlurfte in ihren Ballerinas zur Tür.

Sina war das komplette Gegenteil ihrer ätherischen und wunderschönen Schwester. Auch wenn sie nicht ganz so gut aussah – das Gesicht war nicht so fein geschnitten, die Wangenknochen traten nicht so deutlich hervor und die Lippen waren nicht so voll wie Katharinas –, war sie attraktiver. Der Unterschied zwischen den beiden Schwestern machte sich schon daran bemerkbar, wie sie die Tür öffneten. Katharina hatte es fertiggebracht, dass selbst das Öffnen der Tür gelangweilt wirkte. Bei Sina hingegen flog die Tür schwungvoll auf und die junge Frau stand mit funkelnden Augen im Zimmer. Sie bedachte Ole mit einem strafenden Blick, was dieser mit leichter Verwirrung zur Kenntnis nahm. Er konnte schließlich nicht wissen, dass sie wusste, was er nicht wusste: dass er Vater wurde. Und dass seine

Freundin sich nicht traute es ihm zu sagen, weil sie sich vor seiner Reaktion fürchtete. Nachdem Alexandra den Schwangerschaftstest gemacht hatte, hatte sie sich heulend zu Sina geflüchtet und ihr die ganze Geschichte erzählt. Sina hatte sich sehr über Oles Verhalten geärgert – und sie war immer noch empört. Ohnehin war sie der Ansicht, dass Alexandra ein schlechtes Händchen bei Männern hatte. Ole hatte sie bisher zwar nur flüchtig kennengelernt, aber sie erinnerte sich noch gut an Ralf, Alexandras Exfreund, der sie nun wirklich getriezt hatte. Und Ralfs Vorgänger war auch nicht viel besser gewesen. Als Alexandra in ihren Mails von Ole geschwärmt hatte, hatte sie sich zwar für die Freundin gefreut, aber im Stillen befürchtet, dass es wieder zu einer Katastrophe kommen würde. Was ja nun auch der Fall war!

»Nehmen Sie doch Platz«, sagte Ole und war froh darüber, dass sich bei dem kurzen Treffen bei einer Party keine Gelegenheit ergeben hatte, sich gegenseitig das Du anzubieten.

Sina setzte sich auf den Stuhl, auf dem zuvor Katharina gesessen hatte, verschränkte die Arme und sah Ole mit aufeinander gepressten Lippen wütend an.

»Sie scheinen sehr verärgert über diese Vernehmung zu sein«, bemerkte Monja Grundel. »Leider können wir Ihnen das nicht ersparen. Es ist Teil der Ermittlungen.«

»Das weiß ich«, erklärte Sina, ohne einen Blick von Ole zu wenden. »Ich bin auch nicht wegen der Vernehmungen sauer.«

»Sondern?«, fragte Ole, nun seinerseits die Arme verschränkend.

»Wegen Ihnen«, teilte Sina ihm geradeheraus mit und sagte dann zu Monja Grundel: »Tut mir leid, wenn ich die

Vernehmungen stören muss. Aber wenn ich das hier jetzt nicht loswerde, dann platze ich.«

Sie wandte sich wieder Ole zu. »Auch wenn ich Gefahr laufe, mich der Beamtenbeleidigung schuldig zu machen: Sie sind ein verdammter Idiot!«

Ole schnappte überrascht nach Luft.

»Also hören Sie mal, so geht das aber nicht, junge Frau«, protestierte Monja und erhob sich halb von ihrem Stuhl.

Ole machte ihr mit der linken Hand ein Zeichen, wieder Platz zu nehmen. »Und was veranlasst Sie zu diesem Urteil?«, fragte er leicht amüsiert.

»Meine Freundin Alexandra.«

»Hat *sie* das etwa gesagt?«, Ole spürte, dass ihn allein diese Möglichkeit zutiefst kränkte.

Sina machte eine abfällige Handbewegung. »Als würde Alexandra jemals etwas Schlechtes über ihren heiligen Ole sagen«, spottete sie.

Die eiserne Klammer, die sich um Oles Herz gelegt hatte, löste sich bei ihren Worten wieder etwas, gab nach und ihm damit die Möglichkeit weiterzuatmen.

»Aber sie sitzt seit zwei Tagen bei mir und heult sich die Augen aus dem Kopf. Es sei denn, sie ist bei der Arbeit. Ihre Arbeit würde sie nicht mal vernachlässigen, wenn sie sterbenskrank wäre.«

»Oh verdammt«, fluchte Ole. »Es tut mir so leid, ich …«

»Das sollte es auch«, pampte Sina. »Sie wissen ja gar nicht, was Sie da getan haben.«

»Ich muss zu ihr«, stieß Ole hervor und erhob sich ruckartig von seinem Stuhl. Monja legte ihm die Hand auf den Unterarm und zwang ihn, sich wieder hinzusetzen. »Ole«, mahnte sie. Wortlos erinnerte sie ihn mit dieser Geste an seinen Leitsatz, sein Privatleben strikt aus seiner Arbeit herauszuhalten.

»Du hast recht«, wandte er ein. »Aber nachher gehe ich zu ihr. Ist sie bei Ihnen?«, fragte er an Sina gewandt.

Die schüttelte den Kopf. »Heute Morgen ist sie in die Redaktion gegangen, danach wollte sie wieder nach Hause.«

»Gut«, befand Ole. »Aber jetzt kommen wir tatsächlich zu Ihrer Vernehmung.«

Die Vernehmung Sina Eichenhauns war schneller vorbei als der Prolog, der ihr vorangegangen war. Sina hatte schon am Morgen des Mordes gesagt, dass sie Abschied mit ihrem Freund gefeiert hatte, der danach auf Weltreise gehen wollte. Eigentlich, hatte die junge Frau erklärt, hätten sie zusammen fliegen wollen. Sie zeigte den Beamten sogar ein Flugticket, auf dem ihr Name stand. Aber weil sich die Ereignisse so überschlagen hatten, wollte sie noch ein, zwei Wochen länger am See bleiben und ihrem Freund dann folgen.

»Aber in jener Nacht wussten Sie doch noch nicht, dass sich die Ereignisse überschlagen würden«, wandte Monja scharfsinnig ein. »Wieso haben Sie die Reise dann abgesagt?«

Sina sah sie an, Verwirrung verschleierte ihren Blick für einen Moment und sie musste sich sammeln und konzentrieren, um das Kuddelmuddel in ihrem Kopf zu entwirren. »Es ging ja schon vorher los«, sagte sie dann. »Nachdem meine Mutter gesagt hatte, dass sie heiraten will, sind meine beiden Brüder total ausgetickt. Christian sagte zu Michael, dass man sich das nicht bieten lassen dürfe und Michael stimmte ihm zu. Die beiden haben irgendetwas ausgeheckt, ich weiß aber nicht was.«

»Und deswegen haben Sie Ihre Abreise verschoben?«

»Deswegen und weil mich eine Freundin gerade dringend braucht.« Sie funkelte Ole strafend an. Der senkte verlegen den Blick.

»Ihr Freund hatte Verständnis?«, wollte Monja wissen. »Immerhin ist eine Weltreise eine große Sache und wenn man dann so kurzfristig abgesagt bekommt ...« Sie machte eine unbestimmte Geste.

Sina lächelte. »Klar hatte er Verständnis. Ich habe ja nicht aus irgendwelchen unsinnigen Gründen abgesagt. Er hatte sogar ein schlechtes Gewissen, weil er trotzdem geflogen ist.«

»Und das haben Sie ihm ausgeredet?«

»Ja«, bestätigte Sina. »Es wäre ja blöd gewesen, wenn er jetzt wegen dem ganzen Ärger auf die Reise verzichten müsste.«

»Können wir Ihren Freund irgendwo erreichen, damit er Ihr Alibi bestätigen kann?«, wollte Ole wissen. »Die Kollegen haben wohl gleich am Mordtag versucht, Ihr Alibi zu überprüfen, aber da war er schon weg.«

»Oje«, überlegte Sina. »Er wollte mit dem Rucksack los und das Handy hat er bewusst nicht mitgenommen.« Grübelnd zog sie die Stirn zusammen. »Aber in zwei Wochen treffen wir uns ja am Flughafen von Miami. Falls er sich vorher nicht bei mir meldet, sage ich ihm dann Bescheid.«

Monja schürzte die Lippen. »Das ist etwas spät, aber ich sehe momentan keine Veranlassung, da jetzt eine große Sache draus zu machen. Sagen Sie ihm bitte, dass er sich bei uns melden soll.«

»Natürlich«, versprach Sina.

Nach dem Geliebten ihrer Mutter gefragt, schilderte die junge Frau, dass sie ihn flüchtig gekannt und sympathisch gefunden hatte. Und es klang glaubhaft, als sie versicherte, dass sie sich für die Mutter gefreut hatte. Als sich die Tür hinter Sina schloss, sah Monja Ole grinsend an. »Donnerwetter, die hat's dir aber gegeben.«

»Allerdings«, schmunzelte Ole. »Aber ich fürchte, ich hab's verdient.«

Monja stieß ihn verlegen in die Rippen. In Gefühlsdingen war sie so überhaupt nicht gut und Oles und Alexandras Beziehung hautnah mitzuerleben, war ihr stets ein bisschen peinlich. Gleichzeitig aber fühlte sie sich geschmeichelt, dass der junge, attraktive Kommissar in ihr so etwas wie eine Vertraute zu sehen schien. »Du machst das schon«, sprach sie ihm Mut zu. »Was hältst du sonst von ihr?«

Ole zuckte die Achseln. »Kommt glaubwürdig rüber. Sina steht fest in ihrer eigenen Welt – sie freut sich für ihre Mutter mit dem Selbstbewusstsein eines Menschen, der seinen Weg sicher geht.«

»Finde ich auch«, bestätigte Monja.

In diesem Moment wurde die Türklinke heruntergedrückt und Michael Eichenhaun schob sich herein. Was für ein unauffälliger Mensch, dachte Ole. Michael Eichenhaun war das, was man wohl gemeinhin als mausgrau bezeichnete. Er wirkte im Vergleich zu seinen beiden – wenn auch auf sehr unterschiedliche Weise – schillernden Schwestern äußerst farblos. Grauer, korrekter Anzug, Brille mit Nickelgestell, graubraune Haare und selbst über seinem Gesicht schien eine graue Farbe zu liegen. Ein wenig wirkte es so, als sei der ganze Mann verstaubt und man müsse ihn einmal gründlich mit dem Staubwedel bearbeiten. Typ Buchhalter, dachte Ole.

Michael Eichenhaun nahm auf dem Holzstuhl Platz, schlug seine langen Beine übereinander – Ole bemerkte, dass er in seinen glänzend schwarz polierten Schuhen zwei verschiedene Socken trug, einen schwarzen und einen dunkelblauen –, schlang die Hände ineinander und sah die beiden Beamten mit kühlem Blick an. »Ich hoffe, Sie werden mich nicht allzu lange aufhalten. Ich habe eine Firma zu leiten. Und als Wissenschaftler pflege ich mich ohnehin nicht mit Vermutungen, sondern lediglich mit Fakten auseinanderzusetzen.«

Ole starrte ihn verdattert an. Ein derartig arrogantes Auftreten hatte er bei einem solch unwichtigen Mann noch nie erlebt. Von seiner Zeit als Personenschützer in Hamburg – das war lange vor seinem schlimmen Einsatz bei dem Banküberfall gewesen – wusste er noch, dass manche Politiker eine ähnliche Arroganz an den Tag legten oder besser: sich ungemein beschäftigt zeigten. Aber im Gegensatz zu diesem staubig wirkenden Mann hatten sie dazu auch allen Grund. Von allen Seiten prasselten die Termine und die Forderungen auf sie ein und sie hatten *wirklich* keine Zeit, sich um alles zu kümmern. Bei Michael Eichenhaun wirkte das aber aufgeblasen und schlichtweg peinlich.

Ole sagte, ebenso kühl: »Es ist uns, mit Verlaub, werter Herr Eichenhaun, völlig egal, womit Sie sich als Wissenschaftler auseinanderzusetzen pflegen. Hier leiten nämlich *wir* die Ermittlungen. Und wir befassen uns auch mit Vermutungen. Selbst, wenn Ihnen das zehn Mal nicht wissenschaftlich genug ist.«

Michael Eichenhaun schob Daumen und Zeigefinger unter seine Brille, kniff die Augen zusammen und massierte sich seine Nasenflügel. Ole sah ihm interessiert dabei zu.

»Haben Sie Kopfschmerzen, Herr Eichenhaun?«, fragte er teilnahmsvoll.

»Wie?« Michael riss die Augen auf und starrte Ole, die Finger noch rechts und links des Nasenflügels, an. »Nein. Wie kommen Sie darauf?«

»Sie wirken so«, erklärte Ole knapp. »Vielleicht könnten wir nun endlich zur Vernehmung kommen?«

»Mit Vergnügen, Herr Strobehn. An mir liegt es nicht«, antwortete Michael eisig.

»Herr Eichenhaun«, mischte sich Monja ins Gespräch. »Wir haben erfahren, dass Sie und Ihr Bruder hinsichtlich der Verlobung Ihrer Mutter – nun ja – eigenartige Aussagen gemacht haben.«

Michael Eichenhaun riss die Augen auf, hatte sich aber kurz darauf wieder im Griff. »Ich pflege keine eigenartigen Aussagen zu machen«, erklärte er ernst.

»Nicht?«, fragte Ole und konnte sich nicht verkneifen hinzuzufügen: »Ist Ihnen das nicht wissenschaftlich genug?«

»Nein«, bestätigte Michael zu Oles Überraschung, ohne eine Miene zu verziehen. Er schien die – doch recht deutliche – Ironie gar nicht bemerkt zu haben. »Ich pflege nur Äußerungen zu machen, deren Inhalt ich auch belegen kann.«

»Das ist ja umso besser!«, rief Ole. »Dann können Sie mir sicherlich sagen, was Sie mit den Worten meinten, man könne die Verlobung der Mutter nicht dulden und müsse Konsequenzen ziehen.«

»Das«, sagte Michael Eichenhaun und kniff sich erneut in den Nasenflügel, während er Ole ansah, als bereite dieser ihm nun doch ganz schreckliche Kopfschmerzen, »hat mein Bruder angemerkt. Ich habe ihm lediglich zugestimmt.«

»Und wie haben Sie diese Konsequenzen gezogen? Zählte dazu auch ein Mord?«

Michael Eichenhaun schüttelte missbilligend den Kopf und presste die Lippen aufeinander. »Ich bringe doch niemanden um«, sagte er und es klang, als sage er: ›Ich putze doch keine Toilette.‹

»Sie haben sicherlich ein wissenschaftlich belegtes Alibi.«

»Das habe ich in der Tat«, sagte Eichenhaun leise und ließ zum ersten Mal, seit er den Raum betreten hatte, so etwas wie Unsicherheit erkennen. »Aber ich wäre Ihnen dankbar, wenn Sie das nicht an die große Glocke hängen würden.«

»Jetzt bin ich aber mal gespannt«, grinste Ole.

Michael beugte sich vor, nicht ohne die arme Monja zuvor mit einem vernichtenden Blick bedacht zu haben, und raunte Ole zu: »Ein Mann hat schließlich auch seine Bedürfnisse.«

»In der Tat«, raunte Ole zurück. »Was aber heißt das hinsichtlich Ihres Alibis?«

Michael beugte sich noch weiter über den Tisch. »Ich war im Kloster«, flüsterte er.

»Im Kloster?« Ole lehnte sich zurück und sah sein Gegenüber stirnrunzelnd an. »Wollen Sie mich veräppeln?«

»Nein!« Immer noch über den Tisch gebeugt saß Michael da und bedeutete Ole mit dem Zeigefinger, wieder näher zu kommen. Eine alberne Geste. Außer Monja, Ole und Michael war niemand im Raum und Monja konnte so oder so hören, was die beiden tuschelten. Sie kommentierte Michaels Getue mit einem breiten Grinsen, das sehr überlegen wirkte.

»Aber an einem Kloster ist doch nichts Verwerfliches, Herr Eichenhaun«, sagte sie betont fröhlich. »Nichts, wofür Sie sich schämen müssten.«

Michael warf ihr einen vernichtenden Blick zu und strafte sie dann wieder mit Nichtbeachtung. »Es handelt sich um ein *ehemaliges* Kloster«, flüsterte er Ole zu.

Bei dem fiel jetzt der Groschen. Wieder dank Alexandra und ihrem Buch ›Geheimnisse der Heimat‹. Sie schrieb gerade an der Ausgabe Friedrichshafen. Eines Tages war sie amüsiert von einer ihrer Entdeckungstouren zurückgekehrt und hatte ihm berichtet, dass sie nun herausgefunden habe, was es mit dem merkwürdigen Gebäude in der Flugplatzstraße auf sich hatte. Auf ehrwürdigen alten Mauern – ein für Friedrichshafen sehr seltener Anblick, war die Stadt im Zweiten Weltkrieg doch zu einem großen Teil zerbombt worden – erhob sich ein knallrot gestrichenes Haus, das ein Schild als Bordell auswies. Alexandra hatte herausgefunden, dass es sich bei den alten Mauerresten um Überbleibsel des Klosters Löwental handelte, das Ritter Johannes von Ravensburg-Löwental und seine Frau Tuta von Angelberg im Jahr 1250 gestiftet hatten. Zeitweise war das Kloster sehr bedeutend gewesen und hatte sogar eine eigene Landwirtschaft betrieben. Doch dann war sein Stern immer mehr ins Sinken geraten, und nachdem Schwäbisch-Österreich im Zuge der Säkularisation 1806 an die französischen Verbündeten überging, wurde das Kloster aufgelöst. Noch sechs Jahre war es den Schwestern erlaubt, das Konventsgebäude weiter zu bewohnen. 1826 wurde das Klosterareal versteigert und die Gebäude bis auf einen Teil des Ostflügels und des Kreuzgangs abgerissen. Und schließlich zerstörten die Angriffe der feindlichen Flieger im Zweiten Weltkrieg 1944 weitere Teile der ehemaligen Klosteranlage. Bis auf die noch stehenden Gemäuer, auf denen sich heute das Bordell erhob. Nun konnte Ole also mit seinem Wissen glänzen. »Ach, Sie meinen den Puff«, sagte er laut. Monja sah ihn missbilligend von der Seite an. Offensichtlich argwöhnte sie, dass Ole dieses gelegentlich ebenfalls aufzusuchen pflegte. Woher sonst sollte er sein Wissen haben?

»Nun, *Puff* würde ich es nicht gerade nennen«, wand sich Michael. »Ich würde es eher als ein Haus bezeichnen, in dem … nun ja, schon Ritter Johannes von Ravensburg-Löwental nannte es einst Himmelswonne. Gewissermaßen wird es nun also im wörtlichen Sinne seinem Zweck zugeführt.«

Ole musterte ihn streng. »Ist das eine hochoffizielle wissenschaftliche und vor allem belegbare Einschätzung?«

Michael, wieder außerstande, Oles Ironie zu begreifen, war nun vollends aus dem Konzept gebracht. »Nun«, stammelte er, »das war jetzt nur eine … äh … nicht untermauerte Vermutung meinerseits. Und … äh … wenn ich bitten dürfte, dass mein Name nicht … äh …«

»Wir werden das überprüfen«, erklärte Ole knapp. »Und nun sind Sie entlassen. Wir wollen Sie nicht weiter von Ihren wissenschaftlichen Verpflichtungen abhalten. Bitte schicken Sie uns noch Ihren Bruder.«

Sekunden später wurde die Tür aufgerissen und Christian Eichenhaun stürmte herein. Wie aus den Augen seiner Schwester Sina blitzte auch aus den seinen die pure Empörung. Ole dachte, wie ähnlich er Sina war. Die gleiche einnehmende Präsenz, die gleichen strahlend blauen Augen, die gleiche blonde Mähne. Im Gegensatz zu Sinas Präsenz wirkte Christians aber äußerst unangenehm. Ebenso wie seine Schwester war auch er gleich mit einem Vorwurf bei der Sache, allerdings drehte es sich bei ihm um die Vernehmung selbst. »Es ist eine Unverschämtheit, wie Sie uns hier alle von der Arbeit abhalten«, fauchte er. »Und das, nachdem Sie mich am Mordtag schon fünf Stunden lang vernommen und mir praktisch unterstellt haben, den Lover – das Wort klang aus seinem Mund sehr abfällig – meiner anscheinend wieder pubertierenden Mutter umgebracht zu haben.«

Monja richtete sich zu ihrer vollen Größe – und Breite – auf. Ole kannte sie inzwischen gut genug, um zu wissen, dass sie innerlich kochte. Und dass sie das siedende Wasser, das auf dem Herd ihrer inneren Wut brodelte, gleich über Christian ausleeren würde. Fast tat er ihm leid.

Christian freilich wusste noch nichts von dem Zorn, den er in Monja Grundel geschürt hatte, und nahm unaufgefordert auf dem Stuhl Platz, auf dem zuvor seine Geschwister gesessen hatten.

»Soso, Herr Eichenhaun, dann ist Ihnen das also nicht recht. Ehrlich gesagt wundert mich das nicht«, verkündete Monja.

Christian wirkte verdutzt und auch ein wenig verunsichert. »Warum?«, fragte er misstrauisch.

»Weil Sie genau wissen, dass Ihr Alibi falsch ist«, triumphierte Monja. Ole konnte sich gerade noch zurückhalten, ihr einen verwunderten Blick zuzuwerfen. Christians Alibi war absolut wasserdicht, seine Freundin hatte bestätigt, dass er die ganze Nacht bei ihr verbracht hatte.

»So ein Blödsinn«, schnaubte Christian da auch schon. »Sie können meine Freundin fragen. Ich war die ganze Nacht bei ihr.«

»Das, mein lieber Herr Eichenhaun, haben wir bereits getan«, sagte Monja mit ausgesuchter Liebenswürdigkeit.

»Nur leider decken sich die Aussagen Ihrer Freundin nicht mit den Ihren. Ihre Freundin behauptet nämlich, Sie seien nicht bei ihr gewesen.«

»Das gibt es doch nicht!« Christian fuhr sich mit den Fingern durch die langen Haare. »Haben Sie denn auch die richtige vernommen?«

»Haben Sie denn mehrere?«, erkundigte Ole sich interessiert. Diese Eichenhaun-Männer hatten es anscheinend faustdick hinter den Ohren!

»Nein, natürlich nicht.« Christians Hände wanderten hektisch über die Tischplatte, als suchten sie einen Halt, den sie auf dem glatten Holz aber nicht fanden. »Das heißt, ja, also nur kurzfristig. Mit der einen war noch nicht ganz Schluss und mit der anderen habe ich mich gerade eben wieder versöhnt.«

»Und Martina Maier, deren Namen Sie so freundlich waren uns zu nennen, die ist nun die Alte oder die Neue?«, erkundigte sich Ole leutselig.

»Die äh … die Alte. Nein, die Neue. Also wir waren früher schon mal zusammen und jetzt sind wir es wieder«, erklärte Christian umständlich.

»Also die alte Neue. Oder sagt man besser die neue Alte?« Es machte Ole Spaß, diesen unsympathischen, humorlosen Menschen ein bisschen auf die Schippe zu nehmen. »Und die andere? Wie sollen wir die bezeichnen?«

»Als äh – die Alte.«

»Aber die Alte ist doch schon die Neue.« Ole konnte sich ein Grinsen nicht verkneifen und Monja stieß ein leises, schnelles Kichern aus.

Christian lief – wenn möglich – noch röter an. »Wagen Sie es nicht, sich über mich lustig zu machen«, fauchte er.

»Das würde mir niemals einfallen, Herr Eichenhaun«, beteuerte Ole. »Ich will doch nur wissen, welche der Damen nun bestätigen kann, dass Sie bei ihr waren.«

»Die Neue. Also Martina. Martina Maier«, fügte Christian hastig an.

»Das ist aber auch ein Pech für Sie, lieber Herr Eichenhaun«, bedauerte Monja Grundel. »Frau Maier hat ausgesagt, dass Sie *nicht* bei ihr waren. Waren Sie vielleicht doch bei der anderen? Bei so vielen Damen kann es ja durchaus mal die eine oder andere Verwechslung geben. Dafür haben wir doch Verständnis.«

»Ich ... also ... ja, das könnte tatsächlich sein«, stammelte Christian. »Jetzt wo Sie es sagen... ich war in Wahrheit bei Sandra und nicht bei Martina. Die Frauen bringen einen manchmal ganz schön durcheinander, was?« Beifall heischend sah er Ole an. Doch der starrte mit ausdrucksloser Miene zurück. Seine ganze Körperhaltung sagte, dass Christian keine männliche Solidarität von ihm erwarten durfte.

Monja beugte sich kopfschüttelnd über den Tisch. »Herr Eichenhaun, Herr Eichenhaun. Da haben Sie sich ja ganz schön in die ... Sie wissen schon was ... geritten. Sie haben sich selbst verraten. Denn Ihre kleine Martina Maier, die hat natürlich brav bestätigt, dass Sie die ganze Nacht bei ihr verbracht haben. Wenn sie dabei auch ziemlich ins Stottern geriet und ein sehr schlechtes Gewissen zu haben schien.«

»Sie haben mich in eine Falle gelockt«, empörte sich Christian.

Ole lächelte charmant. »Erraten.«

»Damit werden Sie nicht durchkommen Sie ... Sie ... Ich werde meinen Anwalt einschalten und der wird Sie wegen unlauterer Verhörmethoden anklagen«, drohte Christian mit erhobenem Zeigefinger.

»Tun Sie das, Herr Eichenhaun, tun Sie das«, bestärkte Ole ihn. »Sie werden Ihren Anwalt ohnehin brauchen. Denn Sie sind vorläufig festgenommen. Wegen des Verdachts, Leonhard Bux ermordet zu haben. Sie haben eine Drohung ausgesprochen, Sie hatten ein Motiv und Sie haben ein falsches Alibi.«

»Sie … Sie … Sie …«, knurrte Christian.

»Sie haben jetzt genau zwei Möglichkeiten«, erklärte Ole kühl. »Entweder Sie gehen friedlich mit mir und Frau Grundel zu unseren Kollegen, die Sie ins Polizeipräsidium bringen werden, oder wir führen Sie in Handschellen ab.«

»Ist ja gut«, brummte Christian. »Aber das wird Ihnen noch leidtun.«

»Wissen Sie, wie viele Straftäter diesen Satz in genau solchen Momenten zu mir gesagt haben?«, fragte Ole. »Aber sie hatten nie recht. Es tut mir nie leid, jemanden seiner gerechten Strafe zuzuführen.«

Er erhob sich und öffnete die Tür. »Bitte«, forderte Monja Christian auf. »Folgen Sie ihm.«

Sie selbst bildete das Schlusslicht. Auch ohne Handschellen hatte Christian Eichenhaun keine Gelegenheit zu fliehen.

DREIUNDZWANZIGSTES KAPITEL

Überlingen

Alexandra drückte auf den Türsummer der Gegensprechanlage, als es klingelte. Sie wusste, dass es Ole war und sie wusste, dass Sina ihm ordentlich den Kopf gewaschen, ihm aber nichts von ihrer Schwangerschaft erzählt hatte. Alexandra war sauer gewesen, als die Freundin ihr ihren Ausbruch vorhin am Telefon gebeichtet hatte. »Musstest du ihm das gleich auf die Nase binden?«, hatte sie gefragt. »Ich habe dir das anvertraut, weil ich davon ausgegangen bin, dass du es nicht weitersagst.«

»Tut mir leid«, sagte Sina in einem Tonfall, der nicht sonderlich schuldbewusst klang. »Aber als ich ihn gesehen habe, wie er da so selbstherrlich saß, in *unserer* Bibliothek, da sind mir einfach die Sicherungen durchgebrannt. Und er hatte ein schlechtes Gewissen. Das kannst du mir glauben.«

»Ich will aber keinen Mann, der wegen eines schlechten Gewissens zu mir kommt, sondern einen, der mich vermisst.«

»Das tut er, Süße, glaub mir«, hatte Sina sie beruhigt. Und dann: »Bitte sei mir nicht böse, aber ich muss Schluss machen. Mutter hat mich zu so einer komischen Strategiebesprechung bestellt und die fängt gleich an.«

Und nun klingelte es also. Alexandra hoffte, dass sie sich während des Gesprächs nicht würde übergeben müssen. Ihr war auch vor dem Test schon häufig übel gewesen, aber seit sie wusste, dass sie schwanger war, schien sich das um ein Hundertfaches gesteigert zu haben.

Ole kam atemlos die Treppe herauf. Als er bemerkte, dass sie in der Tür stand und auf ihn wartete, flog Unsicherheit über sein Gesicht. Mit hängenden Armen blieb er vor ihr stehen. »Hi.«

»Hi«, antwortete Alexandra, ohne Anstalten zu machen, ihn zu berühren. Nicht dass sie ihn bestrafen, zappeln oder schmoren lassen wollte. Vielmehr war sie befangen, *ge*fangen in ihrer Verletztheit, verängstigt von dem Bewusstsein, dass sie ein Kind in sich trug, das er nicht wollte. Und sie schämte sich vor ihm. Wie man sich vor einem Menschen schämt, der einen tief verletzt hat, dem man sein Innerstes gezeigt und der es mit Füßen getreten hat.

»Darf ich reinkommen?«, fragte Ole vorsichtig.

»Bitte.« Alexandra trat einen Schritt zur Seite. Als er an ihr vorbeiging, streifte er sie. Es durchfuhr sie wie ein Blitz. Ole schien es ebenso zu gehen, denn er hielt kurz inne, zögerte, doch als sie sich nicht bewegte, ja, sogar den Atem anzuhalten schien, ging er weiter, ihr voraus in die Küche und setzte sich auf den gleichen Stuhl, auf dem er immer saß, wenn er bei ihr war. Ein schmerzlich vertrautes Bild.

Alexandra ging ihm nach, setzte sich aber nicht zu ihm an den Tisch, sondern lehnte sich mit dem Rücken an die Arbeitsplatte ihrer Küchenzeile, verschränkte die Arme vor der Brust und sah ihn abwartend an.

»Willst du dich nicht setzen?«, fragte Ole.

»Nein.«

»Nein«, wiederholte Ole ratlos. »Also nicht setzen.«

Alexandra schwieg. Sie hoffte, dass er nicht bemerkte, wie er ihr ganzes Inneres in Aufruhr gebracht hatte.

»Hör zu, es tut mir leid«, begann Ole und fuhr sich verlegen durch die Haare. »Ich habe mich wie ein Idiot benommen. Ich weiß auch nicht, was da in mich gefahren ist.« Wie ein Häufchen Elend saß er am Tisch und sah so verzweifelt aus, dass sie am liebsten zu ihm gegangen wäre, seine Hände genommen und ihm gesagt hätte, dass er sich keine Sorgen zu machen brauchte und dass alles gut werden würde. Aber sie konnte nicht. Er hatte sie zu sehr verletzt, und vor allem war der Grund, aus dem er sich so aufgeregt hatte, immer noch da, ohne dass er es wusste: Das Thema Familie, dem sie nun nicht mehr ausweichen konnte, selbst wenn sie es gewollt hätte. »Es war nicht nur dein Verhalten vorgestern Nacht«, sagte Alexandra. »Ehrlich gesagt, Ole, war ich schon in den ganzen letzten Monaten nicht mehr glücklich.«

Ole sah sie erschrocken an. »Warum?«

»Weißt du das denn wirklich nicht, Ole?«

»Nein.« Verletztheit mischte sich in die Angst und das Erstaunen, das Oles Mimik bestimmte. »Nein, ich weiß es nicht. Ich dachte, wir wären ein Traumpaar«, stieß er hervor.

»Nicht mehr in den letzten Monaten, Ole«, blieb Alexandra bei ihrem Standpunkt. »Du hast mich wieder und wieder und wieder von dir weggestoßen. Du hast dich vollkommen von mir zurückgezogen und dich mir nicht mehr geöffnet, mir nicht mitgeteilt, was dich bedrückt. Das musst du doch gemerkt haben.«

Ole schwieg und starrte auf die Tischplatte. Zum ersten Mal nahm er wahr, was sie für eine starke Maserung aufwies.

»Ole?«, fragte Alexandra, auf eine Antwort hoffend.

Ole starrte immer noch auf den Tisch. Auch Alexandra schwieg nun. Es war eine bleierne Stille und sie machte das Atmen schwerer. Von unten drangen der Lärm von Autos und Gesprächsfetzen der Passanten herauf. Alexandra nahm die Geräusche überdeutlich wahr.

Ole hob langsam den Kopf. Seine Miene hatte wieder jenen undurchdringlichen Ausdruck angenommen, den Alexandra in den letzten Monaten fürchten gelernt hatte. »Es tut mir leid, wenn du das so wahrnimmst«, sagte er kalt. »Ich habe mich nicht von dir zurückgezogen, ich vermute eher, dass die Gründe bei dir liegen. Ich nehme an, es gibt einen anderen?«

Alexandra erstarrte. Alle Hoffnung auf eine Versöhnung zerbarst in tausend Scherben. »Ole«, sagte sie hilflos.

Aber Ole war schon aufgesprungen und zur Tür gestürmt. Wie beim letzten Mal flüchtete er einfach und ließ sie zurück. Und wie beim letzten Mal kroch sie, nachdem er gegangen war, unter ihre Bettdecke, rollte sich zusammen und weinte.

Am Seeufer hielt Ole in seinem Dauerlauf inne. Dieses Mal rannte er nicht zum Polizeirevier. Doch auch dieses Mal tat ihm sein Verhalten unendlich leid, auch dieses Mal schalt er sich einen Narren. Aber sie war einfach zu nahe an das Thema herangekommen, das ihn so umtrieb. Sie hatte seine Veränderung in den letzten Monaten bemerkt, natürlich hatte sie. Dass Alexandra so sensibel und sie sich so nahe waren, war mit ein Grund, warum sie so glücklich miteinander waren. Aber es bedeutete eben auch, dass sie sofort spürte, wenn mit ihm etwas nicht stimmte. Eigentlich fand er es schön, wenn ein Mensch ein derart ausgeprägtes Gespür für einen anderen besaß. Doch zugleich machte es ihm Angst. Angst, weil er seine dunklen Seiten somit nicht vor ihr verbergen konnte. Er war sich auch nicht sicher, ob es ihn einengte, ihm seine viel gelobte Freiheit raubte. Aber in einem war er sich sicher: Dass er Alexandra liebte.

Und dass er sich im Grunde nur von ihr zurückzog, weil er Angst hatte, sie zu verlieren, wenn sie von seinen Schattenseiten Kenntnis bekam. Langsam dämmerte das Verstehen in ihm herauf. Er begriff, dass er sie auch so verlieren würde, zumindest dann, wenn er weitermachte wie bisher. Vielleicht sogar noch eher, als wenn er ihr seine Schattenseiten offenbarte. Vielleicht würde sie ihm verzeihen. Vielleicht ihn verstehen. Und vielleicht, vielleicht sogar auf eine Familie verzichten, wenn sie seine Beweggründe kannte. Ihm war klar, dass er mit ihr reden und ihr alles sagen musste. Das hatte sie verdient.

VIERUNDZWANZIGSTES KAPITEL

Friedrichshafen

Sina blieb verblüfft in der Tür stehen, als sie den Konferenzraum betrat. Sie hatte erwartet, das Zimmer voller Menschen – einschließlich ihrer Brüder – vorzufinden. Ihre Mutter hatte es am Telefon sehr wichtig gehabt. Unter ›Strategiebesprechung‹ konnte sie sich zwar nicht wirklich etwas vorstellen, aber es hatte mächtig – und langweilig – geklungen. Sina hatte angenommen, dass sie in ihrer Eigenschaft als Gesellschafterin teilnehmen sollte. Vermutlich fanden solche Strategiebesprechungen regelmäßig statt und sie war bisher nur deshalb davon verschont geblieben, weil sie weit ab von der Familie im fernen Frankreich studierte.

Umso überraschter war sie nun, als sie ihre Mutter allein an dem riesigen Konferenztisch vorfand. Helena Eichenhaun blickte auf, als Sina eintrat. »Sina, wie schön«, sagte sie und kam ihr mit ausgestreckten Händen entgegen.

Verwirrt ergriff Sina die Hände ihrer Mutter. Mit solchen herzlichen Worten war sie noch nie zuvor begrüßt worden. Dennoch kannte sie diese Geste. Ihre Mutter pflegte sie Dritten gegenüber an den Tag zu legen, wenn sie etwas erreichen wollte. Dann konnte Helena Eichenhaun ungeheuer herzlich sein – oder besser: so tun, als wäre sie ungeheuer herzlich. Augenblicklich wurde Sina misstrauisch und erwiderte den Händedruck ihrer Mutter nicht.

»Sina, Liebes, wie schön, dass du hergefunden hast.«

Liebes? So hatte die Mutter sie noch nie genannt.

»Setz dich doch«, forderte Helena sie auf, zog einen Stuhl für Sina heran und ließ sich neben ihr nieder. Die beiden Frauen saßen damit am Rand des großen Konferenztisches und wirkten etwas verloren. Normalerweise pflegte Helena an der Stirnseite Platz zu nehmen, auf dem Stuhl, der sich bewusst von den anderen abhob und der als Einziger über Armlehnen verfügte.

»Sina, ich brauche dich«, sagte Helena unumwunden und Sina war froh, dass die Mutter mit ihrem Theater aufhörte und endlich mit der Sprache herausrückte.

Fragend blickte sie sie an.

»Du bist gut, du bist sogar sehr gut«, fuhr Helena fort. »Ich habe mir deine Abschlusspräsentationen noch einmal angesehen. Du hast dieses … gewisse Etwas.«

Sie griff in ihre Aktentasche und zog Sinas Mappe heraus. »Deine Entwürfe erzählen eine Geschichte, Sina. Du musst unbedingt mehr daraus machen. Du hast ein unglaubliches Talent. Würdest du … würdest du es für die Firma einsetzen?«

Sina zögerte. »Mutter, ich …«

Helena Eichenhaun sah sie abwartend an.

Sina holte tief Luft. »Ich bin noch nicht bereit dazu, Mutter. Ich wollte reisen, ich wollte Ideen sammeln. Ich muss mich inspirieren lassen. Das kann ich nicht, wenn ich am Schreibtisch sitze.«

»Ich kann dich verstehen, Sina. Gut sogar«, sagte Helena ruhig und Sina dachte, dass sie wohl zum ersten Mal in ihrem Leben so etwas wie ein vernünftiges Gespräch führten. »Und glaube mir, ich wollte dich nie im Leben dazu drängen, in die Firma zu kommen. Aber …« Sie machte eine hilflose Geste. »Ich schaffe das nicht mehr allein, Sina. Die Felle schwimmen mir davon. Du bist die Einzige, die uns noch helfen kann, jetzt, wo … wo Leonhard nicht mehr ist.« Die letzten Worte hauchte sie mehr, als dass sie sie sprach.

»Aber Christian …«, wandte Sina ein.

Helenas Miene wurde hart. »Christian ist aus der Firma ausgeschieden.«

Sina schnappte überrascht nach Luft. »Mutter!«

»Ich kann nichts dafür, er hat selbst gekündigt«, verteidigte sich Helena.

Sina schwieg. Sie konnte sich denken, dass Christian nicht einfach so das Handtuch geworfen hatte. Auch sie hatte inzwischen mitbekommen, dass Helena ihm die Schuld an Leonhards Tod gab. Und selbst wenn Christian sich der Mutter gegenüber tatsächlich unmöglich verhalten hatte – das hatte er nicht verdient. Es gab ihr einen leisen Stich, dass ihre Mutter sie anscheinend nur deswegen in die Firma holte, weil Christian ausgeschieden war. Obwohl sie eigentlich nicht dazu bereit war, in die Firma einzutreten, hatte sie sich über das Lob der Mutter, in dem unverhohlene Bewunderung mitschwang, gefreut. Zumal die Mutter so selten lobte. Der Hinweis auf Leonhards Tod und auf das Ausscheiden des Bruders aus der Firma schwächte das Lob erheblich ab. Ein wenig kam es Sina so vor, als brauche Helena dringend jemanden und griffe nach dem Erstbesten. Aber sie würde einen Teufel tun und ihrer Mutter das sagen. Fast schämte sie sich wegen ihrer Empfindungen vor sich selbst. Das weitaus größere Problem aber war, dass sie sich wie eine Verräterin vorkäme, wenn sie nun Christians Platz einnähme. Nicht dass sie ihren Bruder besonders mochte oder schätzte. Aber dennoch gab es so etwas wie geschwisterliche Solidarität. Außerdem stimmte es, was sie ihrer Mutter sagte: Sie wollte reisen, die Welt sehen und dann eine Kollektion auf den Markt bringen, die modebewussten Frauen die Möglichkeit gab, sich dank ihrer Kleidung nach Afrika, Südostasien, die Südsee oder wohin auch immer zu träumen.

»Mutter«, sagte sie hilflos. »Das kommt jetzt ein bisschen überraschend.«

»Ich weiß«, erwiderte Helena. »Ich erwarte auch nicht sofort eine Antwort von dir. Und ich weiß, dass man bei dir mit Drängeln das Gegenteil erreicht.« Ein Lächeln, wie es Sina noch nie bei ihrer Mutter gesehen hatte, erhellte für einen Moment ihr Gesicht.

»Jetzt schau nicht so überrascht«, sagte Helena. »Ein wenig kenne ich meine Tochter doch auch. Außerdem, mein Kind, bist du mir sehr ähnlich.«

Sina wusste nicht, ob sie das als Kompliment betrachten sollte.

»Ich will dir aber den Ernst der Situation klarmachen«, fuhr Helena fort. »Wenn wir die Kurve nicht kriegen, dann müssen wir dichtmachen.«

»So schlimm?«, fragte Sina erschrocken. Sie hatte gewusst, dass es Probleme gab, aber seit sie denken konnte, hatte es immer etwas um die Firma gegeben, das zuerst ihrem Großvater und dann ihrer Mutter Sorgen bereitet hatte. Und schließlich war doch immer alles gut gegangen. Sie hatte geglaubt, nein, sie war *sicher* gewesen, dass es auch diesmal so sein würde und hatte sich deswegen nie wirklich Gedanken gemacht.

»So schlimm«, bestätigte Helena schlicht. »Wir haben über viele Jahre Christians fantasielose Entwürfe auf den Markt geworfen und das haben die Kunden uns übel genommen.« Sie schüttelte missbilligend den Kopf. »Ich hätte da schon viel früher meine Konsequenzen ziehen müssen.«

Sie wandte sich Sina zu, legte ihre Hände auf die der Tochter und sah sie ernst an. »Sina«, sagte sie. »Wir leben im Moment ausschließlich von den Accessoires. Wenn wir das Ruder nicht bald herumreißen, dann gehen wir unter.«

FÜNFUNDZWANZIGSTES KAPITEL

Konstanz

Seit zwei Stunden saß Alexandra bei Sina. Sie hatte sich die Augen aus dem Kopf geheult, sich von Sina bestätigen lassen, dass Ole sich verhielt wie ein kompletter Idiot und beschlossen, ihr Kind allein aufzuziehen. Das war typisch für Alexandra: Gab es ein Problem, suchte und fand sie sofort eine Lösung und wenn sie gefunden war, ging es ihr besser. »Und ich sage dir, das funktioniert. Ich gehe ein Jahr in Elternzeit und danach tue ich das Kleine in die Kindertagesstätte.«

Sina sah sie zweifelnd an. »Wenn ich es richtig weiß, sind Kitas von halb acht bis fünf offen, du aber arbeitest von halb zehn bis halb acht. Wie soll das gehen?«

»Ich kann mir gut vorstellen, dass Meinwald, mein Chef, kein Problem hätte, wenn ich meine Arbeitszeiten ändern würde«, überlegte Alexandra. »Wichtig ist ja, dass ich zu den Kernzeiten für die Leser erreichbar bin, und ansonsten geht es darum, dass ich meine Artikel schreibe. Das kann ich morgens um acht genauso gut wie abends um sieben. Vielleicht sogar noch besser, weil ich da mehr Ruhe habe.«

»Und wenn Meinwald Nein sagt?«, wandte Sina ein und reichte Alexandra ein Glas Kirschsaftschorle, das diese dankend annahm.

»Dann arbeite ich künftig eben als freie Mitarbeiterin«, sagte Alexandra, nachdem sie einen großen Schluck genommen hatte. »Ich kenne viele Kolleginnen mit Kindern, die das auch machen und bei denen das wunderbar funktioniert.«

Alexandra vertiefte sich eifrig in die Details ihrer künftigen Lebensgestaltung, um sich von dem nagenden Schmerz über Oles Verhalten und dem Bewusstsein, dass ihre Beziehung wohl vorbei war, abzulenken. Sina half ihr dabei, indem sie sie ihrerseits um Hilfe bat. »Ole hat meinen Bruder verhaftet. Christian.«

»Was?« Alexandra fuhr aus ihren Gedanken auf. »Warum?«

»Ich weiß es nicht, ich war bei der Vernehmung nicht dabei. Ich habe nur gesehen, wie sie ihn abgeführt haben. Aber ich nehme an, dass es etwas damit zu tun hat, dass er Mutter Konsequenzen androhte, nachdem sie ihre Verlobung mit Leonhard bekannt gegeben hat.«

»Wenn Ole sich momentan auch unmöglich verhält – sicher ist, dass er als Polizist ganz hervorragende Arbeit macht«, versuchte Alexandra Sina zu beruhigen. »Wenn da nichts dran ist, wird er Christian wieder laufen lassen.«

»Das weiß ich und das glaube ich auch«, erwiderte Sina. »Aber ich kann mir nicht vorstellen, dass mein Bruder es war. *Er* doch nicht.«

Alexandra legte ihre Hand auf Sinas. »Ehrlich, Sina, ich glaube, das kann sich keiner bei seinem Bruder vorstellen. Aber irgendjemand muss es ja gewesen sein.«

»Ich brauche deine Hilfe, Alex«, brach es aus Sina heraus. »Ich habe einen Verdacht, aber ich kann damit nicht zur Polizei und auch nicht zu meiner Mutter, weil … weil das, was ich getan habe, ziemlich heftig ist. Und gerade jetzt – sie hat mir die Leitung der Designabteilung angeboten und ich hätte sie beinahe verraten. Sie vertraut mir und ich …« Sina brach ab und begann, auf ihrer Unterlippe herumzukauen. Alexandra kannte diese Geste. Das hatte die Freundin schon als kleines Mädchen gemacht, wenn sie unsicher, verlegen oder verzweifelt war.

»Aber Sina, das ist doch toll, die Leitung der Designabteilung in einer solch großen Firma zu haben. Dann kannst du machen, was du willst. Endlich deine Träume verwirklichen.«

Sina schüttelte den Kopf. »Ich bin darüber ehrlich gesagt nicht glücklich. Ich brauche Inspiration, um gut zu sein.

Ich will nicht irgendeine Abteilung leiten, ich will raus in die Welt, mich inspirieren lassen. Aber darum geht es auch gar nicht.«

»Worum dann?« Alexandra sah sie fragend an.

»Als ich mit der Modeschule fertig war, da habe ich eine Zeit lang ein Praktikum bei einem großen Modeimperium gemacht. Perucci, wenn dir das was sagt.«

»Ja«, antwortete Alexandra stirnrunzelnd. »Ja, das sagt mir natürlich was. Und du hast mir damals auch davon erzählt.«

»Habe ich?«, fragte Sina zerstreut. »Weiß ich gar nicht mehr. Naja, war ja auch kein Geheimnis. Jedenfalls bat mich der Firmenchef damals zu sich und bot mir Unsummen für meine Firmenanteile an. Ich habe natürlich abgelehnt. Aber er gab sich nicht zufrieden, er wollte unbedingt die Zusammensetzung des Saphir!-Stoffes. Du weißt schon, dieser superweiche, glänzende, knitterfreie Stoff. Er ... er hat mir eine Million dafür geboten.«

Alexandra schnappte nach Luft. »Und du hast abgelehnt?« Eigentlich war es mehr eine rhetorische Frage. Sie war sicher, dass die Freundin Nein gesagt hatte. Doch überraschenderweise antwortete Sina: »Nein. Nein, ich habe zugestimmt. Ich habe ihm versprochen, ihm die Rezeptur zu besorgen. Ich war weit weg von zu Hause und nichts verband mich mehr damit. Vater war tot, Mutter hatte mich ihr Leben lang getriezt und meine Geschwister... Katharina war eh nicht an der Firma interessiert und die Jungs – also meine Brüder – sind nun auch nicht gerade das, was man sich unter lieben Menschen vorstellt.«

»Das stimmt«, bestätigte Alexandra und bemühte sich, ihre Stimme ganz wertungsfrei klingen zu lassen, als sie fragte: »Und? Hast du ihm das Rezept dann letztendlich auch gegeben?«

»Nein.« Sina schüttelte heftig den Kopf. »Ich konnte nicht. Ich kam mit der Absicht wieder an den See, ihm das Rezept zu besorgen, die Million zu kassieren und dann in die weite Welt abzudüsen. Mich irgendwo selbstständig zu machen. »Aber als ich dann hier war und all das gesehen habe, Mutter, die Firma, all das hat meine Familie über Generationen hinweg aufgebaut. Und ich soll das nun so einfach mit einem Streich zerstören?«

»Ich bin froh, dass du das so siehst. Und dass du es nicht getan hast«, sagte Alexandra sanft und runzelte dann die Stirn. »Aber was hat das alles mit dem Mord am Geliebten deiner Mutter zu tun?«

»Perucci hat mich natürlich bedrängt und mir gedroht«, fuhr Sina fort.

»Womit?«

»Damit, dass er meiner Mutter alles erzählen und sie vor mir warnen würde. Er wusste um meine Skrupel, ich hatte damit dummerweise meine Entscheidung begründet, aus dem Deal auszusteigen. Und da meinte er, ich solle überlegen, ob es mir lieber wäre zu liefern und meine Mutter würde nie erfahren, dass ich dahinter stecke oder ob er ihr erzählen solle, was ich vorhatte.«

»Aber deine Mutter hätte ihm doch nie geglaubt? Man nimmt doch nicht für bare Münze, was der größte Feind einem erzählt!«, wandte Alexandra ein.

»Vielleicht nicht«, gab Sina ihr recht. »Ich habe mich ja auch mit Händen und Füßen gewehrt. Aber er hat mir gedroht, dass er die Informationen auch ohne mich bekommt und dass ich selbst schuld bin, wenn ich die Million nicht nehmen will. Und dann ist plötzlich Leonhard aufgetaucht. Das heißt – er war schon da, bevor ich aus Paris zurückkam.«

»Ja und?« Alexandra beugte sich gespannt vor.

Sina spielte mit einem Faden, den sie vom Ärmel ihres Shirts abgerissen hatte. »Er kam mir gleich so bekannt vor. Aber ich konnte ihn nicht einordnen.«

»Und jetzt weißt du, woher du ihn kanntest?«

»Ja, ich habe ihn mehrmals bei Perucci gesehen.«

»Aber dann hätte er dich doch auch erkennen müssen.«

»Er hat mich gar nicht wahrgenommen. Ich war ja nur eine kleine Praktikantin und habe ihn immer nur gesehen, wenn er mit einer Reihe von anderen wichtig aussehenden Herren in den Konferenzraum stolziert ist. Er ist durch Abteilungen gerauscht, in denen hunderte Mitarbeiter, darunter auch ich, saßen. Er hat mich bestimmt nicht erkannt.«

»Und du glaubst nun, dass Perucci ihn geschickt hat?«

»Ich bin mir sogar ziemlich sicher«, sagte Sina und sah ihre Freundin Hilfe suchend an. »Das kann doch kein Zufall sein, Alexandra.«

Alexandra schüttelte nachdenklich den Kopf. »Nein, das glaube ich auch nicht. Aber Perucci hätte Bux doch gesagt, dass du auch bei ihm warst und dass es die Gefahr des Wiedererkennens gibt. Und vor allem: Wenn er tatsächlich von Perucci geschickt worden wäre, nachdem du Nein gesagt hast, dann wäre er nicht schon da gewesen, bevor du Nein gesagt hast.« Sina starrte sie verwirrt an. Dann grinste sie. »Das muss ich jetzt erst mal im Kopf sortieren. Aber ja, du hast recht. Doch es erklärt immer noch nicht, wieso Leonhard Bux tot ist.«

»Vielleicht hatte er doch einen Auftrag von Perucci – man weiß ja nie, was da im Hintergrund abgeht. Vielleicht war er auch eingeschleust worden, um dich zu kontrollieren.«

Sina sah die Freundin an, mit einem Mal hellwach. »Das könnte sein. Ich musste Perucci nämlich das Versprechen geben, nie für Eichenhaun zu arbeiten. Das gehörte zu unserem Deal. Er …« Sina blickte verlegen auf ihre Schuhspitzen. »Er wollte mich haben, er fand mich gut.«

»Und als du dann Nein gesagt hast, da hat er Leonhard Bux kurzerhand beauftragt, ihm die Informationen zu besorgen«, führte Alexandra den Gedanken zu Ende. »Wer weiß, vielleicht hat er das Rezept geklaut, das Geld kassiert und wollte die Formel nun nicht rausrücken?«

»Mit den Infos in der Hand und dem Heiratsantrag meiner Mutter in der Tasche stand ihm eine noch viel großartigere Zukunft offen. Vielleicht gab es einen Kampf und sie haben ihm die Infos entrissen?«

»Aber doch nicht ausgerechnet im Garten meiner Mutter«, wandte Sina ein. »Das ist doch ein viel zu gefährlicher Ort.«

»Vielleicht haben sie ihn woanders getötet und danach hergeschleift.«

»Gut möglich«, griff Sina den Gedanken auf.

Alexandra schob grüblerisch einen Krümel auf der Tischplatte hin und her. »Eines ist klar«, sagte sie. »Zuallererst müssen wir herausfinden, ob die Rezeptur noch an Ort und Stelle ist.«

»Das ist unmöglich. Nur Mutter weiß, wo sie ist. Das heißt – ich weiß es auch, sie ist in unserem Tresor. Aber der ist tausendfach gesichert.«

»Wir müssen das hinbekommen«, sagte Alexandra fest. »Oder wir schalten Ole ein, der kann das auf dem einfachen Weg überprüfen lassen.«

»Nein«, widersprach Sina erschrocken. »Mutter würde sich fragen, woher er davon weiß. Und herausbekommen, was ich getan habe. Das darf nicht sein, verstehst du? Zum ersten Mal in ihrem Leben schenkt sie mir so etwas wie Aufmerksamkeit und Anerkennung.«

Alexandra legte ihr beruhigend die Hand auf den Unterarm. »Keine Sorge. Es ist mir ja auch lieber so.«

SECHSUNDZWANZIGSTES KAPITEL

Konstanz

»Bingo«, rief Ole triumphierend und legte den Hörer auf die Gabel. »Hab ich's doch gewusst!«

»Was?«, fragte Monja neugierig.

»Das war die Spurensicherung. Und rate mal, was sie im Haus gefunden haben?«

»Die Fingerabdrücke des seit sieben Jahren Toten?«

»Erraten«, triumphierte Ole. »Vor allem im Schlafzimmer der werten Helena, was ja nicht allzu verwunderlich ist. Schließlich war Valentin Moser alias Leonhard Bux ihr Liebhaber.« Er grinste. »Außerdem gab es natürlich jede Menge Spuren der Familie und viele Fingerabdrücke von Unbekannten, die sich übrigens vor allem auch im Schlafzimmer der lieben Helena fanden. Anscheinend war Leonhard Bux nicht der Einzige, der das Vergnügen hatte, unsere eiserne Lady zu beglücken.«

»Das kann ich mir gar nicht vorstellen«, sagte Monja, wie immer ein wenig verlegen, wenn es um Liebe ging.

»War aber vermutlich wirklich so«, bekräftigte Ole. »Die Fingerabdrücke sprechen eine ganz deutliche Sprache. Ich glaube, unsere liebe Helena Eichenhaun war kein so unbeschriebenes Blatt, wie sie sich gern den Anschein gibt.«

»Eine Eifersuchtstat? Wurde Leonhard Bux von ihrem anderen Lover getötet?«, überlegte Monja.

Ole schüttelte langsam den Kopf. »Ich kann mir das nicht vorstellen. Die verschwundene Pfeife des Aalener Spions spielt eine Schlüsselrolle. Da bin ich mir ganz sicher.«

Die Sprechanlage auf Oles Schreibtisch summte. »Frau Eichenhaun ist jetzt zur Vernehmung hier«, meldete die Wache.

»Schicken Sie sie hoch«, sagte Ole und grinste Monja jungenhaft an.

Kühl und selbstbewusst nahm Helena Eichenhaun Minuten später im Vernehmungszimmer Platz. Sie setzte sich nur auf die äußerste Kante des Stuhles, so wie man auch Raststätten-WCs nach Möglichkeit nicht berührt, weil man sich bei dem Gedanken an den Vorbenutzer ekelt. Wahrscheinlich hat sie Angst, all die Verbrecher, die hier schon saßen, könnten ihren perfekten Hosenanzug beschmutzen, dachte Ole amüsiert.

»Ich hoffe, die unverschämte Durchsuchung meines Hauses hat Ihnen ein befriedigendes Ergebnis geliefert«, sagte Helena herablassend.

»Ein sehr befriedigendes Ergebnis, ein sehr befriedigendes«, bestätigte Ole. »Ich danke Ihnen herzlich für Ihre aufmerksame Nachfrage.«

Helena stieß ein leises »Püh« aus. »Ich verstehe nicht, warum ich herkommen musste. Sie haben den Mörder doch gefasst. Noch dazu einen, von dem ich Ihnen von Anfang an sagte, dass er es war. Hätten Sie auf mich gehört, hätten Sie sich viel Arbeit ersparen können.«

Ole sog scharf die Luft ein. Schon damals hatte es ihn erstaunt, dass eine Mutter ihren eigenen Sohn so kaltherzig an den Pranger stellte. Im Laufe seiner Dienstjahre hatte er es eher umgekehrt erlebt: Dass Eltern durchaus auch bereit waren, eine Straftat, die ihre Kinder begangen hatten, auf sich zu nehmen. Für sie hinter Gitter zu wandern. Monja schien ebenso irritiert zu sein. »Ich finde es sehr erstaunlich, wie sehr Sie sich bemühen, Ihren Sohn zu belasten«, sagte sie spitz. »Sehen Sie es mir nach, aber ein wenig wirkt es, als würden Sie Ihren Sohn benutzen, um von sich selbst abzulenken.«

»Von *mir*?« Helena legte sich drei perfekt manikürte Finger auf die Brust, ihre Stimme überschlug sich. »Ich habe Leonhard Bux *geliebt*!« Stimme, Gestik und Mimik wirkten theatralisch und aufgesetzt.

»So sehr, dass Sie noch ein, zwei andere Männer gleichzeitig in Ihrem Bett begrüßt haben«, provozierte Ole.

Helena erbleichte. »Was *erlauben* Sie sich!«

»Ich erlaube mir, Ihnen unsere Ermittlungsergebnisse mitzuteilen«, erklärte Ole. »Und die zeigen vier verschiedene Fingerabdrücke. Darunter sind sicherlich auch die des Verstorbenen und Ihre, Sie müssten nachher so freundlich sein, sie uns zum Abgleich zu geben. Bleiben aber immer noch zwei fremde.

»Ich habe eine Putzhilfe«, fauchte Helena.

»Gut«, sagte Ole freundlich, »das ist einleuchtend. Und was ist mit den anderen Abdrücken?«

»Herrgott«, fluchte Helena ganz undamenhaft, was bestimmt nicht oft vorkam, »ich weiß es doch auch nicht. Bin ich hier der Ermittler oder Sie? Vielleicht eines der Kinder? Die kommen schon auch mal gelegentlich in mein Zimmer. Vor allem Katharina. Die wohnt ja schließlich bei mir.«

»Dann müsste sich Katharina aber sehr oft in Ihrem Zimmer aufgehalten und ungewöhnlich viel berührt haben, vor allem ums Bett herum. Was ich – verzeihen Sie – bei einer Tochter dieses Alters doch eher für unwahrscheinlich halte.«

»Ich weiß es nicht«, beharrte Helena. Und dann fügte sie leise hinzu: »Ich weiß nur, dass ich Leonhard geliebt und mit keinem anderen Mann geschlafen habe. Das können Sie mir glauben oder nicht.«

Der Tag wurde nicht besser für Helena. Als sie aufgrund der Vernehmung mit deutlicher Verspätung in der Fabrik ankam, erwartete sie dort eine äußerst unangenehme Überraschung. In ihrer Post befand sich ein Päckchen der italienischen Modefirma Perucci. Das mulmige Gefühl, das Helena in den letzten Tagen begleitet hatte – zu Hause fühlte sie sich seit ihrer überstürzten Flucht vor ein paar Tagen nicht mehr wohl, wenn sie seither auch nie mehr ein Geräusch gehört hatte –, wurde zu einem unangenehmen Brennen in ihrer Magengrube, und auch ihre Kopfhaut begann zu prickeln. Hastig riss sie das Paket auf. Sie machte sich nicht die Mühe, eine Schere zur Hand zu nehmen, und zerrte so heftig an dem Klebeband, dass einer ihrer sorgsam manikürten Nägel im French Style abbrach. Sie steckte den Finger kurz in den Mund und widmete sich dann wieder dem Öffnen des Pakets. Als sie hineingriff, ertastete sie Stoff. Stoff, der sich seltsam vertraut anfühlte. Seidenweich. Glatt und zugleich samtig. Fest und zart. Ein Stoff, wie es ihn nur ein Mal auf der Welt gab: bei Saphir! Der Großvater ihres verstorbenen Mannes hatte die – bis heute unnachahmliche – Zusammensetzung kreiert und damit den Erfolg von Saphir! begründet. Viele hatten versucht, den Stoff zu imitieren, keinem war es gelungen. Denn Hans-Jörg, der Großvater, hatte die Fäden in einer ganz bestimmten Mischung anfertigen lassen und sich dabei überraschender Zutaten bedient.

Ungeduldig zerrte Helena den Stoff aus dem Paket. Es gibt nur eine Möglichkeit, versuchte sie ihre panischen Gedanken zu beruhigen. Perucci hat irgendwo ein Kleid von uns erworben. Aber warum, kreischte die Panik in ihrem Inneren, warum sollte er es mir dann schicken? Sie wusste eigentlich, was es bedeuten musste, aber ihr Verstand weigerte sich, es zu begreifen. Als sie das Kleid – ein prächtig geschnittenes Gebilde in schimmerndem Blau – schließlich in den Händen hielt, sah sie ihre schlimmsten Befürchtungen bestätigt. Das war ein Kleid aus *ihrem* Stoff. Allerdings war das nicht *ihr* Schnitt. Helena musste sich eingestehen, dass sie einen derart raffinierten Schnitt – unprätentiös, aber dennoch elegant und schmeichelhaft – seit Jahren nicht mehr auf den Markt gebracht hatten. Das Label im Nackenbereich wies das Kleid auch ganz klar als eine Kreation aus dem Hause Perucci aus.

Mit zitternden Fingern suchte Helena in dem Umschlag aus steifer Pappe nach einem Begleitschreiben. Schließlich drehte sie das Kuvert sogar um und schüttelte es nach unten aus. Aber Perucci hatte keinen Brief beigelegt. Warum sollte er auch? Der Stoff war Botschaft genug. Helena suchte auf dem Paketschein nach einem Absender. Für sie war klar, dass Emilio Perucci das Paket höchstpersönlich versandt hatte. Aber der Modeboss hatte sich nicht die Mühe gemacht, seinen Namen auf dem Paket zu hinterlassen. Es war der allgemeine Absender der Firma Perucci in Mailand.

Mit immer noch zitternden und nun auch ein wenig schweißigen Händen griff Helena nach dem Hörer des weißen, hochglänzenden Telefons, das auf ihrem Schreibtisch stand, und brüllte hinein, die Sekretärin solle eine Gesellschafter- und Vorstandssitzung einberufen. Sofort. Und wer sich nicht auf dem Firmengelände befinde, sei per Handy zu informieren und habe sich auf der Stelle hierher zu bewegen.

Lisa, die Sekretärin, nahm die Anweisung ihrer Chefin ängstlich entgegen. Sie fürchtete sich ohnehin vor Helena, aber so hatte sie sie noch nie erlebt. Während sie die Familie hektisch zusammentelefonierte, lauschte sie furchtsam in Richtung Helenas Bürotür – wie ein Tier, das Gefahr wittert. Sie hielt es nicht für ausgeschlossen, dass Helena aus ihrem Zimmer geschossen kam, um ihre Wut an ihr auszulassen. Aber alles blieb ruhig. Eine halbe Stunde später klopfte Lisa schüchtern an die Tür.

»Ja!«, bellte Helena von drinnen.

Lisa öffnete. »Es sind jetzt alle im großen Konferenzraum versammelt«, flüsterte sie.

Helena sprang auf, griff nach dem Päckchen und dem Kleid, die auf ihrem Schreibtisch lagen, und rauschte zur

Tür, ohne sich bei ihrer Sekretärin zu bedanken oder sie noch eines weiteren Blickes zu würdigen.

Minuten später tobte sie vor den Gesellschaftern, die sie mit großen, erschrockenen Augen anstarrten.

»Das ist unser Ende«, schrie sie statt einer Begrüßung, als sie den Raum betreten hatte, und warf das Kleid auf den Tisch, das die italienische Modefirma Perucci stolz auf den Markt gebracht hatte. »Dieser Stoff ist *unser* Rezept. Unsere Entwicklung. Damit waren wir Marktführer in diesem Bereich. Ach was, Marktführer. Wir waren die Einzigen, versteht ihr, *die Einzigen*, die diesen Stoff herausgebracht haben!«

Helena hielt inne und schickte sich an, die Versammlung mit ihren Blicken zu erdolchen. »Ich wusste, dass es sich um unseren Stoff handelt, sobald ich dieses fantasielos geschnittene Teil«, sie wies verächtlich auf das Kleid, »in den Händen hielt. Ich weiß, wie unser Stoff sich anfühlt, ich würde ihn unter tausenden mit geschlossenen Augen ertasten können.« Für einen Moment nahm ihr Gesicht einen schwärmerischen Ausdruck an.

Sie reichte das Kleid an Michael, der rechts neben ihr saß. Der schüttelte entsetzt den Kopf.

»Es ist unsere Rezeptur«, flüsterte Sina, als ihr Bruder den Stoff an sie weitergegeben hatte.

»Wie bitte?« Wie ein Peitschenhieb klang Helenas Stimme. »Rede bitte etwas lauter, Sina. Du wirst doch jetzt nicht anfangen wollen, so zu flüstern wie deine Schwester.«

Sie warf einen verächtlichen Seitenblick auf ihre jüngste Tochter, die, scheinbar tief in ihre Träume versunken, dasaß und vor sich hin starrte. Katharina machte keinen Hehl daraus, dass diese Gesellschafterversammlungen sie nicht im

Mindesten interessierten. Auch jetzt reagierte sie nicht auf die Spitze ihrer Mutter. Wahrscheinlich hat sie nicht einmal bemerkt, dass ich sie anspreche, dachte Helena.

»Es ist unsere Rezeptur«, sagte Sina nun sehr laut und blickte ihrer Mutter offen in die Augen.

»Erraten«, fauchte Helena. »Und wenn du schon so schlau bist, kannst du mir dann bitte auch erklären, wie diese Rezeptur in die Hände unseres ärgsten Konkurrenten kommt?«

Sina schwieg und senkte den Kopf. Ihr Herz trommelte hart gegen ihre Brust. Sie hatte das Gefühl, keine Luft mehr zu bekommen.

»Hast du denn schon nachgesehen, ob die Rezeptur noch an ihrem Platz im Safe liegt?«, schaltete Michael sich ins Gespräch und lenkte damit von Sina ab.

»Natürlich habe ich nachgesehen.« Helena griff nach dem Kleid und schleuderte es wütend in Katharinas Richtung, die sich daraufhin beeilte, eingeschüchtert den Kopf einzuziehen. »Es liegt an Ort und Stelle, so, als habe es immer dort gelegen. Aber klar ist: Jemand hat es herausgenommen, es an die Konkurrenz weitergegeben und es dann wieder zurückgetan. Wobei es mir ein Rätsel ist, wie dieser Jemand an den Schlüssel gekommen sein könnte.« Sie runzelte die Stirn. »Als hätten wir gerade nicht schon genug Sorgen. Dieser Stoff« sie deutete auf das Kleid, das am anderen Ende des Zimmers gelandet war und dort nun traurig im Eck lag, »dieser Stoff war unsere *Lebensversicherung*.«

Sie blickte scharf in die Runde. »Die Rezeptur war streng geheim. Es muss einen Maulwurf geben. Irgendjemand hat uns verraten.«

»Wer soll das denn bitte gewesen sein! Nur du kennst die Rezeptur und nur du hast den Schlüssel zum Safe. Du hast uns ja nie für vertrauenswürdig genug gehalten, uns einzuweihen«, ließ Michael sich beleidigt vernehmen.

»Mit gutem Grund, wie sich jetzt zeigt«, schrie Helena.

»Was ist mit den Leuten aus der Weberei?«, fragte Katharina, die für einen Moment aus ihrer Traumwelt aufgetaucht war. »Die müssen ja wissen, aus welchen Materialien sich der Stoff zusammensetzt.«

Helena schnaubte. »Da zeigt sich mal wieder, wie wenig Ahnung du hast«, fuhr sie ihre Tochter an. »Es weiß nur einer und das ist der Webereichef. Und für den lege ich meine Hand ins Feuer.«

»Aber irgendjemand muss es ja gewesen sein«, wandte Sina ein. »Es ist ja schön, wenn du Herrn Pahlke blind vertraust, aber ich hätte schon gern mit ihm gesprochen.«

Sie griff zum Telefon, das auf dem großen Konferenztisch stand und ließ sich mit der Assistentin verbinden. »Bitte schicken Sie uns doch mal den Herrn Pahlke rüber«, bat sie.

Ein Ablenkungsmanöver. Sina war sich darüber im Klaren, dass sie keine Sekunde mehr zögern durfte und dass sie ihrer Mutter unbedingt von ihrem Verdacht gegen Leonhard Bux erzählen musste. Auch wenn der Geliebte ihrer Mutter inzwischen tot war – die Rezeptur hatte er sicherlich schon vor Wochen nach Mailand geschickt. Sina staunte ohnehin, wie schnell die Italiener mit der Produktion gewesen waren, wusste aber, dass es manchmal schnell gehen konnte und musste, wenn es galt, andere zu überzeugen. Alle starrten sie an. Sina kam ins Schwitzen. Wie würde ihre Mutter darauf reagieren, dass sie ihren Geliebten beschuldigte? Und wie darauf, dass sie sie erst jetzt davon in Kenntnis setzte? Was, wenn dann ihre eigene Rolle in dieser Sache irgendwie herauskam?

In diesem Moment wurde die Tür aufgerissen und Dieter Pahlke kam herein. Sina war erleichtert, eine Schonfrist bekommen zu haben.

»Herr Pahlke«, begrüßte Michael ihn knapp. »Sie wissen, worum es geht?«

»Um die Rezeptur nehme ich an.« Pahlke deutete auf das Kleid, das inzwischen wieder auf dem Tisch lag. Katharina hatte sich seiner erbarmt und es vom Boden aufgehoben. »Ihre Mutter hat mir vorhin am Telefon schon erzählt, dass die Mailänder die Rezeptur geklaut haben.«

»Richtig kombiniert, mein lieber Herr Pahlke«, sagte Michael von oben herab. »Und nun fragen wir uns natürlich, wie die Rezeptur in die Hände der Mailänder gelangt ist. Schließlich waren Sie außer Mutter der Einzige, der sie kannte.

Pahlke starrte Michael an. Es dauerte eine Weile, bis er sich so weit gefasst hatte, dass er Worte fand, um Michael zu antworten. »Wollen Sie damit etwa andeuten, dass ich …«, fragte er empört. Er wurde ganz blass bei dieser Vorstellung. Er war seit 40 Jahren bei Saphir! beschäftigt, hatte den Aufstieg der Firma nicht nur mitverfolgt, sondern durch seine Verlässlichkeit und Tatkraft auch an ihm mitgewirkt. Pahlke liebte die Firma, als wäre es seine eigene. Und nun verdächtigte man ihn, ausgerechnet *ihn* der Spionage. Man unterstellte ihm, etwas getan zu haben, was den Untergang der Firma bedeuten könnte.

»Na, so ein paar Hunderttausend kann doch jeder gut gebrauchen, nicht wahr, Herr Pahlke?«, provozierte Michael und beugte sich leicht nach vorn. »Oder hat Perucci Ihnen sogar mehr geboten? Was man sich davon alles kaufen kann! Ein schickes Auto, und haben Sie nicht schon lange mal vom eigenen Schiff geträumt? Mit diesem Gesülze haben Sie mich genervt, seit ich ein kleiner Junge war.«

Sina musterte ihren Bruder ebenso empört wie erstaunt. Sie fand es unmöglich, wie dieser den armen Pahlke vorführte. Und sie wunderte sich über seine rüde Art. Normalerweise pflegte Michael immer sehr auf seine Ausdrucksweise und auf ein zurückhaltendes Auftreten zu achten.

»Das … das …« Pahlke war aufgesprungen und funkelte Michael an. »Das muss ich mir nicht bieten lassen, Sie … Sie …«

»Es reicht, Michael«, sprang Helena Pahlke zur Seite. Während sie sprach, hatte auch sie sich erhoben, war um den Tisch herumgegangen und hatte ihrem Webereichef eine Hand auf die Schulter gelegt. »Ich muss mich für meinen Sohn entschuldigen, Herr Pahlke. Er meint es nicht so«, sagte sie leise. »Sie wissen, dass Sie mein bedingungsloses Vertrauen haben. Mir ist klar, was Sie schon alles für die Firma getan haben, und ich rechne Ihnen das hoch an.«

Pahlke entspannte sich sichtlich. Er bewunderte Helena Eichenhaun. Sehr sogar. Mehr als das. Wenn sie ihn anlächelte, schwebte Pahlke anschließend mindestens eine Woche lang auf Wolke sieben. Und dass sie ihm nun sagte, dass sie ihm bedingungslos vertraute und dass sie sein Engagement enorm schätze, machte ihn unendlich glücklich und stolz.

Er warf noch einen bösen Blick in Richtung Michael – jetzt, da er Helena auf seiner Seite wusste, hatte er dazu den Mut und die Kraft – und setzte sich dann wieder.

»Wir wollten eigentlich von Ihnen wissen, ob es in letzter Zeit jemanden gab, der nach dem Rezept gefragt hat«, ergriff Sina das Wort. Sie hoffte, so auf anderem Wege zu Leonhard hinlenken zu können.

»Naja«, Pahlke wand sich. »Da war schon jemand.«

»Warum haben Sie mir das nicht unverzüglich gesagt?«, rief Helena empört.

Pahlke lief feuerrot an. Nun hatte er eben erst die Anerkennung seiner Chefin gewonnen. Sie so schnell wieder zu verlieren, schmerzte ihn. »Naja, es war jemand aus der Familie. Und da dachte ich nicht …«

»Jemand aus der Familie«, unterbrach Helena. »Wer? Nun sagen Sie schon.«

Ohne es zu merken, hatte sie ihre Hände in Pahlkes Arm gekrallt und schüttelte ihn leicht.

»Naja, es ist … also es war. Es war … nun ja, hm …«

»Jetzt stottern Sie nicht so herum, Pahlke. Spucken Sie es endlich aus«, wetterte Helena.

»Es war, also es war … es war Ihr Sohn«, brachte Pahlke mühsam heraus.

»Christian!«, stellte Helena mit einem resignierten Seufzen fest.

Pahlke schwieg.

»Ist das denn zu fassen?« Helena hieb mit der flachen Hand auf den Tisch. »Erst bringt er meinen Verlobten um und dann klaut er auch noch unser Rezept. Aber eigentlich hätten wir da gleich drauf kommen können.«

»Mutter«, rief Sina, der bei Pahlkes Worten ein Stein vom Herzen gefallen war. Wenn es nicht Leonhard gewesen war, dann musste sie sich auch keine Vorwürfe machen. Gleichzeitig fühlte sie sich nun in der Position und auch in der Pflicht, ihren Bruder zu verteidigen.

»Was *Mutter*?«, äffte Helena sie nach.

»Es ist noch gar nicht raus, ob es wirklich Christian war.«

»Sie werden ihn schon nicht ohne Grund verhaftet haben, oder? Schließlich hatte er ein falsches Alibi.« Helena wandte sich an Pahlke. »Und was haben Sie ihm geantwortet?«

»Ich habe gesagt, dass er Sie fragen muss.«

»Und das hat er akzeptiert?« Helena klang erstaunt.

»Nein. Es … es war ganz schön heftig. Er hat sogar gedroht, mir zu kündigen.«

»Warum haben Sie mir das nicht erzählt?«, fragte Helena entsetzt.

»Ich wollte Sie nicht belästigen, Werteste«, erklärte Pahlke mit seinem alten Gentlemencharme. »Ich habe gesagt, dass ich eher bereit bin zu gehen, als das Geheimnis zu verraten. Und dass ich die Kündigung erwarte. Aber die kam dann nie.«

Pahlke starrte beleidigt auf die glänzende Platte vor sich und stellte peinlich berührt fest, dass er mit seinen schwitzigen Händen Schlieren hinterlassen hatte. Er musste seiner Wertesten noch etwas sagen, aber er traute sich nicht. Deshalb plapperte er weiter, Worte, die ohne Bedeutung – oder zumindest nicht von so großer Bedeutung – waren wie das, was er ihr immer noch verschwieg: »Wenn ich allerdings geahnt hätte, dass er noch auf anderem Wege … ich hätte Sie warnen sollen, gnädige Frau.«, Er sah Helena mit um Entschuldigung heischendem Blick an. »Aber ich kannte den Jungen doch seit seiner Geburt und da hat man … da baut man schon irgendwie eine Bindung auf, im Laufe der Zeit.«

»Ja«, sagte Helena erstaunlich sanft. »Ja, Sie hätten es mir sagen müssen. Aber es ist nicht Ihre Schuld. Wir müssen schauen, wie wir den Karren hier *gemeinsam*«, sie sah Sina scharf an, »aus dem Dreck ziehen können.«

Sina senkte den Blick. Ihr war klar, dass die Mutter bald eine Entscheidung von ihr haben wollte. Und in diesem Moment beschloss sie, ja zu sagen. Nicht weil sie es wollte. Im Gegenteil. Sie fieberte der Weltreise entgegen und ihr sehnlichster Wunsch war, frei zu sein. Aber sie hatte das Gefühl, dass es die einzige Möglichkeit war, wieder gutzumachen, was sie beinahe getan hätte.

In voller Dimension wurde ihr nun klar, was der Verrat des Rezepts für ihre Mutter und für die Firma bedeutete. Zuvor hatte sie sich das nur im Kopf vorstellen können. Jetzt konnte sie es fühlen. Und sie war entsetzt über die Stimmung, die sich ausgebreitet hatte, seit sie von der Spionage erfahren hatten.

SIEBENUNDZWANZIGSTES KAPITEL

Konstanz

Christian war nervös. Ruhelos tigerte er in seiner Zelle herum. Es war eigentlich gar nicht so schlimm im Gefängnis, fand er. Das Bett war schmal, aber nicht unbequem, es gab einen kleinen Tisch und durch das vergitterte Fenster konnte er auf den Gefängnishof blicken und seinen Kameraden beim Hofgang zusehen. Solange er sich in seiner Zelle befand, fühlte sich Christian wohl – soweit das in einem Gefängnis überhaupt möglich war. Sobald er sie verlassen musste, begleitete ihn aber rasende Angst. So trostlos und so lang waren die Gänge und die Gestalten, die sich auf selbigen herumtrieben, jagten ihm Angst ein. Besonders Matze, der das Zimmer neben ihm bewohnte, war ihm unheimlich. Matze war sehr groß und sehr breit gebaut – ein Schrank von einem Mann. Er hatte eine Halbglatze und die Haare, die ihm geblieben waren, hatte er sich bis auf die Hüfte wachsen lassen. Sie hingen ihm in einem speckigen Pferdeschwanz und einer seltsam graugelben Farbe auf den Rücken. Der Blick des Mannes war eine einzige Provokation, und immer wenn Christian ihm im Flur begegnete, schien er sagen zu wollen: ›Hast du ein Glück, Bürschchen, dass wir beide nicht allein miteinander sind. Wenn da die blöden Aufseher nicht wären, würde ich dich mit Freuden zu Brei machen. Einfach nur deshalb, weil ich dein Gesicht nicht mag.‹

Seit Christian dem Haftrichter vorgeführt worden war, hatte er Angst, dass er nun die nächsten Jahre im Knast sitzen würde. Dass er gezwungen wäre, mit Männern wie Matze seine Tage zu verbringen. Von anderen Insassen, die nicht zum ersten Mal in Haft waren, hatte er gehört, dass es beim Duschen ganz schlimm sein sollte. Einer, er hieß Demian und war wohl das, was man unter einem klassischen Opfertypen verstand, hatte Christian beinahe unter Tränen erzählt, wie sie ihn unter der Dusche bedroht und fast verprügelt hatten. Christian schüttelte sich und spürte Panik in sich aufsteigen. Er würde es nicht ertragen, viele Jahre lang in diesem Loch einsitzen zu müssen. Eher würde er sich erhängen. Aber selbst das gestatteten sie einem hier nicht. Sogar die Kloschüssel war aus Plastik. Als würde jemand es schaffen, unbemerkt eine Kloschüssel zu zertrümmern, um sich damit die Pulsadern aufzuschneiden. Wobei das dem mächtigen Matze durchaus gelingen könnte, dachte Christian schaudernd.

Er strich sich über das Gesicht, um all die grauenhaften Bilder zu verscheuchen. Er hatte Panik, heftige Panik. Und selbst wenn er hier herauskäme – was sollte er tun, wo sollte er hin? Vorhin war seine Mutter bei ihm gewesen. So hatte er sie noch nie erlebt. Schneeweiß vor Wut hatte sie ihm im Besucherzimmer gegenüber gesessen und ihm vorgeworfen, er habe Perucci die Rezeptur zukommen lassen. Er habe, klagte sie, die Firma verraten. Sie wolle ihn nicht mehr sehen und versuchen, ihm seine Anteile zu entziehen.

Das könne sie nicht, hatte Christian dagegengehalten. Die habe der Opa ihm vererbt. Und seine Mutter hatte kühl geantwortet, dass sie das sehr wohl könne, denn es sei schriftlich festgehalten, dass die Anteile an den geschäftsführenden Gesellschafter fallen, wenn der Anteilseigner etwas tut, was der Firma nachweislich schadet. Und geschadet habe sein Verhalten Saphir! ganz außerordentlich. Seine Mutter hatte sich mit den Worten: »Jetzt ist Krieg, Christian, und du wirst ihn verlieren«, von ihm verabschiedet.

Wenn sie ihm wirklich die Anteile nehmen würde, dann wäre er am Ende. Ohne Job, ohne Geld, ohne den geringsten Rückhalt. Und Pahlke, dieser dumme Idiot, hatte nichts Besseres zu tun gehabt, als ihn bei seiner Mutter zu verpetzen. Natürlich hatte er erst gewartet, bis er, Christian, im Gefängnis saß und ihm nicht mehr gefährlich werden konnte. Hätte er seine Drohung damals doch nur wahr gemacht und den Mann gefeuert! Das kam davon, wenn man zu sanft mit den Mitarbeitern umging.

Christian fühlte eine heftige Wut in sich aufsteigen und trat drei Mal grob gegen das Mauerstück unter dem Fenster.

Die vielen Fußabdrücke, die die Wand dort beschmutzten, zeigten ihm, dass auch der eine oder andere Vorgefangene hier seine Aggressionen ausgelassen hatte.

In diesem Moment drehte sich der Schlüssel, die Tür öffnete sich und ein Uniformierter stand in Begleitung von Ole Strobehn in Christians Zelle. Der blonde Hüne grinste ihn an. »Herzlichen Glückwunsch, Herr Eichenhaun. Sie sind entlassen. Die Verdachtsmomente gegen Sie reichen nicht aus.«

ACHTUNDZWANZIGSTES KAPITEL

Überlingen

Ole warf sich ruhelos von einer Seite auf die andere. Er konnte nicht schlafen. Mit Decke war ihm zu warm, ohne Decke fror er. Ein unerträglicher Zustand. Er sprang auf, ging unruhig im Raum umher, setzte sich aufs Sofa, nahm ein Buch zur Hand und merkte drei Seiten später, dass er rein gar nichts vom Inhalt mitbekommen hatte. Angewidert schmiss er die Lektüre wieder fort und starrte wohl zum hundertsten Mal auf das Display seines Handys. Nichts. Keine Nachricht von Alexandra. Sie meldete sich einfach nicht. Unzählige Nachrichten hatte er ihr schon hinterlassen, sei es per Mail, SMS oder auf der Mailbox. Keine Reaktion. Vorhin war er sogar bei ihr gewesen und hatte geklingelt. Endlos lange. Er hatte gesehen, dass sie da war, es brannte

Licht und Alexandra ließ nie, niemals Licht brennen, wenn sie das Haus verließ. Das hatte ihre Mutter, die am Existenzminimum lebte, ihr in ihrer Kindheit eingebläut. Sie hatte ihm nicht geöffnet, und nachdem sie nicht auf seine Anrufe und Textnachrichten reagiert hatte, hatte er sich nicht getraut, seinen Schlüssel zu benutzen. Alexandra war sauer und das zu recht. Ole hatte riesige Angst, dass es bereits zu spät war, dass er sie schon verloren hatte. Was aber konnte er noch tun?

Eigentlich wusste er es ganz genau: Die einzige Chance, die er hatte, war, ihr einzugestehen, dass er ein Feigling war. Nicht ihr Traummann, nicht der, an den sie sich anlehnen und zu dem sie aufblicken konnte. Und hatte sie nicht genau das einmal zu ihm gesagt? Dass sie ihn auch deshalb so liebe, weil er so stark war und ihr ein Gefühl der Geborgenheit vermittelte? Ole litt Höllenqualen. Er war sich fast sicher, dass sie ihn endgültig verlassen würde, wenn er ihr von seinem feigen Verhalten erzählte und von dem Kind, das gestorben war. Sie hatte ein ausgeprägtes Herz für Kinder. Und Kinder, denen Leid geschah, waren für sie ein Reizthema. Einmal, sie waren schon zusammen gewesen, hatte sie ein Interview mit Eltern geführt, deren einziges Kind bei einem Autounfall ums Leben gekommen war. Sie hatte danach stundenlang in seinen Armen geweint. Damals hatte Ole beschlossen, dass sie niemals erfahren durfte, was er getan hatte.

Er durfte also nicht darüber sprechen, das war klar. Aber *so* konnte es auch nicht weitergehen. Sollte er schweigen, abwarten? Oder sollte er zu ihr gehen, mit einem riesigen Blumenstrauß, wie Männer ihn in solchen Fällen gern als Accessoire zu tragen pflegten, sich entschuldigen und das

Thema einfach ausklammern? Aber er wusste, dass er das nicht konnte. Es würde ihm nicht gelingen. Ole Strobehn war eigentlich ein durch und durch authentischer Mensch und Alexandra kannte ihn gut, besser als irgendjemand sonst auf der Welt. Sie würde es merken.

Er seufzte und fuhr sich müde mit beiden Händen durch die Haare. Er hatte nichts mehr zu verlieren, aber jede Menge zu gewinnen. Dass sie sein Verhalten ohnehin schon mehr als merkwürdig fand, war klar. Warum ihr also nicht alles gestehen?

Kurz entschlossen ging er zurück ins Schlafzimmer, wo seine Jeans und sein T-Shirt zusammengeknüllt auf dem Boden lagen. Er bückte sich, hob seine Jeans auf und stieg hinein, dann zog er sein eng anliegendes, mattgrünes Sweatshirt über den Kopf, schnallte den Gürtel um, schlüpfte in seine Turnschuhe und warf im Gehen seine Lederjacke über.

Der Schlüssel zu Alexandras Wohnung steckte in seiner Jackentasche. Diesmal würde er ihn benutzen.

Es waren nur wenige Schritte von Oles Wohnung in der Franziskanerstraße zu Alexandras am Münsterplatz. Ole sah auf seine Armbanduhr. Halb drei. Alexandra würde bestimmt schon schlafen. Kurz hatte er Skrupel, sie mitten in der Nacht zu wecken, doch er wusste auch, dass er, wenn ihn der Mut einmal verlassen hatte, nicht mehr zu ihr gehen würde. Er steckte den Schlüssel ins Schloss der Haustüre und stieg leise die steinernen Treppen empor. Im ersten Stock wäre er beinahe über die herumliegenden Kinderschuhe gestolpert. Als er vor Alexandras Wohnungstüre angelangt war, war er völlig außer Atem. Du wirst alt, dachte er voller Selbstironie, doch er wusste sehr gut, dass sein rasender Herzschlag nichts mit den Treppenstufen zu tun hatte. Leise schloss er die Türe auf und trat ein. Es war stockdunkel. Er zog sich im Flur die Schuhe aus und schlich auf Zehenspitzen in Alexandras Schlafzimmer. In der Tür blieb er stehen und betrachtete sie. Sie sah so friedlich aus, wie sie dalag und schlief. Das Licht der Straßenlaterne warf einen schwachen Schimmer auf ihre rot leuchtenden Locken, die ausgebreitet auf dem weißen Kissen lagen. Sie hatte sich zur Seite gedreht und das zweite Kissen fest umarmt, als müsse sie der Einsamkeit etwas entgegensetzen. Es war das Kissen, auf dem Ole sonst immer lag, und es schnitt ihm ins Herz, sie so zu sehen. Er wusste aber auch, dass er es nicht über sich bringen würde, sie aufzuwecken. Leise zog er sich aus und legte sich neben sie. Sie seufzte im Schlaf und schmiegte sich an ihn.

Ole lächelte glücklich. Endlich hatte er seinen Frieden gefunden. Fünf Minuten später war auch er eingeschlafen.

Doch er sollte nicht dazu kommen, Alexandra alles zu beichten. Nur zwei Stunden Schlaf waren ihm vergönnt, dann riss ihn das aggressive Schrillen seines Diensthandys aus seinen seligen Träumen. Er brummte unwillig und tastete nach seiner Jeans, in der das Mobiltelefon unentwegt klingelte. Beunruhigt äugte er zu Alexandra herüber. Er wollte auf keinen Fall, dass sie von dem Telefongeklingel geweckt würde. Es wäre extrem ungünstig, wenn sie nun aufwachte, merkte, dass er neben ihr lag, Fragen stellte, Antworten wollte und das in einem Moment, in dem er dringend wegmusste. Denn dass Monja – er hörte am Klingelton, dass sie es war – nicht einfach aus Jux und Tollerei mitten in der Nacht anrief, zumal sie eigentlich eine Langschläferin war, das war ihm klar.

Aber merkwürdigerweise schlief Alexandra wie ein Stein und das, wo sie doch sonst immer beim kleinsten Geräusch aufrecht im Bett saß. Ole runzelte die Stirn. Ob sie krank war?

»Strobehn«, flüsterte er in den Hörer und stand gleichzeitig auf, um in die Küche zu gehen.

»Was flüsterst du denn so, Strobehn?«, brummte Monja. »Ich kann dich gar nicht hören.«

»Ich flüstere, weil ich Alexandra nicht wecken will«, erklärte Ole.

»Wieder versöhnt?«, erkundigte sich Monja neugierig.

»Nein«, sagte Ole.

»Wieso liegst du dann neben ihr?«

»Das zu erfahren ist sicher nicht der Grund, warum du mich morgens um«, wie schon zwei Stunden zuvor bemühte er seine Armbanduhr, »um halb fünf Uhr weckst, oder?«

»Natürlich nicht, Strobehn«, bestätigte Monja. »Glaub mir, ich würde auch lieber schlafen.« Für einen Moment kam wieder jener Brummbär zum Vorschein, der Monja zu Beginn ihres kollegialen Verhältnisses gewesen war. »Aber wir haben eine weitere Leiche im Fall Eichenhaun und da kann ich ja wohl schlecht schlafen.«

»Wie bitte! Wer?«, rief Ole.

»Still, du weckst ja deine Holde auf mit deinem Gebrüll«, mahnte Monja. Erschrocken drehte Ole sich zu Alexandra um, doch die schlief erstaunlicherweise weiterhin den Schlaf des Gerechten.

»Aber warum sagst du mir denn nicht gleich, dass es eine Leiche gibt?«

»Du lässt mich ja nicht zu Wort kommen«, wandte Monja ein. »Also, jetzt mach dich schon auf den Weg. Ich bin in fünf Minuten auf der Wache. Wir müssen nach Friedrichshafen.«

»Sagst du mir nun endlich, wer, wann, wie und warum gestorben ist?«, forderte Ole.

»Detailinfos gibt's im Auto. Zieh dich endlich an. Ich nehme nicht an, dass du in bekleidetem Zustand neben deiner Süßen schläfst.«

Ole schnappte verwundert nach Luft. Derartige Aussprüche war er von der eher verklemmten Monja so gar nicht gewohnt.

»Nur so viel schon mal vorab«, fuhr Monja fort. »Bei der Leiche handelt es sich um einen gewissen Dieter Pahlke, den Webereichef von Saphir!. Er wurde von den Arbeitern der Frühschicht tot an seinem Arbeitsplatz aufgefunden. Das Ganze war etwas unappetitlich, denn er ist mit den Armen und bis zu den Schultern hinauf in die laufenden Webmaschinen gezogen worden. Alles ist voller Blut.«

»Da soll mich doch gleich einer …«, fluchte Ole, der inzwischen schon in seine Jeans geschlüpft war, das Handy hatte er zwischen Ohr und Schulter geklemmt. »Ich bin in vier Minuten da«, rief er, legte auf und zog sich sein Sweatshirt über den Kopf. Schnell noch die Turnschuhe geschnürt und die Lederjacke über den Arm geworfen und dann sauste Ole durch das Treppenhaus nach unten, das er zwei Stunden zuvor mit klopfendem Herzen emporgestiegen war. Auch diesmal raste sein Herz. Aber das hatte einen anderen Grund. Das war das Adrenalin des Einsatzes.

NEUNUNDZWANZIGSTES KAPITEL

Friedrichshafen

Als Leonhard gestorben war, hatte Helena Eichenhaun nicht geweint. Aber jetzt liefen die Tränen in wahren Sturzbächen über ihre Wangen und hinterließen schwarze Streifen auf ihrem einst so perfekt geschminkten Gesicht. Die zerlaufene Wimperntusche färbte die Tränenbäche in dunkle Rinnsale. Ihr grellroter Lippenstift war im ganzen Gesicht verschmiert, ihre Strumpfhose bestand mehr aus Laufmaschen als aus Nylon und auf ihrem hellblauen Kostüm fand sich schwarze Schmiere. Maschinenöl allem Anschein nach.

»Wir haben sie nicht von ihm runtergekriegt«, sagte der Streifenpolizist, der mit seinem Kollegen als Erster am Tatort gewesen war, hilflos zu Ole. »Sie klammert sich richtig an ihm fest.«

Ole nickte seinem Kollegen beruhigend zu, ging zu Helena Eichenhaun und legte ihr eine Hand auf den Rücken. Sie hielt den blutenden Mann, der halb auf der Maschine lag, von hinten umschlungen und schluchzte herzzerreißend. »Das ist nicht fair«, stieß sie hervor, als sie Ole registrierte. »Das ist einfach nicht fair. Er ist so ein lieber, integerer Mann. Er ist immer da gewesen. Schon immer!« Sie wandte sich Ole zu und starrte ihn aus tränenüberlaufenen, blauen Augen an. »Verstehen Sie? *Schon immer*! Und nun kommt einfach einer daher und murkst ihn ab.«

Ole zuckte angesichts Helenas grobem Vokabular leicht zusammen. Aus ihrem Mund klang das seltsam ungewohnt.

Auch wunderte er sich, warum Helena beim Tod eines Mitarbeiters mehr die Fassung verlor als beim Tod ihres Verlobten. Aber er hakte nicht weiter nach. Zumindest nicht in diesem Moment. Später würde das Teil der Ermittlungen sein, aber Ole wusste auch, wie schnell die menschliche Psyche verrücktspielen konnte und dass oft ein Tropfen ausreichte, um das Fass zum Überlaufen zu bringen. Und Tropfen hatte es in Helenas Fass in den letzten Tagen wirklich ausreichend gegeben.

»Frau Eichenhaun, Sie müssen ihn jetzt loslassen«, sagte er sanft.

»Nein«, schluchzte Helena und klammerte sich noch stärker an ihrem toten Webereichef fest. »Nein.« Bis auf ihr Schluchzen war es gespenstisch still in der riesigen Fabrikhalle, in der sonst jeder Ohrenschützer tragen musste. Alle Maschinen waren abgestellt, die Angestellten standen mit bestürzten Mienen hinter der Polizeiabsperrung und starrten auf die grausame Szenerie, manche weinten.

»Doch«, beharrte Ole und zog sie, mit Hilfe von Monja Grundel, die an seine Seite geeilt war, weg. »Sie helfen ihm nicht, wenn Sie sich an ihn klammern. Sie helfen ihm nur, wenn Sie uns helfen, alles herauszufinden.«

In diesem Moment bahnte sich eine wild schreiende Frau den Weg durch die Menge. »Wo ist er, wo ist mein Mann?«

Helena ließ den Toten vollends los und wich zurück. Eine ältere Frau mit grauen Haaren kroch unter der Polizeiabsperrung durch und schrie gellend auf, als sie Dieter Pahlke erblickte. Sie wollte auf ihn zustürzen, doch Helena war schneller. Sie stellte sich ihr in den Weg und fing sie in ihren Armen auf. »Ach, Kindchen«, schluchzte die Frau an Helenas Brust. »Kindchen.«

Helena strich ihr weinend über die Haare. »Schauen Sie nicht hin«, bat sie. Die Frau löste sich von ihr und sah sie an. »Wer hat ihm das nur angetan?«, fragte sie verzweifelt.

»Ich weiß es nicht«, sagte Helena. »Aber wer immer es auch war – er wird dafür bezahlen, das verspreche ich Ihnen. Und wenn es das Letzte ist, was ich tue.«

»Sie haben vorhin mehrfach angedeutet, dass Pahlke ermordet wurde. Warum sind Sie da so sicher, es hätte doch auch ein Unfall sein können«, fragte Ole wenig später.

Helena schüttelte wild den Kopf. »Pahlke arbeitet seit 40 Jahren bei uns in der Weberei. Er wäre niemals in eine laufende Maschine gefallen.« Obwohl sie vom vielen Weinen sichtlich erschöpft war, klang ihre Stimme nun wieder fest und sicher.

»Er hätte ja stolpern können oder einen Herzanfall erleiden.«

Wieder schüttelte Helena den Kopf. »Pahlke war weder herzkrank noch ungeschickt.«

»Unser Gerichtsmediziner ist gerade dabei, die Todesursache zu klären. Bald wissen wir mehr.« Ole zögerte, bevor er fortfuhr: »Falls es sich tatsächlich um Mord gehandelt haben sollte – haben Sie denn einen Verdacht?«

»Allerdings. Den habe ich«, antwortete Helena. »Oder besser gesagt: Den *hätte* ich, wenn er nicht im Gefängnis säße. Der Gleiche, der meinen Verlobten umgebracht hat. Mein feiner Sohn Christian.«

Ole sah sie überrascht an. »Wie kommen Sie darauf?«

Statt ihm zu antworten, streckte Helena ihren Arm über den Kantinentisch. Das Werksrestaurant lag direkt neben der Weberei im Erdgeschoss des riesigen Fabrikgebäudes aus Backstein und Ole war es gelungen, Helena hierher zu lotsen, während Monja die Ermittlungen am Tatort leitete und mit den Kollegen der Spurensicherung sprach. »Fühlen Sie mal den Stoff«, forderte sie ihn auf und hielt ihm den Ärmel ihrer Bluse unter die Nase.

Ole zögerte, tat dann aber, wie ihm geheißen.

»Was fühlen Sie?«, wollte Helena wissen.

»Der Stoff ist … sehr weich«, antwortete Ole. »Und sehr … anschmiegsam.«

»Sie haben es erraten«, sagte Helena grimmig.

»Und was hat der Stoff nun mit Ihrem Sohn und dem Tod von Dieter Pahlke zu tun?«

»Das wollte ich gerade erklären. Mein Sohn hat das Rezept für diesen Stoff an unseren größten Konkurrenten verkauft. Perucci. Das ist gewissermaßen unser Todesurteil.«

»Und welche Verbindung gibt es zu Pahlkes Tod?«, fragte Ole und lächelte der älteren Dame mit der Schürze, offensichtlich eine Angehörige des Kantinenpersonals, dankbar zu, als sie zwei dampfende Becher Kaffee mit Milch und Zucker vor ihn stellte.

»Gestern wehte uns so ein Fetzen der Mailänder ins Haus. Aus *unserem* Stoff. Da war natürlich die Hölle los, können Sie sich vorstellen.«

»Können die Mailänder denn nicht auch einfach so Ihren Stoff verwenden?«, wandte Ole ein.

Helena winkte herablassend ab. »Sie denken doch nicht etwa, dass es den auf dem Markt zu kaufen gibt! Unser Stoff besteht aus einer ganz besonderen Mischung und die wird seit Generationen nur innerhalb der Familie weitergegeben. Er ist nicht nur weich, sondern auch extrem anschmiegsam und er knittert nicht.«

Ole beobachtete fasziniert das Leuchten in Helenas Augen, als sie sprach. Er hatte die kühle Lady noch nie so leidenschaftlich gesehen. Plötzlich konnte er sich vorstellen, was ihm bisher immer ein Rätsel gewesen war: was den toten Leonhard – oder Valentin – mit Helena verband, was der junge, attraktive Mann an ihr gefunden hatte. Mitleidig sah er sie an. Sobald sich der Verdacht, dass es Leonhard Bux gar nicht gegeben hatte, erhärtete, musste er ihr das auch noch schonend beibringen. Die Frau tat ihm leid, und unwillkürlich spürte er Bewunderung in sich aufsteigen. Helena erlitt in den letzten Tagen wirklich einen Schicksalsschlag nach dem anderen. Und bis auf den kleinen Zusammenbruch vorhin trug sie das mit erstaunlicher Gelassenheit.

»Ich verstehe aber immer noch nicht den Zusammenhang«, beharrte Ole. »Was hat das mit Herrn Pahlke zu tun? Ihr Sohn hätte eigentlich einfach zu den Mailändern fahren und ihnen das Rezept geben können.«

»Eben nicht«, erklärte Helena. »Er kannte es nämlich nicht. Es kennt immer nur der jeweilige geschäftsführende Gesellschafter. Und Dieter Pahlke.«

»Warum ausgerechnet Dieter Pahlke?«

»Die Garne müssen auf den Maschinen entsprechend zusammengesetzt werden. Deshalb musste Dieter Pahlke eingeweiht sein. Und er musste auch die Materialien kennen, aus denen die einzelnen Garne bestehen. Das war wichtig für die Einstellungen an den Maschinen. Er hat das Geheimnis mit größter Zuverlässigkeit bewahrt. Auch mein Schwiegervater hat ihn sehr geschätzt und ihm blind vertraut. Ich glaube … ich glaube, er war einer der wenigen wirklich durch und durch anständigen Menschen auf der Welt«, sagte sie aufblickend und Ole beobachtete, dass ihr schon wieder Tränen in die Augen stiegen.

»Könnte nicht der Streit um den Perucci-Stoff ursächlich für seinen Tod gewesen sein? Vielleicht hat er sich so aufgeregt, dass er einen Herzanfall erlitten hat? Auch wenn er ansonsten gesund war?«, fragte Ole.

Helena starrte ihn an. »Meinen Sie?«, fragte sie unsicher. »Dann wäre ich ja schuld an seinem Tod«, fügte sie entsetzt hinzu.

»Nein, Frau Eichenhaun. Sie wären nicht schuld, es sei denn, Sie hätten ihn umgebracht. Aber für einen Herzanfall könnten Sie nichts.«

»Wenn Christian nicht im Gefängnis wäre, dann würde ich schwören …«

Ole starrte auf die Tischplatte, hob dann den Kopf und sah sie an. »Was?«, fragte Helena alarmiert. »Was ist?«

»Frau Eichenhaun«, sagte Ole. »Ihr Sohn wurde gestern am späten Nachmittag mangels Beweisen entlassen.«

DREISSIGSTES KAPITEL

Konstanz

Er war wieder da. Obwohl sie alle Schlösser ausgetauscht hatte, war er wieder da. Wild entschlossen begann sie ihn zu suchen. Aus unerfindlichen Gründen war ihre Angst einer enormen Wut gewichen. Vielleicht hing das mit dem

Tod von Pahlke zusammen. Ja, gewiss war das ein Grund. Pahlke. Er war für sie ein Stück heile Welt gewesen. Mit seinem Tod war alles zerbrochen, was gut war, was Wert und Beständigkeit hatte. Und als sie die schluchzende Frau Pahlke in ihren Armen hielt, da hatte sie, wohl zum ersten Mal in ihrem Leben, Mitleid empfunden. Irgendwie hatte sie das Gefühl, es habe sich etwas in ihr geöffnet und gleichzeitig sei etwas anderes zersprungen. Nein, *geöffnet* war nicht der richtige Ausdruck. Es war durch Leonhard ja schon offen gewesen. Vermehrt hatte sie in der letzten Zeit menschliche Wärme empfunden und zugelassen. Sie hatte die Pahlkes auch vorher schon geschätzt, aber eine Empfindung hatte sie ihnen nie entgegengebracht. Aber jetzt – der Verrat Christians traf sie mit einer Wucht, die sie nicht für möglich gehalten hatte. Die Welt begann sich immer schärfer in Gut und Böse zu teilen und es tat weh zu sehen, dass eines der Kinder auf der bösen Seite stand. Der Schmerz raste und tobte in ihr und auch die Schuldgefühle holten sie immer mehr ein. Sie wusste, dass sie keine gute Mutter war, und sie begann sich zum ersten Mal zu fragen, welchen Anteil sie an Christians negativer Entwicklung hatte. Und Sina, die begann sie plötzlich zu lieben. Weil Sina sich so begeistern konnte, so sehr für das brannte, was sie tat. Weil sie eine Meinung hatte und diese auch vertrat. Weil sie ihr so ähnlich war, wenn Sina auch einen viel herzlicheren, wärmeren und liebevolleren Charakter hatte. Sie hoffte nur, dass Sina sie nicht auch eines Tages enttäuschen würde. Dann, das wusste sie, würde sie sich der Welt wieder verschließen.

Michael und Katharina waren ihr nach wie vor fremd, undefinierbare Gestalten, mit denen sie nichts anfangen konnte, die ihr zu farblos waren und die sie in gewisser Weise auch verachtete.

Gleichermaßen mit der Wut, die unaufhaltsam in ihr aufstieg, war auch etwas in ihr zerbrochen. Es war die Schutzhülle, die bei den meisten Menschen um dem liegt, was sich Skrupel nennt. Helena hatte keine mehr. Sie hatte zwei Mal innerhalb kürzester Zeit das Grauen gesehen. Zwei Menschen, die ihr nahe oder gar am nächsten waren, waren kaltblütig ermordet worden. Kommissar Strobehn hatte ihr telefonisch mitgeteilt, dass man einen Herzanfall ausschließen könne, Pahlke sei von der Seite erschlagen worden, was man wegen des vielen Blutes nicht auf den ersten Blick habe sehen können. Helena war entschlossen, die gute Welt zu verteidigen, denn dass die Guten ihre Hilfe brauchten, war klar. Wenn man sie nicht verteidigte, wurden sie umgebracht und niedergemetzelt. Einfach so. Und der, der sie hier seit Tagen verfolgte und beobachtete, der ihr Angst einjagte, das war auch einer von denen, die das Gute bedrohten. Vielleicht war es sogar der Mörder von Leonhard und Pahlke. Vielleicht war es Christian, für ihn war es schließlich kein Problem, ins Haus zu gelangen. Er hatte einen Schlüssel.

Helena war bereit. Sie würde sich wehren und alle anderen rächen. Sie würde nicht zuerst zuschlagen, aber sie würde ihn stellen, und wenn er sie bedrohte, würde sie nicht zögern. Selbst wenn es der eigene Sohn wäre.

Sie ging in die Küche, griff sich ihr größtes und schärfstes Messer, zog es einmal mit der stumpfen Seite über ihre Handfläche und fuhr dann mit dem Daumen prüfend über die scharfe Klinge. Fast hatte sie das Gefühl, als ritze das Messer in ihre Haut.

Und dann machte Helena sich auf die Suche. Sie war sich inzwischen fast sicher, dass Christian der geheimnisvolle Unbekannte war, der sich in ihrem Haus versteckte. Hatte ihr Gefühl, beobachtet zu werden, doch zwischendurch aufgehört gehabt und nun, nach seiner Freilassung, wieder angefangen. Sie ging systematisch vor. Begann auf dem Dachboden, öffnete verstaubte Truhen und spähte in Koffer mit muffig riechendem Inhalt. Sie suchte ihn in ihrem Schlafzimmer, ihrem Arbeitszimmer und in den Zimmern der Kinder. Alle zwei Minuten sah sie aus den Fenstern, um ausschließen zu können, dass er sich davonschlich. Sie wollte ihn stellen. Sie wollte endlich mit Sicherheit wissen, wer er war.

Die Suche dauerte lange, denn sie war gründlich.

Sie fand ihn schließlich im Keller. Als sie die Tür zum Heizungsraum öffnete, stand er vor ihr und blickte ihr gelassen entgegen. Und als sie ihn sah, stieß sie nicht zu. Sie schrie auch nicht. Stattdessen glitt ihr das Messer aus der Hand und fiel mit einem lauten Klirren zu Boden.

Der Mann bückte sich danach und reichte es ihr lächelnd. Mit dem Schaft nach oben.

Sie reagierte nicht. Sie griff nicht nach dem Messer und sie machte auch sonst keine Bewegung.

Denn Helena Eichenhaun war wie paralysiert.

EINUNDDREISSIGSTES KAPITEL

Überlingen

Den ganzen Tag über hatte Ole an Alexandra denken müssen. Und der Tag war lang gewesen. Es war nach 21 Uhr, als er mit Monja aus Friedrichshafen zurückkam. Er ging gar nicht erst nach Hause, sondern steuerte direkt auf Alexandras Haus zu. Auch dieses Mal benutzte er wieder seinen Schlüssel und auch dieses Mal raste sein Herz, als er oben angelangte. Sie saß in der Küche und blätterte in einer Zeitschrift, als er hereinkam. Die Wohnungstür öffnete sich direkt in die Küche, deshalb sah er sie sofort. Sie blickte ihm mit unbewegter Miene entgegen. »Hi«, sagte sie.

»Hi«, antwortete Ole rau und fragte: »Darf ich hereinkommen?«

»Du bist ja bereits drin.«

»Ja«, antwortete Ole. »Da hast du allerdings recht. Ich bin bereits drin.« Er gab sich einen Ruck. »Und ich bin gekommen, um mich zu entschuldigen.«

Alexandra sah ihn weiterhin ausdruckslos an. Sie macht es mir echt nicht leicht, dachte Ole.

»Darf ich mich setzen?«, fragte er schüchtern.

»Bitte. Du weißt ja, wie es geht.«

Ole zog sich umständlich den Stuhl zurück und nahm Platz. Nervös faltete er die Hände. »Ich glaube, ich muss dir einiges erklären, Alexandra«, sagte er.

»Das glaube ich allerdings auch«, antwortete sie mit unverändert kühler Stimme. »Nur weiß ich ehrlich gesagt nicht, ob ich dir noch zuhören will. Wärst du früher gekommen, hättest du mir viel Kummer erspart. Es ging mir wirklich dreckig in der letzten Zeit.«

Erleichtert und bestürzt zugleich sah Ole, dass ihre Maske zerbrach, blätterte und schließlich fiel. Alexandra stiegen die Tränen in die Augen. Er wollte aufspringen und zu ihr eilen, aber eine heftig abwehrende Bewegung ihrer Hand hielt ihn davon ab. »Nicht«, bat sie. »Ich will erst wissen, was los ist.« Ole holte tief Luft und dann begann er, sich alles von der Seele zu reden. Und während er sprach, merkte er, wie gut das tat. Wie erlösend es war, ihr alles anvertrauen zu können. Nicht mehr den Helden spielen zu müssen. Er erzählte von dem Kind, das sterben musste, weil er nicht schnell genug gewesen war. Er erzählte von dem Menschen, den er getötet hatte. Von seinem Gefühl, ein Versager zu sein und sie nicht verdient zu haben. Und davon, wie seit dem Banküberfall in Überlingen, bei dem er regelrecht erstarrt und handlungsunfähig gewesen war, alles wieder an die Oberfläche gespült worden war. Er sprach von seiner eigenen Unzulänglichkeit und als er geendet hatte, sagte Alexandra leise: »Du bist jetzt noch viel mehr mein Held als zuvor, Ole. Es hat dich so unglaublich viel Mut gekostet, mit mir darüber zu sprechen. Dass du es trotzdem getan hast, dafür bewundere ich dich aufrichtig und mehr als für alles, womit du dir bisher meinen Respekt verdient hast.«

Ole sah sie so unsicher an, dass es ihr ins Herz schnitt. Unsicher und zugleich hoffnungsvoll. »Dann verstehst du mich also? Und du verurteilst mich nicht?«

Alexandra ging um den Tisch herum, kauerte sich vor seinen Stuhl, nahm seine Hände und streichelte sie. »Aber natürlich verurteile ich dich nicht. Es ist doch normal, dass man zögert, bevor man einen Menschen erschießt. Und es ist auch normal, dass einem das nachgeht. Alles andere wäre unmenschlich.«

»Dann verstehst du jetzt auch, warum ich so ausgerastet bin, als du von den Familienplänen angefangen hast?«

Alexandra sah ihn verwirrt an. »Nein, das verstehe ich ehrlich gesagt nicht. Was hat das eine denn mit dem anderen zu tun?«

»Ja begreifst du das denn wirklich nicht?«, fuhr Ole auf.

»Nein«, sagte Alexandra. Seine heftige Reaktion führte dazu, dass sie sich augenblicklich wieder in das Schneckenhaus zurückzog, aus dem sie sich gerade erst herausgewagt hatte. Sie war so verletzt, so gekränkt gewesen, und auch sie hatte es unendlich viel Mut gekostet, sich ihm wieder zu öffnen. Dass er nun so rasch wieder die Stimme gegen sie hob, war wie eine Ohrfeige. Sie entzog ihm ihre Hände. »Das begreife ich wirklich nicht.«

»Entschuldige, Liebes, ich wollte dich nicht anfahren«, lenkte Ole sofort ein. »Es ist für mich nur so ein wahnsinnig emotionales Thema.«

»Für mich auch«, sagte Alexandra leise und sie dachte: Du ahnst ja nicht, *wie* emotional.

»Ich darf keine Kinder bekommen. Das wäre wie ein Hohn, verstehst du? Ich bin schuld, dass diesem Ehepaar sein einziges Kind genommen wurde. Es war so unendlich tragisch. Nicht dass es einfacher gewesen wäre, wenn noch Geschwister da gewesen wären, das meine ich nicht«, beeilte er sich hinzuzufügen. »Aber die Mutter hat mir später erzählt, dass sie jahrelang vergebens versucht hat, schwanger zu werden und dass sie durch eine regelrechte Hölle von künstlichen Befruchtungen gegangen ist, bis es endlich, endlich geklappt hat.«

»Oh Gott«, flüsterte Alexandra und das Entsetzen über das Schicksal dieser Menschen überdeckte die Verzweiflung, die sich bei Oles Worten in ihrem Inneren breitgemacht hatte. Aber nur für einen Moment, dann war sie wieder bei ihren eigenen Sorgen, die mächtig waren. Sie war schwanger und er sagte ihr klipp und klar, dass er nicht Vater werden durfte. Die Angst klumpte in ihrem Magen und zugleich hatte sie das kaum zu bezähmende Bedürfnis, ihre Hand auf ihren Bauch zu legen, um das kleine, zarte, dort heranwachsende Wesen vor den harten Worten seines Vaters zu schützen.

»Ich habe ihnen ihr Kind genommen. Da darf ich doch wohl nicht selbst Vaterglück empfinden«, flüsterte Ole und barg sein Gesicht in den Händen.

Alexandra überlegte fieberhaft, ob sie ihm widersprechen sollte. Ob es ihr gelänge, ihm klarzumachen, dass das Leben so nicht funktionierte und dass es keinen Sinn machte, sich und sie zu bestrafen. Dass der Bankräuber Schuld an allem hatte und nicht er, Ole. Doch sie hatte die Kraft nicht dazu. Zu überrumpelt war sie von seinem Geständnis. Sie musste sich erst sammeln, sich einen Weg überlegen, wie sie ihm schonend von dem Kind erzählen konnte. Oder sollte sie sich von ihm trennen, und das Kind allein großziehen, um ihn zu schützen? Um ihm die Konfrontation zu ersparen? Weit weg gehen, in eine andere Stadt, damit er sie nicht schwanger sehen und sich eins und eins zusammenreimen würde? Nein, das wäre auch keine Lösung. Sie wusste, dass sie sich und dem Kind damit schaden würde. Und letztendlich auch Ole. Sie war überzeugt, dass sie und das Kind ihm helfen konnten, über sein Trauma hinwegzukommen. Und ihr war klar, dass Ole, wenn sie ihn jetzt verließe, glauben würde, sie halte ihn doch für einen Feigling und dass er seine Offenheit dann bereuen würde. Das durfte nicht sein, das konnte sie ihm nicht antun. Sie durfte ihn nicht für seinen Mut bestrafen, sonst würde er ein völlig falsches Bild bekommen von dieser Welt, in der er gerade die ersten Gehversuche machte. Eine Welt, in der es nicht um Macht und um Stärke ging, zumindest nicht in dem Sinne, in dem Ole sie verstand. Sondern eine Welt, die sich um Gefühle drehte und um den Mut, sie sich einzugestehen und nach ihnen zu handeln.

Der Hauptgrund, warum sie ihn nicht verlassen durfte, war aber, dass sie ihn liebte. Mehr als alles andere auf der Welt.

Ihr blieb also nur eine Möglichkeit: Sie musste ablenken. »Ich bin froh, dass du mir das alles erzählt hast«, sagte sie, kletterte auf seinen Schoß und schmiegte sich vertrauensvoll an ihn. »Und ich kann dich auch in gewisser Weise verstehen. Übrigens«, sie gab ihm einen Kuss, »habe ich gemerkt, dass du heute Nacht bei mir warst. Das Telefon hat mich geweckt. Du musstest zu diesem Mord in Friedrichshafen, stimmt's?«

»Ja«, bestätigte Ole, froh, dass Alexandra seine Botschaft so gut und klaglos aufgenommen hatte. Froh auch, das gefährliche Terrain nun verlassen und über seine Arbeit reden zu können. Einem Gebiet, auf dem er sich sicher fühlte.

»Ich weiß keine Details. Erzählst du sie mir?«

»Du weißt, dass ich das nicht darf, Schatz«, sagte Ole und gab ihr einen Kuss.

»Und du weißt, dass du mir vertrauen kannst. Außerdem hat es sich bei deinem letzten Mordfall als nützlich erwiesen, mit mir zu reden. Weil ich Dinge wusste, an die du nicht rankamst. Und drittens«, sie erwiderte seinen Kuss mit einem kurzen Schmatz auf seine Lippen, »drittens mache ich ja gar keine Polizeiberichterstattung mehr.«

»Also gut, überredet«, seufzte Ole. »Gegen dich komme ich einfach nicht an.«

Alexandra grinste, erhob sich von seinem Schoß, zog ihn ins Wohnzimmer und ließ sich aufs Sofa sinken. Ole setzte sich neben sie und nahm sie in seine Arme. So saßen sie in ihrer typischen Pose und Haltung. Und wie schon oft zuvor in solchen Momenten hatte Alexandra das Gefühl, nach Hause zu kommen.

»Es geht um irgend so ein Stoffrezept, das die Firma Saphir! entwickelt hat und das nun im Besitz der Konkurrenz ist«, begann Ole.

Alexandra setzte sich auf und starrte ihn an.

»Was? Was sagst du da?«

Ole schmunzelte. »Anscheinend war es goldrichtig, dich einzuweihen. Es ist nicht zu übersehen, dass du etwas weißt und dein Wissen natürlich mit mir zu teilen gedenkst.«

»Unter einer Bedingung«, forderte Alexandra.

»Jede.«

»Du hast das nicht von mir. Ich habe nämlich versprochen, nichts zu sagen.«

»Versteht sich von selbst.«

»Also«, begann Alexandra, nahm Oles Hand und spielte mit seinen Fingern. »Sina hat mir erzählt, dass sie, als sie mit der Modeschule fertig war, ein Praktikum bei Perucci gemacht hat. Sie war der Ansicht, dass sie es als eine der besten ihres Jahrgangs gewonnen hat, so qualifiziert man sich eigentlich dafür. Aber später ist ihr dann aufgegangen, dass Perucci da was gedreht hat, um an sie ranzukommen.«

»Ja?«, hakte Ole gespannt nach, als Alexandra eine kurze Pause in ihrer Schilderung einlegte.

»Jedenfalls hat dieser Perucci sie relativ schnell zu sich zitiert, und ihr eine Million Euro für das Rezept geboten.«

Ole pfiff leise durch die Zähne. »Hätte ich nicht gedacht, dass man für einen Stoff so viel zahlen kann.«

»Ja klar, du bist ja auch ein Mann«, gab Alexandra zurück.

Ole grinste. »Und die liebe Sina hat abgelehnt, nehme ich an?«

Alexandra zögerte. Durfte und musste sie wirklich alles verraten, was Sina ihr anvertraut hatte? Konnte sie diesen Teil nicht einfach weglassen?

Doch Ole war ein erfahrener Ermittler und entnahm ihrem Zögern schon die Antwort. »Also nein«, schlussfolgerte er.

»Du darfst ihr echt nicht verraten, dass ich dir das erzählt habe, das musst du mir versprechen«, flehte Alexandra.

»Ich verspreche es dir«, erklärte Ole feierlich.

»Also gut. Nein, Sina hat nicht abgelehnt. Damals in der Fremde war sie ziemlich von Perucci eingenommen. Er hat ihr das so schmackhaft gemacht und erklärt, dass das Rezept durch Perucci eine viel größere Bedeutung erlangen kann und blablabla. Sie hat also zugestimmt.«

»Und dann?«

»Dann war sie wieder zu Hause. Und plötzlich kamen die Skrupel. Sie hat sich nicht mehr bei Perucci gemeldet und er fing an, ihr zu drohen, dass er ihrer Mutter verraten würde, was sie vorhatte, wenn sie nicht liefere. Doch Sina blieb standhaft.«

»Und dann hat er es bei Christian versucht«, überlegte Ole.

»Bei Christian? Nein, wie kommst du darauf?«, fragte Sina überrascht.

»Anscheinend hat Christian das Rezept an Perucci verraten. Davon gehen zumindest alle aus. Er hat jedenfalls Pahlke danach gefragt. Und der wollte es ihm nicht sagen. Einen Tag, nachdem er den Gesellschaftern davon erzählt hat, ist er tot. Und das, nachdem Christian am Abend vorher aus der U-Haft entlassen wurde. Also für mich ist die Sache klar«, meinte Ole.

»Zu klar, wenn du mich fragst«, hielt Alexandra dagegen. »Du sagst doch selbst immer, dass man zwei Mal hinschauen muss, wenn etwas zu einfach aussieht.«

»Stimmt«, bestätigte Ole und setzte ein frotzelndes »Da hast du gut aufgepasst« hinterher.

Alexandra versetzte ihm einen spielerischen Schlag.

»Das Beste weißt du ja noch gar nicht.«

»Nämlich?«

»Nämlich dass Sina den werten Leonhard Bux auch bei Perucci gesehen hat.«

»Ach«, kommentierte Ole verblüfft.

»Er war da irgend so ein hohes Tier und hat sie wohl gar nicht bemerkt. Und dann tauchte er hier auf, allerdings schon, bevor sie Perucci abgesagt hatte. Trotzdem: Ein Zufall kann das ja wohl kaum sein.«

»Allerdings.«

»Nehmen wir mal an, Bux hätte sich an Pahlke herangemacht und ihm die Hälfte der Million für das Rezept geboten. Da hätte Pahlke doch schon schwach werden können, oder?«, fragte Ole. Er dachte daran, Alexandra zu sagen, dass Bux vermutlich gar nicht Bux, sondern Moser hieß, aber dann schluckte er die Worte herunter. Das waren Ermittlungsinterna, die er auf keinen Fall ausplaudern durfte. Er wollte nicht den gleichen Fehler wieder machen und Alexandra zu sehr in die Ermittlungen einbeziehen.

»Ich weiß es nicht, ich kannte ihn nicht«, sagte Alexandra.

»Und wenn Bux dem Pahlke noch dazu eingeredet hat, dass er Helena überraschen wolle oder so was Ähnliches – vielleicht hat sich der Mann dann gar nichts Böses gedacht? Zumal er ja wusste, dass die beiden, also Helena und Leonhard, ein Paar waren.«

»Und jetzt, wo der Worst Case eingetreten und das Rezept bei Perucci gelandet ist, wollte Pahlke seinen Fehler natürlich nicht zugeben?«, fragte Alexandra.

»Das halte ich für möglich«, sagte Ole. »Wenn Leonhard Bux nicht schon tot wäre, hätte er durchaus ein Motiv. Zum einen hatte er in Pahlke einen Mitwisser, zum anderen musste er vermutlich teilen.«

»Aber dann hätte er ihn doch schon viel früher umgebracht«, wandte Alexandra ein.

»Stimmt«, gab Ole zu. »Außerdem ist Bux ja nachweislich tot.«

»Wohingegen Christian lebt. Und impulsiv wie er ist, traue ich ihm schon zu, dass er Pahlke aus Wut ermordet hat.«

»Aber er hat nichts davon. Und Perucci hat das Rezept schon längst«, wandte Ole ein, zog Alexandra eng an sich und begann, mit ihren roten Locken zu spielen. »Aber jetzt, mein Liebling«, flüsterte er, »lassen wir das Thema bitte fallen. »Ich möchte mich lieber mit meiner Frau versöhnen, als über diese merkwürdige Familie Eichenhaun nachzudenken.«

ZWEIUNDDREISSIGSTES KAPITEL

Konstanz

Er hielt sie immer noch in den Armen und küsste wieder und wieder ihr Gesicht. Und sie, sie sah ihn immer noch fassungslos an.

»Aber ich dachte, du bist *tot*«, flüsterte sie, unfähig, sich von ihm zu lösen und sich seiner Umarmung, nach der sie sich so sehr gesehnt und verzehrt hatte, zu entziehen. »Ich *weiß*, dass du tot bist. Ich habe dich doch liegen sehen, in meinem Tulpenbeet. Es war so schrecklich, ich …« Sie schluchzte trocken auf, in der Erinnerung an jene schrecklichen Stunden.

»Schscht, liebste Helena, ich werde dir alles erklären. Später. Wenn sich alles aufgelöst und beruhigt hat. Du musst mir vertrauen, bitte!«

Helena löste sich leicht aus seinen Armen. »Wie kann ich das? Wie kann ich dir vertrauen? Du giltst als tot, Leonhard. Nein, du *giltst* nicht als tot, du *bist* tot. Ich habe dich selbst gesehen. Und jetzt tauchst du hier plötzlich auf.« Ihre Augen weiteten sich und sie schlug sich entsetzt mit ihrer Hand auf den Mund. »Du bist gar nicht echt!« Ihre Stimme kippte ins Hysterische.

»Helena, jetzt werd' nicht komisch«, sagte Leonhard und packte sie fest bei den Armen. »Du wirst doch nicht ernsthaft glauben, dass ich ein Gespenst bin? Du bist die realistischste und bodenständigste Frau, die mir je begegnet ist.«

Helena zwinkerte. »Ich … ich weiß es nicht. Ich habe eigentlich nie an so einen Quatsch geglaubt … aber … aber man hört das immer wieder, dass Leute, die gewaltsam aus dem Leben gerissen wurden, an den Ort zurückkehren, an dem sie starben. Vielleicht auch du ... Leonhard, ich ... du ... du *musst* ein Gespenst sein. Ich weiß doch, dass du tot bist! Du *kannst* nicht echt sein.«

Kreidebleich wich sie zurück und starrte den Mann, den sie liebte, mit weit aufgerissenen Augen an. Leonhard hatte sie inzwischen losgelassen, sodass sie mit dem Rücken an die harte und leicht feuchte Kellerwand stieß.

Mit zwei Schritten war er bei ihr. »Helena, bitte«, flehte er. »Du bist eine so kluge und belesene Frau. Du *weißt*, dass es keine Gespenster gibt.«

»Nein«, flüsterte Helena. »Nein, ich weiß gar nichts mehr. Mein Leben ist völlig aus den Fugen geraten. Ich halte alles und nichts für möglich.«

»Bitte glaube mir, ich bin kein Gespenst. Und ich habe nichts Böses getan«, beteuerte er. »Und glaube mir, dass ich dich liebe. Aus ganzem Herzen liebe.« Er hatte sie wieder. Diese drei Worte, diese drei ganz einfachen Worte reichten aus. Wie Millionen Frauen vor ihr unterlag auch sie ihrem Zauber.

»Ich muss jetzt gehen, Cherie.« Leonhard küsste sie ganz zart und federleicht auf die Lippen. »Es ist zu gefährlich hier. Aber ich komme wieder. Ich werde bei dir sein und auf dich aufpassen.«

»Aber ...«, wandte Helena ein. Er konnte doch jetzt nicht gehen, sie nicht wieder allein lassen. Er musste doch bei ihr bleiben!

Sie hielt seine Hand fest. Sie konnte ihn tatsächlich *festhalten*, dachte sie. Er war also wirklich kein Gespenst. Ein Gespenst würde einfach verschwinden. Man könnte nicht seine Hand nehmen und es zum Bleiben zwingen.

Sanft löste er sich von ihr und bedachte sie mit einem Blick, der keinen Widerstand duldete. Es hatte sich nichts geändert. Den Blick kannte Helena noch aus dem Leben, bevor er gestorben war. *Aus dem Leben, bevor er gestorben war.* Wie merkwürdig das klang. Es war ein warnender Blick, einer, der klarmachte, dass sie ihn ziehen lassen musste, ihn nicht einengen durfte.

Hilflos ließ sie die Arme sinken.

Er ging lautlos. Durch die Tür, nicht durch die Wand.

Lange, nachdem sie hinter ihm zugefallen war, starrte Helena noch auf die Türe. Es graute ihr, weil sie ihrem eigenen Verstand nicht mehr trauen konnte. Das alles, das war zu viel und sie fürchtete, dass sie langsam verrückt würde. Nun, da er fort war, kamen die Zweifel wieder. Das war nicht Leonhard gewesen. *Das konnte er nicht gewesen sein.* Sie hatte ihn tot in ihrem Garten gesehen. Mit eigenen Augen. Wieder und wieder und mantraartig wiederholte sie die Worte: Er ist tot. Er ist tot. Er ist tot.

In ihre wirren und angstvollen Gedanken mischte sich der Nachklang des zarten und doch überwältigenden Glücksgefühls, das sie empfunden hatte, als sie in seinen Armen lag. Dieses Gefühl konnte sie nicht täuschen. Sie konnte ihn noch riechen und seine festen Arme auf ihrem Rücken fühlen. Für ein paar Minuten gab sie sich ihren Träumen hin und gestattete dem Glücksgefühl und der Sehnsucht, die Regie über ihre Gedanken zu übernehmen. Sie träumte von ihrer Vergangenheit mit Leonhard und von dort aus in eine sehr glückliche Zukunft an seiner Seite.

Doch dann, emsig und unaufhaltsam, bohrte sich das Bewusstsein in ihr Glücksgefühl, dass da etwas sehr Merkwürdiges und womöglich sehr Schlimmes im Gange war. Entweder war er tatsächlich ein Gespenst oder sie war Teil eines Falls, der eigentlich gar nicht sein konnte. Helena Eichenhaun hatte keine Ahnung, was um sie herum geschah und in was sie da hineingeraten war. Ein Zustand, den sie bis dahin nicht gekannt hatte und den sie überhaupt nicht schätzte.

DREIUNDDREISSIGSTES KAPITEL

Konstanz

»Ich mag eigentlich keine Flipcharts, aber ich fürchte, jetzt brauchen wir doch eins. Das wird immer verworrener«, stöhnte Ole und raufte sich die Haare.

Monja pflichtete ihm grinsend bei. »Aber ich habe keine Lust, jetzt eines zu holen. Also müssen wir doch Kopfarbeit leisten. Fangen wir mal beim jüngsten Mord an – dem an Pahlke«, sagte sie. »Fremd-DNS findet sich an der Leiche nicht, kein Mitarbeiter hat etwas gesehen, was um diese Uhrzeit kein Wunder ist. Wer hätte ein Motiv?«

»Da fallen mir genau drei ein. Aber es bleibt nur einer übrig«, erwiderte Ole.

»Christian Eichenhaun, Leonhard Bux respektive Valentin Moser und Perucci«, riet Monja.

»Korrekt«, erklärte Ole. »Leonhard Bux – nennen wir ihn einfach mal noch so – hätte wohl das stärkste Motiv, denn zum einen hätte Pahlke ihn verraten können, was ihm jetzt bei den Heiratsplänen gar nicht gut zu Gesicht gestanden hätte, und zum anderen kann ich mir gut vorstellen, dass er nicht teilen wollte. Aber Leonhard Bux ist tot, daran gibt es nichts zu rütteln.«

»Und Perucci?«, fragte Monja.

»Was sollte Perucci noch für ein Motiv haben? Er hat ja, was er wollte und der Welt das auch gezeigt.«

»Hm«, brummte Monja und pustete sich wie so oft von schräg unten gegen ihre heute zur Abwechslung einmal orange-rot gestreifte Haarsträhne. »Wir sollten trotzdem Interpol einschalten.«

»Das kann nicht schaden. Aber ich bin ziemlich sicher, dass diese Spur ins Leere führt«, warnte Ole.

»Bleibt also nur Christian Eichenhaun«, stellte Monja fest. »Und der wird gleich hier sein, wenn die Kollegen ihn finden.«

Die Kollegen fanden Christian Eichenhaun ohne Probleme. In Handschellen – die Kollegen hatten das anscheinend wegen Fluchtgefahr für nötig befunden – führten sie ihn wenige Minuten später ins Vernehmungszimmer. Ole bemerkte interessiert, dass der junge Mann käseweiß im Gesicht war und fragte sich, ob er vor Wut, vor Angst oder nur deshalb so ungewöhnlich bleich war, weil er während der Zeit im Gefängnis auf seinen – zweifelsohne täglichen – Solariumsaufenthalt hatte verzichten müssen.

»Nehmen Sie doch Platz, Herr Eichenhaun«, sagte er höflich.

»Sie wissen auch nicht, was Sie wollen«, schimpfte Christian. »Erst lassen Sie mich frei, dann nehmen Sie mich wieder fest. Und nicht nur das: Sie führen mich vor den Augen meiner neuen Freundin in Handschellen ab. Die will jetzt garantiert nichts mehr von mir wissen. Können Sie mir die Dinger wenigstens jetzt abnehmen?« Sarkastisch setzte er hinzu: »Ich bin auch nicht bewaffnet.«

»Das tut mir aber sehr leid, dass wir Ihr Beziehungsglück gestört haben«, seufzte Monja, während Ole den Streifenbeamten anwies, Christian die Handschellen abzunehmen. »Hat Ihre neue alte Freundin denn nun ausgedient, nachdem sie Ihnen Ihr Alibi kaputtgemacht hat?«

Christian rieb sich, von den Handschellen befreit, übertrieben heftig die Knöchel und setzte sich umständlich. »Also, was soll das? Was wollen Sie jetzt wieder?«, verlangte er, Oles sarkastische Frage ignorierend, eine Erklärung.

»Pahlke ist tot«, teilte Ole ihm mit.

»Das weiß ich schon«, sagte Christian stirnrunzelnd. »Katharina hat nicht gezögert, es mir mitzuteilen. Aber was hat das alles mit mir zu tun? Was soll das? Soll ich den jetzt auch noch umgebracht haben?«

»Davon gehen wir aus«, antwortete Monja kühl. »Oder haben Sie für die Tatzeit ein Alibi?«

Christian fiel die Kinnlade herunter. »Das ist jetzt nicht Ihr Ernst!«

»Wir pflegen im Allgemeinen eher selten zu scherzen«, belehrte Monja ihn streng. »Also, haben Sie ein Alibi?«

»Nein, ich war allein, nachdem ich aus der U-Haft entlassen wurde. Ich musste mich erst einmal fangen.« Er schluckte und fragte dann aufblickend: »Warum sollte ich denn den Pahlke umbringen? Der hat mir doch gar nichts getan!« Christian versuchte mehr aus Gewohnheit zu bluffen als deshalb, weil er es für zielführend hielt. Er ging davon aus, dass die Polizisten längst Bescheid wussten.

»Außer dass er Ihnen das Rezept für den Stoff nicht verraten und stattdessen später in der Gesellschafterrunde erklärt hat, dass Sie ihn um das Rezept gebeten haben«, sagte Ole da auch schon.

Christian lief feuerrot an.

»Haben Sie Ärger mit Perucci bekommen? Hat er Sie erpresst?«, wollte Ole wissen.

»Perucci? Wieso Perucci?« Christian wirkte ehrlich verblüfft.

»Ich sage Ihnen, wie es war«, erklärte Ole und beugte sich über den Tisch nach vorn. »Sie waren sauer, weil Pahlke Ihnen das Rezept nicht gegeben hat. Deshalb haben Sie ihn umgebracht.«

»Aber dann hätte ich ihn doch gleich ermordet und nicht erst Wochen später«, wandte Christian ein.

»Vielleicht konnten Sie Ihre Wut gerade noch im Zaum halten. Aber als Pahlke Sie dann bei der Gesellschafterversammlung verraten hat statt zuzugeben, dass er das Rezept an Leonhard Bux weitergegeben hat, war es aus und vorbei mit Ihrer Geduld. Ihre Mutter ist, wie wir wissen, direkt nach der Gesellschafterversammlung zu Ihnen ins Gefängnis gekommen«, sagte Ole und wies seinen Tatverdächtigen damit darauf hin, dass er die kleine Lüge, derer Christian sich zuvor bedient hatte, sehr wohl bemerkt hatte. »Da kam Ihnen die Freilassung dann gerade gelegen, gab sie Ihnen doch die Möglichkeit, an dem armen Herrn Pahlke Rache zu nehmen.«

»Das ist doch alles gar nicht wahr«, verteidigte sich Christian. »Und was reden Sie denn da überhaupt von Perucci und Leonhard Bux?«

»Jetzt tun Sie doch nicht so, Herr Eichenhaun«, stöhnte Monja Grundel. »Sie haben von Perucci den Auftrag bekommen, ihm das Rezept zu besorgen. Deswegen haben Sie Herrn Pahlke danach gefragt.«

»Nein!«, rief Christian. »Nein, wirklich nicht! Das müssen Sie mir glauben!«

»Das können Sie mir nun wirklich nicht weismachen, Herr Eichenhaun. Und wieso sollten wir Ihnen überhaupt noch glauben? Sie haben uns ja soeben schon einmal dreist ins Gesicht gelogen. Und warum sollten Sie ausgerechnet zu einer Zeit, als Perucci Interesse an dem Rezept bekundete, danach fragen? Nach all den Jahren, die Sie schon in der Firma sind?«

»Weil ...«, setzte Christian an »weil es mir einfach so richtig gestunken hat, zu dieser Zeit. Mutter hat mit diesem komischen Leonhard Bux angebändelt und alles schlecht gemacht, was ich tat. Ich hatte ...«, er blickte verlegen auf seine Hände. »Ich hatte Angst um meinen Job«, gestand er dann. »Ich wollte von diesem Bux nicht an den Rand gedrängt werden und nur noch ein kleiner Gesellschafter sein.«

»Und da gedachten Sie, sich mit dem Rezept selbstständig zu machen?«, hakte Monja nach.

»Nein, ich wollte mir Macht sichern«, gab Christian zu. »Ich dachte, wenn ich meiner Mutter sagen würde, dass ich das Rezept kenne und kein Problem damit hätte, zur Konkurrenz zu gehen, würde sie mich etwas besser behandeln.«

»Sie wollten Ihre Mutter also erpressen«, stellte Monja missbilligend fest.

»Nein, ich ...«, setzte Christian zu einem Widerspruch an.

»Doch, Herr Eichenhaun. Genau das wollten Sie«, unterbrach ihn Ole. »Aber Ihr Plan ging nicht auf.«

»Nein«, brummte Christian. »Dieser blöde, loyale Pahlke ... Aber was ist eigentlich mit Leonhard Bux?«

»Was soll mit ihm sein?«

»Sie haben ihn doch vorher erwähnt.«

»Das sind Interna, die Sie nichts angehen«, schnitt ihm Monja das Wort ab. »Außerdem kann Leonhard Bux Herrn Pahlke nicht ermordet haben. Wie Ihnen nicht entgangen sein dürfte, hat Herr Bux ebenfalls das Zeitliche gesegnet.«

»Ja, ja, und den soll ich auch noch umgebracht haben. Ich bin also ein Doppelmörder.« Es klang bitter.

»Das halten wir in der Tat für wahrscheinlich«, bestätigte Ole.

»Aber Sie haben mich doch in Sachen Leonhard Bux mangels Beweisen gehen lassen«, begehrte Christian auf.

»Ja. Und am nächsten Morgen taucht eine weitere Leiche in Ihrem Umfeld auf. Finden Sie das nicht selbst etwas merkwürdig, Herr Eichenhaun?«

»Da will mir jemand was anhängen«, sagte Christian und die Panik in seiner Stimme war mittlerweile deutlich herauszuhören.

Monja starrte ihn an. »Sie waren sauer auf Pahlke, weil er Ihnen das Rezept nicht verraten hat und Ihnen damit die Möglichkeit nahm, sich Ihre Position zu sichern. Stattdessen verkaufte er es für viel Geld an Bux.«

»Was«, empörte sich Christian. »Dieser Verräter!«

»Sparen Sie sich Ihr Theater«, befahl Ole. »Das wissen Sie doch längst.«

»Nein!«, widersprach Christian.

Monja fuhr fort: »Gestern flatterte Ihrer Mutter ein Stück aus der neuen Herbstkollektion auf den Schreibtisch. Von Perucci. Aus *Ihrem* Stoff.«

Christian verzog den Mund, als hätte er etwas sehr Bitteres gegessen. »Und da hatte meine Mutter ihn schon, den perfekten Verräter. Christian, der Sündenbock. Ich eigne mich zu allem, was schlecht ist. Ich war schließlich auch ihr erster Verdächtiger, als ihr Geliebter ums Leben kam.«

Er sah mit einem Mal sehr müde aus. Wie jemand, der sein Leben lang um etwas gekämpft hat und nun feststellt, dass er sich umsonst abgestrampelt hat. Dass es ein Kampf gegen Windmühlen war. Fast tat er Ole leid. Christian hob den Blick. »Wissen Sie, wie hart es ist, wenn die eigene Mutter einem ein Verbrechen unterstellt? Sie hätte ja auch Pahlke verdächtigen können. Er hätte das Rezept ebenso gut an Perucci verkaufen können. Aber nein, es bin natürlich mal wieder ich, der Sohn.«

Er strich sich über das Gesicht. »Können Sie mir mal verraten, wie man da ein guter Mensch bleiben oder werden soll, wenn die eigene Mutter sowieso nur das Böse in einem sieht, egal was man tut?«

VIERUNDDREISSIGSTES KAPITEL

Aalen

»Hoffentlich bringt uns das nun weiter«, sagte Ole und lenkte den Wagen auf den Parkplatz des Aalener Polizeireviers. Es war eine weite Reise, aber sie war nötig. Eigentlich stand sie schon lange an und die Ermittlungen am Bodensee steckten fest. Kommissar Geissler empfing sie mit offenen Armen. Auch er war ratlos und auch ihm ließ der Fall keine

Ruhe. Immerhin war es ihm endlich gelungen, Hinweise zur Identität von Leonhard Bux ausfindig zu machen. Er hatte seine Mutter gefunden. Sie lebte ebenfalls in Aalen, hieß Marianne Bux, und durch sie wurde der Verdacht, Leonhard Bux könne eine gekaufte Identität von Valentin Moser sein, endgültig hinfällig. Geissler hatte Marianne Bux die Todesnachricht ihres Sohnes überbracht. Die alte Dame war in seinen Armen schluchzend zusammengebrochen und hatte ihren Sohn sehen wollen. Nur mit Mühe hatte Geissler sie davon abhalten können. Er war sich sicher, dass Marianne Bux die Reise an den See in ihrem Zustand nicht verkraften würde. Nicht, wenn sie dort die Pathologie besuchen und ihren toten Sohn sehen sollte. Außerdem hatte Helena Eichenhaun Leonhard Bux einwandfrei identifiziert, sodass es aus polizeilicher Sicht nicht notwendig war, die alte Frau damit zu belasten. Aber Marianne Bux hatte ihn angefleht, den Mörder zu finden und Geissler, dem ein solcher Fall in seinen 35 Dienstjahren noch nicht untergekommen war, sah es als Ehrensache an, den Mord an Leonhard Bux aufzuklären. Es war ihm ein Herzensanliegen, der alten Dame, die so Schreckliches erdulden musste, wenigstens Gewissheit zu geben.

»Schön, dass Sie den weiten Weg auf sich genommen haben«, sagte er nun und schüttelte erst Monja, dann Ole die Hand. »Wir würden uns die Figuren Leonhard Bux und Valentin Moser gern einmal ganz genau anschauen«, sagte Ole.

»Natürlich«, pflichtete Geissler ihm bei. »Wir haben da schon etwas vorbereitet.« Er schob den beiden Kollegen vom Bodensee eine Mappe über den Tisch. »Bitte beachten Sie vor allem die Geburtstage. Es ist wirklich merkwürdig.«

Monja zog den Ordner zu sich heran und begann zu blättern. Ole sah ihr neugierig über die Schulter.

»Bux, Leonhard. Geboren in Aalen am 23.März 1970. Vater: Bux, Markus. Mutter: Bux, Marianne, geborene Meiner.« Sie brummte unzufrieden. »Es klang so logisch: Bux taucht dann auf, als Valentin Moser verschwindet. Da drängte sich der Verdacht einer gekauften Identität förmlich auf. Aber das kann ja nicht sein, wenn die Eltern hier erwähnt sind.«

»Es wäre zu einfach gewesen«, wiederholte Ole seinen Lieblingssatz und griff an Monja vorbei, um seinerseits in der Mappe zu blättern. »Jetzt will ich wissen, was Sie mit den Geburtstagen meinten, Herr Geissler.« Er unterbrach sich, weil er die Stelle gefunden hatte, schüttelte verwundert den Kopf und las vor: »Moser, Valentin. Geboren in Schwäbisch Gmünd am 20. März 1970. Vater: Moser, Hans. Mutter: Moser, Cordula, geborene Walter. Das gibt es doch nicht. Sie sind nur drei Tage auseinander und sehen gleich aus«, sagte er und sah Monja fassungslos an.

»Also, für mich gibt es genau drei Möglichkeiten«, überlegte Monja. Entweder es handelt sich um ein und dieselbe Person – und das haben wir ja nun ausgeschlossen, also gibt es eigentlich nur noch zwei Möglichkeiten. Es sind tatsächlich Zwillinge oder es ist ein erstaunlicher Zufall. Aber für einen erstaunlichen Zufall sind die Schicksale der Herren in meinen Augen zu eng miteinander verquickt.«

»Es sei denn, die beiden sind einander irgendwo begegnet und haben beschlossen, ihr gleiches Aussehen zu ihrem Vorteil zu nutzen. Oder der eine hat den anderen damit irgendwie erpresst. Doppelgänger gibt es immer mal wieder, und es ist eigentlich auch kein Wunder, dass sie voneinander erfahren«, überlegte Ole nun auch in diese Richtung.

»Wir könnten mal die alte Frau Bux befragen, ob die noch was weiß«, sagte Geissler. »Sie ist zwar im Moment nicht gut beieinander, weil der Tod ihres Sohnes ihr schwer zusetzt, aber einen Versuch ist es wert. Ich hatte das ohnehin vor, aber nachdem Sie Ihr Kommen angekündigt haben, wollte ich Ihnen da nicht vorgreifen.«

»Danke«, sagte Ole knapp.

»Wenn sie irgendetwas weiß, sagt sie es jetzt vielleicht eher«, hoffte Monja. »Ich habe das schon oft erlebt, dass Menschen in ihren verzweifeltsten Stunden am ehrlichsten sind.«

Der Weg zu Marianne Bux war nicht weit. Sie lebte in einem Mietshaus in der Friedhofstraße. Der Türsummer ging sofort, nachdem sie geklingelt hatten, als verharre die alte Dame den ganzen Tag neben der Klingel in der Hoffnung, dass jemand kommen und sie aus ihrer einsamen Starre lösen würde. Wahrscheinlich hat sie uns schon durch das Fenster beobachtet, dachte Ole.

Das Treppenhaus war so unpersönlich und steril, wie es nur in Mietshäusern der Fall sein kann. An der Tür im ersten Stock hing ein Schild, auf dem ein Besen und ein Kehrwisch abgebildet waren. »Mit der Kehrwoche nehmen die es hier sehr ernst«, erklärte Geissler schnaufend.

»Was ist eine Kehrwoche?«, erkundigte Ole sich interessiert.

»Ja, hend Sie des em Badische net?«, fragte Geissler, angesichts einer derart elementaren schwäbischen Angelegenheit unversehens ins Schwäbische wechselnd. »Koi Kehrwoch?«

»Nadierlich hond mer a Kehrwoch«, verteidigte Monja die badische Würde hoheitsvoll, ihrerseits in Mundart verfallend, wenn auch in die badische. »Mein Kollege kommt allerdings aus Hamburg. Wobei er schon ein Jahr hier lebt. Dass er mit der Kehrwoche noch keine Bekanntschaft gemacht hat, ist in der Tat befremdlich.« Sie musterte Ole mit hochgezogenen Brauen, während sie die Treppen hinaufstapfte und nun ebenfalls ganz schön ins Schnaufen kam. »Schimpfen deine Nachbarn nicht, wenn du nie die Treppe kehrst?«

»Aber ich kehre meine Treppe regelmäßig«, verteidigte sich Ole. Dann fiel bei ihm der Groschen: »Ach, das ist mit *Kehrwoch* gemeint. Darauf muss man erst mal kommen.«

Kommissar Geissler musterte ihn wie ein seltenes Insekt. Bisher hatte er den Kollegen eigentlich sympathisch gefunden, aber langsam wurde er ihm suspekt. Ein Mensch, der nicht wusste, was eine *Kehrwoch* ist, war in Geisslers Augen durchaus verdächtig.

Zu Oles Glück waren sie inzwischen im obersten Stock des Mietshauses angekommen. Marianne Bux erwartete sie schon in der Tür. Es war die rechte Tür, auf jeder Etage gab es zwei Wohnungen mit exakt gleichen Eingangstüren, nur die sehr ordentlich und sehr gerade davor liegenden Fußmatten verliehen den Wohnungseingängen zumindest den Hauch einer Identität.

»Guten Tag, Frau Bux«, begrüßte Geissler die alte Dame mit einem Händedruck. »Ich habe Ihnen jemanden mitgebracht. Zwei Kollegen vom Bodensee.«

»Ach ja«, erwiderte Marianne Bux mit einer Stimme, die nicht mehr war als ein Hauch. Und noch einmal: »Ach ja.«

Marianne Bux wirkte so, als sei sie nicht mehr Teil dieser

Erde, als schwebe sie. Und als Ole ihr die Hand gab, hatte er das Gefühl, gar keine Berührung wahrzunehmen. Irgendwie unheimlich, dachte er flüchtig.

»Mein Beileid, Frau Bux«, sagte er. »Es tut mir sehr, sehr leid, was mit Ihrem Sohn geschehen ist.«

Auch Monja kondolierte.

Marianne Bux' Augen füllten sich mit Tränen. »Können Sie mir denn Neuigkeiten bringen? Wissen Sie, wer meinem Leonhard das angetan hat?«

»Nicht ganz, aber wir haben eine Spur. Es kann sogar sein, dass Ihr Sohn gar nicht tot ist. Aber um das herauszufinden, müssen Sie uns alles sagen. Hören Sie? Alles!«

Ole hörte, dass Geissler neben ihm erschreckt ächzte und Monja zischend die Luft ausstieß. Er wusste selbst nicht, welcher Teufel ihn geritten hatte, der alten Dame solche Hoffnungen zu machen. Der Gedanke war ihm gerade erst gekommen, ganz plötzlich hatte er ihn angefallen. Was, wenn Valentin Moser bei jenem Schiffsunglück wirklich nicht umgekommen war? Das könnte bedeuten, dass es sich bei der Leiche in Helena Eichenhauns Garten gar nicht um Leonhard, sondern um Valentin handelte. Wenn es auch unwahrscheinlich war, denn der Mann war allen als Leonhard Bux bekannt.

»Kommen Sie doch herein«, bat Marianne Bux mit zittriger Stimme.

Die drei Polizisten folgten ihr in ihre kleine, ordentliche Wohnung. »Bitte.« Sie nahmen am Wohnzimmertisch Platz, den eine geblümte Plastiktischdecke zierte. Auf der Anrichte im Eck flimmerte ein Bildschirm und übertrug eine Talkshow. An der Wand stand ein senfgelbes Sofa, über das ordentlich eine braune Decke gebreitet war. »Darf ich

Ihnen etwas anbieten?« Marianne Bux fragte es so, dass klar wurde, dass sie auf eine Ablehnung hoffte. Nie wäre es ihr in den Sinn gekommen nichts anzubieten und damit ihre Gastgeberpflichten zu vernachlässigen. Aber es drängte sie gar zu sehr, zu erfahren, was mit ihrem Leonhard geschehen war.

Die drei Beamten schüttelten dann auch in schönster Eintracht den Kopf.

Ole holte tief Luft. »Frau Bux«, sagte er. »Hatte Ihr Sohn einen Doppelgänger?«

Marianne Bux' Reaktion kam überraschend. Sie stieß einen leisen Schrei aus und schlug sich die Hand vor den Mund. Aus weit aufgerissenen Augen starrte sie Ole an.

FÜNFUNDDREISSIGSTES KAPITEL

Überlingen

»Ich muss erst mal den Kopf freikriegen«, stöhnte Sina. »Du kannst dir nicht vorstellen, was bei uns los ist!«

»Doch«, erwiderte Alexandra und nahm ihre Freundin zur Begrüßung in die Arme. »Ole hat es mir erzählt. Das ist ja echt schrecklich.«

Sina ließ ihren Kopf auf Alexandras Schulter sinken. »Sie haben Christian verhaftet. Schon wieder. Dabei ist er doch erst vor ein paar Stunden freigekommen. Kannst du dir das vorstellen?«

Alexandra strich ihr beruhigend über den Rücken. »Ich weiß.«

Sina hob den Kopf und sah Alexandra verzweifelt an. »Ich kann das einfach nicht glauben. Christian ist in den letzten Jahren vielleicht etwas schräg draufgekommen, das ja. Aber er bringt doch keinen Menschen um. Und schon gar nicht zwei.«

»Komm erst mal richtig rein.« Alexandra löste sich von ihrer Freundin und schob sie ins Wohnzimmer. »Setz dich«, sagte sie. »Ich hol uns was zu trinken.«

In der Küche schenkte sie Sina ein Glas Wein und sich ein Glas Wasser ein und kehrte ins Wohnzimmer zurück.

»Trink.« Sie drückte Sina das Glas in die Hand.

»Ich weiß noch, wie wir immer Fangen gespielt haben, Christian und ich«, sagte Sina und starrte in das tiefe, dunkle Rot ihres Weines. »Das ist so lange her.«

»Ganz ehrlich: Glaubst du denn, dass er es war?«, wollte Alexandra wissen, während sie sich neben ihrer Freundin auf das Sofa sinken ließ und die Füße anzog.

»Ich *kann* es nicht glauben«, erwiderte Sina heftig. »Aber andererseits ist es so einleuchtend, so logisch. Erst stößt er diese albernen Drohungen gegen Mamas Lover aus und kurz darauf ist der tot. Dann verrät ihn Pahlke wegen Perucci und wenig später ist der auch tot. Und das zu allem Überfluss einen Tag, nachdem er aus dem Gefängnis entlassen wurde.« Sie starrte Alexandra mit weit aufgerissenen Augen an. »Sag doch mal ehrlich: Das kann doch kein Zufall sein.«

»Für mich klingt das zu einleuchtend«, wandte Alexandra ein. »Ole wird immer misstrauisch, wenn etwas ganz einfach und offensichtlich zu sein scheint.«

»Dass er die Firma an Perucci verraten hat, das traue ich ihm sofort zu«, sagte Sina entschieden. »Er war – leider – ziemlich machtgeil und geldgierig.«

»Für mich muss es einen Zusammenhang geben zwischen dem Verrat an Perucci und dem Mord an Pahlke, überlegte Alexandra. Einen Tag, nachdem Pahlke vor den Gesellschaftern spricht, wird er umgebracht. Wenn Christian das Rezept tatsächlich an Perucci verraten hat, dann halte ich ihn für dringend tatverdächtig. Und wenn er es nicht verraten hat, dann hat derjenige Pahlke umgebracht, der es tatsächlich war.«

Sina starrte sie an. Dann stellte sie ihr Glas langsam auf dem gläsernen Couchtisch ab. »Du hast recht«, sagte sie. »Das klingt sehr, sehr logisch. Aber wenn Christian das Rezept wirklich verraten hat, warum sollte er Pahlke dann erst umbringen, *nachdem* er es verraten hat? Dann würde es ihm ja nichts mehr bringen!«

»Vielleicht doch, aus Rache«, ließ Alexandra ihre Gedanken in eine andere Richtung wandern.

Sina schüttelte den Kopf. »So ist Christian nicht. Er ist sehr impulsiv, aber nicht rachsüchtig.«

»Impulsiv reicht manchmal, um einen Menschen umzubringen«, gab Alexandra zu bedenken. »Und so wie Ole mir den Tathergang beschrieben hat, war das ziemlich sicher eine Kurzschlusshandlung. Pahlke muss in die laufende Maschine gestoßen worden sein.«

»Aber du hast doch vorher selbst noch gesagt …«, begann Sina.

»Ich überlege nur in alle Richtungen«, erklärte Alexandra. »Ich verstehe ja, dass du dich in die Variante verliebt hast, die deinen Bruder am stärksten entlastet. Aber eine

Garantie gibt es leider nicht. Man muss alle Möglichkeiten in Betracht ziehen. Theoretisch könnte es jeder gewesen sein. Außer vielleicht deiner Mutter. Denn dass die das Rezept an Perucci gibt, macht keinen Sinn. Im Prinzip entlastet das sogar deine Mutter, wenn man davon ausgeht, dass Pahlke und Bux vom gleichen Mörder umgebracht wurden. Denn es hätte durchaus auch sein können, dass sie ihren Lover getötet hat.«

»Spinnst du jetzt völlig?« Sinas Stimme klang schrill.

»Hey, ich meine es doch nicht böse«, beeilte sich Alexandra hinzuzufügen. »Ich wollte dir nur noch mal klarmachen, dass einfach *alles* möglich ist. Verstehst du? Alles. Und dass Menschen, die man liebt, manchmal in der Lage sind, Dinge zu tun, die wir nicht verstehen können.«

»Davon kannst du ein Lied singen, wenn auch in weit harmloserem Ausmaß«, sagte Sina. »Wie geht es dir mit Ole?«

Ein breites Grinsen war die Antwort. »Gut«, sagte Alexandra. »Wir haben uns endlich wieder versöhnt.«

SECHSUNDDREISSIGSTES KAPITEL

Aalen

»Ich habe gewusst, dass es nicht gutgehen würde. Irgendwann würde alles zurückkommen. Irgendwann würde ich bestraft werden«, flüsterte die alte Dame tonlos.

Ole, Monja und Kommissar Geissler starrten sie gebannt an. »Ich werde Ihnen alles erzählen, auch, wenn ich dafür ins Gefängnis komme.«

»Sie kommen nicht ins Gefängnis«, versicherte Monja. »Es sei denn, Sie haben jemanden umgebracht.«

»Ich habe niemanden umgebracht«, flüsterte Marianne Bux. »Was ich getan habe, war viel, viel schlimmer.«

Und dann begann sie zu erzählen.

Es war im Sommer 1969. Ein heißer, glühender Sommer war das und es war der schönste in Marianne Bux' Leben. Nach fünf Jahren der vergeblichen Versuche war sie endlich schwanger. Sie war am Ziel ihrer Träume. Zumal ihr Mann und sie sich jüngst noch einen anderen Traum erfüllt und sich ein Haus auf dem Hang über der Rems in Schwäbisch Gmünd gekauft hatten. Marianne sah eine rosige, blühende Zukunft vor sich. Endlich. Denn in den letzten Jahren hatte sie es kaum noch ertragen können, das junge Mutterglück von anderen Frauen mit ansehen zu müssen. Und das sah sie täglich, denn Marianne Bux war Hebamme. Nun war sie also selbst schwanger. Sie malte sich schon aus, wie sie mit ihrem Kind über die blühenden Wiesen hinter dem Haus toben würde. Tat das, wovon sie ihren Frauen immer abriet: Schon sehr früh losgehen und von der Kinderzimmerausstattung bis zu den Babysöckchen alles kaufen. Das bringt Unglück, sagte sie den Schwangeren, die sie betreute, stets. Aber sie konnte nicht an sich halten. Gleich als die ersten drei Monate vorbei waren – so lange zumindest schaffte sie es noch zu warten – richtete sie das kleine Zimmer mit dem großen, bodentiefen Fenster, das einen wunderschönen Blick in den Garten bot, zauberhaft ein. Neutral, denn sie wusste ja noch nicht, ob es ein

Junge oder ein Mädchen werden würde. Später, dachte sie, könnte man immer noch den einen oder anderen Akzent in Rosa oder Blau setzen.

Tatsächlich brachte ihr das frühe Einrichten auch kein Unglück. Zumindest zunächst nicht. Ihr Bauch wuchs und wuchs und sie achtete streng darauf, alles richtig zu machen. Ihr Baby würde das gesündeste, schönste und glücklichste der Welt werden. Schließlich hatte es ja eine Mama, die Hebamme war.

Sie war eine schöne Schwangere. Obwohl sie sonst eigentlich nicht mit sonderlich vielen Schönheitsattributen gesegnet war. Ihren langen Haaren fehlte der Schwung, sie fielen ihr in einem farblosen Braunton auf den Rücken. Ihr Gesicht war ein wenig zu groß und zu flach, ihre Augen standen zu nah beisammen. Aber sie hatte eine aristokratische Nase und einen wunderschönen, sinnlichen Mund. Und jetzt, während ihrer Schwangerschaft, hatte sie auch noch strahlende Haut und aus ihren Augen sprudelte ein Glück, das auf jeden überzuspringen schien, den ihr Blick traf.

Sie war glücklich. Und als sich das Baby irgendwann nicht mehr bewegte, ignorierte sie diesen Umstand oder versuchte, ihn sich schönzureden. Es hatte halt weniger Platz. Logisch, dass es da nicht mehr so strampelte. Und da hatte doch gerade ein Füßchen getreten! Sie hatte es ganz deutlich gespürt! Das Unfassbare, das wollte sie nicht wahrhaben. Ihr Bewusstsein weigerte sich, es zu begreifen. Das Strahlen in ihren Augen nahm nicht ab. Es nahm vielleicht sogar eher noch zu, der Glanz wurde fanatisch, fiebrig, der Ausdruck sehr entschlossen. Als könne sie mit purer Willenskraft verhindern, dass dem kleinen Wesen in ihrem Bauch etwas geschah – oder bereits geschehen war.

Aber das Wesen war schon tot. Das war im März 1970, kurz bevor ihr Mutterschutz begann. Mit ihrem Mann sprach sie nicht darüber, er war für zwei Wochen auf Geschäftsreise. Aber auch wenn er da gewesen wäre, hätte sie nichts gesagt. Sie gestand sich ja nicht einmal selbst ein, dass mit dem kleinen Baby etwas ganz und gar nicht stimmte. Zwei Tage später wurde sie zu einer Geburt gerufen. Sie kannte die Frau aus den Zeiten der Betreuung zuvor und wusste daher, dass die Atmosphäre in diesem Haus äußerst unangenehm war. Obwohl sie also vorgewarnt war, war sie entsetzt, als sie ankam. Die Wohnung der Mosers quoll über vor Müll. Auf einer völlig verfleckten Matratze lag Cordula Moser und schrie sich die Seele aus dem Leib. Auf der anderen Seite des großen Doppelbetts hockte ihr Mann in einem schmuddeligen weißen Unterhemd und rauchte. In der Tür standen – wie viele? Eins, zwei, drei, vier, fünf kleine Kinder und blickten entsetzt auf ihre Mutter. »Raus, alle raus«, herrschte Marianne. »Hey, was bildest du dir eigentlich ein? Kommst hier an und schmeißt mich aus meiner eigenen Wohnung. Schlampe«, spie ihr der Mann entgegen. Marianne beachtete ihn nicht. Erst mal die Kinder in Sicherheit bringen. Sie ging vor den Kleinen in die Knie. »Habt keine Angst um eure Mama, die hat nur ein bisschen Schmerzen. Ich werde ihr helfen. Ich kann das.«

Die Kinder starrten sie ängstlich an. »Kannst du ihr wirklich helfen?«, fragte der Größte, ein kleiner Junge von vielleicht höchstens neun Jahren, ernst.

»Ich schwöre«, versprach Marianne. »Aber ihr müsst auch mithelfen. Ihr müsst jetzt schön in eure Bettchen gehen. Und wenn ihr wieder aufwacht, ist die Mama gesund.«

»Versprochen?«, fragte der Junge.

»Versprochen«, sagte Marianne feierlich und versuchte, die ohrenbetäubenden Schreie der Frau und das Geschimpfe des Mannes in ihrem Rücken zu ignorieren. »Wie heißt du?«, fragte sie den Wortführer unter den Geschwistern.

»Jörg«, sagte der.

»Gut, Jörg. Du bist der Chef. Du sorgst dafür, dass alle ihre Zähne putzen und ins Bett gehen.«

»Aber wir haben Hunger«, erklärte Jörg schüchtern.

»Ihr habt noch nicht zu Abend gegessen?«, fragte Marianne entsetzt. Die Kinder schüttelten einträchtig den Kopf.

»Gut, ich mache euch was. Wo ist die Küche?«

Jörg griff vertrauensvoll ihre Hand und zog sie mit sich. »Ich bin gleich bei Ihnen«, rief Marianne der Frau auf dem Bett über die Schulter zu. Anhand des Abstandes ihrer Schreie konnte sie erkennen, dass sie noch etwas Zeit hatten.

Die Küche war ein unermessliches Schlachtfeld. Kompost lag auf dem Boden, auf jeder Fläche standen schmutzige Teller und Tassen, es roch nach Schimmel und Fäulnis.

Angewidert öffnete sie den Kühlschrank und fand eine gelbliche, ranzige Butter und eine ziemlich alt aussehende Wurst. Misstrauisch schnupperte sie daran. Sie schien gerade noch so in Ordnung zu sein. Auf der Anrichte entdeckte sie einen halben Laib trockenes Brot. Mit einem fast stumpfen Messer säbelte sie mühevoll einige Scheiben herunter, kratzte die ranzige Oberfläche von der Butter ab, schmierte die Brote und legte Wurstscheiben hinauf. Dann richtete sie die Schnittchen nebeneinander auf dem einzigen sauberen Teller an, den sie noch fand. Die Kinder beobachteten sie mit großen Augen.

»Ihr dürft fernsehen«, entschied Marianne und ging mit dem Teller voraus ins Wohnzimmer. Brav reihten sich die Geschwister nebeneinander auf dem Sofa auf. Marianne stellte die Wurstbrote vor ihnen auf dem zerkratzen Couchtisch ab. Gierig griffen die kleinen Kinderhände danach. »Aber wenn ihr aufgegessen habt, macht ihr den Fernseher aus, putzt die Zähne und geht ins Bett. Kann ich mich auf euch verlassen?«

Sie blickte die Kinder streng der Reihe nach an. Die nickten eifrig. Kleine, arme vernachlässigte Gestalten.

»Gut«, befand Marianne. »Dann sehe ich jetzt mal nach eurer Mama.«

Das Bild im Schlafzimmer hatte sich verschlimmert. Cordula lag wimmernd und zur Seite gerollt unter ihrer Decke, ihr Mann fläzte weiterhin auf seinem Teil des Ehebettes, rauchte nach wie vor und beschimpfte sie in einem fort, sie solle aufhören, so ein Theater zu machen.

»Wissen Sie was, Herr Moser?«, sagte Marianne resolut und zückte ihren Geldbeutel. »Das hier ist nichts für einen Mann wie Sie. Weiberkram.« Sie holte einen 10-Mark-Schein hervor und hielt ihn ihm hin. »Sie werden Vater, das müssen Sie doch mit Ihren Kumpels feiern. Nehmen Sie sich ruhig die ganze Nacht Zeit.«

Gier glomm in Mosers Blick. »Für die ganze Nacht und all meine Kumpels reicht das hier aber nicht«, sagte er verschlagen.

Marianne verdrehte die Augen, steckte den Zehner wieder ein und zog einen Zwanziger raus. »Hier. Aber dann sind Sie in zwei Minuten weg und kommen heute nicht wieder, verstanden?«

»Ist ja gut«, brummte der Mann, erhob sich mit seinen mindestens hundert Kilo vom Bett, zog einen Pullover über, der mindestens ebenso schmuddelig war wie das Unterhemd, und trollte sich.

SIEBENUNDDREISSIGSTES KAPITEL

Friedrichshafen

Michael Eichenhaun konnte sich ein triumphierendes Lächeln nicht verkneifen. Endlich hatte er seine Mutter da, wo er sie schon immer hatte haben wollen – am Boden zerstört. Eigentlich hätte er gedacht, dass das bereits mit dem Tod von Leonhard Bux gelungen war. Doch es hatte mehr gebraucht. Die eiserne Lady trauerte ja nicht mal um ihren Liebhaber. Und irgendwie versöhnte ihn das auch wieder ein Stück weit. Es bewies einmal mehr, dass Helena einfach eine durch und durch kalte Frau war. Eine, die nicht fähig war zu lieben. Vielleicht lag es also doch nicht nur an ihm. Was hatte er als Kind gelitten, weil er ihre eisige Verachtung kaum ertragen konnte. Er hatte ihr Verhalten auf sich bezogen. Das Gefühl gehabt, dass sie *ihn* nicht mochte. Wegen seiner Brille, seiner Schmächtigkeit, weil er nicht so gute Noten schrieb wie seine Geschwister. Also hatte er sich angestrengt. So unendlich angestrengt, um ihre Aufmerksamkeit zu erringen. Nachts war er heimlich aufgestanden und hatte gebüffelt, um in der Schule Bestleistungen zu erzielen – doch sie hatte es nicht einmal bemerkt, geschweige denn ihn gelobt, wenn er wieder einmal eine gute Note nach Hause brachte. Wie oft war er mit hoffnungsvollen, strahlenden Kinderaugen zu ihr gelaufen, um ihr die rote Eins plus zu zeigen, die unter einem Aufsatz oder einem Vokabeltest prangte. Oder die Lobeshymnen, die der begeisterte Mathelehrer unter seine Arbeit geschrieben hatte. Mit klopfendem Herzen hatte er gewartet, bis sie nach Hause kam. Stunde um Stunde hatte er auf der Treppe im Eingangsbereich verbracht, dürstend nach einem Lob, einem lieben Wort, einem Lächeln oder gar, das Höchste der Gefühle, einem Streicheln über den Kopf, einem Kuss.

Doch als sie endlich da war, hatte sie ihn nur weggescheucht wie eine lästige Fliege. »Michael, ich habe jetzt wirklich keine Zeit für deinen Kinderkram«, hatte sie theatralisch gestöhnt, sich stets den Rücken ihrer Hand an den leicht zurückgeworfenen Kopf gelegt und gesagt: »Geh zu deinem Vater. Der kümmert sich darum.«

Enttäuscht hatte der kleine Michael ihr nachgeblickt, wie sie ins Wohnzimmer entschwunden war. Nur ihr Duft hing noch in der Diele, es war heute immer noch der gleiche. Michael mochte ihn nicht. Er roch teuer und kühl. *Um ihn kümmern*, hatte die Mutter gesagt. Wieso bitte musste man sich um eine Eins plus *kümmern*? Sie tat ja gerade so, als habe er eine Sechs mit nach Hause gebracht. Dann müsste man sich wirklich um ihn *kümmern*. Er dachte darüber nach, in der Schule wieder schlecht zu werden. Vielleicht würde sie ihn *dann* bemerken. Vielleicht musste man ein Problemkind sein, um Aufmerksamkeit zu bekommen. Aber dann stellte er sich all die Augen vor, die entsetzten, enttäuschten Augen seiner Lehrer und auch die seines Vaters. Die Bewunderung, die sie ihm entgegenbrachten, seit er so gute Noten schrieb, war sein letzter Halt. Den wollte er nicht riskieren.

Stattdessen kämpfte der kleine Junge also unermüdlich weiter um die Liebe seiner Mutter. Als sie einmal eine Phase gehabt hatte, in der sie gern Klaviermusik hörte, hatte er sie gefragt ob er Klavierunterricht bekommen könnte und geübt wie verrückt, wenn sie wieder einmal in der Firma war. Und wenn sie dann nach Hause kam, hatte er im Klavierzimmer gesessen, gespielt wie ein junger Gott – freilich erst nach etwa einem Jahr des heimlichen und sehr harten Übens – mit dem Erfolg, dass sie die Tür öffnete und ihn mit leidender Stimme bat, er solle mit seinem dilettantischen Geklimper aufhören, sie habe Kopfschmerzen. Er war tief enttäuscht gewesen, aber er hatte immer noch nicht aufgehört, um ihre Zuneigung zu ringen. Als es auf den Schulabschluss zuging, hatte er sich entschlossen, BWL zu studieren, obwohl ihn BWL eigentlich nicht im Geringsten interessierte. Aber seine Mutter hatte immer geklagt, wie lästig es ihr sei, sich um diese Dinge zu kümmern. Wäre er nun ein Ass in BWL, könnte er ihr all das abnehmen und an ihrer Seite in die Firma einsteigen. Weil ihn BWL allein doch zu sehr langweilte, hatte er noch ein Fach obendrauf gesetzt, das er wirklich spannend fand: Philosophie. Was ihm freilich ein erneutes Naserümpfen seiner Mutter einbrachte. Wer brauchte schon Philosophie!

Immerhin: Er hatte sein Ziel erreicht, lenkte gemeinsam mit seiner Mutter die Geschicke der Firma, und wenn sie ihm auch nie die Anerkennung zuteil werden ließ, nach der er sich so sehnte, so fragte sie ihn doch immer wieder nach seinem Rat oder knallte ihm einen Stapel Papiere auf den Schreibtisch mit den Worten: »Kümmere du dich darum. Ich durchschaue derart trockenes Zeug nicht.«

Vielleicht war das der Moment, in dem er begonnen hatte, sie zu hassen: Als er erkannte, dass sie es schaffte, selbst dann, wenn sie ihn um seine Hilfe bat, beleidigend zu sein. Denn eigentlich sagte sie, dass sie sich zu schade war, um sich mit derart unkreativem Zeug zu befassen und dass sie das gern ihrem langweiligen Sohn überließ.

Es tat ihm gut, sie so am Boden zu sehen. Einmal, ein einziges Mal nur, war er stärker als sie. Dass sie so heftig auf den Tod von Pahlke reagierte, wunderte ihn. Aber vielleicht war ihr Nervenkostüm schlicht und ergreifend etwas dünn geworden, im Laufe der Zeit.

Wie auch immer – sie war nun schwach und er war stark. Stark und heldenhaft.. Großmütig. Ein Mann, der verzieh und der nicht noch nachtrat, wenn jemand am Boden lag. Er würde zu ihr gehen und ihr seine Hand reichen. Er würde sie beschützen, endlich einmal der Starke sein. Und sie, sie würde zu ihm aufsehen, ihn bewundern, sich von ihm helfen lassen.

Es hatte viele Jahre gedauert. Aber nun hatte er sein Ziel erreicht.

ACHTUNDDREISSIGSTES KAPITEL

Schwäbisch Gmünd, 1970

20 Minuten später war Ruhe eingekehrt und Marianne atmete erleichtert auf. Hans Moser war auf Sauftour und die Kinder saßen zufrieden kauend im Wohnzimmer vor dem Fernseher. »Danke«, flüsterte die Gebärende von ihrer schmutzigen Bettstatt aus. »Das Geld … ich gebe es Ihnen wieder.«

Marianne winkte ab. »Daran müssen Sie jetzt erst mal nicht denken.«

»Wann ist es bei Ihnen soweit?«, fragte die Schwangere und deutete mit dem Kinn auf Mariannes Bauch. Die lächelte. »In gut sechs Wochen«, sagte sie. »Bitte stehen Sie auf und sagen mir, wo Ihre Laken sind. Ich möchte Ihr Bett frisch beziehen.«

»Dort im Schrank.« Cordula deutete auf ein billiges, gelbliches Furniermöbelstück. Die Ecken waren abgeschlagen und ließen einen Blick auf das darunterliegende Sperrholz, aus dem das Möbel gefertigt war, zu. Als Marianne es öffnete, fand sie das erwartete Chaos, aber auch die erhofften frischen Bettsachen. Sie zog sie heraus und legte sie auf das Bett. »Warten Sie, ich helfe Ihnen auf.«

Sie stützte die schwere Frau und nahm dabei den stechenden Geruch wahr, der von ihrem offensichtlich ungewaschenen Körper ausging. »Könnten Sie sich vorstellen, ein Bad zu nehmen?«, fragte sie vorsichtig. »Für manche Schwangere ist das angenehm.«

»Ich weiß nicht«, sagte Cordula und krümmte sich gleich darauf unter einer erneuten Wehe zusammen. Marianne sah auf die Uhr. Die Abstände wurden kürzer. Lange würde es nicht mehr dauern.

»Ich lasse Ihnen ein Bad ein«, entschied sie, als die Wehe vorbei war. »Kommen Sie.«

Cordula führte sie zum Bad, das überraschend ordentlich war. An den benutzten Zahnbürsten im Waschbecken konnte Marianne erkennen, dass die Kinder inzwischen ihre Zähne geputzt hatten. Gut. Sie mussten ihre gebärende Mama nicht unbedingt in der Wanne sehen. Marianne ließ das Wasser ein. »Können Sie sich selbst ausziehen oder soll ich Ihnen helfen?« Sie deutete auf das schmuddelige Nachthemd, das Cordula trug.

»Das schaffe ich allein.«

»Dann gehe ich und beziehe Ihr Bett frisch. Rufen Sie mich, wenn Sie so weit sind.«

Marianne eilte ins Schlafzimmer und zog mit angewidertem Gesicht das dreckige Laken und die schmutzigen Bettbezüge ab. Sie legte sie in eine Ecke und nahm sich vor, die Schmutzwäsche später gleich in die Waschmaschine zu stecken.

Sie hatte das Bett gerade frisch bezogen, als Cordulas Schreie aus dem Bad anzeigten, dass eine neue Wehe kam. Marianne eilte zu der Schwangeren und massierte ihr den unteren Rücken, während Cordula sich am Waschbecken abstützte.

Die Wehe ebbte langsam ab. »Möchten Sie jetzt in die Badewanne?«

»Ja«, nickte Cordula. »Ja, ich glaube, das würde mir guttun.«

»Ich sehe mal nach den Kindern«, sagte Marianne, nachdem sie Cordula in die Wanne geholfen hatte. »Wo sind die Kinderzimmer?«

»Wir haben nur eins.« Cordula klang verlegen. »Den Flur runter und die letzte Tür rechts.«

Das Zimmer, in dem die Kinder schliefen, war winzig. Zwei Stockbetten standen rechts und links an den Wänden, in dem linken unteren schliefen die beiden Kleinsten, eng zuammengekuschelt. Ihr Anblick rührte Marianne zutiefst. Kleine Gestalten, aneinander Halt suchend.

Aus dem rechten oberen Bett drang verhaltenes Schluchzen. Jörg. »Hey.« Marianne und streichelte dem kleinen Jungen über die Wange. »Du musst doch nicht weinen.«

»Ich habe solche Angst, dass meine Mami stirbt.« Jörgs kleiner Körper wurde von Schluchzern geschüttelt, der Junge konnte kaum sprechen.

»Das wird nicht passieren, das verspreche ich dir. Aber ich muss jetzt ganz schnell wieder nach deiner Mama schauen. Das verstehst du doch, oder?«

Schemenhaft konnte Marianne erkennen, dass Jörg nickte. »Du bist ein ganz toller kleiner Junge« Sie strich ihm über das Haar und dachte, dass man diesen Kindern unbedingt helfen müsse. Aber dann war sie schon wieder abgelenkt, denn bei Cordula hatten, viel schneller als erwartet, die Presswehen eingesetzt.

Es waren Zwillinge. Zwei kleine Jungs. Und die Geburt war unendlich schwer. Cordula war kaum noch bei Bewusstsein, als der zweite kleine Junge aus ihr herausflutschte. »Ich hasse diese Nachgeburt«, presste sie hervor. »Das wird auch von Mal zu Mal schlimmer.« Marianne widersprach nicht. Später würde Cordula noch genügend Zeit haben zu registrieren, dass sie zwei Kinder geboren hatte. Marianne legte ihr den ersten Säugling an die Brust und stellte fest, dass ihre Patientin in einen tiefen Schlaf gefallen war. Sie runzelte die Stirn, fühlte Cordulas Puls, prüfte ihren Atem. Sie würde sie ein bisschen schlafen lassen, aber wenn sie nicht bald wieder aufwachte, müsste sie einen Arzt dazuholen. Dann versorgte sie den zweiten kleinen Jungen. Wie zauberhaft er war. Wie wunderschön. Wie klein seine Fingerchen. Diese papiernen Fingernägelchen. Und er sah sie an, mit kleinen verschleierten Äuglein, die zu flehen schienen: ›Bitte lass mich nicht hier. Bitte lass mich nicht allein. Ich bin doch so hilflos ohne dich.‹

Und mit einem Mal wusste Marianne es. Sie wusste, dass dieser kleine Junge eigentlich *ihr* Sohn war. Die Seele ihres Jungen hatte in einem nicht lebensfähigen Körper gesteckt und war dann auf den Körper dieses kleinen Jungen übergegangen. Sie musste dieses Kind, *ihr* Kind, aus dieser Hölle retten.

Sie warf einen raschen Blick auf die Frau im Bett. Die schlief immer noch tief und fest, ihr kleines Baby im Arm. Könnte ich doch auch *dieses* Kindchen retten, dachte Marianne. Könnte ich doch *alle* diese armen, einsamen Kinder retten.

Sie ging ins Badezimmer, in dem sie zuvor die Heizung sehr hoch gedreht hatte und ließ in die zum Glück vorhandene Babybadewanne warmes Wasser einlaufen. Ganz behutsam hielt sie das winzig kleine Würmchen in das warme Wasser und wusch ihm zärtlich die Käseschmiere vom Kopf. Einen Wickeltisch gab es nicht, also bettete sie das Kleine anschließend auf einen Stapel Handtücher auf der Waschmaschine, zog ihm einen winzigen Body und einen kleinen Strampler an und wickelte es danach in ein warmes Moltontuch ein, das sie aus ihrer Hebammentasche gezogen hatte. Das Gesichtchen verzog sich schmerzhaft, die kleine Unterlippe begann zu beben und der Winzling stieß einen Schrei aus, der wie ein »Määäähhhh« klang. »Hast du Hunger?«, flüsterte Marianne zärtlich. »Mama bringt dich gleich nach Hause, dann bekommst du etwas Leckeres.« Sie legte das Baby an ihre Schulter, wo es sich in ihre Halsbeuge schmiegte und sich schnell wieder beruhigte. Sekunden später war es eingeschlafen.

Es fiel Marianne schwer, sich von diesem kleinen Menschlein zu trennen, aber sie musste sich noch um das andere Baby und vor allem um Cordula kümmern. So vorsichtig, als wäre das Menschenkind aus Glas, legte sie es auf ein dickes Handtuchlager ganz dicht an der Wand, eilte ins Schlafzimmer und nahm der Schlafenden schnell das andere Baby von der Brust. Cordula wachte auf. Marianne registrierte es mit Erleichterung. Sie würde keinen Arzt rufen müssen. »Ich bade Ihnen den Kleinen nur schnell, dann bringe ich ihn Ihnen wieder«, flüsterte sie.

Die junge Mutter nickte erschöpft, aber glücklich.

Der Zwilling sah genauso aus wie sein Bruder, aber Marianne hatte nicht die gleichen Empfindungen, als sie ihn badete. Das bestätigt noch einmal, dass das andere wirklich *mein* Baby ist, dachte sie.

Dennoch behandelte sie auch diesen kleinen Jungen mit unendlicher Zärtlichkeit. Das Menschlein schrie aus Leibeskräften, anders als seinem Bruder schien ihm das Baden gar nicht zu gefallen. »Schschsch«, machte Marianne beruhigend. »Du darfst ja gleich wieder zu deiner Mama.« Sie warf abwechselnd besorgte Blicke auf den Badezimmerboden zu dem anderen Baby, *ihrem* Baby, und zur Tür. Sie hatte zwei große Ängste: Dass ihr Kleiner ebenfalls aufwachen und die junge Mutter nebenan wegen des zweistimmigen Babygeschreis misstrauisch werden würde. Und dass eines der größeren Kinder wach werden und die beiden Babys bemerken würde. Und ganz am Rande ihres Bewusstseins war sie sich noch einer anderen Gefahr bewusst: Hans konnte heimkehren.

Sie musste sich beeilen, möglichst schnell von hier wegkommen, ihren Jungen in Sicherheit bringen.

Rasch zog sie dem Kleinen einen Strampler an, den die Mutter zurechtgelegt hatte und brachte ihn zurück ins Schlafzimmer. Cordula hatte sich aufgesetzt und sah ihr strahlend entgegen. »Glückwunsch, meine Liebe, Sie haben es geschafft.« Marianne lauschte, während sie sprach, die ganze Zeit über angespannt in Richtung Flur. »Wollen Sie es mal mit dem Anlegen versuchen?«

Cordula lachte. »Ich habe schon fünf, ich weiß, wie das geht. Hast du Hunger, mein Vögelchen?«, wandte sie sich an den Kleinen.

Das Baby schrie.

Cordula packte ihre riesige Brust aus und stopfte sie dem Baby in das hungrig suchende Mündchen. Der Kleine saugte zufrieden. »Na, das klappt ja wunderbar«, freute sich Marianne. »Dann lasse ich Sie beide jetzt mal allein. Ich schaue morgen wieder nach Ihnen. Und wenn irgendetwas sein sollte – Sie wissen ja: Anruf genügt.«

Es tat ihr weh, Cordula so ins Gesicht zu lügen. Sie würde morgen nicht mehr kommen. Sie würde sich krankmelden und eine Kollegin schicken.

»Das Geld, das Sie ausgelegt haben …«, begann Cordula.

Marianne winkte ab. »Das können wir morgen machen.« Auch wenn es absurd war, ein klein wenig beruhigte es ihr schlechtes Gewissen, auf das Geld zu verzichten. Immerhin nahm sie dieser Frau ihr Baby weg. Aber ich rette es ja. Und es ist ja eigentlich mein Baby, widersprach sie sich innerlich selbst.

»Tschüss, kleiner Mann.« Marianne strich sacht über die zarte Babywange des Zwillings. »Auf Wiedersehen, Frau Moser. Bis morgen.«

»Bis morgen«, erwiderte Cordula den Abschiedsgruß.

Erleichtert huschte Marianne in den Flur hinaus und dann ins Bad. Der Kleine schlief noch immer, die Fäustchen eng an die Wangen gepresst. Ganz vorsichtig beugte sie sich hinab und hob ihn vom Boden auf. Bitte fang jetzt nicht an zu schreien, flehte sie stumm.

Doch das Baby blieb ganz ruhig. Marianne zog die Wohnungstüre hinter sich zu und lief die Treppe hinunter. Unten wurde die Haustüre geöffnet. Ein Mensch polterte herein, wankte ihr entgegen und starrte sie aus rotunterlaufenen Augen an. Es war Hans.

NEUNUNDDREISSIGSTES KAPITEL

Überlingen

»Du musst es ihm sagen.« Sina hockte im Schneidersitz auf Alexandras weißer Ledercouch und sah sie eindringlich an. »Im Ernst, Alexandra, du kannst ihm das echt nicht verschweigen. Das ist nicht fair.«

»Du hast leicht reden«, brauste Alexandra auf. »Weißt du, wie schrecklich ich mich gefühlt habe? Endlich, endlich öffnet er sich mir, endlich vertraut er sich mir an. Und sagt mir, dass er wegen dieser Sache keine Kinder haben will. Da kann ich doch nicht hergehen und sagen: Sorry, Süßer, das ist zu spät – du bekommst bereits eins.«

»Doch«, beharrte Sina. »Doch, du hättest es ihm sagen müssen. Sie streifte sich das Haargummi vom Handgelenk und band sich die Haare, die ihr immer ins Gesicht fielen, im Nacken zusammen. »Ich meine – je länger du wartest, desto schwieriger wird es, ihm irgendwann einmal die Wahrheit zu sagen. Und ewig wirst du es ohnehin nicht mehr rauszögern können.«

Sie warf einen vorwurfsvollen Blick auf Alexandras Bauch, der sich aber freilich noch nicht zu wölben begann. Alexandra verkniff sich trotz ihrer Sorgen ein Lächeln. Sina war ein sehr emotionaler Mensch. Bei ihr gab es entweder Schwarz oder Weiß. Nachdem sie Ole zuerst komplett verteufelt hatte, nahm sie ihn nun, nachdem sie durch Alexandra von seinem Geständnis erfahren hatte, in Schutz.

»Ich habe ihm Unrecht getan«, hatte sie leise gesagt, als Alexandra mit ihrer Erzählung geendet hatte. »Ich kann ihn jetzt verstehen. Gut sogar.«

»Ich auch«, hatte Alexandra geantwortet. »Aber ich finde es falsch, dass er nun dafür büßen will – und dass er mich zwingt, mit ihm zu büßen. Ich meine, er war doch nun wirklich nicht schuld an dem Tod des Kindes. Das war der Bankräuber.«

»Ole sieht das aber offenbar anders«, wandte Sina ein. »Wenn du nicht schwanger wärst, würde ich dir raten, ihm einfach Zeit zu geben. Die ganze Geschichte ist noch ziemlich frisch, da ist es kein Wunder, dass er so durch den Wind ist. Ich wette, dass er sich auf Dauer beruhigen würde.«

»Da gibt es nur ein Problem: Ich bin nun mal *jetzt* schwanger«, sagte Alexandra sarkastisch. »Und ich traue mich wirklich nicht, es ihm zu sagen. Ich muss erst mal wieder Kraft schöpfen. Es tut so gut, dass er sich mir wieder zugewendet hat.« Sie schwieg nachdenklich und starrte in ihr Weinglas, in dem allerdings Wasser statt Rebensaft schwamm. »Vielleicht schaffe ich es ja auch, ihn zu überzeugen, dass er nicht die Schuld an alledem hat. Vielleicht schaffe ich es, ihn aus diesem seinem emotionalen Gefängnis zu befreien.«

Sina sah sie zweifelnd an. »Und selbst wenn – sobald du ihm dann sagst, dass du schwanger bist, wird er das in gewisser Weise für ein abgekartetes Spiel halten. Was es ja irgendwo auch wäre.«

Alexandra stöhnte auf und vergrub das Gesicht in den Händen. »Warum ist das nur alles so kompliziert. Wenn andere Frauen schwanger werden, freuen sie sich einfach nur. Und ihr Partner freut sich mit.«

»Ach Süße«, seufzte Sina und zog sie in ihre Arme. »Du bist aber nicht andere Frauen und du hast dir nun mal einen Mann ausgesucht, der nicht einfach ist. Dafür ist er aber auch kein Langweiler, denn das könntest du nicht ertragen.«

»Wie meinst du das?«, wollte Alexandra wissen.

»Ich kenne dich jetzt seit dem Kindergarten«, fuhr Sina fort. Ole ist der erste ernstzunehmende Mann in deinem Leben. Denk doch nur an all die Typen vorher. Die waren so …«, sie suchte nach Worten, »… so durchschaubar«, sagte sie. »Und irgendwie – verzeih – waren es in gewisser Weise auch Weicheier. Und das wurde dir auf Dauer immer langweilig. Oder was glaubst du, warum immer du es warst, die die Beziehungen beendet hat?«

»Da könntest du recht haben«, kommentierte Alexandra nachdenklich. »Und ich dachte immer, es läge an mir und ich sei beziehungsunfähig.«

»Bist du auch«, erklärte Sina prompt. »Zumindest in Verbindung mit solchen Männern, wie du sie bisher hattest. Du bist keine einfache Frau, Alex.«

Alexandra setzte sich ruckartig auf und stöhnte unwillkürlich. »Was ist?«, fragte Sina erschrocken. »Was hast du?«

»Nichts weiter«, beruhigte Alexandra die Freundin und entspannte sich sofort wieder. »Schwangerschaftszipperlein.«

Sina sah sie fragend an. »Immer wenn ich ruckartige Bewegungen mache, zieht und zwickt es höllenmäßig im Bauch«, erklärte Alexandra.

»Und du bist sicher, dass alles in Ordnung ist?« Sina war aufrichtig besorgt. »Soll ich dich lieber zum Arzt bringen?«

»Du bist ja eine richtige Glucke!«, kicherte Alexandra. »Nein, es ist wirklich alles gut. Beim ersten Mal bin ich auch wahnsinnig erschrocken. Aber dann war ich bei der Frauenärztin und die hat gesagt, dass das nur die Bänder sind, die sich dehnen. Das ist ganz normal.«

»Dann bin ich ja erleichtert«, seufzte Sina. »Mit dir macht man was mit! Warum hast du dich denn auch so ruckartig aufgerichtet?«, fügte sie tadelnd hinzu.

»Na, du hast schließlich gesagt, dass ich kompliziert bin. Das wollte ich dann doch etwas genauer definiert haben.«

»Eigentlich ist das ein Kompliment«, sagte Sina langsam. »Du bist halt keine Durchschnittsfrau. Du bist energiegeladen und voller Power. Einen Machomann, der dich ausbremsen will, kannst du nicht brauchen. Da wird es dir zu eng und du brichst aus. Aber mit einem Mann, der immer nur nachgibt und der keinen eigenen Willen hat, kannst du auch nichts anfangen. Du willst zu deinem Partner aufschauen und gleichzeitig soll er dich bitteschön freilassen und kein Macho sein. Das ist nicht leicht für einen Mann.«

»Da hast du völlig recht«, flüsterte Alexandra. »Aber Ole kann das. Er ist dieser Mann. Ich will ihn nicht verlieren, Sina.« Plötzlich hatte sie Tränen in den Augen.

»Das wirst du auch nicht«. Sina nahm Alexandras Hände. »Zumindest nicht, wenn du es ihm bald sagst. Ewig herauszögern darfst du das nicht, hörst du?«

»Ja«, stimmte Alexandra zu. »Aber ich habe solche Angst.«

»Wo ist er denn eigentlich?«, wollte Sina wissen.

»Auf der Ostalb, in Aalen. Da kam doch der Geliebte deiner Mutter her.«

»Echt?«, wunderte sich Sina. »Wusste ich gar nicht.«

»Ja, und das Komische ist, dass dort wohl die Pfeife des Wahrzeichens, des Aalener Spions, verschwunden ist. Und zwar genau in der Nacht, in der Leonhard starb. Und der Spion befand sich auf dem Haus, in dem er wohnte. Die Polizei sieht da einen Zusammenhang.«

»Klingt logisch«, meinte Sina nachdenklich. »Auch wenn ich mir beim besten Willen nicht vorstellen kann, was eine Pfeife mit dem Tod von Leonhard zu tun haben soll. Es sei denn …«

»Ja?«

»Wenn sie zu einer Skulptur gehörte, war sie ja vielleicht größer und aus Stein«, grübelte Sina. »Könnte es sich bei der Pfeife um das Mordinstrument handeln?«

»Ich weiß nicht ob sie aus Stein war. Aber wenn die Pfeife die Tatwaffe war, dann hätten sie das mittlerweile bestimmt rausgefunden«, winkte Alexandra ab. »Sie können ja feststellen, was sich in der Wunde für Partikel befinden. Außerdem: Warum sollte jemand auf der Ostalb eine Pfeife klauen, um am Bodensee jemanden damit zu erschlagen? Da hätte er doch jeden x-beliebigen Stein vom Ufer nehmen können.«

Sina zuckte die Achseln. »Stimmt, das klingt nicht sonderlich einleuchtend«, sagte sie. »Meinst du, sie finden es heraus?«

»Keine Ahnung. Irgendwie habe ich das Gefühl, dass sie ein bisschen feststecken. Es ist aber auch vertrackt. Wenn ich da an den letzten Fall denke – da hatte man wesentlich schneller Verdächtige.« Alexandra zog sich ein Kissen unter dem Rücken hervor und schob es unter ihre Beine. »Irgendwie ist mir in letzter Zeit jede Haltung unbequem.«

VIERZIGSTES KAPITEL

Konstanz

»Ich verlange eine Erklärung. Sofort.« Helena stand mit blitzenden Augen, die Hände in die Hüften gestemmt, vor Leonhard, der es sich in ihrem Badezimmer gemütlich gemacht hatte. Ins Wohnzimmer, wo sie sich früher oft aufgehalten hatten, wagte er sich nicht. Zum einen könnte Katharina jeden Moment hereinkommen, und die sollte nun wirklich nicht wissen, dass er gewissermaßen von den Toten wieder auferstanden war, zum anderen konnte ein neugieriger Spaziergänger durch die großen Glasscheiben durchaus sehen, was im Wohnzimmer des Hauses Eichenhaun vor sich ging. Sie mussten vorsichtig sein, das war beiden klar. Deswegen hockte Leonhard nun auf dem Badewannenrand, der zum Glück sehr breit und damit bequem war: Helena verfügte natürlich über einen überdimensionalen Whirlpool, zu dem drei Stufen hinaufführten.

Bittend streckte Leonhard die Hand nach ihr aus. »Setz dich doch erst einmal zu mir. Wir können viel besser über alles reden, wenn wir ruhig sind.«

»Ich will aber nicht ruhig sein«, fauchte Helena. »Mein Leben gerät völlig aus den Fugen. Du verlobst dich mit mir, liegst ein paar Stunden später tot in meinem Tulpenbeet, dann finde ich dich in meinem Keller wieder und nun sitzt du auf meiner Badewanne und verlangst, ich solle ruhig sein.« Ihre Stimme klang schrill und hallte in dem gekachelten Raum wider. »Ich will jetzt sofort eine Erklärung von dir.«

Leonhard begriff, dass es keinen Sinn machte, ihr noch weiter auszuweichen. So gern er ihr die Wahrheit erspart hätte, sie hatte ein Anrecht darauf. »Ich habe einen Doppelgänger«, sagte er schlicht.

»Was!«, keuchend sank Helena auf die Knie. Auch wenn es die logischste und schlüssigste Erklärung war – *darauf* war sie bisher noch nicht gekommen. »Was?« flüsterte sie wieder.

»Mein Doppelgänger ist der Tote im Garten. Nicht ich.«

»Aber was macht *dein* Doppelgänger tot in *meinem* Garten?« Das Gefühl in Helenas Kopf, der Lage nicht mehr Herr zu sein, wurde beinahe übermächtig. Sie spürte ein unangenehmes Kribbeln in ihren Schläfen, es war schwierig, Luft zu bekommen.

Entsetzt starrte sie Leonhard an. »Und woher weiß ich überhaupt, dass *du* es bist? Vielleicht bist du ja auch der Doppelgänger? Vielleicht warst du *von Anfang an* der Doppelgänger? Oh Gott.« Sie verbarg ihr Gesicht in den Händen. »Welches Spiel spielst du da mit mir, Leonhard?«

»Hey.« Er kniete vor ihr nieder und löste ihre Hände sanft von ihrem Gesicht. »Helena, Schatz, ich bin ich. Leonhard. Das schwöre ich dir.« Er zog sie in seine Arme. »Bitte vertrau mir, bitte!«

Sie machte sich los. »Wie soll ich dir vertrauen, Leonhard? Was du von mir forderst, ist übermenschlich.«

»Helena, wir beide sind Opfer eines Spiels, das ein Dritter mit uns spielt. Wenn wir einander verlieren, dann werden wir erst recht zu Opfern. Es gibt nur eins, was wir ihm entgegensetzen können: unsere Liebe. Er darf uns nicht auseinander bringen. Das dürfen wir nicht zulassen.«

Helena schwieg und wanderte mit den Augen über die Äderungen des Marmors, als hoffte sie, in den feinen Linien eine Antwort, einen Weg zu finden. Sie schwieg.

»Helena, bitte«, flehte Leonhard.

Sie hob langsam den Kopf. »Was ist das für ein Spiel, Leonhard? Ich kenne die Spielregeln nicht und ich begebe mich ungern in eine Situation, in der ich mich nicht auskenne.«

Leonhard schüttelte den Kopf. »Es ist kein schönes Spiel, Helena, und ich werde es dir eines Tages von vorn bis hinten erzählen. Momentan kann ich das noch nicht. Ich kann dir nur sagen, dass wir dabei sind, es zu gewinnen.«

»Hast du diesen Mann umgebracht? Deinen Doppelgänger meine ich?«

Leonhard wich entsetzt zurück. »Traust du mir das etwa ernsthaft zu?«

Die Stimmung drehte sich. Mit Leonhards Zurückweichen entstand ein Raum zwischen ihnen, ein kühler, großer, leerer und unfreundlicher Raum, in dem das Misstrauen und die Gekränktheit wohnten. Und Helena konnte spüren, dass sie diesen Raum nicht mochte, ihn kaum ertrug. Doch wenn sie ihn überwinden wollte, war es nun an ihr, einen Schritt auf Leonhard zuzugehen. Aber sie wollte ihm auch nichts vormachen, ihm nicht vorspielen, dass ihr das alles nichts ausmache.

»Ich weiß momentan überhaupt nicht, was ich denken soll und was nicht, Leonhard«, sagte sie langsam. »Und wenn du dir mal vor Augen hältst, was in den letzten Tagen alles geschehen ist, dann kannst du mir das auch nicht wirklich übel nehmen.« Sie streckte die Hand nach ihm aus. »Aber ich will dir mein Vertrauen schenken. Als Beweis meiner Liebe und Zuneigung. Wenn du mir jetzt in die Augen siehst und mir sagst, dass du es nicht warst, dann ... ja, dann glaube ich dir.«

Leonhard zögerte keine Sekunde. Er ergriff die ausgestreckte Hand, blickte Helena fest in die Augen und sagte: »Ich war es nicht. Das schwöre ich bei allem, was mir teuer ist.«

EINUNDVIERZIGSTES KAPITEL

Schwäbisch Gmünd 1970

»Ahhhh, die Hebamme«, lallte Hans Moser und stieß ihr seinen Atem entgegen. Es war eine widerliche Mischung aus Alkohol und Fäulnis. »Hat die Alte schon geworfen?«

Marianne starrte ihn entsetzt an und zog hastig das Moltontuch über das Gesicht des kleinen Jungen auf ihrem Arm. Doch das Baby, von der lauten, dröhnenden Stimme erschrocken, war bereits aufgewacht. Es fing erst an zu winseln und dann begann es jämmerlich zu brüllen.

Marianne schaukelte es hektisch hin- und her, aber es half nichts. Und es war ohnehin zu spät.

Moser schaute zunächst verwirrt drein, dann dämmerte Verstehen in seinen trüben Augen herauf. »Was haben wir denn da?«, fragte er drohend. »Kindesentführung! Geben Sie mir sofort mein Baby zurück.« Er machte einen Satz nach vorn und wollte nach dem Kleinen greifen. Aber Marianne war bereit zu kämpfen wie eine Löwin für ihr Junges. »Finger weg«, sagte sie scharf. »Das ist mein Kind. Ihres ist oben.«

Moser ließ seine Blicke anzüglich über Mariannes gewölbten Leib wandern. »Das können Sie Ihrer Großmutter erzählen. Ich weiß, dass ihr Weiber immer noch eine ziemliche Wampe habt, wenn ihr geworfen habt und dass die Wampe auch bleibt. Aber das hier« er stieß gegen Mariannes Bauch, »das sieht anders aus.«

Marianne machte unwillkürlich einen Schritt zurück und wäre dabei fast über die unterste Treppenstufe gefallen.

»Ich sage es Ihnen zum letzten Mal. Geben Sie mir mein Kind zurück, sonst schlage ich Sie Grün und Blau. Und ich will jeden Monat 'nen Hunni von Ihnen haben. Sonst melde ich das mit der Kindesentführung. Dann sind Sie Ihren Job los.«

Mariannes Angst war inzwischen einer unbändigen Wut gewichen. Wut auf diesen Mann, der sein Geld versoff, statt sich um seine Kinder und seine Frau zu kümmern. Und der ihr jetzt *ihren* Sohn nehmen wollte. Obwohl die Wut ihr beinahe den Verstand vernebelte, war ihr klar, dass man diesen Mann mit Geld genau dahin bringen konnte, wo sie ihn haben wollte. Selbstbewusst nahm sie den kleinen Jungen aufrecht und legte ihn mit dem Gesichtchen an ihre Halsbeuge, wo er sich vertrauensvoll eingrub und sofort wieder einschlief. Um ihn vor den gierigen Blicken seines Vaters zu schützen, zog sie ihm das Moltontuch über den Kopf.

»Jetzt hören Sie mir mal genau zu«, sagte sie scharf. »Ich

kann Ihnen wesentlich mehr Ärger machen als Sie mir. Ein Anruf beim Jugendamt genügt und Sie sind alle Ihre Kinder los. Wegen sträflicher Vernachlässigung und damit einhergehender Kindswohlgefährdung. Und das Geld vom Staat, von dem Sie so bequem leben, das können Sie sich dann auch abschminken.«

Moser wurde blass. »Das wagst du nicht, du … du«, erboste er sich.

»Das wage ich sehr wohl«, sagte Marianne kühl. »Es sei denn, wir werden uns einig. »Sie halten Ihren Mund und überlassen mir dieses Kind. Es ist ein Zwilling. Ihre Frau wird es nicht merken, sie war bei der Geburt des zweiten Kindes quasi bewusstlos. Und ich lasse Ihnen jeden Monat nicht nur einen Hunni, sondern sogar das Doppelte zukommen. Solange Sie schweigen. Ein Wort und alles fliegt auf und der Geldfluss versiegt. Sofort. Verstanden?«

Während Marianne sprach, bat sie die anderen sechs Kinder der Familie Moser, die sie nun im Stich ließ, im Stillen um Verzeihung. Sie fand, dass es eigentlich ihre Pflicht wäre, sie aus ihrem Elend zu befreien und tatsächlich dem Jugendamt einen Hinweis zu geben. Aber das würde bedeuten, dass sie ihren Kleinen wieder hergeben musste. Und das würde sie nicht übers Herz bringen. Sie würde es einfach nicht schaffen, den Jungen, der schon so viel Zutrauen zu ihr gefasst hatte, diesem groben, volltrunkenen Mann in die Hände zu drücken. An der Reaktion des Babys merkte man, dass es schreckliche Angst vor ihm hatte. Marianne versuchte ihr Gewissen gegenüber seinen Geschwistern damit zu beruhigen, dass es viele Kinder gab, die in derartigen Verhältnissen aufwuchsen. Und dass denen auch niemand half.

Moser glotzte sie an. »Einverstanden. Aber ich will 300 jeden Monat.«

»250«, sagte Marianne. »Und keinen Pfennig mehr.« Sie wusste, wenn sie jetzt nachgäbe, würde er mit immer neuen Forderungen kommen. Sie würde nie Ruhe finden. Vorbeugend sagte sie: »Und wenn Sie versuchen sollten, mehr Geld von mir zu erpressen oder in irgendeiner Weise mit mir in Kontakt zu treten, gebe ich dem Jugendamt Bescheid.«

»Ist ja gut«, brummte der Mann, der zu spüren schien, dass er ihrem scharfen Verstand nichts entgegensetzen konnte – schon gar nicht in seinem trunkenen Zustand.

»Und wie komme ich an die Kohle?«

Mit der freien Hand kramte Marianne in ihrer Tasche nach ihrem Geldbeutel. Zum zweiten Mal an diesem Abend. Zum Glück war sie am Morgen noch bei der Bank gewesen und hatte 300 Mark geholt. Sie zog die Scheine heraus und drückte sie dem Mann in die Hand. »Hier. Das ist die erste Rate. Ich überlege mir, wie ich Ihnen die weiteren Raten unauffällig zukommen lassen kann. Sie hören von mir.«

»Aber wenn nichts kommt, dann …«

»Hören Sie auf, mir zu drohen«, sagte Marianne kühl. »Sie werden Ihr Geld bekommen. Und jetzt lassen Sie mich durch.«

»Darf ich ihn noch mal sehen?«, fragte Moser und er klang auf einmal menschlich, fast schüchtern. Vielleicht ist er doch nicht von Grund verdorben, dachte Marianne. Sie hoffte es für die anderen Kinder. Für die, die sie nicht retten konnte. Aber sie sagte: »Nein. Schauen Sie sich die Kinder an, die oben in Ihrer Wohnung warten. Sechs Stück. Sie brauchen ihren Papa dringend. Und zwar einen lieben Papa.«

Damit schob sie sich an dem beleibten Mann vorbei und trat mit *ihrem* Sohn aus dem Haus.

In dem anbrechenden Märzmorgen ging sie mit dem Kleinen zu ihrem Auto, schloss die Tür auf, legte ihn vorsichtig auf den Beifahrersitz und stabilisierte ihn mit ihrer Hebammentasche. Vorsichtig fuhr sie los, nach Hause.

Ihr Leben hatte begonnen.

ZWEIUNDVIERZIGSTES KAPITEL

Aalen

»Ich habe mich krankgemeldet«, setzte die alte Frau ihren tränenreichen Bericht fort. »Ich habe gesagt, es sei ein hoch ansteckender Brechdurchfall und dass auf keinen Fall jemand kommen solle, denn dann könnten die Kolleginnen auch krank werden und dann hätten sie mich nicht vertreten können.«

»Und das hat man Ihnen einfach so geglaubt?«, fragte Monja erstaunt. Wie ihre beiden männlichen Kollegen war sie regelrecht benommen von Marianne Bux' umfassendem Geständnis und der Tragik, die sich dahinter verbarg.

»Einfach war es nicht«, widersprach Marianne. »Meine Kolleginnen wollten unbedingt kommen und nach mir sehen. Aber ich habe dann erklärt, dass es mir gar nicht so furchtbar schlecht geht und ich nur Angst habe, die Patientinnen und die Babys anzustecken. Und dass die Gefahr, dass die Kleinen angesteckt werden auch bestehe, wenn jemand nach mir schaut und den Virus weiterträgt.«

»Und dann? Sie waren ja noch schwanger?«, hakte Ole nach.

»Ich habe die Geburt eingeleitet – ich wusste ja, wie es geht«, antwortete Marianne leise. »Ich weiß auch, wie lange es ungefähr dauert, bis die Wehen wirklich kommen. Ich habe das so getimt, dass es nachts losging. Der kleine Leonhard schlief zum Glück vom ersten Tag an von 18 Uhr bis sechs Uhr morgens durch.«

»Sie haben sich selbst entbunden?«, flüsterte Monja entsetzt.

»Ich weiß doch, wie es geht«, wiederholte Marianne. »Ich wusste, was ich in welcher Situation tun muss und ich wusste auch, dass das Baby richtig lag und nicht allzu groß war.«

»Aber was haben Sie den anderen gesagt? Ihre Kolleginnen wollten den Kleinen doch sicher sehen und waren in der Lage, ein Frühgeborenes von einem ausgereiften Baby zu unterscheiden«, meinte Ole.

»Es war ja ein Zwilling. Und Zwillinge sind kleiner«, erklärte Marianne.

»Aber ein sechs Wochen zu früh geborenes Baby muss doch in den Brutkasten! Ins Krankenhaus«, mischte sich Geissler ins Gespräch. »Hat da niemand nachgefragt?«

»Doch schon, aber der kleine Leonhard war ja gesund, das haben alle gesehen und man wusste ja auch, dass ich vom Fach bin«, lächelte Marianne Bux. »Da wurden wenig Fragen gestellt. Aber es hätte natürlich auch anders ausgehen können. Das Glück war auf meiner Seite.«

»Aber«, fragte Monja stirnrunzelnd »Ihre Kolleginnen müssen das doch bemerkt haben. Diejenige, die statt Ihrer zur Familie Moser ging, muss doch gesehen haben, dass Ihr Sohn und der Sohn der Mosers sich gleichen wie ein Ei dem anderen.«

»Auch hier hatte ich Glück«, erklärte Marianne. »Die Frau, die die Betreuung von Cordula und Valentin Moser übernahm, war neu, eine ganz junge Kollegin, die gerade ihre Ausbildung abgeschlossen hatte. Wir haben uns nie gesehen, nur ein, zwei Mal miteinander telefoniert.«

Schweigen breitete sich aus, an dem Tisch mit der Plastikdecke. Marianne, das sah man ihrem Gesicht an, war mit ihren Gedanken tief in der Vergangenheit und auch Monja, Ole und Kommissar Geissler dachten an die junge Frau, die ganz allein in den Wehen lag und ihr totes Kind gebar, während ein lebendes Baby, ein entführtes Baby, neben ihr lag.

»Es dauerte nur vier Stunden und es war schrecklich«, setzte Marianne ihre Schilderung fort. »Als ich das kleine, leblose Wesen in den Armen hielt, da habe ich mich so leer gefühlt, so entsetzlich leer.«

Tränen lösten sich aus ihrem rechten Augenwinkel und fielen mit einem leisen Plopp auf die Plastiktischdecke. Wie Regentropfen auf einen Regenschirm, dachte Ole flüchtig.

Monja legte ihre Hand auf die der alten Frau. »Es war ein kleiner Junge, wie ich es geahnt habe«, sagte Marianne und immer mehr Tränen flossen über die faltigen Wangen herab. »Er war so wunderschön, so perfekt. So wächsern. So leblos. Ich hätte diesen Moment nicht überlebt, wenn da nicht der kleine Leonhard gewesen wäre.«

Schwäbisch Gmünd, 1970

Ihr Nachthemd war blutdurchtränkt, als Marianne in den Garten trat. Es war der Morgen nach der Geburt. Eine Nacht lang hatte sie zwischen den Babys geschlafen. Ihren beiden Kindern. Dem lebenden und dem toten. Die Nacht war wichtig für sie gewesen. Sie wusste, wenn sie jemandem davon erzählen würde, würde man sie für verrückt halten. Aber sie hatte ihren Frieden gefunden, in jenen Stunden.

Als der Morgen dämmerte, nahm sie ein Kind auf jeden Arm und trat durch die Terrassentür hinaus in den Garten. Sie war barfuß und der Rasen taunass unter ihren Sohlen. Es war ein eigentümliches, fast schlafwandlerisches Gefühl.

Der Morgen war kühl und sie hatte die Babys warm eingepackt. Auch dasjenige, das bereits tot war. Irgendwie wollte sie seinen zarten, wächsernen Körper vor der Kälte des Märzmorgens schützen, die sich klauenartig um das kleine Wesen legte.

Sie bettete die Babys auf einer dicken Picknickdecke auf den Boden und deckte sie zu. Unter dem Apfelbaum grub sie ein tiefes Loch. Den Spaten musste sie aus dem Schuppen holen, die Arbeit war anstrengend, schweißtreibend und dauerte länger als erwartet. Ihr Damm, der durch die Geburt in Mitleidenschaft gezogen worden war, schmerzte, manchmal verschob sich der Spaten vor ihren Augen und es wurde ein wenig dunkel. Dann musste sie, schwer auf das Werkzeug gestützt, für kurze Zeit innehalten und Atem schöpfen.

Schließlich war das Loch groß genug, um den kleinen Babykörper fassen zu können. Doch es war so dunkel und so kalt. So unfassbar kalt. Niemals würde sie es über sich bringen, das Kleine dort hineinzulegen. Wild entschlossen grub sie weiter, bis das Loch eine perfekte Herzform hatte. Wie gern hätte sie ihr Kindlein auf Rosen gebettet. Doch sie konnte keine Blumen kaufen gehen, sie konnte nicht aus dem Haus. Sie müsste das lebende Baby mitnehmen und das tote hier allein zurücklassen. Das brächte sie nicht übers Herz. Sie nahm die beiden Babys wieder auf ihre Arme und ging mit ihnen ins Haus zurück. Behutsam legte sie die kleinen Jungen auf das Sofa und öffnete die Luke zum Dachboden. Dort oben, in der großen Truhe, musste noch die Kiste mit den Relikten ihrer Hochzeit sein. Darunter auch ihr Brautstrauß, ein Gewinde aus roten Rosen.

Es war staubig auf dem Dachboden und sie musste niesen, als sie die Luke öffnete, die Leiter herabzog und nach oben stieg. Die Kiste klemmte ein wenig, aber nach einigem Rütteln gab der Deckel ächzend nach. Die Schachtel mit den Hochzeitserinnerungen befand sich ganz oben und sie war mit roséfarbenem Satin bezogen. Sachte strich Marianne darüber, dann öffnete sie den Deckel. Ganz zuoberst lag ihr Brautkleid. Ein Traum aus weicher, weißer Seide. Darunter der Brautstrauß. Die Rosen waren vergilbt, teilweise ein wenig abgebröckelt, aber noch gut in Form. Marianne hob beides, Kleid und Blumen, heraus und schloss den Deckel wieder. Langsam stieg sie die knarrenden Leiterstufen nach unten. Mit geübtem Griff nahm sie die beiden kleinen Jungen wieder auf den Arm, ging mit ihnen hinaus in den Garten und bettete sie auf die Picknickdecke, die neben dem Erdloch in Herzform lag. Sie legte ihr Brautkleid hinein, sodass es die braune Erde vollkommen bedeckte und sich zusätzlich ein kleines Kissen bildete, dort, wo das Köpfchen liegen würde. Ganz vorsichtig hob sie das leblose Baby von der Decke und legte es unendlich behutsam auf ihr Brautkleid.

Die Tränen, die jetzt haltlos rannen, benetzten das kleine Gesichtchen. Marianne legte sich flach auf den Bauch und küsste die zarten Fingerchen, den winzigen Mund, die Wangen, das Näschen, die geschlossenen Augen und die Stirn. »Adieu, mein kleiner Engel«, flüsterte sie.

Alles in ihr sträubte sich dagegen, den Stoff ihres Brautkleides über das Gesichtchen zu ziehen. Am liebsten wäre sie für immer hier liegen geblieben und hätte die kleinen Händchen geküsst. So lange, bis der Herrgott auch sie zu sich nahm, sie nach Hause holte und sie im Tod mit ihrem kleinen Jungen vereinte.

Doch da war das andere Baby, der kleine Leonhard, und für ihn musste sie leben. Und die Seele des verstorbenen Jungen, da war sie sich sicher, war auf Leonhard übergegangen. In ihm lebte er weiter. Und die Seele war das, worauf es ankam.

Sanft zog sie das Brautkleid über das kleine Menschenkind. Dann begann sie, die Rosen aus ihrem Brautstrauß zu ziehen und sie einzeln auf den winzigen Körper zu legen. Eine neben der anderen, bis der ganze Stoff bedeckt war. Sie ertrug es nur schwer, schließlich die aufgehäufte Erde in das Grab zu schaufeln. Sie versuchte sich zu retten, indem sie sich sagte, dass die Erde etwas Gutes sei, etwas Warmes, Hüllendes und nichts Hartes und Kaltes. Dass auch die Erde eine Mutter sei, die das kleine Wesen nun in ihren Schoß aufnähme. Und dass es von seinem Vater, dem Himmel, gut behütet wäre, wenn tags die Sonne auf es schien und nachts die Sterne über ihm leuchteten. Sie würde später einen Rosenstock auf dem Grab pflanzen, nahm Marianne sich vor. Mit den gleichen Blumen, die auch den Körper ihres kleinen Jungen bedeckten.

Mit den Händen hatte sie die Erde zurück auf das Grab geschaufelt. Sie waren dreckig, unter den Nägeln klebte der feuchte, nasse Torf. Man konnte die Stelle, die sie aufgegraben hatte, noch gut erkennen. Ich muss den Rosenstock pflanzen, bevor Markus von seiner Geschäftsreise zurückkommt, dachte sie. Zum Glück ist er noch eine Woche lang unterwegs.

In diesem Moment begann Leonhard, klagende Tönchen von sich zu geben. »Ja, mein Kleiner. Mami kommt«, flüsterte Marianne. Sie kniete vor dem nun geschlossenen Erdherz nieder und legte ihre Lippen auf die kühle Erde. Leicht erhob sie sich, faltete die Hände und betete: »Vater Unser, der Du bist im Himmel. Geheiligt werde Dein Name …«

Als sie geendet hatte, küsste sie noch einmal den Boden, drückte auch ihre Stirn gegen die kalte Märzerde und stand dann auf. Sie ging zu dem kleinen Leonhard, um ihn auf den Arm zu nehmen und ihm ihr Leben zu widmen.

Aalen

»Und jetzt ist auch er tot«, schluchzte Marianne. »Jetzt ist auch er gegangen.«

»Nein«, widersprach Monja, die ihren Arm um die alte Frau gelegt hatte und ihr unbeholfen über den Rücken streichelte. »Wir wissen das nicht sicher. Es kann ebenso gut sein, dass es sich um den Zwilling handelt.«

Marianne hob den Blick. Hoffnung, brennende Hoffnung und das Flehen um Gewissheit standen in ihm. »Ja?«, fragte sie. »Sind Sie sicher?« Ein Bild schoss vor ihr inneres Auge. Das letzte Bild des kleinen Zwillingsjungen in den Armen seiner Mutter. Den sie einem wahrscheinlich unschönen Schicksal überlassen hatte. Wie alle seine Geschwister. Sie bereute nicht, was sie getan hatte. Sie war überzeugt, Leonhard ein sehr viel glücklicheres Leben beschert zu haben, als seine leiblichen Eltern das getan hätten. Aber dass sie dafür den Preis hatte zahlen müssen, den sechs anderen Kindern nicht helfen zu können, das tat ihr immer noch entsetzlich weh.

»Sind Sie sicher?«, fragte sie noch einmal.

»Nein«, erwiderte Ole. »Natürlich nicht. Leider.«

»Ja, aber konnten Sie das denn nicht anhand der Fingerabdrücke …?«

»Nein, die Hände waren …«, setzte Geissler an.

Monja fiel ihm ins Wort. »Das war uns aus technischen Gründen nicht möglich.« Sie warf Geissler einen scharfen Blick zu.

»Das Merkwürdige ist, dass die Pfeife des Aalener Spions in jener Nacht verschwand, als Leonhard oder sein Bruder starben«, erläuterte Geissler eine Spur zu eifrig, als wolle er sein unsensibles Verhalten wiedergutmachen. »Wissen Sie, ob er einen Schlüssel zum Spionenturm besaß? Nur von innen dürfte man an die Pfeife gekommen sein.«

»Ja«, flüsterte Marianne. »Ja, er hatte einen Schlüssel. Ich weiß das, weil er mir einmal angeboten hat, mich dort mit hinauf zu nehmen. Aber ich wollte nie. Mir war das irgendwie unheimlich. Die Treppen sind sehr steil dort oben. Stattdessen sind wir dann im Café Schieber einen dieser leckeren Kuchen essen gegangen. Ein glückliches Lächeln malte sich in der Erinnerung an jenen, sicher unbeschwerten, Nachmittag in ihr sonst so kummervoll dreinblickendes, faltenreiches Gesicht.

»Können Sie sich irgendeinen Grund vorstellen, warum Leonhard dem Aalener Spion die Pfeife aus dem Mund nehmen sollte?«, fragte Ole.

Marianne überlegte. »Nein«, antwortete sie dann. »Nein, da fällt mir wirklich nichts ein.«

»Die … hmmm … sterblichen Überreste Ihres … hmmm … Sohnes oder dessen … hmmm … Bruders«, Geissler kam angesichts der verworrenen Verwandtschaftsverhältnisse augenscheinlich ins Schwimmen und begann zu stottern. »Die Leiche ist noch nicht beerdigt«, sagte er schließlich, nachdem er tief Luft geholt hatte. Es war ihm umso peinlicher, jetzt danach zu fragen, weil er Marianne Bux doch erst kürzlich den Wunsch, ihren Sohn in der Pathologie zu besuchen, abgeschlagen hatte. »Wäre es Ihnen möglich … Ich meine, gibt es etwas, woran Sie Ihren Sohn eindeutig erkennen können?«

»Er hat ein ziemlich großes, erhabenes Muttermal auf der linken Hüfte«, sagte Marianne sofort. »Aber ich weiß nicht, ob sein Bruder … Es ging alles so schnell damals. Ich kann nicht sagen, ob sein Bruder auch eines hat.«

»Hm«, meinte Ole. »Wir werden das überprüfen. Wenn der Verstorbene kein Muttermal hat, wären wir auf jeden Fall einen Schritt weiter.«

Monja mischte sich ins Gespräch. »Frau Bux, ich hoffe, dass ich jetzt nicht all Ihre Hoffnungen zerstöre, aber ich muss Sie darauf hinweisen. Der Bruder Ihres Sohnes gilt seit sieben Jahren als tot. Er ist bei einem Segeltörn ums Leben gekommen. Die Leiche wurde allerdings nie gefunden.«

Marianne keuchte entsetzt auf. »Dann handelt es sich bei der Leiche, die Sie jetzt am Bodensee gefunden haben, doch um meinen Leonhard«, schlussfolgerte sie und wieder schossen ihr die Tränen in die Augen.

»Das ist nicht gesagt, Frau Bux«, beruhigte Ole. »Wie meine Kollegin schon anmerkte – Valentin Mosers Leiche wurde nie gefunden. Wir halten es durchaus für möglich, dass *beide* Brüder noch leben – oder lebten, bis sich der Mord vom Bodensee ereignete. Die andere Möglichkeit …«, er zögerte, »… die andere Möglichkeit ist leider, dass es sich bei der Leiche von *damals* um Leonhard handelte und sein Bruder seine Identität angenommen hat.«

Marianne Bux war zu verwirrt, um zu weinen. Die Hoffnungen, das Zerbersten derselben und ihr Geständnis nach dem jahrelangen Schweigen, das war zu viel für die alte Dame gewesen.

»Ihr Sohn ist vor sieben Jahren nach längerer Zeit plötzlich nach Aalen zurückgekehrt. Das war kurz nach dem Segelunglück. Gab es dafür einen bestimmten Grund? Und was hat er vorher gemacht?«, wollte Geissler wissen.

»Es gab eigentlich keinen wirklichen Grund«, antwortete Marianne. »Mein Mann und ich haben das Haus in Schwäbisch Gmünd schnell nach seiner Geburt verkauft und sind nach Aalen gezogen. Auch wenn es mir schwerfiel, mich von dem kleinen Grab zu trennen, die Gefahr, dass die Jungs sich begegnen würden, wenn sie in der gleichen Stadt leben, war mir zu groß. Also wurde Aalen Leonhards Lebensmittelpunkt. Er ging nur fort, um zu studieren. Als er mit dem Studium fertig war, ist er eine Weile durch die Welt gereist und hat verschiedene Ausstellungen gehabt. Und als er vor sieben Jahren zurückkehrte – er wollte nun heimisch werden, hat er gesagt.«

»Und war er irgendwie verändert? Kam er Ihnen anders vor als in den Jahren zuvor? Haben Sie etwas bemerkt?«, bohrte Geissler.

Die alte Frau schloss die Augen und man sah ihr ihre endlose Erschöpfung an. Sie dachte angestrengt nach. »Eigentlich nicht«, sagte sie dann leise, hielt die Augen aber immer noch geschlossen, als könne sie so besser nach innen lauschen und die Bilder und Stimmungen abrufen, die sie dort auf immer gespeichert hatte. Mit jener unauslöschlichen Endgültigkeit, mit der man letzte Bilder festhält und vielleicht auch verklärt. »Wenn überhaupt, dann war er noch aufmerksamer als zuvor. Er hat viel mit mir unternommen.«

»Erinnern Sie sich an irgendeinen Moment, an dem er etwas nicht wusste, was er hätte wissen müssen? Einen Menschen, den er hätte kennen müssen, an dem er aber achtlos vorbeiging? Eine Vorliebe, die er plötzlich für Dinge entwickelte, gegen die er früher eine tiefe Abneigung gehabt hatte?«

Marianne Bux öffnete die Augen wieder und sagte: »Er mochte plötzlich Apfelkuchen. Mit Rosinen.«

DREIUNDVIERZIGSTES KAPITEL

Konstanz

Helena schreckte hoch, als die Haustüre ging. »Kann man denn hier nie seine Ruhe haben«, schimpfte sie und zog sich ihren seidenen Morgenmantel über. »Versteck dich im Schrank«, wies sie Leonhard, der entspannt auf dem Bett lag, an. Der Aussprache war eine ausgiebige Versöhnung gefolgt und Helena hatte sich selten zuvor so glücklich und entspannt gefühlt. Die Entspannung wich nun aber in Sekundenschnelle heller Panik. Man durfte Leonhard nicht finden.

Ihr Liebster jedoch blieb völlig gelassen und machte keinerlei Anstalten, sich zu rühren. »Mach schon«, herrschte Helena ihn an. »Du bist schließlich tot.«

»Dafür fühle ich mich aber noch ganz schön lebendig«, grinste Leonhard und ließ seine Blicke anzüglich über Helenas schlanken Körper wandern.

»In den Schrank. Sofort.«

»Ist ja gut!« Leonhard kroch unter dem weißen Laken hervor und kletterte nackt, wie Gott ihn geschaffen hatte, in Helenas Damenschrank, wo er es sich zwischen ihren Hosenanzügen und Kostümen gemütlich machte.

»Hättest du mich nicht wenigstens in deinen Dessousschrank verbannen können? Das wäre sehr viel spannender gewesen«, brummte er.

»Still jetzt«, befahl Helena mit einem Kichern in der Stimme, das weder zu ihrem kühlen Typ noch zu der angespannten Situation passen wollte.

Sie staunte selbst darüber, dass sie wieder kichern, lachen, fröhlich sein konnte. Fast schien ihr das unschicklich, so kurz nach Pahlkes Tod. Sie verstand auch nicht, dass sie in einem Moment so fröhlich und im nächsten so abgrundtief traurig sein konnte. Sie, die jahrelang in einem grauen Stimmungsbrei verharrt hatte, kam plötzlich wieder mit Emotionen in Berührung, die sie seit ihrer Kindheit tief in sich verschlossen hatte.

»Mama?« Es war Katharina, die da rief. Helena verdrehte die Augen. Auf ihre Tochter hatte sie jetzt wirklich so gar keine Lust. Daran hatte sich nichts geändert.

»Ich komme.« Sie zog den Gürtel ihres Morgenmantels enger und eilte die Marmorstufen hinab ins Erdgeschoss.

Katharina stand in einem wallenden, geblümten und bodenlangen Sommerkleid vor ihr. Wie schön sie ist, dachte Helena plötzlich.

»Ich wollte mal nach dir sehen. Ich habe dein Auto stehen sehen und mich gewundert, dass du nicht in der Firma bist«, erklärte Katharina und streckte die Hand nach ihrer Mutter aus. Als Helena keine Anstalten machte sie zu nehmen, ließ sie sie hilflos wieder sinken. Und in Helena ging etwas vor sich, was noch kurz zuvor undenkbar gewesen wäre. Sie nahm wahr, wie sie auf ihre Tochter wirkte, meinte sogar den Schmerz zu spüren, den sie, Helena, durch ihre abweisende Art in Katharina hervorgerufen hatte. Und auf einmal tat es ihr leid. Tat *sie* ihr leid. Ob es daran lag, dass sie, Helena, geliebt wurde? So unendlich geliebt wurde, dass sie nun mehr Liebe zur Verfügung hatte? Sicher, ihre Kinder hatten sie auch immer geliebt, aber die Liebe eines Mannes, *dieses* Mannes war etwas anderes. Fast schon hatte sie eine therapeutische Wirkung und zur Folge, dass in der Frau Helena die Wunden des kleinen Mädchens Helena langsam wieder zu heilen begannen. Und nur deshalb konnte Liebe wachsen.

Sie streckte die Hand aus und berührte staunend Katharinas Wange. Ihre Haut fühlte sich glatt, kühl und fremd an. Habe ich sie jemals zuvor an der Wange berührt?, fragte sich Helena und auf einmal – es war wieder eine dieser heftigen Stimmungsschwankungen – spürte sie eine tiefe Trauer in sich aufsteigen. Sie trauerte um all die verlorenen Jahre mit ihren Kindern, sie trauerte um die verpassten Gelegenheiten, die nicht geschenkte Liebe, die, das wusste sie mit tragischer Gewissheit, nie wieder aufgeholt werden konnte.

Katharina stand wie erstarrt und es schien Helena beinahe, als halte sie den Atem an. Ihre Tochter war augenscheinlich vor ihrer Berührung erschrocken. So wie auch sie, Helena, einst Angst vor der Berührung ihres Vaters gehabt hatte. Ich habe meine Kinder misshandelt, dachte sie, und das Entsetzen über diese Erkenntnis raubte ihr beinahe den Atem. Ich habe sie in gewisser Weise ebenso misshandelt wie mein Vater mich. Aus lauter Angst vor diesem Zuviel an Liebe, das mein Vater mir schenkte, habe ich ihnen zu wenig gegeben. Viel zu wenig. Das ist fast genauso schrecklich.. Was habe ich nur getan? Wie konnte ich zulassen, dass mein Vater selbst noch über meine Kinder herrscht? Dass er uns allen Gewalt antut? Ich wollte sie doch immer nur schützen.

Wie ihre Tochter zuvor ließ nun auch Helena ihre Hand hilflos fallen. Unverwandt starrten sich die beiden Frauen in die Augen. Auf dem See schrie eine Möwe. Staub tanzte in dem Lichtstrahl, der durch das Dachfenster fiel. Das Geräusch von Katharinas Atem klang unnatürlich laut.

Helena entzog sich als Erste dem Bann. Trotz aller Erkenntnis – das hier war zu viel und zu nah. Das konnte sie nicht. Sie musste Abstand gewinnen. Sie war es nicht gewohnt und sie war nicht imstande, die Kluft, die sie all die Jahre über kontinuierlich zwischen sich und ihre Kinder gehauen hatte – speziell zwischen sich und Katharina – einfach so zu überbrücken. Sie musste langsam an der Brücke bauen, sonst würde sie stürzen, fallen, ganz tief. Ein Spruch, den sie einmal irgendwo gelesen hatte, kam ihr in den Sinn. Sie brachte ihn nicht mehr ganz zusammen sondern wusste nur noch, dass es um eine Brücke ging, die sich zwischen zwei Ewigkeiten spannte und die ständig die Gefahr des Abstürzens barg. Es liegen Welten zwischen meiner eigenen, einsamen Ewigkeit und der meiner Kinder, dachte Helena. Aber ich will versuchen, diese Welten zu durchqueren.

»Es ist lieb, dass du gekommen bist«, sagte sie und es klang ein wenig hilflos. »Möchtest du etwas trinken?« Wie albern, dachte sie. Ich habe ihr noch nie etwas zu trinken angeboten. Sie ist doch hier zu Hause.

Katharina schien auch sehr irritiert zu sein. »Gern«, sagte sie. »Aber das kann ich doch machen, Mutter.«

»Nein, nein, ich mache das schon. Geh du ins Wohnzimmer und mach es dir bequem«, widersprach Helena und hastete in die große Designerküche. Ihre nackten Füße tapsten unnatürlich laut über den Steinfußboden.

In der Küche stützte sie sich keuchend auf der Arbeitsplatte ab. Was da auf sie einprasselte, war ein Wirbel an Gefühlen, Emotionen und Schuldeingeständnissen. Sie sehnte sich danach zu weinen. Den Kopf auf die kühle Platte zu legen und all ihren Schmerz, ihren Kummer, ihre Schuld aus sich heraustropfen, ach was, herausfluten zu lassen. So wie sie nach Pahlkes Tod hatte weinen können. Aber die Tränen wollten nicht kommen. Und eigentlich war sie froh darüber, sie wollte nicht, dass Katharina Zeuge davon wurde, wie sie die Fassung verlor. Doch es hätte gutgetan, weinen zu können. Alle waren, das hatte sie gemerkt, sehr irritiert darüber gewesen, dass sie bei Pahlkes Tod geweint hatte und bei dem ihres Liebhabers nicht. Sie verstanden einfach nicht, dass es einen Schmerz gab, der so heftig war und so tief saß, dass da keine erlösenden Tränen waren, die ihn lindern konnten. Dieser Schmerz war der Bruder des namenlosen Entsetzens, das sich wie ein eisiges Band mit dicken Dornen um den Bauch legte, in den Magen grub, überallhin vordrang. Erbarmungslos und gnadenlos. Es war ein Schmerz, vor dem man nicht fliehen konnte. Nirgendwohin.

Und es war derselbe Schmerz, den sie auch empfunden hatte, als sie ein kleines Mädchen und nirgends sicher vor *ihm* gewesen war. Auch damals hatte es keinen Schutzraum gegeben und der Schmerz hatte alles in ihr eingenommen. Sie hatte gedacht, dass die Dornen, die dicken, stählernen Dornen, die sich in die zarte Kinderseele bohrten, alles zerstört hatten. Jetzt merkte sie, dass es noch viel gab, was lebendig war. Und was es verdiente, gehegt und gepflegt zu werden. Damit es wachsen, groß werden und sich ausbreiten konnte.

Sie holte erneut tief Luft, öffnete die Vitrine und platzierte zwei Wassergläser auf einem Tablett. Dann stellte sie einen großen Krug mit Wasser dazu und ging ins Wohnzimmer. Zu ihrer Tochter. Die so schön war. Warum hatte sie das nur nie gesehen?

VIERUNDVIERZIGSTES KAPITEL

Schwäbisch Gmünd

Der üble Geruch schlug ihnen bereits im Treppenhaus entgegen.

»Es ist schon komisch, wie sich manche Dinge ständig wiederholen«, schnaufte Monja. »Ich kann gar nicht mehr zählen, wie oft ich schon in Treppenhäusern gewesen bin, in denen es so gerochen hat. Ich weiß genau, was für eine Sorte Mensch uns gleich die Tür öffnen wird.«

»Sie verbauen Ihren Blick mit Vorurteilen, Frau Kollegin«, tadelte Ole scherzhaft. Aber im Stillen musste er Monja recht geben. Das hier roch nach Klischee. Klischees bargen seiner Meinung nach die große Gefahr, Besonderheiten zu übersehen, denn auch wenn Menschen in Klischees feststeckten, waren sie doch Individuen, jeder handelte anders und oftmals auch überraschend. Aber in all den Jahren, in denen er seinen Beruf nun schon ausübte, hatte er gelernt, dass vielen Klischees eine tiefe Wahrheit innewohnte. Nur so, nur durch eine ständige Wiederholung hatten sie überhaupt zu Klischees werden können.

Der Verdacht der Polizisten bestätigte sich, als Hans Moser die Tür öffnete und ihnen ein Schwall schlechter Luft aus der Wohnung entgegenquoll. Moser trug ein Unterhemd, das voller gelber Flecken undefinierbarer Herkunft war und Ole fragte sich, ob es dasselbe war, das er bei der Geburt der Zwillinge getragen hatte. Das Unterhemd spannte über dem Bierbauch und es war zu kurz: Unten, über dem Bund der vor Dreck starrenden, unförmigen Jeans, schaute ein Stück behaarte Haut heraus. Ole schüttelte sich unwillkürlich.

Die Augen des Mannes waren blutunterlaufen und seltsam glubschig, sein schwarzes Haar schütter und in dem verzweifelten Versuch, jünger zu wirken, hatte er die sehr dünnen und sehr wenigen Haarsträhnen, die ihm noch geblieben waren, über die Glatze gekämmt. Es wunderte Ole, dass der Mann, der der Kleidung nach zu schließen so gar nichts auf sein äußeres Erscheinungsbild gab, sich die Mühe machte, die Haare über seine Glatze zu kämmen.

»Ja?«, brummte Moser schlecht gelaunt.

»Polizei.« Ole zog seinen Dienstausweis hervor. »Dürfen wir reinkommen?«

»Ich habe nichts angestellt und die Jungs auch nicht«, sagte der Mann in wehleidig-quengeligem, aber seltsam bestimmtem Tonfall.

»Darum geht es auch nicht«, erklärte Ole. »Würden Sie uns hereinlassen oder möchten Sie uns mit aufs Revier begleiten?«

Moser kniff die Augen leicht zusammen. »Worum geht es dann?«

»Um Ihren Sohn Valentin. Und um seinen Bruder. Um die Zwillinge.«

Ole sah sein Gegenüber aufmerksam an. Er hätte es kaum für möglich gehalten, dass der fahle Mann noch blasser werden konnte. Das Fahle wirkte jetzt grünlich und erinnerte Ole an eine dünne Schimmelschicht auf der Oberfläche eines weißen Joghurts. Hastig warf der Mann einen Blick über die Schulter, wo eine nörgelnde Frauenstimme nach ihm rief. »Meine Frau. Sie darf nichts davon erfahren, verstehen Sie? Valentins Tod hat ihr das Herz gebrochen. Und von dem Zwilling weiß sie nichts.«

Wieder wunderte sich Ole. Nach den Schilderungen von Marianne Bux, nach Hans Mosers Vorstrafenregister und dem seiner Kinder, die, bis auf eine Tochter, alle wegen Delikten wie Raub, Diebstahl, Dealerei oder Körperverletzung aktenkundig waren, hätte er nicht gedacht, dass dieser Mann sich um das Wohlbefinden seiner Frau sorgte. Doch irgendwie passte das auch wieder – zu den dünnen Haaren, die über die Glatze gekämmt waren. Und wer weiß – es war fast 40 Jahre her, seit Marianne Bux diesen Mann das letzte

Mal persönlich gesehen hatte. Und das war auch nur eine Momentaufnahme gewesen.

»Ich muss kurz weg«, rief Moser in den Flur. Der Ton war liebevoll und sanft. Er ignorierte die Jammertirade, die seinen Worten folgte, schnappte sich einen Pullover, der an der Garderobe hing, steckte seinen Schlüssel in die Tasche und zog die Tür hinter sich zu. »Gehen wir.«

»Mein Sohn ist tot«, wiederholte Moser, als sie in einem kleinen Straßencafé unweit dem Haus, in dem die Mosers wohnten, saßen. Auf dem wackeligen Resopaltisch stand ein überquellender Aschenbecher, die Fenster waren blind von Schmutz und Staub. Mosers Augen flackerten, als er den Blick hob und Ole direkt ansah. »Nein, nicht nur mein Sohn ist tot. *Meine Söhne* sind tot. Beide. Nun also auch Leonhard.« Er stützte den Kopf auf die Hand.

»Es kam doch groß in allen Zeitungen«, sagte Monja, verwundert darüber, dass Leonhards leiblicher Vater nichts über den Mord an dem Aalener und das Verschwinden der Pfeife des Spions mitbekommen hatte. »Und es ist garantiert auch Stadtgespräch.«

Moser winkte ab. Traurig, resigniert und auch ein wenig einsam wirkte diese Geste. Es war die Gebärde eines Mannes, der sein Leben längst aufgegeben hatte. »Einer wie ich liest keine Zeitung. Und einer wie ich bekommt auch keine Stadtgespräche mit. Schon gar nicht aus der Nachbarstadt. Wir sind Außenseiter, waren es schon immer.« Er starrte mit seinen Glubschaugen ausdruckslos vor sich hin.

»Es war immer ein Trost für mich in all dem Elend, dass es wenigstens einem meiner Kinder gut geht«, sagte er dann. »Dass wenigstens eines auf dem geraden Weg ist.« Trauer lag in seiner Stimme und Ole überlegte, ob sie gespielt war, ob der Mann versuchte, Mitleid zu heischen. Doch ihm wurde schnell klar, dass Hans Moser wirklich litt. Bei dem stimmt der Kern, dachte er flüchtig. Hätte der die Chance gehabt, wäre aus ihm sicher was geworden. In den Jahren seiner Arbeit war Ole zu der Überzeugung gelangt, dass es drei Dinge gab, die den Weg eines Menschen bestimmten: Herkunft und damit Chancen wie Bildung und Erziehung, Talente und Charakter. Er wusste, dass Menschen, die eigentlich einen grundguten Charakter hatten, aber im Leben einfach zu wenig Chancen bekamen, Gefahr liefen, auf die schiefe Bahn zu geraten. Mit vielen von ihnen hatte er Mitleid. Das waren die, bei denen die Prävention, die seine Kollegen so eifrig betrieben, vermutlich Sinn machte. Vor allem dann, wenn sie in jungen Jahren begann.

Wütend machte es ihn, wenn ein Mensch, der alle Chancen bekommen hatte, mit Talenten begabt war und von seinen Eltern gefördert wurde, wenn dieser Mensch sein Leben einfach wegschmiss. Und von dieser Sorte Mensch waren Ole wahrlich viele begegnet.

»Hatten Sie Kontakt zu Leonhard?«, fragte er nun.

»Nie.« Moser schüttelte heftig den Kopf. »Sie hat jeden Monat Geld geschickt, das war alles.«

»Hätten Sie dadurch nicht auffliegen können?«

Wieder verneinte der Mann. »Das erste Mal haben wir uns noch gesehen, da hat sie mir eingeschärft, was wir sagen, wenn jemand fragt, warum sie mir Geld gibt: Es ist dann einfach die soziale Tat einer Hebamme, die eine Familie unterstützt. Warum hätte jemand daran zweifeln sollen? Später hat sie mir das Geld dann immer geschickt.«

Monja beugte sich vor. »Wenn ich Sie richtig verstehe,

Herr Moser, dann hätten Sie gern ein besseres Leben für Ihre Kinder gehabt.«

Moser nickte schwer.

»Warum zum Teufel haben Sie sich dann nicht darum bemüht?«, donnerte Monja. Im Gegensatz zu Ole schien sie kein Mitgefühl mit Moser zu haben. »Nach allem, was mir Frau Bux erzählt hat, waren Sie zumindest in jener Nacht, als die Zwillinge geboren wurden, sturzbetrunken. Die Kinder hungerten, zu Essen war so gut wie nichts im Haus und Sie saßen neben ihrer hochschwangeren Frau, haben sie beschimpft und außerdem geraucht«, pampte die kleine runde Frau weiter.

Wut glomm in Mosers Augen. »Hören Sie auf, mir Vorwürfe zu machen! Dazu haben Sie nicht das Recht. Sie wissen ja überhaupt nicht, wie das ist!« Er hatte die Stimme erhoben, seine Faust donnerte auf den Tisch. Ole dachte, wie dünn das Nervenkostüm dieses Mannes sein musste, dass er so leicht aus der Fassung zu bringen war. Mosers Energie schien zur Gänze für seinen Ausbruch draufgegangen zu sein. Denn als dieser vorbei war, saß er zusammengesunken und wie ein Häuflein Elend am Tisch.

»Ich habe es versucht, ich habe wirklich immer wieder versucht, Arbeit zu finden und die Familie in einen geregelten Alltag zu führen. Aber das war so schwierig. Wer nimmt denn schon einen wie mich?«

»Sparen Sie sich Ihr Gejammer«, sagte Monja kalt. »Was glauben Sie, wie oft ich mir so etwas schon habe anhören müssen? Aber Sie sind ja nicht von allein dahin gekommen, wo Sie heute sind.«

Moser setzte zu einer wütenden Erwiderung an, stieß die Luft dann aber wieder aus, ohne ein Wort gesagt zu haben. Ole betrachtete ihn aufmerksam. Teilweise gab er Monja Grundel schon recht, aber er wusste auch, wie schwer es Menschen wie Moser tatsächlich fiel, Fuß zu fassen. Es begann damit, dass sie nie gelernt hatten, pünktlich und zuverlässig zu sein. Sie konnten es einfach nicht und fielen damit bei einem Arbeitgeber, der vielleicht bereit gewesen wäre, ein Auge zuzudrücken, letztendlich doch noch durchs Raster.

Er beugte sich vor. »Herr Moser«, sagte er versöhnlich. »Wir sind keineswegs hier, um Ihnen Vorhaltungen über Ihre Lebensweise zu machen. Und auch nicht über die Ihrer Kinder. Aber an einer Stelle muss ich nochmals einhaken. Hatten Sie wirklich nie Kontakt zu Ihrem Sohn? Leonhard meine ich? Ich kann mir das irgendwie gar nicht vorstellen. Waren Sie nicht neugierig? Zumal er nicht weit entfernt lebte. Es wäre ein Leichtes gewesen …«

»Nein«, unterbrach Moser ihn schroff.

»Aber gesehen haben Sie ihn doch sicher mal – so ganz aus der Ferne?«

»Nein«, wiederholte Moser und es klang störrisch. Zu störrisch und abwehrend, wie Ole fand.

Der Meinung schien auch Monja Grundel zu sein. »Entschuldigen Sie, aber ich kann mir nicht vorstellen, wie das gehen soll«, sagte sie. »Zwei Jungs im selben Alter mit haargenau gleichem Aussehen in zwei Städten, die nicht weit voneinander entfernt sind, und man begegnet sich nicht. Das geht doch gar nicht.«

»Doch, das geht schon«, widersprach Moser und es klang bitter. »Unsere Kreise und die Kreise der Familie Bux haben keine Berührungspunkte. Aber ich habe natürlich immer darauf gewartet, dass Valentin eines Tages nach

Hause kommt und mir erzählt, er habe seinen Doppelgänger gefunden. Vor allem in Zeiten, als er viel in Diskos und so unterwegs war. Da mischen sich die jungen Leute aus den Städten ja schon.« Er hielt inne. »Ich glaube nicht, dass das für Leonhard besonders glimpflich ausgegangen wäre. Valentin war sehr … gewaltbereit. Und er … er hätte es so gesehen, als hätte Leonhard ihm etwas genommen, das ihm gehörte: sein Aussehen.«

»Vielleicht sind sich die Jungs ja irgendwann begegnet? Und er hat es Ihnen nur nicht erzählt?«

»Das glaube ich nicht«, wehrte Moser entschieden ab. »Valentin hat eigentlich immer mit mir geredet.«

»Wie haben Sie von seinem Tod erfahren?«

»Die Polizei hat uns informiert. Für meine Frau war das das Ende. Er war ihr Kleiner, ihre Hoffnung. Und irgendwie – auch wenn er so aus der Bahn geriet, war er für sie der Glücksbringer.«

»Warum?«, hakte Ole nach.

»Ich habe mich vom Tag seiner Geburt an sehr verändert«, sagte Moser leise und wieder staunte Ole über die Selbstreflexionsfähigkeit dieses Mannes. Unwillkürlich musste er ihm Bewunderung entgegenbringen. »Bis dahin hatte ich so eine Scheißegalhaltung gehabt und war … ich war auch meiner Frau gegenüber nicht immer fair gewesen.«

»Gut erkannt«, brummte Monja. »Und warum wurde das nun plötzlich anders?«

»Ich hatte ein schlechtes Gewissen. Ich hatte ihr ihr Kind genommen. Ich habe meinen Sohn verkauft.«

»Und da dachten Sie, sie müssten sich nur ein bisschen Mühe geben und alles wäre wieder gut?«, provozierte Monja, die heute offensichtlich große Lust hatte, die Rolle des bösen Bullen einzunehmen, weiter. Ole war das schon fast unangenehm. Er kannte Monja. Wenn sie in dieser Stimmung war und in Fahrt geriet, würde er ihr Einhalt gebieten müssen.

Doch Moser blieb erstaunlich ruhig. »Natürlich nicht. Aber wie ich schon sagte: Ich wusste, dass der kleine Leonhard es woanders besser haben würde.«

»Aber für Ihre Kinder kam diese Ihre Veränderung zu spät. Sie sind mit einer Ausnahme alle auf die schiefe Bahn geraten. Und auch Sie waren danach nicht wirklich ein Engel, wenn man sich das Register Ihrer Delikte mal so anschaut«, blieb Monja streng.

Moser schwieg. Saß da mit hängendem Kopf und schwieg.

»Sind Sie nie auf die Idee gekommen, dass Valentin noch leben könnte?«, wollte Ole wissen.

Mosers Kopf fuhr hoch. »Was? Was sagen Sie da?«

»Es gab nie eine Leiche.«

»Ja aber er ist auf dem Meer, vor den Augen seiner Freunde …«

»Aber es gab nie eine Leiche«, beharrte Ole.

Moser schüttelte langsam den Kopf.

»Er hätte sich bei mir gemeldet. Das weiß ich so sicher wie nur was.«

FÜNFUNDVIERZIGSTES KAPITEL

Aalen / Überlingen

Die Heimfahrt zurück an den See war lang und anstrengend. Nachdem sie sich von Hans Moser verabschiedet hatten, waren Monja und Ole auf das Aalener Polizeirevier zu Geissler gefahren, der nach dem Treffen mit Marianne Bux schleunigst zurück an seinen Schreibtisch eilen musste, weil er noch eine wichtige Vernehmung hatte. Deswegen waren Ole und Monja allein zu Hans Moser gefahren. Die Polizisten saßen noch lange zusammen und versuchten, die verschiedenen Puzzleteilchen zu einem Gesamtbild zusammenzufügen. Was ihnen nur schwer gelang. Als Erstes hatten sie natürlich in der Gerichtsmedizin angerufen und nach dem Muttermal gefragt. Die Leiche wies ein Muttermal an der Hüfte auf. »Aber das hilft uns auch nicht weiter«, seufzte Ole. »Das kann alles und nichts bedeuten.«

»Glaubst du denn, dass es sich bei der Leiche um Leonhard oder um seinen Bruder handelt?«, wollte Monja wissen.

»Ich glaube, dass Leonhard schon seit sieben Jahren tot ist«, sagte Ole fest. »Ich glaube sogar, dass sein Bruder ihn damals umgebracht hat, um unterzutauchen. Wenn du dir mal anschaust, was der alles auf dem Kerbholz hatte …«

»Vergewaltigung, Diebstahl, gefährliche Körperverletzung – das hätte für einige Jahre Gefängnis gereicht«, stimmte Geissler zu und strich sich unablässig über seinen schwarzen Schnauzer. »Und wenn man den Polizeiberichten von damals Glauben schenken darf, waren die Kollegen in Schwäbisch Gmünd kurz davor, ihn zu schnappen.«

»Schon komisch, dass die Kollegen seinerzeit nicht hellhörig geworden sind. Kurz bevor die Falle zuschnappt, stirbt der Gejagte«, meinte Ole nachdenklich.

»So komisch finde ich das nicht – so was gibt es«, widersprach Monja. »Außerdem waren die ausländischen Behörden mit im Spiel und da wird ohnehin immer alles kompliziert.«

»Und wenn wir den Falschen verhaftet haben?«, fragte Ole.

»Du meinst Christian Eichenhaun?«, vergewisserte sich Monja.

»Genau den meine ich. Was ist, wenn es damals, vor sieben Jahren, gar keine Leiche gab? Was, wenn bis vor Kurzem beide Brüder noch lebten und der eine den anderen umgebracht hat? Aus welchem Grund auch immer?«

»Möglich wäre es«, sagte Monja nachdenklich. »Aber das hieße ja, dass einer noch lebt.«

»Das kann ich mir nicht vorstellen«, mischte sich Geissler ins Gespräch.

»Doch«, meinte Ole. »Ich halte das für denkbar. Und ich könnte wetten, dass der, der noch lebt, der böse Bruder ist. Leonhard Bux hat sich nie etwas zuschulden kommen lassen. Überleg doch mal – alles spricht dafür, dass Valentin an Leonhards Stelle getreten ist. Vielleicht hatte er Leonhard irgendwie versteckt oder was auch immer. Und jetzt tauchte Leonhard plötzlich auf und gefährdete sein Spiel.«

Geissler schüttelte langsam den Kopf und zeigte damit, dass er Oles Überlegungen nicht überzeugend fand.

»Warum sollte er das tun? Nach sieben Jahren?«, bezweifelte Monja.

»Ich weiß es nicht«, sagte Ole. »Ich weiß nur eines: Wenn Valentin Moser wirklich noch lebt, dann hoffe ich für alle Beteiligten, dass er weit weg ist. Ich fürchte, er ist hochgradig gefährlich.«

»Das ist aber nicht der richtige Wunsch für einen Polizisten«, tadelte Monja sanft. »Du solltest dir wünschen, dass er direkt vor deiner Nase rumtanzt, damit du ihn schnappen kannst.«

»Nicht wenn dadurch Menschen in Gefahr geraten und ich fürchte das ist der Fall«, sagte Ole ernst. »Ich halte Valentin Moser für einen Psychopathen. Was kein Wunder ist. Bei der Vorgeschichte. Glück hat der Kerl in seinem Leben wirklich nicht gehabt.«

Und nun saßen sie also im Auto und fuhren zurück an den See. Ole lenkte den Wagen, Monja hielt eine Tüte mit Muffins in der Hand und hatte zwei Kaffeetassen aus Pappe zwischen die Beine geklemmt. Immer wenn Ole auffordernd die Hand ausstreckte, reichte sie ihm seinen Becher. Sie waren ein eingespieltes Team, fand Ole. Seine Sympathie für seine Kollegin wuchs mit jedem Tag, den er mit ihr zusammenarbeitete. Eigentlich schade, dachte er, dass wir immer nur über Leichen und Morde sprechen. Monja war ihm inzwischen so vertraut, dass er sich gern auch privat mit ihr ausgetauscht hätte. Aber er wusste, dass er Monja damit in Verlegenheit bringen würde. Er kannte sie gut genug, um zu wissen, dass sie sich Dritten gegenüber nur deshalb so burschikos und unnahbar gab, weil sie zutiefst verunsichert war. In ihrem Beruf kannte sie sich aus, sie machte ihn lange genug, um alle Details zu kennen. Es war ein Feld, auf dem sie sich relativ sicher bewegen konnte. Aber in privaten Dingen hatte sie – bis auf wenige Ausnahmen – immer etwas verlegen reagiert, wenn er auf Alexandra zu sprechen kam.

Vor ihm scherte ein LKW aus und zwang Ole, auf die Bremse zu treten. »Die haben auch keinen Respekt mehr vor der Polizei«, kommentierte Monja vom Beifahrersitz. Ole grinste. Es war zweifellos besser, wenn sie auf der beruflichen Ebene blieben. Er streckte wortlos die Hand aus und hielt Sekunden später einen dampfenden Becher Kaffee in den Händen. Na also. Die nonverbale Kommunikation funktionierte doch bestens.

SECHSUNDVIERZIGSTES KAPITEL

Konstanz

Helena hatte das Gefühl zu schweben. Sie nahm alles ganz intensiv wahr und badete in einer Flut von Gefühlen. Es war ein sehr sinnlicher Rausch und er bezog sich nicht nur auf Leonhard. Plötzlich öffnete sich ihr eine ungemein facettenreiche Welt. Eine Welt voller Eindrücke und Empfindungen.

Träge ließ sie ihre Hand über Leonhards Körper gleiten. Einen Körper, den sie gut kannte – fast schon so gut wie ihren eigenen. Jeder Millimeter Haut war ihr vertraut.

An seiner Hüfte geriet sie ins Stocken. Sein Muttermal fehlte. Sie wusste genau, dass er dort ein Muttermal gehabt hatte. In der Nacht ihrer Verlobung hatte sie es entdeckt, wieder und wieder darüber gestrichen, es geküsst und ihn sogar gefragt, ob es schon immer dort gewesen sei. Und er hatte die Achseln gezuckt und gesagt, dass er das nicht so genau wisse, er glaube, es sei irgendwann plötzlich da gewesen.

Helena fand es reizend, weil es eine Herzform hatte.

Und nun war es plötzlich weg. Auf einmal raste ihr Herz, hämmerte ihr Kopf und sie spürte Angst in sich aufsteigen. Nein, eigentlich war es keine Angst. Sie konnte gar nicht richtig benennen, was es war. Eine Ahnung vielleicht? Das Wissen, dass das ein Moment war, nach dem es nie wieder so werden würde wie zuvor?

Sie rüttelte Leonhard an der Schulter. »Hm? Was? Was ist?«, brummte er.

»Leonhard, dein Muttermal ist weg!«

»Was ist los?« Verschlafen blinzelte er sie an.

»Dein Muttermal«, sagte Helena aufgeregt. Sie saß aufrecht im Bett, die flauschige, weiße Federdecke um ihre Hüften geschlungen, und blickte auf ihn herab. »Es ist weg.«

Immer noch starrte Leonhard sie aus silbriggrauen Augen verwirrt an und strich sich die zerzausten, braunen Haare aus der Stirn. »Entschuldige, ich bin noch nicht ganz wach«, sagte er. »Und ich verstehe das Problem nicht so ganz.«

»Dein. Muttermal. Ist. Weg.«, wiederholte Helena und piekste mit dem Zeigefinger an die Stelle, an der es gesessen hatte.

Leonhard wurde blass, geriet, das merkte sie ganz deutlich, kräftig aus der Fassung, fing sich aber gleich darauf wieder. Beklommenheit machte sich in Helena breit. Langsam, wie dicke, große Wasserblasen, stieg die Ahnung an die Oberfläche ihres Bewusstseins, dass sie sich vielleicht gerade in große Gefahr gebracht hatte. Was, wenn es bedeutete, dass Leonhard nicht Leonhard, sondern sein Doppelgänger war? Was, wenn der Doppelgänger Leonhard getötet hatte und nun auch sie … Hätte sie schweigen, gar nichts sagen, sich erst in Sicherheit bringen und dann zur Polizei gehen sollen?

»Und deshalb machst du so einen Aufstand?«, fragte Leonhard, nun leicht verärgert.

»Muttermale verschwinden nicht einfach so«, beharrte Helena in einer seltsamen Mischung aus Angst, Wut und Mut. Ja, Mut und Wut waren stärker als die Angst, brachten sie dazu, weiter zu sprechen, weiter nachzubohren.

»Was willst du damit sagen?«

»Nur dass ich es komisch und beunruhigend finde.«

»Beunruhigend?« Leonhard lachte. »Komm schon, Liebste. Beunruhigend wäre, wenn ich plötzlich ein Muttermal *hätte* oder wenn es größer werden würde. Dann müsste ich zum Arzt gehen. Aber so …« Er hielt inne und sagte dann: »Ich habe da ehrlich gesagt nicht so drüber nachgedacht. Es hat angefangen zu jucken, dann habe ich dran rumgekratzt, dann sah es ziemlich übel aus und irgendwann war es weg.«

Helena glaubte ihm nicht. Sie hatten sich zwar ein paar Tage nicht gesehen, aber wenn er das Muttermal weggekratzt hätte, hätte es geblutet oder geeitert. Sie kannte sich nicht wirklich aus, aber ihr war klar, dass noch ein Schorf oder doch zumindest eine Hautveränderung zu sehen sein müsste.

Nun setzte auch er sich auf. »Meinst du, ich sollte zum Arzt gehen?«, fragte er und seine Sorge wirkte echt.

Es war merkwürdig, unglaublich, aber obwohl ganz eindeutig war, dass hier etwas nicht stimmte, schaffte er es beinahe, sie dazu zu bringen, ihm zu glauben. Ob das Liebe ist?, fragte sich Helena. Dass der Verstand aussetzt und der andere einem einfach alles erzählen kann? Oder versuchte ihr Unterbewusstsein deshalb so eifrig, die beängstigenden Gedanken wegzuschieben, um das Glück, dass sie in seinen Armen empfand, nicht zu gefährden? Gab es ein Glück, das alles andere ausblendete? Das nicht hinterfragte? Es war zu viel, einfach zu viel. Die Gedanken rasten durch Helenas Kopf, raubten ihr beinahe die Luft zum Atmen. All das war zu abstrus, als dass sie es fassen konnte.

Ihr Blick schien von weit her zu kommen, als sie ihn ansah. Der Rest der von ihrem Verstand noch geblieben war, sagte ihr, dass sie ihm ihre Zweifel nicht zeigen durfte. Dass sie sich erst über all das klar werden und vor allem sich in Sicherheit bringen musste.

Also antwortete sie ihm so unbefangen wie möglich: »Sicherer ist es vielleicht, wenn du zum Arzt gehst. Oder womöglich war es ja auch gar kein Leberfleck, sondern eine Warze? Warzen können verschwinden.«

Leonhard verzog das Gesicht. »Das sind ja sehr appetitliche Vorstellungen und nicht eben das, was ich mit meiner Liebsten im Bett besprechen möchte.« Er legte seine Arme um Helena, ließ sich dann auf den Rücken fallen und zog sie mit sich. »Können wir das Thema erst mal beenden? Ich denke auch ernsthaft darüber nach, mich untersuchen zu lassen.«

»Einverstanden.«

SIEBENUNDVIERZIGSTES KAPITEL

Überlingen

Als Ole und Monja am See ankamen, herrschte helle Aufregung. Schon in der Tür kam ihnen der diensthabende Beamte der Wache entgegen. »Ich wollte Sie gerade anrufen«, platzte er heraus. »Sie haben diese Pfeife gefunden.«

»Was!«, riefen Monja und Ole wie aus einem Mund. »Die Tochter hat uns eben aus Friedrichshafen angerufen«, fuhr der Beamte eifrig fort.

»Sina Eichenhaun?«, vergewisserte sich Ole. »Sie wollen doch nicht ernsthaft sagen, dass sie sie gefunden hat!«

»Doch hat sie. Sie hat die Pfeife in der Designabteilung entdeckt.«

»In der Designabteilung?«, wiederholte Monja. »Wie in aller Welt kommt die denn da hin? Und was macht Sina Eichenhaun dort?«

»Beides keine so furchtbar komplizierten Fragen«, sagte Ole mit leisem Spott. »Leonhard Bux hat in der Designabteilung gearbeitet und Sina Eichenhaun ist Designerin. So ganz abwegig finde ich es nicht, dass Sina sich dort aufhält.«

»Also, gleich wieder ins Auto und zurück. Den Weg hätten wir uns auch sparen können«, brummte Monja. Vor einer halben Stunde waren sie auf dem Weg aus Aalen durch Friedrichshafen gefahren.

»Also wieder zurück«, bestätigte Ole und grinste dabei zwar, fluchte aber innerlich. Er hatte sich so darauf gefreut, Alexandra zu sehen. Seit sie sich wieder versöhnt hatten, war er entspannt und glücklich wie lange nicht mehr. Es hatte ihm so gutgetan, sich ihr anzuvertrauen, ihr Verständnis zu spüren, und er hatte nun auch keine Angst mehr, sie könnte in ihm den Versager statt des Helden sehen. Nur zu dem Familienthema hatte sie sich recht bedeckt gehalten, ja, sogar abgelenkt. Ole hoffte, dass es diesbezüglich nicht noch Probleme geben würde. Denn dass er keine Kinder bekommen dürfte, an diesem Gefühl hatte sich nichts geändert und all die schrecklichen Geschichten, die Marianne Bux erzählt hatte, hatten noch dazu beigetragen, seine Angst vor dem Kinderkriegen zu verstärken.

Aber das war jetzt nicht sein Hauptproblem. Sein Hauptproblem war dieser verdammte Fall, in dem sie, das musste er sich eingestehen, nicht wirklich einen Durchbruch erzielen konnten. Vielleicht brachte das Auffinden der Pfeife nun die entscheidende Erkenntnis.

Monja fuhr wie der Teufel – Ole war im Nachhinein froh, dass *er* den Weg vom Ostalbkreis an den See gefahren war. Das hätte er sonst nicht überlebt.

Nur 35 Minuten nachdem sie den Parkplatz des Überlinger Reviers verlassen hatten, lenkte Monja den Polizeiwagen auf das Firmengelände der Eichenhauns, das in der Nähe des Flughafens lag. Diese Strecke in 35 Minuten zu schaffen war, das musste Ole Monja zugute halten, eine Meisterleistung. Der Pförtner, der in einem roten Backsteinhäuschen saß, öffnete die Schranke, als er sie kommen sah. Er kannte sie bereits, waren sie doch in der vergangenen Woche oft hier gewesen.

Monja parkte den Wagen direkt vor dem Verwaltungsgebäude, in dem sich die Designabteilung befand. Auch dieser Bau war aus rotem Backstein gefertigt. Ole drückte die schwere Eisentüre auf und sie eilten durch das Treppenhaus in den ersten Stock.

Die Designabteilung war in Oles Augen ein undurchschaubares Wirrwarr aus Fäden und Stoffen. Prächtige Gewebe standen in dicken Rollen an den Wänden, auf riesigen Tischen lagen Schnittmuster und Stofffetzen, am Fenster saßen mindestens sechs Leute und zeichneten. Nebenan surrten Nähmaschinen.

Sina saß an dem großen Tisch, der die Mitte des Raumes einnahm und erhob sich, als sie eintraten. Vor ihr lag die Pfeife des Aalener Spions, gefüllt mit Schmuck.

»Hallo«, sagte sie und gab erst Monja, dann Ole die Hand. Sie zeigte auf die hölzerne Pfeife. »Hier ist sie. Mutter habe ich schon angerufen, sie wird bestimmt auch gleich da sein.«

»Ihre Mutter ist nicht hier?«, fragte Monja erstaunt. Es sah einer überkorrekten Frau wie Helena Eichenhaun gar nicht ähnlich, an einem ganz normalen Arbeitstag nicht im Haus zu sein. »Hat sie einen geschäftlichen Termin?«

»Nein«, Sina runzelte die Stirn. »Sie hat sich krankgemeldet und mich gebeten, hier nach dem Rechten zu sehen. Ich kann mich nicht erinnern, wann meine Mutter jemals krank gewesen ist.«

»Und deshalb sind Sie also hergefahren«, stellte Monja fest.

»Ja«, antwortete Sina. »Ich habe erst in Mutters Büro die Post durchgeschaut und dann bin ich hierher gekommen. Seit Leonhards Tod geht es drunter und drüber. Und jetzt fällt mein Bruder auch noch aus. Und bald ist die Messe.«

»Wollen Sie nun doch wieder einsteigen?«, fragte Ole interessiert.

Sina zuckte die Achseln. »Bisher hatte ich keine große Lust«, gab sie zu. »Ich wollte noch was von der Welt sehen.

Aber wenn ich mir das hier so anschaue …«, sie hob einen Entwurf hoch und ließ ihn verächtlich wieder fallen, »dann muss ganz dringend was passieren, wenn wir den Karren nicht vollständig gegen die Wand fahren wollen.«

Monja hatte inzwischen den Tisch umrundet und sah sich die Pfeife mit gerunzelter Stirn an.

»Was ist das für Schmuck?«, wollte sie wissen.

»Er gehört meiner Mutter«, antwortete Sina und starrte nun ihrerseits auf die Pfeife, deren Hohlkörper mit Ketten, Ringen und Armbändern gefüllt war. »Aber fragen Sie mich nicht, wie er da reinkommt.«

»Hat Ihre Mutter denn in letzter Zeit Schmuck vermisst?«, wollte Ole wissen.

Sina zuckte die Achseln. »Keine Ahnung. Wenn es so gewesen wäre, dann hätte sie sicherlich nicht mit mir darüber geredet.«

»Und wo haben Sie die Pfeife gefunden?«

»Ich zeige es Ihnen.« Sina ging den beiden Beamten voraus in einen sehr schmalen, sehr langen Raum, an dessen Wänden unzählige Stoffballen lehnten. Ganz am Ende hielt sie an und deutete auf den Boden. »Die Pfeife lag hinter den Stoffballen«, erklärte sie.

»Was haben Sie da hinten gemacht?«, wollte Monja wissen.

»Puh«, Sina hob die Arme und ließ sie wieder fallen. »Das ist eine lange Geschichte.«

»Erzählen Sie sie uns«, forderte Monja.

Sina lehnte sich mit dem Rücken gegen die Stoffballen und verschränkte die Arme. »Das alles hier …«, sie löste die Arme wieder und machte eine weit ausholende Geste, »ist meine Welt. Als Kind habe ich zwischen diesen Stoffen gespielt, als ich ein Teenager war, haben mir die Näherinnen daraus coole Kleider genäht.« Sie strich sich die Haare aus der Stirn und sah Ole direkt ins Gesicht. »Doch dann starb Vater und meine Mutter und schließlich auch mein Bruder drückten der Firma ihren eigenen Stempel auf. Mit Mutter – so sehr ich sie schätze – wich die Fröhlichkeit aus den Abteilungen. Und als Christian dann Chefdesigner wurde, da wurde alles so ... so grau und trist, obwohl die Stoffe natürlich trotzdem bunt blieben. Verstehen Sie, was ich meine?«

»Ja«, nickte Ole.

»Nein«, sagte Monja gleichzeitig.

»Ich wollte mit dieser Firma nichts mehr zu tun haben. Aber ich wollte Mode machen. Richtig gute Mode. Dieser Keim war schon in frühester Kindheit in mir gelegt worden.«

»Sie haben Ihr Ziel ja auch erreicht«, sagte Ole. »Alexandra hat mir erzählt, dass Sie als Beste Ihres Jahrgangs auf einer der renommiertesten Modeschulen Europas abgeschlossen haben.«

»Ja, das schon«, bestätigte Sina. »Aber ich wollte eigentlich nicht mehr hierher zurück. Ich wollte durch die Welt ziehen, Eindrücke sammeln und diese dann in meinen Entwürfen verarbeiten. Ich wollte eine Firma aufmachen mit der Mode dieser Welt. Ja, ich wollte die Welt in meinen Kleidern widerspiegeln. Und ich habe im Stoffarchiv nach Materialien gesucht, die ich für meine Kollektion verwenden könnte.«

Sinas Augen hatten zu leuchten begonnen und selbst Monja, die nichts für Mode übrig hatte, hörte ihr fasziniert zu. »Können Sie sich das vorstellen?«, schwärmte Sina weiter. »Ich wollte einen Modeladen aufmachen, der gewissermaßen in die einzelnen Kontinente gegliedert ist. Es sollte indisch inspirierte Kleidung geben, balinesische, thailändische, afrikanische, amerikanische – aber alles so, dass Europäerinnen es tragen können. Das war mein Traum.«

»Und der ist nun ausgeträumt?«, hakte Ole nach, als Sina schwieg.

»Nein, ich … ich will das immer noch machen«, fuhr Sina fort. »Aber ich kann das hier doch nicht einfach so aufgeben und fallen lassen. Meine Vorfahren haben das aufgebaut. Und jetzt ist Christian weg und Leonhard tot und meine Mutter … meine Mutter …«

»Was ist mit mir?«, klang in diesem Moment Helena Eichenhauns kalte Stimme von der Tür her.

»Mama«, rief Sina und wandte sich rasch um, als sei sie bei etwas Verbotenem ertappt worden.

»Frau Eichenhaun«, sagte Ole kühl und ging ihr entgegen. Die beiden anderen folgten ihr.

Als Helena den Schmuck auf dem Tisch liegen sah, schnappte sie hörbar nach Luft.

»Ist das Ihr Schmuck, Frau Eichenhaun?«

»Allerdings«, erklärte Helena und wollte nach den Teilen greifen.

»Nicht anfassen«, sagte Monja scharf und fuhr dann sanfter fort: »Es reicht schon, dass Ihre Tochter die Pfeife berührt und nicht dort gelassen hat, wo sie war.«

»Daran habe ich gar nicht gedacht«, gestand Sina kleinlaut.

»Das ist jetzt nicht mehr zu ändern. Aber wir können nicht noch mehr Fingerabdrücke drauf gebrauchen«, beschied sie Monja.

Helena beugte sich vor, ohne allerdings den Schmuck zu berühren. »Das ist nicht nur mein Schmuck. Es sind auch jede Menge unserer Saphire dabei. Siehst du das, Sina?«

Auch Sina beugte sich über die mit Schmuck gefüllte Pfeife. Die kleinen Saphirsteinchen waren zwischen den großen Schmuckstücken ihrer Mutter hindurch und auf den Boden der Pfeife gerutscht, sodass man sie nur entdecken konnte, wenn man genau hinsah. »Allerdings«, sagte Sina nun verblüfft. »Unsere Saphirtropfen ... Die Steine werden auf jedes unserer Stücke gesetzt«, erklärte sie an Ole und Monja gewandt.

»Dann müssen Ihre Teile aber ganz schön teuer sein«, kombinierte Monja.

Helena Eichenhaun löste den Blick von ihrem Schmuck und musterte Monja Grundel abschätzig von oben bis unten. »Das sind sie auch«, sagte sie knapp.

»Haben Sie die Steine und Ihren Schmuck denn als gestohlen gemeldet?«, schaltete Ole sich rasch ins Gespräch. Er kannte Monjas empfindsamen Kern unter der rauen Schale inzwischen zur Genüge, wusste, dass sie dann besonders verletzlich war, wenn sie sich unfreundlich gab und wusste auch, dass Blicke wie der, mit dem Helena Eichenhaun sie soeben bedacht hatte, Monja zutiefst kränkten. Indem er die Gesprächsführung an sich zog, wollte Ole ihr die Gelegenheit geben, sich wieder zu fangen. Vielleicht macht das gute Teamarbeit aus, dachte er. Den anderen so gut zu kennen, dass man sich in brenzligen Situationen vor ihn stellen kann.

»Nein«, antwortete Helena Eichenhaun. »Um ehrlich zu sein, gehe ich mit meinem Privatschmuck etwas schlampig um. Ich weiß nie wirklich, wohin ich ihn lege. In den Schmuckschrank jedenfalls in den seltensten Fällen.«

»Und die Saphire? Es muss doch aufgefallen sein, dass welche fehlten?«, hakte Ole nach.

Helena schüttelte langsam den Kopf. »Eigentlich nicht. Sie werden ja nicht ständig gezählt. Es sind sehr viele und sie befinden sich im Safe, zu dem nur ich Zugriff habe. Im selben Safe liegt übrigens auch das Rezept, das mein werter Herr Sohn an Perucci gegeben hat.«

Was es wahrscheinlicher werden lässt, dass die beiden Fälle in unmittelbarem Zusammenhang miteinander stehen, dachte Ole.

»Wo befindet sich der Schlüssel?«

»Ich habe ihn immer bei mir.«

»Könnte eines Ihrer Kinder Gelegenheit haben, an den Schlüssel zu gelangen?«, fragte Monja.

Helena dachte nach. »Ja«, sagte sie dann. »Ja, natürlich. Der Schlüssel liegt, wenn ich zu Hause bin, in der Schublade des Garderobenschränkchens. Dort lag er schon immer. Ich gehe also davon aus, dass meine Kinder das wissen.«

»Aber Mama, wie hätten wir das denn anstellen sollen?«, fragte Sina, so empört, als sei sie direkt beschuldigt worden, den Schmuck gestohlen zu haben. »Du bist kaum mal zu Hause und wir hätten den Schlüssel dann nehmen, über den See fahren, die Steine stehlen und wieder zurückfahren müssen. Das hättest du doch gemerkt!«

»Ich gehe davon aus, dass ein Täter sich den Schlüssel nachts besorgt hätte«, sagte Ole milde lächelnd. »Benutzen sonst nur Sie diesen Schlüssel?«

»Ja«, versicherte Helena Eichenhaun.

»Es kann also nicht sein, dass eines Ihrer Kinder den Schlüssel mal genommen hat, um das Bootshaus oder die Garage aufzuschließen?«

»Ausschließen kann ich das nicht«, antwortete Helena. »Aber eigentlich haben alle ihre eigenen Schlüsselbunde.

Und jedes meiner Kinder hat einen eigenen Schlüssel zur Villa.«

»Gut, dann werden wir den Schlüssel auf jeden Fall mal auf Fingerabdrücke untersuchen«, verkündete Monja.

»Stopp«, rief Helena plötzlich. »Mir fällt noch was ein.«

»Ja?« Ole beugte sich gespannt vor.

»Neulich fand ich viele Schmuckstücke, die ich vermisst hatte, plötzlich wieder.«

»Wo war das?«, wollte Monja wissen.

»In meinem Schlafzimmer und im Schmuckschrank«, antwortete Helena. »Es war wirklich merkwürdig, aber ich habe mich damals nicht weiter gewundert – wie schon gesagt bin ich manchmal etwas schlampig. Ich dachte, die Putzfrau habe das irgendwo gefunden und es mir hingelegt. Aber im Zusammenhang damit ist das schon etwas merkwürdig.«

»Ja«, sagte Ole und blickte sie ernst an. »Das finde ich allerdings auch.«

ACHTUNDVIERZIGSTES KAPITEL

Konstanz

Ole hatte Alexandra per SMS darüber informiert, dass es später werden würde. ›Bin noch in Friedrichshafen und muss danach nochmal auf die Polizeidirektion in Konstanz‹, hatte er geschrieben. ›Tut mir leid, dass es später wird. Würde Dich gern zur Entschädigung – auch für mein Verhalten in den letzten Wochen – zu einem tollen Essen einladen. Kannst Du rüber kommen? Dann bist Du schneller bei mir und wir könnten uns ein tolles Menü im Seerhein gönnen.‹

Alexandra hatte umgehend geantwortet, ihr Kommen zugesagt und ihm erklärt, dass sie ab 20 Uhr im ›Seerhein‹ auf ihn warten werde. Er brauche sich nicht zu beeilen, hatte sie geschrieben, denn sie wisse ja, dass er schlecht weg könne, wenn er in den Ermittlungen stecke. Sie werde sich ihren Laptop mitnehmen und noch ein bisschen an der nächsten Ausgabe der ›Geheimnisse der Heimat‹ schreiben.

Ole hatte gelächelt, als er ihre Worte gelesen hatte. Seine verständnisvolle Alexandra.

Und tatsächlich hatte sie warten müssen. Es war 20.30 Uhr, als er endlich und etwas außer Atem, am ›Seerhein‹ eintraf. Sein Auto hatte er vor dem Polizeirevier stehen lassen, von dort bis zu dem Lokal war es ein Katzensprung. Alexandra hatte direkt vor dem kleinen Häuschen geparkt, das, wie der Name schon sagte, direkt am Seerhein lag und in dem sich eine Bar und ein Restaurant befanden. Ole strich im Vorbeigehen leicht über ihren knallroten Wagen, der ihn immer an eine Kirsche erinnerte. Er lächelte voller Vorfreude, als er die Tür aufdrückte. Im ›Seerhein‹ herrschte genau die richtige Stimmung. Eine dicke, rote Kerze brannte auf dem kleinen Mahagonitischchen im Eingangsbereich, neben dem ein gemütliches, braunes Ledersofa stand. Ole ging nach rechts und durch den langen Gang in den Restaurantteil. Er sah sie, bevor sie ihn entdeckte. Sie saß im Wintergarten direkt am glitzernden Wasser. Ole blieb stehen und betrachtete sie durch eine der Fensteröffnungen, die vom Restaurant auf den Wintergarten führten. Ihre Haare leuchteten röter denn je und ergossen sich in einer wilden Kaskade über ihren Rücken. Mit konzentrierter Miene hieb Alexandra in die Tasten ihres Laptops und hielt nur inne, um den einen oder anderen Blick in ihre Unterlagen zu werfen. Plötzlich schmunzelte sie. Etwas in ihren Aufzeichnungen oder an dem, was sie schrieb, schien sie zu amüsieren. Und in diesem Moment bemerkte sie ihn. Sie hob den Blick und sah ihm durch die Fensteröffnung direkt ins Gesicht. Augen versanken in Augen. Sie lächelte.

Ole ging mit großen Schritten auf sie zu. Sie war bereits aufgestanden, als er bei ihr ankam, und sie strahlte ihn an, aber bevor Ole sie in die Arme schloss, bemerkte er, dass ihr Strahlen etwas verhalten war und dass ein besorgter Glanz in ihren Augen lag. »Wie geht es dir?«, fragte er leise und obwohl Alexandra »Gut« sagte, wusste er, dass sie ihm nicht die ganze Wahrheit sagte. Es mochte ihr in diesem Moment, in seinen Armen liegend, zwar gut gehen, aber dass da auch noch etwas war, was sie belastete, das war mehr als deutlich.

Ole nahm ihr gegenüber Platz. Ein verlegenes Schweigen machte sich breit. So, als säßen sie sich zum ersten Mal gegenüber. Dass das nach fast einjähriger Beziehung überhaupt noch möglich ist, dachte Ole verwundert. Aber ihm war klar, dass da noch immer viele ungesagte Worte waren und dass sie sich als Mauer zwischen ihnen aufgebaut hatten. Heute Abend, so hoffte er, würden sie diese Mauer gemeinsam und mit vereinten Kräften zum Einsturz bringen.

Der Kellner kam und rettete sie aus ihrer Verlegenheit. »Darf es schon etwas zu trinken sein?«, fragte er höflich.

»Such du einen Wein für mich aus, du weißt, ich kenne mich da nicht aus«, bat Alexandra.

»Gern.« Ole lächelte und bestellte eine Flasche Montepulciano.

»Die können wir doch niemals allein trinken«, protestierte Alexandra leise lächelnd.

»Ich schon«, hielt Ole dagegen. »Wenn du mich nachher in deinem Wagen mitnimmst. Dann lasse ich meinen stehen und fahre morgen mit der ›Seeperle‹ rüber.« Die ›Seeperle‹ war ein Schiff, mit dem man direkt vom Überlinger Landungsplatz nach Wallhausen fahren konnte. Von dort aus verkehrten Busse in die Konstanzer Innenstadt.

Wie jungfräulich und – trotz der unterschwelligen Spannungen – verhältnismäßig unbeschwert der Abend noch war. Nie hätte Ole sich träumen lassen, dass er keineswegs mit Alexandra in ihrer roten Kirsche über den See fahren, sondern auf dem Boden seines Büros im Konstanzer Polizeirevier nächtigen würde.

Der Kellner hatte ihnen zwei, in einen frischgrünen Umschlag gebundene, Speisekarten auf den Tisch gelegt.

»Ich glaube, ich nehme die Kässpätzle«, erklärte Alexandra, nachdem sie das Speiseangebot studiert hatte.

»Ich würde dich lieber zu dem Menü einladen«, widersprach Ole. »Und zwar zu dem Sechsgängigen. Ich habe etwas gutzumachen.«

Alexandra schluckte. Allein bei dem Gedanken daran, so viel zu essen, wurde ihr übel. Aber das Gespräch würde ohnehin heikel genug werden, da wollte sie nicht gleich am Anfang eine Missstimmung aufkommen lassen, indem sie Oles großzügige Einladung, die gleichermaßen ein Versöhnungsangebot war, ausschlug.

»Das ist aber lieb von dir«, sagte sie daher, etwas mühsam lächelnd und beugte sich, um ihn abzulenken, aber auch, weil sie sich nach seinen Lippen sehnte, über den Tisch, um ihm einen Kuss auf den Mund zu drücken.

Ole grinste zufrieden. »Welches hättest du denn gern?«, fragte er. »Menü 1 mit Seeteufelmedaillons und gebratenem Kalbsfilet oder Menü 2 mit Felchen und Entenbrust?«

Alexandra lächelte schelmisch. »Nicht auf das Fleisch kommt es an, sondern auf den Nachtisch. Und weil mich Crème Brûlée mit Erdbeeren mehr anmacht als Topfenmousse, nehme ich Menü 1.«

»Gut«, sagte Ole und nickte dem Kellner zu, der soeben mit der Flasche Wein um die Ecke kam. »Ich schließe mich dir an.«

Erst als der Kellner den purpurroten Rebensaft in die langstieligen Gläser goss, wurde Alexandra klar, dass sie ja gar keinen Wein trinken durfte – na ja, das war vielleicht etwas übertrieben. Sie hatte nachgelesen, dass cin kleines Glas Wein am Tag dem Baby nicht schade und sie trank sonst, seit sie wusste, dass sie schwanger war, überhaupt keinen Alkohol. »Ich hätte gern noch ein Wasser«, sagte sie daher zu dem Kellner und nahm sich vor, nur ab und zu an ihrem Wein zu nippen.

Der Mann nahm die Bestellung auf und erschien wenig später mit der Vorspeise, Carpaccio von Roastbeefscheiben, rosa gebraten. Alexandra drehte sich bei diesem Anblick buchstäblich der Magen um.

»Zum Wohl, meine Schöne.« Ole hob sein Glas.

Alexandra nahm ebenfalls ihr Glas in die Hand und lächelte verkrampft. »Zum Wohl«, wiederholte sie.

Ole nahm einen Schluck und setzte sein Glas dann stirnrunzelnd wieder ab. »Was ist mit dir? Warum bist du so angespannt? Hast du mir doch noch nicht verziehen?« Er lächelte schüchtern. »Ich könnte es verstehen, Alexandra, und ich weiß auch, dass ich nicht der Mann bin, den du in mir gesehen hast. Nicht der strahlende Held …«

Alexandra riss der Geduldsfaden. »Ole, jetzt fang nicht wieder damit an. Diese ganze Sache mit Held oder nicht Held ist – pardon – ziemlich lächerlich.«

Ole presste die Lippen aufeinander, ganz kurz nur, aber sie konnte trotzdem sehen, wie sehr ihre Worte ihn gekränkt hatten. »Entschuldige«, lenkte sie ein und legte ihre Hand auf seine. »Ich habe nur deshalb gesagt, dass es lächerlich ist, weil du ohnehin mein Held bist. Und weil all das, was du mir erzählt hast, daran überhaupt nichts ändert, im Gegenteil bewundere ich dich dafür fast noch mehr. Aber das habe ich dir doch alles schon erklärt.«

»Ja«, sagte Ole und starrte aus dem Fenster. Die Lichter spiegelten sich im Rhein wider, und von der anderen Uferseite schimmerten die Scheinwerfer der vorbeifahrenden Autos herüber. Er blickte Alexandra wieder an. »Aber du bist anders als früher, Alexandra, und ich weiß nicht warum. Das verunsichert mich.«

Es hatte keinen Sinn. Sie konnte es nicht länger hinauszögern, sie machte damit alles nur noch schlimmer. Alexandra holte tief Luft und sagte: »Ich bin schwanger.«

Ole sog scharf die Luft ein und zog seine Hand ruckartig unter der ihren weg. Er starrte sie entsetzt an. »*Was* sagst du da?«, fragte er. »Wie kannst du mir das antun? Du hast genau gewusst, dass ich keine Kinder bekommen will. Dass ich es nicht *kann*. Und da gehst du einfach hin und trickst mich aus? Hast wohl gedacht, man kann mich zu meinem Glück zwingen, was? Aber da hast du die Rechnung ohne den Wirt gemacht.«

Mit einer ärgerlichen Bewegung scheuchte er den Kellner fort, der sich soeben mit dem zweiten Gang, je drei gegrillten Austern, näherte. »Sie sehen doch, dass wir mit

Gang eins noch nicht einmal angefangen haben. Kommen Sie später wieder«, schnauzte er. Der Kellner zog sich eingeschüchtert zurück.

»Ole«, sagte Alexandra flehend.

»Was?«, fuhr er sie an.

»Ole, denk doch mal nach. Wenn ich wirklich schwanger geworden wäre, *nachdem* du mir davon erzählt hast, dann wüsste ich das jetzt noch gar nicht. Außerdem kann eine Frau nicht an jedem Tag ihres Zyklus schwanger werden.«

Leise Verunsicherung machte sich in Oles Gesicht breit. Doch binnen Sekunden hatte die Wut wieder die Oberhand. »Das ist mir egal, Alexandra«, sagte er kalt. »Du hast mir gesagt, dass du die Pille nimmst und offensichtlich hast du das vergessen. Vielleicht sogar absichtlich. Sonst wärst du jetzt ja wohl nicht schwanger.«

Alexandra schwieg und starrte auf ihr Carpaccio.

»Alexandra?«

Sie sah auf. Oles wütender Blick fuhr ihr durch und durch. Seine Augen waren mit einem Mal moosgrün. Diese Farbe hatten sie noch nie zuvor gehabt.

»Hast du vergessen, die Pille zu nehmen?«, fragte er streng.

»Ja«, gestand sie leise.

»Also«, sagte Ole, nahm die Serviette, die er zuvor auf seinen Knien ausgebreitet hatte, und warf sie auf den Tisch. »Dann ist das ja geklärt. Du hast das verbockt, du bringst das in Ordnung. Ich habe damit nichts zu tun. Und nun entschuldige mich bitte. Mir ist der Appetit vergangen.«

Er sprang auf und stürmte, ohne sie noch eines weiteren Blickes zu würdigen, hinaus. Alexandra blieb wieder einmal allein zurück. Mit zwei Tellern Rindercarpaccio und zwei

Gläsern Rotwein vor sich. Und jeder Menge ungeweinter Tränen in ihren Augen. »Ich komme gleich wieder«, sagte sie zu dem Kellner, der hilflos etwas abseits stand und die Szenerie verfolgt hatte. Alexandra hastete den Gang entlang zu den Toiletten. Vor dem Damenklo stand ein Wickeltisch und in der Toilette hing ein rosafarbener Toilettenaufsatz für kleine Mädchen – Jungs durften ihn sicherlich auch benutzen. Die Kinderfreundlichkeit dieses Restaurants rührte sie. Und die Rührung war der letzte Tropfen, der das Fass zum Überlaufen brachte. Alexandra schloss mit fliegenden Fingern die Toilettentür hinter sich ab, ließ sich auf den geschlossenen Deckel sinken, vergrub das Gesicht in ihren Händen und begann zu weinen.

NEUNUNDVIERZIGSTES KAPITEL

Konstanz

»Frau Eichenhaun, schön, dass Sie die Zeit gefunden haben«, sagte Ole höflich, als Helena durch die Tür trat. Sie blickte auf die Uhr, obwohl sie genau wissen musste, wie spät es war, schließlich waren sie zu genau dieser Uhrzeit verabredet gewesen. »Viel Zeit habe ich allerdings nicht. Nach all dem Chaos ist die Vorbereitung auf die Messe viel zu kurz gekommen. Und nun, da Sina einsteigt«, ein Strahlen flog über ihr Gesicht, »sehe ich echte Chancen, dass wir es schaffen können, mit einer richtig guten Kollektion zu punkten.«

Ole ging nicht darauf ein. »Wir haben die Fingerabdrücke auf Ihrem Schlüsselbund überprüft«, sagte er und versuchte, auf seinem Stuhl eine andere Position einzunehmen. Durch die Nacht auf dem Büroboden tat ihm jeder Knochen weh. Und sein Schädel brummte auch. Nach dem Streit mit Alexandra hatte er getan, was er schon seit Studentenzeiten nicht mehr gemacht hatte: Er war in eine Kneipe gegangen und hatte gesoffen. So lange, bis die scharfe, rote Panik, die in seinem Kopf pulsierte, ein wenig abnahm und in einen angenehmen Brei aus zu viel Alkohol und Selbstgerechtigkeit gebettet wurde.

Es war ihm sogar egal gewesen, dass zwei Heranwachsende, die sich ebenfalls an der Bar aufhielten, ihn als den Bullen erkannten, der sie bei der geplatzten Facebook-Party im Konstanzer Hörnle streng und bestimmt des Platzes verwiesen hatte. »Damals hat er den Heiligen gespielt und jetzt säuft er selbst«, sagte der eine Halbwüchsige zum anderen und sprach mit Absicht so laut, dass Ole es hören konnte. Er hatte die beiden stoisch ignoriert und das bittere Getränk, bestehend aus Wodka und Kummer, in sich hineingekippt. Soweit, sein Leid dem teilnahmslos dreinblickenden Barkeeper zu klagen, wollte er das Klischee nicht bedienen.

Es war bestimmt drei Uhr nachts gewesen, als er ins Büro gewankt war. Fünf Stunden war das erst her. Ole fühlte sich, als habe er noch jede Menge Restalkohol im Blut.

»Und? Was ist mit den Fingerabdrücken?«, fragte Helena Eichenhaun und zwang ihn mit ihrer Ungeduld zur Konzentration. »Ich habe wirklich nicht den ganzen Tag Zeit.«

»Außer den Ihren finden sich die Fingerabdrücke von Christian und Katharina darauf«, begann Ole.

»Christian«, ereiferte sich Helena. »Habe ich es mir doch gedacht, dass er dahintersteckt. Ich verstehe nur nicht, Herr Hauptkommissar, Christian war von Anfang an der Hauptverdächtige und hatte für beide Morde ein Motiv. Warum in aller Welt nehmen Sie ihn nicht endgültig fest und lassen es gut sein?«

»Weil es mir zu einfach ist, Frau Eichenhaun«, erklärte Ole. »Und was mich wundert: Auch Katharinas Fingerabdrücke waren auf dem Schlüsselbund. Aber Ihre Tochter scheinen Sie nicht zu verdächtigen.«

»Nein«, sagte Helena mit einer Entschiedenheit, die Ole wunderte. Sie klang wie eine Löwenmutter, die ihr Junges verteidigt. Eine Rolle, die so gar nicht zu ihr passen wollte. »Katharina wäre zu so etwas nicht in der Lage«, sagte sie und funkelte Ole kampfeslustig an.

»Aber Christian schon?«

»Ich fürchte es, ja.«

»Frau Eichenhaun, ich wollte mit Ihnen eigentlich nicht über die Fingerabdrücke Ihrer Kinder sprechen.«

»Nicht?«, fragte Helena verwirrt. »Aber Sie haben doch damit angefangen.«

»Ich war noch nicht fertig. Es finden sich nämlich noch weitere Fingerabdrücke auf Ihrem Schlüssel, die wir nicht zuordnen können. Das heißt – wir können Sie schon zuordnen, aber nicht einer bestimmten Person.«

»Was meinen Sie damit?«, fragte Helena verwirrt.

»Es sind die gleichen Fingerabdrücke, die auch einer der großen Unbekannten hinterlassen hat, der in Ihrem Schlafzimmer war.«

»Leonhard?«

»Wir wissen es nicht. Wir gehen aber davon aus. Frau

Eichenhaun, ich glaube es wird Zeit, dass ich Ihnen, trotz noch laufender Ermittlungen, ein paar Dinge sage.«

»Ja?«

»Ihr geliebter Leonhard hatte einen Zwillingsbruder.«

»Nein«, widersprach Helena reflexartig. »Keinen Zwillingsbruder. Mein Verlobter hatte einen Doppelgänger, der plötzlich auftauchte.«

»Hat er Ihnen das erzählt?«

»Ja.« Ole konnte Helena ansehen, dass sie schon bereute, mit der Wahrheit herausgeplatzt zu sein.

»Warum, liebe Frau Eichenhaun, haben Sie uns das nicht gesagt? Ihnen ist schon klar, dass Sie damit unsere Ermittlungen behindert haben?«

Helena schwieg und presste die Lippen aufeinander.

»Frau Eichenhaun?«

»Sie haben mir ja auch nicht alles erzählt«, sagte sie dann und es klang trotzig.

»Ich glaube, da ist ein kleiner Unterschied. Wir sind die ermittelnden Beamten«, beharrte Ole.

»Und ich bin die Verlobte«, hielt Helena dagegen.

Ole seufzte. »Was halten Sie davon, wenn wir einfach ab jetzt miteinander kooperieren? Wissen gegen Wissen?«

Helena zuckte die Achseln. »Wenn Sie meinen.«

»Das mit dem Doppelgänger haben Sie ihm geglaubt?«

»Wieso hätte ich es ihm nicht glauben sollen?«

»Wann hat er Ihnen das erzählt?«

Helena schwieg. Sie konnte ja schlecht sagen, dass sie es erst vor Kurzem erfahren hatte. *Nach seinem Tod.*

Ole seufzte wieder. »Frau Eichenhaun. Wann auch immer er es Ihnen erzählt hat: Er hat gelogen. Oder nein, streng genommen hatte er wirklich einen Doppelgänger. Aber er war mehr als das. Es handelte sich um seinen Zwillingsbruder.«

Ole verschwieg, dass Leonhard möglicherweise gar nichts von seinem Zwillingsbruder wusste. Er musste Helena Eichenhaun aus der Reserve locken. Und wenn dazu nur unlautere Mittel taugten, dann mussten diese unlauteren Mittel eben herhalten.

Helena starrte ihn ausdruckslos an.

»Frau Eichenhaun – Fakt ist: Wenn es einen Doppelgänger gab, kann es gut sein, dass es sich bei der Leiche gar nicht um Leonhard handelt. Es kann sein, dass es sein Doppelgänger ist. Dann würde Ihr Leonhard noch leben.«

In Helenas Blick flackerte etwas. Ole bohrte weiter.

»Es kann aber auch sein, dass der Doppelgänger noch lebt und der, liebe Frau Eichenhaun, ist sehr gefährlich. Möglicherweise hat er Leonhard getötet. Der Doppelgänger ist aktenkundig, und auch wenn ich es eigentlich nicht dürfte, erzähle ich Ihnen mal von seinem Vorstrafenregister, um Ihnen den Ernst der Lage klarzumachen.«

Er registrierte, dass Helena die Hände faltete und sie heftig ineinander krampfte. Offenbar war sie nervös.

»Leonhard Bux' Zwilling ist uns wegen mehrfacher Körperverletzung und sexueller Übergriffe auf Frauen bekannt. Teilweise waren sogar sehr junge Frauen dabei. Übrigens halten wir es für möglich, dass Leonhard und sein Zwilling schon lange ihre Rollen getauscht haben und Leonhard gar nicht Leonhard war, sondern sein Zwillingsbruder.«

Ole suchte Helenas Gesicht nach Regungen ab, sah das Lodern in ihren Augen, sah das Entsetzen darin, sah, dass die Gesichtsfarbe hinter der dicken Schminke wächsern wurde.

»Was?«, flüsterte sie. Und noch einmal: »Was?«

»Valentin Moser, so hieß Leonhards Doppelgänger, ging immer nach dem gleichen Schema vor«, fuhr Ole fort. »Er war sehr nett zu den Frauen, sehr charmant, trug sie auf Händen. Die Aussagen der Mädchen ergaben, dass sie in den ersten Monaten überglücklich waren. Sich noch nie so geliebt gefühlt hatten.«

Helena lauschte mit angespannter und auch etwas betretener Miene. »Und dann – na ja. Irgendwann merkten die Frauen, dass das, was ihnen am Anfang so gefallen hatte und was sie für Liebe gehalten hatten, krankhaft war.«

»Was meinen Sie damit?«, flüsterte Helena.

»Er trug sie anfangs auf Händen, wollte ständig mit ihnen schlafen, wollte wissen, was sie machen, wohin sie gehen und mit wem. Zunächst gefiel das den Frauen. Sie fühlten sich geliebt und er hielt sich anfangs auch noch zurück. Aber irgendwann begannen die Frauen dann, ihre Freiheiten einzufordern. Eine wollte mit einem Exfreund, mit dem sie sich immer noch gut verstand, etwas trinken gehen. Da tickte er aus.«

»War er – pädophil?«, stieß Helena hervor. Ole zuckte die Achseln. »Er bevorzugte junge Frauen. Das ja. Aber alle hatten schon den Körper einer Frau. Sieht also nicht nach einer klassischen Pädophilie aus.«

»Und es gibt nichts, anhand dessen man die Brüder auseinanderhalten kann?«

»Doch«, sagte Ole. »Ein Muttermal an der linken Hüfte. Leonhard hatte eines, sein Zwillingsbruder keines.«

Helena starrte ihn entsetzt an. Dann entschuldigte sie sich mit knappen Worten, stieß ihren Stuhl zurück und verließ fluchtartig das Polizeigebäude. Sie ignorierte Oles Rufe, die ihr folgten.

FÜNFZIGSTES KAPITEL

Konstanz

Helena fuhr, als sei der Leibhaftige hinter ihr her. Eigentlich hatte sie vom Polizeirevier aus direkt auf die Fähre und von dort aus in die Firma fahren wollen. Sie musste dringend nach dem Rechten sehen und vor allem wollte sie versuchen, Sina zu erwischen. Sie hatte sich gefreut, die Tochter gestern in der Firma vorzufinden, und obwohl die Ereignisse wieder einmal mehr als verwirrend gewesen waren, hatte Sina die Zeit gefunden, ihr zuzuraunen, dass sie sich entschieden hatte, in der Firma zu bleiben und das Ruder gemeinsam mit ihrer Mutter herumzureißen. Nun wollte Helena Nägel mit Köpfen machen. Sich nicht zu freuen, bevor die Tinte unter dem Vertrag nicht trocken ist, war einer ihrer Leitsätze, und auch wenn sie wusste, dass man einen Freigeist wie Sina mit einem Vertrag nicht wirklich einfangen könnte, wäre ihr doch wesentlich wohler, wenn dieser vorläge.

Aber als sie ihre Tagesplanung gemacht hatte, hatte sie noch nicht gewusst, was Ole Strobehn ihr über das Wiedererkennungsmerkmal von Leonhard Bux sagen würde. *Das Muttermal, das Muttermal, das Muttermal*, pulste es in ihrem Kopf. Erst war es da gewesen, dann weg. Sie war sich ganz sicher, dass sie es in ihrer Verlobungsnacht geküsst hatte. Sie hatte sich nämlich angesichts des Muttermals klargemacht, dass sie keine Kinder mehr haben würden, weil sie, Helena, dazu zu alt war. Sie hatte sich gefragt, wie ihre Kinder ausgesehen hätten, wenn sie jung genug gewesen wäre, um welche zu bekommen und sie hatte gedacht, dass Leonhard nun wahrscheinlich nie Vater werden würde. Schließlich hatte sie sich gefragt, ob ihre Kinder auch dieses süße, herzförmige Muttermal auf der Hüfte gehabt hätten. Und zuletzt hatte sie sich darüber gewundert, dass ausgerechnet sie, die Rabenmutter, über Kinder nachdachte.

Am Anfang, *vor dem Tod*, war das Muttermal da gewesen. Nun war es weg. Das konnte nur eines bedeuten. Auf einmal fielen Helena zahlreiche Gelegenheiten ein, an denen er sich anders verhalten hatte als zuvor. Sie hatte sich über diese kleinen Dinge gewundert, ohne sie näher zu betrachten. Sie hatte sie eigentlich auch nur am Rande ihres Bewusstseins wahrgenommen. Zu berauscht war sie gewesen, von ihrem Glück darüber, dass er ihren Antrag angenommen hatte.

Und als sie ihn dann wiederhatte, da hatte sie gar nicht mehr darüber nachgedacht. Es waren wirklich schöne Tage gewesen. Was sicherlich nicht *nur* daran lag, dass sie in ihrem Glück alles verklärte. Leonhard – Valentin? War aufmerksam, zärtlich, liebevoll. Sie schwebte auf Wolke sieben, war ungemein glücklich. Und ja, er war besitzergreifend. Wollte wissen, was sie wann tat und wen sie traf. Das gefiel ihr irgendwie. Es war so männlich. Albert, ihr Exmann, hatte nie gewagt, seine Frau nach ihren Plänen zu fragen. Helena hatte das als memmenhaft empfunden.

Aber hatte der Kommissar nicht genau das geschildert? Hatte er nicht gerade davon erzählt? Dass Leonhards Zwilling sehr besitzergreifend war? Dass das aber langsam zur Kontrollsucht mutierte und er austickte, wenn sich seine Freundinnen ein kleines Stück Freiheit aushandeln wollten? So weit waren sie längst noch nicht in ihrer Beziehung. Noch waren sie in einem Stadium, in dem es charmant und schlichtweg verliebt wirkte, wenn der Partner alles vom anderen wissen wollte.

Kurz entschlossen setzte Helena in der Mainaustraße den Blinker, bog in die Eichhornstraße ein und fädelte sich von dort aus durch die vielen kleinen Sträßchen, die zu ihrer Villa führten. Mit wild klopfendem Herzen lenkte sie das Auto in die Einfahrt, der Kies knirschte unter den Rädern.

Ihr war fast schwindelig vor Aufregung, als sie ausstieg, ihren Schlüssel aus der Handtasche kramte und die zwei Stufen zur Haustüre emporstieg. Auch wenn sie entsetzliche Angst hatte, ja, um ihr Leben fürchtete – und vorher froh gewesen war, Leonhard zu entkommen –, konnte sie nicht anders, als ihn nun direkt mit dem zu konfrontieren, was sie eben gehört hatte. Und ihn nochmal nach dem Muttermal zu fragen. Was hieß hier Leonhard: Sie war sich fast sicher, dass Leonhard, ihr liebster Leonhard, wirklich tot war. Das verschwundene Muttermal sprach dafür, dass sie es mit Valentin zu tun hatte, seinem Zwillingsbruder. Der Zwillingsbruder, mit dem sie Zärtlichkeiten ausgetauscht, mit dem sie geschlafen hatte. Sie fühlte eine taube, dumpfe Übelkeit in sich aufsteigen. Die Übelkeit mischte sich mit unendlicher Angst. Angst weniger vor Valentin als vor der schwarzen Einsamkeit, aus der Leonhard sie herausgerissen hatte und in die sie nun vielleicht schon bald wieder zurückkehren musste. Flüchtig kam ihr der Gedanke, dass sie sogar Valentin nehmen würde, wenn sie nur nicht wieder so allein sein müsste. Auch mit ihm war sie schließlich glücklich gewesen, in den letzten Tagen.

Mit einer heftigen Bewegung schüttelte sie den Kopf, als könne sie ihre abstrusen Gedanken dieserart verscheuchen. Sie, die als Kind sexuell missbraucht worden war, konnte sich doch nicht nach so einem Mann sehnen! Und sie konnte doch nicht den einen Zwilling gegen den anderen austauschen. Irgendwo hatte sie einmal gelesen, dass Opfer von Gewalt später entweder selbst gewalttätig wurden – wie sie es ja in gewisser Weise, wie sie sich eingestanden hatte, ihren Kindern gegenüber auch gewesen war, oder dass sie sich Partner suchten, die sie wieder unterdrückten und unterwarfen. Was wenn sie sich genau deshalb auch in den Armen des bösen Zwillings so wohlfühlte? Weil irgendein verrückter Mechanismus aus Kindertagen nach einer Antwort schrie?

Sie spürte, wie sich die feinen Härchen an ihren Armen aufstellten. War das, was in ihrem Inneren aufstieg, das Gefühl von Grauen? Langsam drehte sie den Schlüssel im Schloss, blieb dann im Flur stehen und lauschte. Da Katharina tagsüber an der Uni war, bewegte sich Leonhard – Valentin – recht frei im Haus, würde aber sicherlich in Deckung gehen, wenn so unerwartet jemand auftauchte. Plötzlich kam ihr ein schrecklicher Gedanke. Eigentlich war sie für ihn ja viel zu alt. Katharina, die junge, fügsame Katharina, passte viel eher in sein Beuteschema. Er würde doch nicht …? Wieder spürte sie das bis dahin so tief schlafende Muttertier in sich erwachen.

»Hallo«, rief sie. »Ich bin's. Jemand zu Hause?«

Sekunden später hörte sie seine Schritte auf der Treppe. Er trug noch den dunkelblauen, seidenen Pyjama, den sie ihm geschenkt hatte. Mit den zerzausten, braunen Haaren und den grauen Augen sah er, wie sie fand, zum Dahinschmelzen aus. Mein Gott ist dieser Mann schön, dachte sie.

»Was machst du denn schon hier, Schatz?«, fragte er gähnend. »Ich habe erst heute Abend mit dir gerechnet.«

Helena musterte ihn argwöhnisch. Er wirkte wirklich ganz unbefangen und harmlos.

»Ich hatte Sehnsucht nach dir«, erklärte sie und merkte selbst, dass das irgendwie lauernd klang.

Er aber schien das gar nicht zu registrieren. Ein Strahlen breitete sich auf seinem Gesicht aus, er kam die Treppe ganz hinunter und nahm sie in die Arme.

Helena kämpfte mit sich. Sie wollte ihr Misstrauen nicht gleich fallen lassen, aber dieser Mann hatte eine magische Wirkung auf sie. Jetzt, wo sie in seinen Armen lag, waren ihre Zweifel wieder einmal wie weggeblasen. Natürlich ist das Leonhard. Natürlich, dachte sie.

Aber der Leberfleck, schrie ihr inneres Warnsystem.

Helena schaltete es aus. Es funktionierte.

Sie wollte einfach nur glücklich sein und mehr, viel mehr, von diesem wunderbaren Gefühl bekommen, das er so gekonnt in ihr auslöste. Und sie wollte den größtmöglichen Abstand zwischen sich und die schwarze Einsamkeit bringen, die sie wieder zu verschlingen drohte. Sie glaubte, dass sie süchtig war, nach ihm, seiner Liebe und seinem Licht, als sie mit Leonhard auf den Boden sank und sich von ihm lieben ließ.

EINUNDFÜNFZIGSTES KAPITEL

Konstanz

Katharina hatte sich an jenem Tag unwohl gefühlt. Ein leichtes Magengrimmen am Morgen hatte sich später um heftige Kopfschmerzen ausgedehnt, jeder Knochen tat ihr weh. Sie konnte sich an der Uni nicht konzentrieren und ihre Kommilitonen hatten ihr dringend geraten, nach Hause zu gehen und sich ins Bett zu legen. »Wahrscheinlich eine Frühjahrsgrippe«, hatte ihre Freundin Anke, ein sehr fröhliches und bodenständiges Mädchen, gemeint. »Fort mit dir, bevor du uns alle ansteckst.«

Also hatte sich Katharina auf den Weg nach Hause gemacht und sich schon auf ihr gemütliches Bett und überhaupt auf das Nach-Hause-Kommen gefreut. Seit sich die Mutter so verändert hatte, seit der Aussprache im Wohnzimmer, fühlte Katharina, wohl zum ersten Mal in ihrem Leben, was das eigentlich war, ein Zuhause. Ein Ort, an dem man glücklich sein und sich wohl und geborgen fühlen konnte, auch wenn der Mensch, der es mit einem teilte, nicht da war. Seine Anwesenheit war trotzdem greifbar, spiegelte sich in den Glasscheiben, fläzte in den Sofakissen, duftete aus dem Mantel, der an der Garderobe hing. Katharina wurde klar, dass ein Zuhause dort war, wo man verstanden wurde, wo man einem anderen Menschen etwas bedeutete, ihm wichtig war. Jetzt, wo sie es endlich und unvermittelt gefunden hatte, dachte sie darüber nach, wie viele Menschen wohl heimatlos sein mochten, in dieser Welt. Obdachlos in emotionaler Hinsicht. Auch sie war es gewesen, jahrzehntelang. Und wie viele Männer mochte es geben, die von desinteressierten Ehefrauen empfangen wurden, wenn sie in ihr angebliches Zuhause kamen? Wie viele Frauen, die neben gleichgültigen Ehemännern emotional vertrockneten und eine schwere Krise bekamen, wenn mit den Kindern das letzte Stück Leuchten und Liebe aus dem Haus ging?

Obwohl sie sich darauf freute, den kalten Nieselregen, der einsetzte, als sie das Ufer auf Höhe der Rheinbrücke erreichte, von ihrem Panoramafenster aus, eng in dicke Decken gekuschelt, zu beobachten, setzte er ihr jetzt, auf dem Fahrrad, doch arg zu. Natürlich hatte sie am Morgen keine Regenjacke mitgenommen – wer hätte denn auch ahnen können, dass sich das Wetter dermaßen verschlechtern würde. Und jetzt fror sie ganz erbärmlich.

Als sie das Auto ihrer Mutter in der Einfahrt sah, freute sie sich. Als hätte Helena mit ihrer neu gewonnenen Sensibilität gespürt, dass die Tochter sie brauchte. Seit die Mutter ihr gegenüber so aufgeschlossen, ja, regelrecht warmherzig war, sehnte sie sich mehr denn je nach ihrer Zuneigung – nun, da sie einmal davon hatte kosten dürfen. Katharina malte sich aus, dass die Mutter zum ersten Mal in ihrem Leben die Hand auf ihre Stirn legen, sie ins Bett schicken und ihr eine heiße Milch mit Honig bringen würde. Vielleicht würde sie ihr gar ein Bad einlassen? In derlei Träume versunken hätte Katharina fast die Tür geöffnet, ohne durch die kleine Glasscheibe zu schauen, durch die man den großzügigen Eingangsbereich sehen konnte. Und durch die Glastüre zum Wohnzimmer konnte man durch das kleine Fenster sogar bis hinüber zum See blicken.

Eigentlich schaute Katharina nie hindurch. Doch dieses Mal hielt sie eine Bewegung hinter dem Fenster davon ab, einfach die Tür aufzuschließen und hineinzugehen. Eine Bewegung hinter dem Fenster war untypisch. Es pflegte sich eigentlich nie jemand in der Diele aufzuhalten.

Und dann sah sie ihn. Leonhard Bux. Und sie sah ihre Mutter. Leonhard lag auf ihr.

Katharina presste die Hand auf den Mund, ihre Augen weiteten sich voller Entsetzen. Ihre Mutter lag unter einer Leiche. Das Geschehen war zu surreal, als dass sie es hätte fassen können.

Dann bewegte Leonhard sich. Katharina begriff, dass er nicht tot war.

Neben das Bild, das sich hier unmittelbar vor ihr befand, schob sich vor dem inneren Auge das Bild des toten Leonhard. Sie hatte ihn ja daliegen sehen, vor allen anderen in jener Nacht. War *das* nun die Strafe? Dass er wiederauferstand? Kam, um Rache zu nehmen, sie zu verraten? Zu erzählen, was sie getan hatten? Würde er ihrer Mutter nun das Gleiche antun, was er mit ihr versucht hatte? Ihre Mutter war in ernster Gefahr, daran zweifelte Katharina keine Sekunde lang. Das durfte sie nicht zulassen. Das Schicksal mochte so grausam sein, ihr zuzugedenken, dass sie die eben erst gefundene Mutter gleich wieder verlöre. Aber das hieß noch lange nicht, dass sie sich in ihr Schicksal fügen musste. Katharina zögerte und sah sich nach einem schweren Gegenstand um. Wenn sie die Tür sehr schnell aufriss, wäre es sicherlich möglich, Leonhard von hinten zu erwischen und ihn außer Gefecht zu setzen. *Aber er war ja schon tot.* Ein Mensch konnte doch nicht zwei Mal sterben. Und sie wusste so sicher wie nur was, dass er tot war. Sie hatte noch nach ihm gesehen, nachdem er so bewegungslos dagelegen hatte, war dicht vor seinen Mund gekrochen, um zu prüfen, ob er vielleicht doch noch atmete. Aber da war nichts gewesen. Und sie hatte auch vergebens nach seinem Puls getastet – allerdings hatte sie zuvor ihre Handschuhe nicht ausgezogen, aber so dick war die Wolle nicht, als dass man einen Puls nicht hätte fühlen können.

Und nun lag dieser Mann auf ihrer Mutter und bewegte sich. Das konnte nicht sein, das gab es nicht.

Katharina bekam Panik.

Sie drehte sich um, schwang sich auf ihr Fahrrad. Wohin jetzt? Polizei? Sie hatte sie eigentlich immer gemieden, sie hatte Angst vor ihnen. Aber jetzt ging es nicht mehr um sie, nicht länger nur um die eigene Angst. Jetzt ging es ausschließlich um ihre Mutter.

Katharina trat in die Pedale und spürte weder den Regen, der sie immer mehr durchnässte, noch die stechenden Kopfschmerzen und schon gar nicht die Übelkeit. Sie fuhr, wie sie dachte, das Leben ihrer Mutter zu retten.

Katharina war völlig außer Atem, als sie auf dem Polizeirevier ankam. »Setzen Sie sich doch erst mal«, sagte Ole und nahm selbst wieder Platz. Er war gerade auf dem Weg zum Staatsanwalt gewesen, wo er unbedingt einen Durchsuchungsbeschluss erwirken wollte. Seiner Ansicht nach hatte Helena Eichenhaun mehr als merkwürdig reagiert. Ole war inzwischen überzeugt, dass sie etwas zu verbergen hatte.

»Nein, Sie müssen sofort kommen«, keuchte Katharina. Die sonst so blassen Wangen hatten eine feuerrote Färbung angenommen, in den Augen sprühte Panik.

»Leonhard. Ich habe Leonhard gesehen. Er lag auf meiner Mutter auf dem Boden in der Diele. Ich glaube, er hat ihr etwas angetan.«

Ole sprang auf und rannte zur Tür. »Kommen Sie!«, rief er. Im Flur kam ihm Monja entgegen. »Was zum Teufel …?«

»Gefahr im Verzug«, keuchte Ole. »Wir müssen sofort zur Villa der Familie Eichenhaun.«

Monja und Ole setzten sich vorn in den Streifenwagen, Katharina nahm auf dem Rücksitz Platz. Binnen Sekunden, so schien es Katharina, waren sie vom Benediktinerplatz heruntergefahren und an der Rheinbrücke in die Mainaustraße eingebogen, von wo aus die Straßenverästelung, die zur Villa der Eichenhauns führte, abzweigte.

Mit quietschenden Reifen hielt Ole vor dem Haus und sprang aus dem Wagen. Monja öffnete Katharina die Tür. Die Türen der Polizeiwagen ließen sich im hinteren Bereich von innen nicht öffnen.

»Sie haben einen Schlüssel?«, erkundigte sich Monja.

»Ja.« Katharina kramte ihn hervor.

»Wenn Sie uns ins Haus lassen, können wir auf das Klingeln verzichten. Dann warnen wir ihn nicht vor.«

Katharina schloss auf. Die Diele war menschenleer.

»Hallo?«, rief sie. »Hallo Mama?«

Keine Antwort.

»Du siehst oben nach, ich schaue im Wohnzimmer und in der Küche«, wies Ole Monja an. Dann sagte er zu Katharina: »Sie bleiben hier stehen.«

»Ja.«

Ole fand Helena Eichenhaun in ihrem Wohnzimmer.

»Was machen Sie hier?«, herrschte sie ihn an.

»Ihre Tochter hat uns um Hilfe gebeten. Sie sah Sie in den Armen eines Toten«, erwiderte Ole mit leisem Spott.

»So ein Quatsch«, fuhr Helena auf und ihre Stimme war

hart, als sie sagte: »Meine Tochter verfügt manchmal über eine ausgeprägte Fantasie.«

»Herr Strobehn«, kreischte – ja, kreischte – Katharina in diesem Moment.

Ole raste nach draußen, Monja kam zeitgleich die Treppenstufen herunter.

In der Diele stand Leonhard Bux – oder Valentin Moser? – in eng anliegenden Boxershorts und versuchte, an Katharina vorbei zur Tür hinauszugelangen.

Als er die beiden Beamten erblickte, packte er Katharina kurz entschlossen von hinten und hielt sie fest. Ole sah, dass er ein Küchenmesser in der Hand hielt, das er nun an Katharinas Hals setzte.

»Wenn Sie näher kommen, tue ich ihr etwas an«, drohte er.

Katharina und Helena schrien wie aus einem Mund auf.

»Leonhard«, flehte Helena. »Das kannst du doch nicht tun. Was soll das denn?«

Leonhard sah sie mit brennendem Blick an. »Verzeih, mein Schatz«, bat er, und der weiche Tonfall seiner Stimme stand in erstaunlichem Gegensatz zu der Tat, die er gerade zu begehen im Begriff war.

»Ich muss das tun. Sonst schnappen sie mich.«

»Herr Bux«, begann Ole. »Oder sollte ich lieber Herr Moser sagen?«

»Ich. Bin. Nicht. Der. Verdammte. Valentin. Moser. Ich. Bin. Leonhard. Bux«, erklärte Leonhard sehr langsam, sehr scharf und jede einzelne Silbe betonend.

»Aber … das Muttermal«, stieß Helena hervor. Sie war noch so glückstrunken von dem Liebesakt und den Zärtlichkeiten des Mannes, der ihr nun gegenüberstand und ein

Messer an den Hals ihrer Tochter hielt, dass ihr Verstand erst langsam wieder in Gang kam.

Sie hatten auf dem Sofa gesessen, sich in den Armen gehalten, auf den See hinausgeblickt und die Gefahr, man könne sie von draußen sehen, völlig ausgeblendet, als die Tür ging und sie Katharina kommen hörten. In fliegender Hast hatte sie ihre Kleider geordnet, Leonhard war sofort aufgesprungen und in die Küche gegangen, von der aus man den Flur erreichen konnte. Welch ein Glück, dass nur er sich ausgezogen hatte, dachte Helena und hoffte, dass sich Katharina nicht über den seidenen Männerpyjama wunderte, der irgendwo in einer Ecke im Flur lag. Das war das Letzte, was sie dachte, bevor Strobehn plötzlich in der Tür auftauchte und sich die Ereignisse zu überschlagen begannen.

»Was ist mit dem Muttermal?«, wollte Ole nun wissen.

»Es ist weg«, sagte Helena und starrte dabei in Valentin-Leonhards graue Augen. »Er hat gesagt, er hat es weggekratzt.«

»Ein Muttermal kann man nicht so einfach wegkratzen, Frau Eichenhaun«, sagte Monja.

»Vielleicht war es ja gar kein Muttermal, sondern etwas anderes«, argumentierte Helena.

»Mag sein, Frau Eichenhaun. Aber finden Sie das nicht seltsam? Dass ausgerechnet *jetzt* das Muttermal verschwindet?«

»Doch«, flüsterte Helena, den Mann, den sie eben geliebt hatte, immer noch anstarrend. »Das ist in der Tat seltsam. Mehr als seltsam. Das ist so seltsam, dass es eigentlich gar nicht sein kann. Ich weiß auch nicht – mein Verstand war wie benebelt, die ganze Zeit …«

»Helena«, flehte ihr Geliebter, das Messer immer noch an Katharinas Hals drückend. Bitte glaube mir. Ich bin wirklich Leonhard. Und ich liebe dich.«

»Dann lass meine Tochter los«, forderte Helena.

»Das kann ich nicht. Wenn du mich liebst, vertraust du mir.«

»Wenn du mich liebst, lässt du meine Tochter los«, konterte Helena.

Leonhard ließ sofort die Arme sinken. Das Messer klirrte auf den Boden.

»Mama!« Katharina stürzte nach vorn und warf sich in Helenas Arme. Helena umarmte sie reflexartig.

»Helena«, sagte er leise.

Sie sah ihn stumm an.

»Herr Bux oder wer immer Sie auch sein mögen. Ich verhafte Sie wegen des dringenden Tatverdachts, Ihren Zwillingsbruder und Dieter Pahlke ermordet zu haben«, sagte Ole, als er zu ihm trat. »Außerdem werden Sie des schweren Diebstahls und der Firmenspionage verdächtigt. Und, das haben wir mit eigenen Augen gesehen, Sie haben Katharina Eichenhaun massiv bedroht.«

Leonhard reagierte nicht. Er machte auch keine Anstalten, sich zu wehren. »Helena«, sagte er nur.

Doch Helena sah ihn ausdruckslos an.

»Ziehen Sie sich was an, Herr Bux und dann folgen Sie uns bitte. Wir müssen Ihnen leider Handschellen anlegen. Es besteht Fluchtgefahr. Deswegen verstehen Sie auch sicher, wenn ich Sie zum Anziehen begleiten muss«, informierte Ole ihn. Wo befinden sich Ihre Kleider?«

»Oben«, sagte Leonhard. Ole sah Helena fragend an und die nickte bestätigend.

Leonhard schenkte sie keinen Blick mehr. Und als Ole den Verhafteten fünf Minuten später die Treppe wieder herunterführte, stand nur noch Monja Grundel in der Halle. Von Helena und ihrer Tochter war keine Spur mehr zu sehen.

Leonhard verließ das Haus seiner Geliebten mit hängendem Kopf.

ZWEIUNDFÜNFZIGSTES KAPITEL

Friedrichshafen

Sina arbeitete wie eine Besessene. Seit sie sich entschieden hatte, dem Wunsch ihrer Mutter nachzukommen und als Chefdesignerin in die Firma einzusteigen, befand sie sich in einem regelrechten Rausch. Sie erfreute sich eines Kreativschubs, wie sie ihn zuletzt bei der Erstellung ihrer Kollektion für die Abschlusspräsentation verspürt hatte. Alles um sie herum war ihr Inspiration. Das Funkeln des Schmucks ihrer Mutter in der Pfeife des Aalener Spions hatte sie dazu veranlasst, einen schillernden, mit tausenden Pailletten besetzten und mit Ranken bestickten Stoff zu entwerfen. Daraus wollte sie Abendkleider nähen, romantische bodenlange, aber auch modernde und kurze Etuikleider. Kombiniert mit Jäckchen aus weichem Samt. Sie war so sehr in ihre Arbeit vertieft, dass sie zunächst gar nicht bemerkte, dass die Tür sich öffnete und Michael hereinkam. Erst sein Räuspern führte dazu, dass sie sich umdrehte.

»Sina«, sagte er kühl.

»Michael«, antwortete sie ebenso kühl. Die Geschwister starrten sich an. Sina war irritiert, dass er sie erst aufsuchte und dann nicht Besseres zu tun hatte, als sie anzustarren. »Was kann ich für dich tun?«, fragte sie schließlich.

»Die Finger von der Firma lassen«, presste Michael hervor.

»Wie bitte?«

»Lass die Finger weg«, wiederholte Michael mit ruhiger, aber dennoch messerscharfer Stimme. »Sonst wird es dir noch leidtun.«

»Michael! Was soll das, ich …«

Aber Michael unterbrach sie. »Du siehst ja, was mit Menschen geschieht, die an sich reißen wollen, was ihnen nicht gehört. Denk daran, was mit Pahlke passiert ist. Oder mit dem armen Leonhard.«

»Was hat Pahlke denn an sich zu reißen versucht?« Sina brachte die Worte nur mühsam heraus. Zu sehr war sie damit beschäftigt, das mulmige Gefühl zu unterdrücken, das sich in ihrem Inneren breitgemacht hatte.

»Du brauchst nicht über jedes Detail Bescheid zu wissen«, beschied sie Michael knapp. »Aber ich hoffe, du hast verstanden, was ich dir gesagt habe? Lass die Finger von der Firma.«

»Mutter hat mich gebeten, Chefdesignerin zu werden. Warum sollte ich ihr den Wunsch abschlagen?«

»Weil ich es so will«, erklärte Michael. »Mutter braucht dich nicht, verstehst du? Sie braucht mich, nur mich. Mich allein.«

Plötzlich begriff Sina. Ihr Bruder war schlichtweg eifersüchtig. Als er noch ein kleiner Junge gewesen war, hatte er sie immer an ein ungeliebtes Hündchen erinnert und er hatte ihr leidgetan. Vielleicht war das der Grund, warum sie sich zeitweise so intensiv an ihn angeschlossen hatte und immer mit Fragen zu ihm gekommen war. Wobei er darauf eher etwas genervt reagiert hatte.

Und nun war er derjenige unter den Geschwistern, der der Mutter beruflich am nächsten stand. Der alles für sie regelte, vor allem jetzt, wo Christian im Gefängnis saß. Der stark war, sie beschützte und dafür sorgte, dass die Firma weiterlief, während es Helena so schlecht ging. Aber allein würde er es nicht schaffen. Saphir! war keine Fabrik, die nur verwaltet werden musste. Der Kreativbereich war der Dreh- und Angelpunkt, mit dem alles stand und fiel.

»Michael«, sagte sie. »Ohne mich werdet ihr das Ruder nicht herumreißen. Ihr braucht jemanden, der neue Ideen einbringt.«

»Du hast schon immer an enormer Selbstüberschätzung gelitten«, höhnte ihr Bruder und ruckelte selbstgerecht an seiner Brille. »Du hast überhaupt kein Recht auf die Anteile. Du bist jahrelang in der Welt herumgetingelt, während ich mir hier den Arsch aufgerissen habe. Und nun kommst du plötzlich daher, und …«

Sina wurde wütend. Sie hatte ihren Bruder völlig falsch eingeschätzt. Von wegen Mutterproblem. »Ach darum geht es dir also? Du willst Mutters Anteile haben, stimmt's? Jetzt, wo Christian draußen ist, wärst du der alleinige Erbe. Damit würde die Firma dir gehören.« Wütend pfefferte sie einen Stoffballen mit blauer Seide, der auf dem Tisch gelegen hatte, auf den Boden. »Aber soll ich dir mal etwas sagen? Mutter wird dummerweise noch mindestens 40 Jahre leben. Und bis dahin bist du alt und grau. Oder …«

Sie stockte und sah ihren Bruder scharf an. »Michael, willst du Mutter etwas antun ... hast du auch ... Pahlke ...?«

Michaels Miene wurde eisig. »Das war klar, dass ich hier mal wieder zum Buhmann gemacht werden soll«, schnappte er beleidigt. »Ich und Mutter etwas antun! Was soll denn der Blödsinn! Ich will sie beschützen, für sie da sein, ihr helfen«, brach es aus Michael heraus. Plötzlich und unvermittelt zitterte seine Stimme. »Ich liebe sie.« Er sank auf die Knie und begann zu weinen. »Ich liebe sie und ich will, dass sie mich braucht«, schluchzte er.

Bestürzt ging Sina neben ihrem Bruder in die Hocke und legte ihm vorsichtig eine Hand auf die Schulter. »Michael.«

Aber Michael fuhr herum und schlug ihre Hand weg. »Lass mich«, rief er und klang in Vokabular und Tonfall wie ein kleiner Junge. »Geh weg, lass mich in Frieden, hörst du!«

Erschrocken zog Sina ihre Hand zurück. Sie begriff, dass Michael sein Zusammenbruch peinlich war, dass er nicht getröstet werden, sondern allein sein wollte. Zum Glück hatten sich die Näherinnen, Designerinnen und Zuschneiderinnen schon lang in den Feierabend verabschiedet. Sina stand leise auf und ging zur Tür. Dort angekommen wandte sie sich noch einmal um. Michael kauerte auf dem Boden und schluchzte herzzerreißend. Er weinte um seine verlorene Kindheit, weinte um den kleinen Jungen, der es nicht geschafft hatte, die Liebe seiner Mutter zu erringen, weinte um seine abgesagte Hochzeit und um sein ganzes Leben.

Zutiefst erschüttert zog Sina die Tür hinter sich zu und ließ ihren Bruder allein.

DREIUNDFÜNFZIGSTES KAPITEL

Konstanz

Leonhard Bux' Identität war rasch geklärt. Anhand seiner Fingerabdrücke ließ sich schnell feststellen, dass er nicht gelogen hatte. Sie stimmten nicht mit den Fingerabdrücken Valentin Mosers überein. Damit stand fest, dass es sich bei der Leiche um Leonhard Bux' Zwillingsbruder Valentin handelte, der damit nun gewissermaßen zum zweiten Mal das Zeitliche gesegnet hatte. »Das ändert aber nichts daran, dass Ihre Fingerabdrücke auf der Pfeife, dem Schmuck und dem Schlüsselbund von Helena Eichenhaun zu finden waren«, sagte Ole. »Im Schlafzimmer von Frau Eichenhaun befanden sich übrigens sowohl Ihre Fingerabdrücke als auch die Ihres Zwillingsbruders. Können Sie mir das erklären?«

Leonhard presste die Lippen fest aufeinander. Er sah aus, als würde er jeden Moment explodieren.

»Haben Sie ihn umgebracht, Herr Bux?«, fragte Ole, bewusst provozierend. »Ist er in Ihre Rolle geschlüpft und hat mit Ihrer Freundin geschlafen? Wollten Sie sich rächen? War es Eifersucht?«

Leonhard schwieg beharrlich und fixierte einen Punkt unmittelbar neben Oles rechtem Ohr. »Und der Mörder von Herrn Pahlke ist auch noch nicht gefasst. Außerdem will sich mir so gar nicht erschließen, warum Ihr Muttermal plötzlich verschwunden ist«, bohrte Ole weiter.

Leonhard schwieg.

»Herr Bux.« Ole blickte sein Gegenüber streng an. »Sie haben jetzt genau zwei Möglichkeiten. Entweder Sie kooperieren mit mir oder ich führe Sie dem Haftrichter vor und stecke Sie in U-Haft. Und da können Sie dann so lange bleiben, bis Sie sich entscheiden, endlich mit mir zu reden.«

Leonhard sah auf. »Ich stehe also unter Mordverdacht«, stellte er fest.

»Ja«, erwiderte Ole knapp.

»Denkt *sie* das auch?«, fragte Leonhard bang.

»Wenn Sie Helena meinen – ich weiß nicht, was sie denkt. Ich kann Ihnen nur raten: Wenn Sie es nicht waren, sollten Sie mit mir reden. Der schnellste Weg, wieder zu Ihrer Helena zu kommen, ist Offenheit.«

»Ich liebe sie«, gestand Leonhard leise. »Ich habe noch nie eine Frau geliebt. Ich dachte, ich könnte das gar nicht. Aber *sie* liebe ich.«

Ole wusste nicht, was er sagen sollte. Von einer Sekunde auf die nächste hatte sich der verstockt schweigende Bux in einen Mann verwandelt, der über seine Gefühle sprach. Ob es ein Trick war? Eine Masche, um ihn einzulullen? Aber diesem Mann, das spürte Ole mit dem untrüglichen Instinkt eines Leidensgenossen, ging es wirklich schlecht. Flüchtig ließ er den Gedanken an Alexandra zu. Schon die ganze Zeit über hatte sich ihr Bild vor sein inneres Auge schieben wollen und er hatte es wieder und wieder mit aller Macht verdrängt. Alexandra mit einem Kind im Arm. *Seinem* Kind. So tief war er in diesem Bild versunken, dass er kurz brauchte, bis er bemerkte, dass sein Gegenüber zu reden begonnen hatte. »Wie bitte? Was haben Sie gesagt?«, fragte er.

Leonhard schaute ihn verdutzt an. »Ich habe gesagt, dass ich tatsächlich Mist gebaut habe«, wiederholte er dann. »Aber ich habe niemanden umgebracht.«

Ole, jetzt wieder ganz bei ihm, lehnte sich zurück und verschränkte die Arme. »Dann erzählen Sie mir mal von diesem Mist.«

»Bis vor acht Jahren wusste ich nicht, dass ich einen Zwillingsbruder habe«, erklärte Leonhard. »Ich dachte immer, dass ich ein Einzelkind wäre. Und dann hatte ich eine große Lebenskrise. Mein Vater starb, meine Freundin machte Schluss und ich verlor meinen Job.«

Leonhard rieb sich müde und irgendwie resigniert über das Gesicht. »Meine Mutter ist damals total zusammengebrochen. Sie hing sehr an meinem Vater und hatte nun unendliche Angst, dass sie mich auch noch verlieren könnte.«

Ole lauschte mit konzentrierter Miene. Davon hatte die alte Frau Bux gar nichts erzählt.

»Jedenfalls habe ich sie dann in die Arme genommen und irgendwas gesagt von wegen, dass ich immer für sie da wäre und ihr als der Frau, die mich geboren hat, allerhöchsten Respekt entgegenbringe«, fuhr Leonhard fort. »Wenn ich gewusst hätte, was sie mir Minuten später erzählen würde, hätte ich das nicht gesagt. So musste ich mein Versprechen nämlich brechen.«

Aalen, 2004

»Mama. Mama, hör doch auf zu weinen«, flehte Leonhard hilflos. »Du hast doch noch mich und in mir lebt Papa fort.«

»Nein«, schluchzte Marianne Bux haltlos. Sie war derart verzweifelt über den Tod ihres Mannes, dass sich alle Schleusen öffneten, alles, was sie bis dahin als ihren geheimen Schatz gehütet hatte, aus ihr heraussprudelte. »Nein, das tut er nicht. Und ich habe es ihm nie gesagt. Ich habe ihn mein Leben lang belogen.«

Leonhard erstarrte in der Gewissheit, dass sie gleich etwas Schreckliches sagen würde. »Wie meinst du das?«, fragte er vorsichtig.

»Dein Vater ist immer dein Vater gewesen, aber er ist nicht dein biologischer Vater«, schluchzte Marianne.

Leonhard ließ seine Mutter abrupt los. »Du hast ihn betrogen?« Er konnte es nicht glauben. Seine Eltern waren immer so glücklich gewesen, hatten stets perfekt harmoniert. Und nun sollte seine Mutter seinen Vater kaltblütig hintergangen haben?

Doch Marianne schüttelte heftig den Kopf. »Aber nein, wo denkst du hin? Das hätte ich nie übers Herz gebracht. Ich habe ihn doch geliebt! Ich … ach Gott, ich weiß gar nicht, wie ich das sagen soll.«

Ihr Blick ging Leonhard durch und durch.

Er schluckte. »Bin ich adoptiert? Aber wie soll das gehen, ohne dass Vater etwas davon wusste?«

»Nein«, sagte Marianne. »Nein. Ich habe dich … gestohlen.«

Leonhard glaubte, nicht richtig gehört zu haben. »Wie bitte?«

Marianne brauchte eine Stunde, um ihm die ganze Geschichte zu erzählen, und sie vergoss dabei viele Tränen. Teilweise tauchte sie so tief in die Vergangenheit ab, dass sie ihn gar nicht mehr wahrzunehmen schien. Und dann war sie plötzlich wieder ganz präsent, ganz bei ihm und ungemein besorgt, wie er die Neuigkeiten aufnahm, voller Angst, nach ihrem Mann nun auch noch den Sohn zu verlieren.

Doch Leonhard saß, unfähig sich zu rühren, wie erstarrt. Die ganze Zeit über, in der sie ihm die unglaubliche Geschichte erzählte.

Dann stand er auf. »Entschuldige, ich muss das jetzt erst mal verdauen. Ich muss allein sein.«

»Geh nicht, oh bitte, Leonhard, du kannst so nicht gehen«, schluchzte Marianne. Sie lief zu ihm, klammerte sich an ihm fest, aber er ging fort und sie, die ihn nicht losließ, hing an seinem Arm, sodass er die bettelnde, flehende, heulende Frau ein Stück weit hinter sich herzog.

Er war nicht stark genug, sie zu trösten, sie aus ihrer Verzweiflung erlösen. Seine ganze Welt war in Scherben gegangen. Er musste nun erst einmal das Fundament, auf dem sich sein Leben abspielte, mühsam wieder kitten. Seine Mutter eine Kindsentführerin. Er gar nicht der Sohn seiner Eltern. Das war zu viel. Das war einfach zu viel. Als er ihr zum Abschied – trotz allem – über die Wange strich, dachte er noch, dass er zurückkehren würde. Er wusste nicht, dass es das letzte Mal sein sollte, dass er seine Mutter berührte.

Zuvor hatte er ihr noch den Namen seiner leiblichen Familie abgerungen. Was nicht leicht gewesen war. »Warum soll ich es dir sagen?«, hatte sie argumentiert. »Du hast nichts mit diesen Leuten gemein.«

»Diese Leute«, hatte Leonhard hart erwidert, »sind meine Familie.«

Seine Mutter hatte mit einem wilden, heftigen Schluchzen reagiert und ihm dann schließlich den Namen seiner Eltern genannt. Moser. Hans und Cordula Moser aus Schwäbisch Gmünd.

Es war nicht schwer gewesen, seinen Zwilling zu finden. Der Mann, der Leonhard auf sein Klingeln hin die Tür öffnete, war sein Ebenbild. Die Männer starrten einander mit offenem Mund an, dann zog Valentin Leonhard zu sich in die Wohnung. Für Leonhard war er vom ersten Moment an ein Faszinosum und vereinte alles, was er verloren hatte, in sich. Mutter, Vater, Familie.

Sie brauchten eine Weile, bis sie Worte fanden. Lange saßen sie sich im Wohnzimmer nur stumm gegenüber. Eine eigentümliche Stimmung war das. »Wer zum Teufel bist du?«, fragte Valentin schließlich, und Leonhard erzählte die Geschichte, die er zwei Tage zuvor von seiner verzweifelten Mutter gehört hatte. Um seine Mutter zu schützen, nannte er weder ihren noch seinen Nachnamen und er sagte auch nicht, dass sie damals die Hebamme gewesen war. Er speiste Valentin mit der Antwort ab, dass er ihm die genauen Umstände der Entführung später erzählen würde, und Valentin gab sich erstaunlicherweise damit zufrieden. Vermutlich war er zu verblüfft und zu überfordert mit dieser unglaublichen Situation, um nachzuhaken.

Leonhard ging es wie all den Frauen, die Valentins Charme erlagen: Er hielt ihn für einen großartigen, einfühlsamen und klugen Mann. Den Verbrecher witterte er nicht in ihm. Er legte sein aus den Fugen geratenes Leben bedingungslos in die Hände des anderen und ließ sich in seine Welt, seine schöne, glitzernde Welt einführen. Valentin hatte Geld und reiche Freunde, aber er ließ sich nie mit seinem Bruder zusammen sehen. »Wer weiß, wozu es uns eines Tages noch dient, wenn sie nicht wissen, dass wir zwei sind«, grinste er. Als wären sie Kinder und zu Streichen aufgelegt, machten sich die Brüder einen Spaß daraus, die Rollen zu tauschen. Im Sommer fuhren sie gemeinsam nach Südfrankreich. Die Anrufe seiner verzweifelten Mutter hatte Leonhard bis dahin stoisch ignoriert, wenn sie an seiner Tür schellte, hatte er nicht geöffnet. Er schrieb ihr nur eine kurze Karte, als er in den Sommerurlaub fuhr, damit sie nicht etwa auf die Idee kam, die Polizei einzuschalten. »Bin für ein paar Wochen verreist, melde mich danach, brauche jetzt Zeit für mich. Leonhard.«

Dann waren sie nach Südfrankreich abgedüst und aus den geplanten drei Wochen wurden drei Monate. Leonhard verfiel seinem Bruder mehr und mehr, eiferte ihm nach, wollte ihn kopieren, gewissermaßen die Identität des anderen annehmen, wo er seine eigene doch verloren hatte. Valentin lebte wild und gefährlich. Leonhard auch. Es dauerte eine Weile, bis er kapierte, woher das Geld kam, das sie mit vollen Händen ausgaben. Valentin dealte, schmuggelte und raubte im großen Stil. Sie waren drei Wochen in Südfrankreich, als das erste Mal eine Freundin von Leonhard vernommen wurde. Er sei im Zusammenhang mit einem Raubüberfall auf eine alte Dame erkannt worden, hatten die Beamten erklärt. Die Freundin hatte äußerst glaubwürdig versichert, dass er den Abend mit ihr verbracht habe. Kopfschüttelnd und amüsiert hatte er seinem Bruder davon erzählt und der hatte nur breit gegrinst.

Erst nach dem zweiten Mal hatte Leonhard geschaltet und Valentin in der großzügigen Suite, die sie sich teilten, zur Rede gestellt. Valentin war ausgerastet. Was Leonhard denn eigentlich glaube, wovon sie sich das alles hier – er machte eine weit ausholende Geste – leisten konnten? Er, Valentin, tue das nur, um Leonhard mit durchzufüttern. Leonhard solle dankbar sein, verdammt noch mal. Leonhard hatte kleinlaut und eingeschüchtert geschwiegen. Ihm war klar, dass er es hätte ahnen müssen. Dass es genügend Signale gegeben hatte, die er bereitwillig übersah. Dass er die Augen verschlossen hatte. Hätte er nur eine Sekunde nachgedacht, dann hätte er sich fragen müssen, woher jemand, der aus derart armen Verhältnissen kam wie Valentin und der auf die Frage nach einem Beruf immer ausweichend reagiert hatte, so viel Geld haben konnte.

Jetzt, wo er es wusste, konnte er es nicht mehr länger akzeptieren.

»Natürlich wirst du es akzeptieren«, sagte Valentin gelassen, als Leonhard ihm seinen Entschluss mitteilte. »Du hast gestohlenes Geld ausgegeben, mich gedeckt, und wenn du auf den Gedanken kommen solltest, zur Polizei zu gehen – keine Sorge, mein lieber Zwilling, ich habe Vorkehrungen getroffen, anhand derer sich einwandfrei beweisen lässt, dass nicht ich, sondern du die Verbrechen begangen hast.«

Leonhard wagte nicht zu fragen, wie diese Vorkehrungen aussahen. Aber er zweifelte keine Minute daran, dass es sich nicht nur um leere Drohungen seines Bruders handelte. Er begriff, dass er unversehens in einen Alptraum geraten war, aus dem er nicht mehr so leicht herauskam.

»Wenn du mit mir zusammenarbeitest, werden wir ein verdammt fettes Leben haben«, versprach Valentin. »Aber wenn nicht, dann mache ich dich richtig fertig. Hast du das verstanden?«

»Ja«, sagte Leonhard eingeschüchtert.

»Also«, grinste Valentin zufrieden und lehnte sich zurück. »Dann hör mir mal genau zu.«

»Mein Bruder hatte richtig Dreck am Stecken«, schloss Leonhard seinen Bericht. »Deswegen musste er seinen Tod vortäuschen. Und danach plante er, mein Leben in Aalen weiterzuführen. Er wollte, sagte er, ein anständiger Kerl werden. Er fand es nur gerecht, dass er nun auch einmal etwas von meiner Welt schnuppern durfte. Schließlich, so argumentierte mein Bruder, sei es nur Zufall gewesen, dass meine … Mutter mich mitgenommen hatte. Genauso gut hätte *er* das Glückskind sein können. Und er sagte mir, dass Zwillinge alles teilen müssen, auch das Glück.«

»Ihr Bruder hat also Ihre Rolle in Aalen eingenommen?«, vergewisserte sich Ole.

»Ja«, bestätigte Leonhard. »Und Sie können mir glauben, dass es mir fast das Herz zerrissen hat. Ich hatte Angst um meine Mutter.«

»Aber hätten Sie sich ihr nicht anvertrauen können? Oder sie einmal heimlich besuchen?«

Leonhard schüttelte traurig den Kopf. »Er hatte seine Leute überall. Er hätte es gemerkt. Er hat versprochen, dass er meine Mutter sehr verwöhnt, wenn ich mitspiele. Und dass er ihr etwas antut, wenn ich ihm einen Strich durch die Rechnung mache.«

»Sie haben ihm geglaubt? Dass er ihr nichts antun würde, wenn Sie stillhalten?«, hakte Ole nach.

»Nein«, gab Leonhard zu. »Vertraut habe ich ihm nicht wirklich. Eher könnte man sagen: Ich habe gehofft, verzweifelt gehofft. Und ihr ist doch auch wirklich nichts Schlimmes geschehen, oder?« Ängstlich auf eine Bestätigung hoffend sah er Ole an.

»Nein«, beruhigte Ole ihn. »Sie hat gesagt, dass er sehr nett mit ihr war und sie äußerst zuvorkommend behandelt hat.« Er verschwieg, dass Marianne Bux erklärt hatte, dass er nach dem Frankreich-Aufenthalt sogar weitaus freundlicher gewesen war als zuvor.

»Und Sie waren also die ganze Zeit in Frankreich?«, erkundigte er sich.

»Nicht die ganze Zeit«, stellte Leonhard richtig. »In den letzten Jahren wurde es mir zunehmend zu blöd. Ich war im Prinzip ein Gefangener meines Bruders. Klar, er hat regelmäßig Geld überwiesen, aber mich auch in ein Leben gezwungen, das ich nicht wollte. Er hat sich auf meine Kosten rehabilitiert.«

»Er ist danach nicht mehr straffällig geworden«, stellte Ole fest.

»Nein«, sagte Leonhard bitter. »Er hat sich auf meinen Namen ein richtiges Spießerleben aufgebaut. Ein guter Job bei der Bank, sonntags Kaffeetrinken mit meiner Mutter.«

»Und zu seiner Familie hat er jeden Kontakt abgebrochen?«

»Ja«, bestätigte Leonhard. »Er wollte sie nicht wiedersehen.«

»Aber ist das nicht gefährlich? Aalen und Schwäbisch Gmünd sind ja nicht sooo weit auseinander. Er hätte doch jederzeit einem aus seiner Familie begegnen können.«

Wieder schüttelte Leonhard den Kopf. »Die Gefahr ist sogar eher gesunken. Da hätte es früher, als ich noch nichts von meiner anderen Familie wusste und mich vollkommen arglos bewegt habe, viel eher passieren können. Valentin wusste ja genau, wann sich seine Geschwister, sein Vater und seine Mutter wo aufhalten und er hat diese Orte gemieden. Er ist eigentlich gar nicht mehr nach Schwäbisch Gmünd gefahren und die Familie meines Bruders – meine leibliche Familie – kam nie nach Aalen. Dafür hatten sie kein Geld.«

Ole schwieg nachdenklich. »Eins will sich mir noch nicht so recht erschließen.«

»Ja?«, fragte Leonhard.

»Wie und warum sind Sie von Frankreich an den Bodensee gekommen?«

Ein Schatten flog über Leonhards Gesicht. »Das habe ich auch meinem Bruder zu verdanken.«

Ole sah ihn fragend an.

»Ich habe in Frankreich meine Liebe zur Mode entdeckt, mir dort einen Freundeskreis aufgebaut und mich auch an der Kunsthochschule eingeschrieben«, begann Leonhard.

»Als ich einen Abschluss hatte, habe ich ein paar Monate bei Perucci in Italien gearbeitet.«

»Ja«, sagte Ole. »Ja, das weiß ich.«

»Woher?«, fragte Leonhard verblüfft.

»Sina hat Sie dort gesehen.«

»Sina? Helenas Tochter?«

»Ganz recht«, bestätigte Ole. »Dazu kommen wir aber später. Vorher würde mich noch interessieren: Unter welcher Identität haben Sie in Frankreich gelebt und sich an der Kunsthochschule eingeschrieben?«

»Als Leonhard Bux«, antwortete Leonhard. »Mein Bruder und ich haben beide mit der gleichen Identität existiert. Er hatte in Frankreich eine Wohnung auf meinen Namen gemietet, in der ich lebte.«

»Personalausweis? Führerschein?«

»Alles gefälscht. Mein Bruder hatte da Beziehungen.« Es klang bitter.

»Natürlich.« Ole schwieg einen Moment. »Hatten Sie denn keine Angst, dass Ihr Bruder in Aalen wieder straffällig wird, dann untertaucht und der Polizei anonym den Hinweis gibt, Leonhard Bux halte sich in Frankreich auf? Dann hätten Sie wieder den Kopf für Ihren Bruder hinhalten müssen.«

»Natürlich hatte ich Angst«, gestand Leonhard. »Große sogar. Zwei Jahre lang war ich vor lauter Angst gänzlich handlungsunfähig.«

»Und dann?«

»Dann passierte nie etwas, der Kontakt zu meinem Bruder wurde spärlicher und er hat mich auch nicht mehr so scharf kontrolliert.«

»Woher wussten Sie das?«

»Wenn man jahrelang beobachtet wird, entwickelt man ein sehr genaues Gespür dafür.«

»Und da haben Sie es gewagt, eigene Wege zu gehen?«

»Ja«, bestätigte Leonhard. »Ich habe einen vorsichtigen Schritt nach dem anderen gemacht, und als nie etwas passiert ist, den nächsten und wieder den nächsten.«

»Und dann haben Sie es irgendwann gewagt, nach Deutschland zu gehen?«

»Nein«, sagte Leonhard. »Dann kam mein lieber Bruder doch wieder ins Spiel.« Er presste die Lippen aufeinander. »Wie sich zeigte, kannte er Perucci von seinen einstigen Gaunereien. Und Perucci hat mich damals nicht angeschrieben, weil er meine Entwürfe gut fand, sondern weil er mich in die Firma lotsen wollte.«

Leonhard fuhr sich mit beiden Händen durch seine wilden, braunen Haare, die zerstrubbelt zurückblieben. »Ich war so dumm«, stöhnte er. »Ich hätte misstrauisch werden müssen. Ein Perucci schreibt einen jungen Mann, der gerade von der Kunsthochschule kommt, nicht so einfach an.«

»Was hat Perucci denn geschrieben?«

»Er sei fasziniert von meinen Entwürfen und wolle, dass ich für ihn arbeite. Er bot mir gleich einen ziemlich hohen Posten an.«

»Und dann?«

»Dann schaltete mein Bruder sich ein. Er hatte mich in die Firma eingeschleust, weil er über mich gemeinsam mit Perucci an den Stoff von Saphir! kommen wollte. Und mich hatten sie dazu auserkoren, mich bei Helena Eichenhaun einzuschmeicheln und so an das Rezept zu gelangen.«

»Aber Perucci hat auch eine andere Informantin ausgeschickt.« Ole wollte Sinas Namen nicht nennen. Noch nicht. Wobei: Wenn Leonhard eins und eins zusammenzählen konnte, dann würde er sich denken können, um wen es sich bei dieser zweiten Informantin handelte.

Doch Leonhard hakte nicht nach. Er war zu sehr mit seiner eigenen Geschichte beschäftigt. »Vermutlich, weil ich nicht mehr wollte. Ich habe mich geweigert, bei dem Spiel mitzuspielen. Denn ich hatte mich in Helena verliebt.«

»Und das haben sich Perucci und Ihr Bruder einfach so gefallen lassen?«

»Nein«, schnaubte Leonhard. »Valentin hat mich bedroht.«

»Womit?«

»Er wolle Helena alles verraten. Ihr sagen, dass ich auf sie angesetzt war, dass ich ihr meine Gefühle nur vorgespielt hätte. Damit kriegte er mich wirklich, denn ich hatte entsetzliche Angst, sie zu verlieren.«

»Wie haben Sie sie eigentlich kennengelernt? Sind Sie einfach in die Firma marschiert und haben gesagt: Hier bin ich?«

»Das hatte ich vor, aber dann spielte mir der Zufall in die Hände. Ich hatte eine Vernissage, zu der sie kam. Ich habe mich sofort in sie verliebt – ohne zu wissen, dass sie die Chefin von Saphir! ist.«

»Anscheinend hat Ihr Bruder Ihrer Geliebten aber dann doch nichts erzählt. Nach Ihren Schilderungen schätze ich ihn jedoch nicht so ein, dass er ein sehr genügsamer Mensch ist. Wie kommt das also? Wie haben Sie ihn ruhiggestellt?«

»Der Schmuck«, erklärte Leonhard. »Valentin schwafelte, als mein mir verbundener Zwillingsbruder wolle er meinem Glück nicht im Wege stehen und werde mich nicht verraten. Aber ich schulde ihm den Betrag, den der Stoff ihm einbringen würde. Eine Million. Die sollte ich ihm durch Diebstahl von Schmuck und Bargeld zukommen lassen.«

»Und in der Pfeife verstecken«, schlussfolgerte Ole.

»Ja.«

»Warum ausgerechnet dort müssen Sie mir noch erklären«, verlangte Ole. »Aber erst einmal würde mich noch die Sache mit dem Muttermal interessieren. Solange das nicht geklärt ist, glaube ich Ihnen, mit Verlaub, kein Wort.«

»Was? Warum?«, fuhr Leonhard auf.

»Dass ein Muttermal einfach so verschwindet, können Sie mir nicht weismachen. Ich will Ihren Ausführungen gern glauben, Herr Bux. Aber dieser Punkt nagt noch an mir. Überzeugen Sie mich.«

VIERUNDFÜNFZIGSTES KAPITEL

Überlingen

Die Arbeit lenkte ab und tat deshalb gut. Aber insgesamt ging es Alexandra sehr schlecht. Einen Tag war der große Streit mit Ole nun erst her – und sie litt entsetzlich. Jetzt weiß ich, was es bedeutet, wenn einem das Herz aus dem Leib gerissen wird, dachte sie. Es fühlte sich an, als sei sie innerlich komplett wund und jede Berührung, selbst die der Luft, die beim Atmen in ihren Körper drang, schmerzte. Ständig hatte sie ihr Handy und den Posteingang ihres Mailaccounts im Auge. Am Morgen war sie noch überzeugt gewesen, dass Ole sich melden würde. Doch mit jeder Stunde schwand die Hoffnung. Unzählige Mails und SMS hatte sie bereits an ihn verfasst. Vorwurfsvolle, in denen sie ihm schrieb, wie schäbig sie sein Verhalten fand. Sehnsuchtsvolle, in denen sie ihm gestand, wie sehr sie ihn vermisste und dass sie glaube, sterben zu müssen, wenn er sich nicht endlich, endlich bei ihr melde und sie an dem teilhaben ließ, was in seinem Inneren vor sich ging. Keine einzige hatte sie abgeschickt. Es war an ihm, sich zu melden. Sie hatte sich ihm geöffnet, sie hatte all ihren Mut zusammengenommen und ihm gesagt, dass sie schwanger war. Er war gegangen. Sie würde ihm nicht hinterherrennen. Aber es machte sie wahnsinnig, nichts tun zu können. So untätig dasitzen zu müssen und auf ein Lebenszeichen von ihm zu warten. Das vielleicht nie kommen würde. Mittlerweile glaubte Alexandra, dass Ole sie gar nicht wirklich geliebt hatte, dass es nur ein Strohfeuer gewesen war. Und vielleicht auch, dass sie ihn von dem abgelenkt hatte, was in Hamburg geschehen war.

Sie starrte auf die Zeitungsseite, die vor ihr auf dem Rechner darauf wartete, fertig gemacht zu werden. Der Text des freien Mitarbeiters Helmut Hasenbein war schon vor einer halben Stunde eingelaufen und die Kollegen vom News Desk hatten ihn längst auf die Seite gesetzt. Alexandra hatte ihn eigentlich noch anschauen wollen, denn Helmut Hasenbein war neu und wenn ihr auch ausnehmend gut gefiel, was er bisher abgeliefert hatte, so wollte sie doch sicherheitshalber einen Blick darauf werfen. Außerdem musste sie die Meinungsspalte noch füllen und hatte sich noch immer nicht entschieden, ob sie dazu einen Kommentar über den zusammengekürzten Kulturetat schreiben, oder einen empörten Leserbrief über die für 2020 geplante Landesgartenschau nehmen sollte. Es war der zehnte Leserbrief in dieser Sache, Befürworter und Gegner lieferten sich über die Zeitung erbitterte Kämpfe und auch online diskutierten die Leser heftig und beleidigten sich sogar mitunter gegenseitig. Alexandra war das gewohnt. Es gab durchaus auch Leser, die sie selbst oder ihre Kollegen für Artikel, die sie geschrieben hatten, angriffen oder gar beleidigten. Anfangs hatte sie sich diese Angriffe sehr zu Herzen genommen, mittlerweile las sie sie gar nicht mehr. Sie hatte ein dickes Fell bekommen und das war gut so. Sensibel war sie ohnehin, das dicke Fell bedeutete bei ihr also nicht, dass sie eine gleichgültige Haltung entwickelte. Es war reiner Selbstschutz. Sie bemühte sich, ihre Arbeit gut und gewissenhaft zu machen, niemals unfair, aber durchaus kritisch zu sein. Und sie wusste, dass ihr das meistens gelang. Unentschlossen rief sie den Leserbrief auf. Die Abonnenten verfolgten die Leserbrief-Diskussion mit Spannung, und zum Kulturetat hatte sie nichts wirklich Sinnvolles zu sagen. Alexandra hatte sich vor Jahren einmal vorgenommen, nur dann zu kommentieren, wenn sie Gelegenheit gehabt hatte, sich zuvor eine fundierte Meinung zu bilden. Sie fand, dass viele Journalisten die Macht, die sie zweifelsohne in gewissem Maße hatten, missbrauchten: Mancher bellte in einem Kommentar seine Meinung, ohne hinterfragt und ohne genau geprüft zu haben. Alexandra war sich bewusst, dass die Ansicht eines Kommentators meinungsbildend war. Und sie wusste, dass man mit dieser Macht verantwortungsvoll umgehen musste. Also besser der Leserbrief.

Sie überflog ihn nochmals, musste angesichts der Emotionalität des Schreibens schmunzeln, erleichterte den Brief um einige ausfallende Begriffe und hob ihn dann auf die Seite. Sodann machte sie sich daran, den Text des neuen freien Mitarbeiters zu lesen – und war, wie sie schon vermutet hatte, begeistert. Hasenbein schrieb genau so, wie sie es mochte. Frisch, spritzig und er suchte stets einen neuen Blickwinkel und besondere Informationen. Der Mitarbeiter hatte nicht nur das Konzert besucht, sondern sich danach augenscheinlich auch noch die Mühe gemacht, den Pianisten zu interviewen und ihm einige Geheimnisse zu entlocken. So erfuhr der Leser nun, welches Stück der Pianist als kleiner Junge als Erstes hatte spielen können und dass er sich beim morgendlichen Üben immer einen roten Schal um den Hals zu legen pflegte – der wärmte und brachte ihm Glück, denn seine Mutter hatte ihm den Schal zu seinem ersten Konzert geschenkt. Einen roten Schal zu tragen war für den jungen Pianisten damals der Inbegriff des Künstlertums gewesen, hatte er doch einem Klavierstar nachgeeifert, der sich ebenfalls immer einen roten Schal um den Hals warf – in durchaus theatralischer Gestik.

Alexandra freute sich. Der Mitarbeiter war gut. Richtig gut sogar. Sie schloss die Seite und fuhr ihren Computer runter. In der Redaktion war Stille eingekehrt, nur der emsige Kollege Beier war noch am Werk und haute eifrig in die Tasten. »Ich mach dann mal Feierabend«, rief Alexandra ihm zu. »Hmm«, brummte Beier abwesend. Alexandra hatte das Gefühl, dass er sie gar nicht richtig wahrnahm. Sie musste lächeln.

Unschlüssig griff sie nach ihrem Handy. Sollte sie es in die große Tasche packen, wo sie es nicht hören würde, wenn es klingelte, oder es lieber in die Gesäßtasche ihrer Jeans stecken, wo sich ein eingehender Anruf sofort durch den Vibrationsmodus bemerkbar machen würde? Sie hatte immer Angst, dass es dort herausfiele, und Ole würde sich ohnehin nicht mehr melden. Die Geste, mit der sie das Handy schließlich tief in ihrer Tasche verstaute, war fast schon trotzig. Dann eben nicht.

FÜNFUNDFÜNFZIGSTES KAPITEL

Aalen

Wieder einmal schnaufte Kommissar Geissler die Treppen hinauf. Marianne Bux erwartete ihn schon, er hatte sich zuvor telefonisch angekündigt. Aus der Wohnung duftete es verlockend nach frisch gebackenem Kuchen. Marianne Bux hatte niemanden mehr, den sie verwöhnen konnte. Und wenn dann mal einer des Wegs kam, nutzte sie die Gelegenheit gern. Vielleicht hatte sie auch ein schlechtes Gewissen, weil sie Geissler und seine Kollegen bei ihrem letzten Besuch nicht bewirtet hatte. »Kommen Sie doch herein«, sagte sie, um, kaum dass er eingetreten war, hoffnungsvoll hinzuzusetzen: »Wissen Sie etwas Neues von Leonhard?«

»Ja«, erklärte Geissler. »Aber bevor ich Ihnen darüber nähere Auskunft geben kann, müssten Sie mir ein paar Fragen beantworten.« Er strich sich langsam über seinen Schnurrbart und schielte auf den köstlich duftenden Apfel-Streusel-Kuchen, der, neben einer Kaffeekanne, die auf einem Stövchen vor sich hin dampfte, auf dem Tisch stand. Es war wirklich offensichtlich, dass Marianne Bux den Kuchen extra für ihn gebacken hatte. Genauso offensichtlich war aber, dass sie vor lauter Aufregung vergaß, ihm ein Stück davon anzubieten. Und er traute sich nicht zu fragen. Dabei wäre so ein Stück Kuchen gerade heute genau das Richtige gewesen. Er hatte sich beim Frühstück mit seiner Frau überworfen – wegen einer Kleinigkeit, er hatte sie gefragt, ob sie eine neue Frisur habe und sie hatte ihm entgegengeschleudert, dass sie Schnitt und Farbe ihrer Haare bereits vor drei Monaten geändert habe und dass es kein Wunder sei, dass er das nicht bemerkt hatte, weil er sie ja gar nicht mehr ansehe. Aus der höflich gemeinten Frage – Geissler hatte besonders nett sein wollen, weil er sich dadurch nach einigen Wochen der Abstinenz etwas eheliche Zuneigung erhoffte – war ein handfester Streit geworden. Geissler war kein Mann, der gut damit umgehen konnte, wenn jemand schnippisch wurde. Und seine Gattin *war* schnippisch geworden. Sehr sogar. Nicht nur das: Sie hatte eine regelrechte Schimpftirade losgelassen. Bis es ihm schließlich gereicht hatte. Er war aufgestanden und hatte sie angebrüllt, dass er schließlich das Geld verdiene, das sie ausgebe, und dass sie ruhig, jetzt wo die Kinder längst groß waren, auch mal wieder etwas tun könne, um die Haushaltskasse aufzubessern. »Als würde ich mich nicht für dich abrackern«, hatte sie gegiftet. »Jeden Mittag setze ich dir ein dreigängiges Menü vor. Das du meistens ohne Lob hinunterschlingst. Aber das hat jetzt ein Ende. Du brauchst heute Mittag gar nicht nach Hause kommen.«

Also war Geissler während der Mittagspause auf der Suche nach etwas Essbarem hilflos in der Stadt herumgeirrt. Die Suche war vergebens. Die beiden Cafés an der Stadtkirche, Rambazamba und Dannenmann, sahen zwar sehr nett aus, aber zwischen den vielen jungen Leuten hätte er sich etwas deplatziert gefühlt. Im Café Podium am Marktbrunnen saß er zu sehr auf dem Präsentierteller – es musste ja nicht die ganze Stadt mitbekommen, dass er und seine Frau Streit hatten und er auswärts aß. Und ein anderes Café oder Restaurant, das ihm ansprechend erschien, fand er nicht. Also schlich er kleinlaut in eine Bäckerei, kaufte, vom Duft angezogen, einen Leberkäswecken, den er dann aber in den nächsten Mülleimer warf, weil er ihm nicht schmeckte.

Nach dieser kulinarischen Odyssee saß er nun also am hübsch gedeckten Tisch der Marianne Bux und wartete sehnsüchtig darauf, von ihr ebenso liebevoll bedient zu werden wie von seiner Frau. Ach seine Frau. Geissler dachte, dass er, wenn sie heute Morgen auch zweifelsohne etwas zickig gewesen war, großes Glück mit ihr hatte. Wenn sie einmal ausfiel, wusste er erst, was ihm fehlte!

»Was wollten Sie mich denn fragen?« Marianne Bux sah ihn abwartend an.

Geissler riss sich zusammen und verabschiedete sich im Geiste seufzend von dem Apfel-Streusel-Kuchen. »Sie haben uns damals gar nicht gesagt, dass Sie einen Streit mit Leonhard hatten und dass Sie ihm nach dem Tod Ihres Mannes die ganze Geschichte erzählt haben.«

Ein Schatten legte sich flüchtig und kaum wahrnehmbar über Marianne Bux' Gesicht. Augenblicklich hatte sie sich wieder gefangen. »Bitte entschuldigen Sie«, sagte sie. »Ich wusste nicht, dass ich Ihnen davon hätte erzählen müssen. Ich wollte Ihnen das nicht verschweigen. Aber dieser Nachmittag war für mich so ... schmerzhaft. All die Erinnerungen ... Sie wissen schon. Und dann auch noch die Angst, ins Gefängnis zu müssen. Das würde ich nicht ertragen, unter all den Mördern. Ich bin doch keine Verbrecherin!« Flehend sah sie den Beamten an. Geissler hatte Mitleid mit ihr.

»Ich habe Ihnen das damals schon gesagt, Frau Bux, und ich sage es gern nochmal, damit Sie beruhigt sind. Ich kann verstehen, dass Sie das wieder und wieder hören müssen. Ihnen wird nichts passieren.«

»Aber das, was ich getan habe ...«

»War schlimm, aber es ist verjährt. Machen Sie sich keine Sorgen.« Am liebsten hätte Geissler ihr noch gesagt, dass er ihre Tat verstehen konnte. Menschlich und als Polizist. Menschlich, weil auch er und seine Gattin lange Jahre hatten warten müssen, bis sich der Kinderwunsch endlich erfüllte. Seine Frau hatte sich zahlreicher Behandlungen unterzogen und schließlich hatten sie sich von dem Traum, ein Kind zu bekommen, verabschiedet. Schlimm war das gewesen. Es war so trostlos, so hoffnungslos, so endgültig. Vor allem seine Frau, die nie ein anderes Lebensziel gehabt hatte, als Mutter zu werden, hatte das tief getroffen. Lange hatte sie nicht akzeptieren wollen, dass die Natur ihr diesen Traum versagen wollte. Hatte gekämpft und gekämpft. Schließlich hatten sie sich sogar um eine Adoption bemüht. Die ihnen ebenfalls versagt wurde. Geissler war damals noch Mitglied des SEK und damit, hatte die Dame von der Adoptionsstelle begründet, übe er einen Beruf aus, der zu gefährlich sei, als dass man dem Ehepaar ein Kind zusprechen könne. Seine Frau hatte getobt: »Lieber soll so ein armes Würmchen in einem Heim emotional verdursten, als dass sie es zu uns lassen, weil dir ja vielleicht etwas passieren könnte«, hatte sie geschimpft. Als sie fertig war, hatte sie von ihm verlangt, dass er seinen Job beim SEK aufgab. Aber das wollte er nicht. Das *konnte* er nicht. Und das hätte er auch vor seinen Kollegen in dieser männlich dominierten Welt nicht begründen können.

Die Ehe wäre fast zerbrochen. Doch dann hatte das Paar gemerkt, dass es sich liebte und sich selbst genügte. Sie hatten einen langen Urlaub auf den Malediven gebucht – sehr exotisch für die eher konservativen Eheleute – und sechs Wochen nach der Rückkehr hatte Andrea Geissler fassungslos festgestellt, dass sie schwanger war. Die Geisslers waren außer sich gewesen vor Glück und der Arzt hatte ihnen damals erzählt, dass das oft vorkomme. Viele Paare, hatte er gesagt, versperrten sich den Weg zum Wunschkind, indem sie sich einen zu großen Druck aufbauten. 25 Jahre war es nun her, dass ihr Sohn geboren wurde, die Tochter folgte zwei Jahre später. Beide Kinder waren wohl geraten und kamen ein Mal im Monat zum Kaffeetrinken.

Geissler musterte Marianne Bux aus den Augenwinkeln. Ja, er konnte verstehen, dass sie so gehandelt hatte. Und er war im Stillen überzeugt, dass sie dem kleinen Leonhard durch die Entführung einen riesigen Gefallen getan hatte. Aber das würde er natürlich niemals laut aussprechen.

»Es ist schon gut, Frau Bux«, sagte er stattdessen. »Ich habe aber noch eine weitere Frage.«

»Ja?«

»Das Muttermal, von dem Sie sprachen. War es schon immer da?«

Marianne Bux runzelte die Stirn. »Das ist eine merkwürdige Frage.«

»Ich weiß«, antwortete Geissler. »Aber es ist wichtig. Bitte versuchen Sie sich zu erinnern.«

»Als kleiner Junge hatte er es – glaube ich – nicht«, begann Marianne Bux. »Aber ich kann es nicht beschwören. Leonhard hatte immer mal wieder Leberflecken, teilweise auch erhabene. Aber ich glaube, nicht an dieser Stelle. Ehrlich gesagt habe ich da nicht so drauf geachtet.«

»Und später? Wann ist Ihnen das Muttermal zum ersten Mal aufgefallen?«, hakte Geissler nach.

»Naja«, begann Marianne. »Irgendwann zeigt sich der eigene Sohn einem ja nicht mehr nackig. Und Leonhard war sehr … verschämt.«

»Wann also ist Ihnen das Muttermal aufgefallen?«, wiederholte Geissler.

»Eigentlich erst nach unserem großen Streit. Nachdem er aus Frankreich zurückgekehrt war. Er war danach sehr viel lockerer.«

»Ist er mit nacktem Oberkörper herumgelaufen?«, fragte Geissler.

»Ja, oft«, sagte Marianne und lächelte in der Erinnerung. »Das hatte er früher nie getan. Früher trug er immer ein T-Shirt. Und nach seiner Rückkehr hat er sich häufig auf dem Balkon gesonnt. Er hat sich ziemlich verändert in Frankreich.« Sie sah Geissler mit großen Augen an. »Aber warum all diese Fragen? Lebt mein Leonhard noch oder nicht?«

Geissler schluckte. Es sah ganz danach aus, als handle es sich bei dem Mann, den die Häfler Kollegen verhaftet hatten, tatsächlich um Leonhard Bux. Aber er hatte Angst, der Frau falsche Hoffnungen zu machen. Auf keinen Fall durfte er ihr sagen, dass sie in den letzten sieben Jahren vermutlich den falschen Sohn geliebt hatte. »Die Chancen stehen gut«, antwortete er. »Aber sicher sagen kann ich es nicht.«

»Oh Gott.« Marianne Bux schlug eine Hand vor den Mund. »Das ist mehr, als ich zu hoffen gewagt habe.«

Hoffentlich bricht sie jetzt nicht wieder in Tränen aus, dachte Geissler hilflos. Und dann rettete ihn sein armer, vernachlässigter Magen: Er knurrte laut und vernehmlich. Peinlich berührt legte der Polizist die Hand auf den Bauch. »Verzeihen Sie«, sagte er zu Marianne Bux. »Bei mir ist heute das Mittagessen ausgefallen. Und nun scheint mein Magen etwas zu rebellieren.«

Geisslers vernachlässigter Magen rettete nicht nur ihn selbst, sondern auch Marianne Bux. Bevor die alte Dame sich ihren Emotionen hingeben konnte, wurde sie daran erinnert, dass sie ihre Gastgeberpflichten vernachlässigt hatte. Es war ihr entsetzlich peinlich.

»Verzeihen Sie!«, rief sie und erhob sich hastig, um Geissler ein Stück des bereits geschnittenen Kuchens auf den Teller zu legen. »Wie unaufmerksam von mir. Dabei habe ich den Kuchen doch extra für Sie gebacken.« Unsicher hielt sie inne. »Sie möchten doch ein Stück, oder?«

»Gern«, stimmte Geissler zu und jubilierte innerlich.

»Und eine Tasse Kaffee dazu?«

»Da sage ich nicht Nein.«

In schönstem Einvernehmen lächelten sie sich an.

SECHSUNDFÜNFZIGSTES KAPITEL

Konstanz

Es war das erste Mal, dass Helena freiwillig auf die Wache ging. Die Wege kannte sie mittlerweile schon auswendig. »Ich möchte zu Herrn Strobehn«, teilte sie dem diensthabenden Beamten am Eingang mit. Wenig später ging der Türsummer und gewährte Helena Eintritt in die Hallen, in denen Verbrechen gelöst werden.

»Frau Eichenhaun. Das ist ja eine Überraschung«, begrüßte Ole sie erstaunt. »Womit kann ich Ihnen dienen?«

»Bitte«, sagte Helena mit Blick auf den Polizisten, der sie begleitete. »Können wir vielleicht in Ihr Büro gehen?«

»Natürlich, Frau Eichenhaun. Bitte kommen Sie herein. Stört es Sie, wenn Frau Grundel mit im Raum ist?« Er deutete auf Monja, die an ihrem Schreibtisch gesessen hatte und sich nun zu der Besucherin umdrehte.

»Nein«, sagte Helena und schüttelte den Kopf. »Nein, überhaupt nicht.«

»Gut. Setzen Sie sich.«

Helena nahm auf der Besucherseite von Oles Schreibtisch Platz, Monja verließ ihren Schreibtisch und ließ sich an der Seite von Oles Arbeitsplatz nieder.

Die beiden Beamten sahen Helena aufmerksam an.

»Das Muttermal«, stieß Helena hervor. »Ich habe Sie letztes Mal angelogen. Bitte entschuldigen Sie. Ich war so ... so ... verwirrt. Der Mann, mit dem ich ... gestern ... der Mann, den Sie verhaftet haben, der hat kein Muttermal.«

»Ich weiß«, sagte Ole knapp. »Ich habe mich persönlich davon überzeugt.«

Helena ächzte entsetzt und verbarg dann das Gesicht in den Händen. Irgendwie hatte sie gehofft, dass dieser große, blonde Polizist mit den wirren Haaren und seine kleine, dicke Kollegin ihr sagen würden, dass alles gut sei. Dass Leonhard Leonhard sei und dass sie nicht mit seinem Zwillingsbruder geschlafen hatte, als sie sich ihm gestern hingegeben hatte, während Leonhard erkaltet unter der Erde lag.

»Was habe ich getan?«, flüsterte sie.

»Es ist alles gut, Frau Eichenhaun«, beruhigte Monja Grundel sie. »Gerade haben wir mit den Aalener Kollegen telefoniert. Die Aussage der Mutter war irreführend. Sie hat das Muttermal erst vor sieben Jahren bemerkt.«

»Ich verstehe nicht ...«, begann Helena.

»Vor sieben Jahren haben Leonhard und sein Bruder die Rollen getauscht. Wozu der Bruder Ihren Leonhard praktisch gezwungen hat. Die Details soll Leonhard Ihnen selbst erzählen.«

»Dann lebt Leonhard also tatsächlich?«, vergewisserte sich Helena. »Der Mann gestern, das war Leonhard und nicht der Bruder?«

»Ja«, bestätigte Ole.

»Oh Gott«, stöhnte Helena und schlug wieder die Hände vor das Gesicht. Tränen quollen durch ihre Finger. Mit der Beherrschung der eisernen Lady war es vorbei.

Plötzlich fiel ihr etwas ein, sie schreckte hoch. »Aber das Muttermal!«

»Die Mutter hat das Muttermal erst bemerkt, als die Brüder die Rollen bereits getauscht hatten. Valentin hatte Leonhards Identität angenommen, dazu gehörte auch, die Beziehung zu Marianne Bux zu pflegen. Leonhard lebte unter der gleichen Identität in Frankreich, bevor er an den Bodensee kam und Sie kennenlernte.«

»Aber …«, stammelte Helena. »Aber …«

»Ich kann verstehen, dass das alles etwas viel für Sie ist, Frau Eichenhaun«, sagte Monja und wechselte einen besorgten Blick mit Ole.

»Aber …« Helena fand immer noch keine Worte. »Aber der Mann *hatte* ein Muttermal. Ich habe es genau gesehen.«

Ole richtete sich alarmiert auf. »Der Mann gestern?«, vergewisserte er sich. »Das kann nicht sein.« Er sah alle seine Ermittlungsergebnisse davonschwimmen und Monja und sich verzweifelt durch einen immer tiefer werdenden Sumpf voller offener Fragen waten.

»Nein«, sagte Helena. »Nicht gestern. In unserer Versöhnungsnacht. Ich habe es geküsst. Das heißt ja … Oh Gott, das heißt ja, dass ich doch mit beiden … intim geworden bin. Diese Dreckkerle, diese …« Wut begann die Fassungslosigkeit zu beherrschen. Obwohl sie zwischenzeitlich so verwirrt und so einsam gewesen war, dass es ihr fast egal war, ob sie nun in Leonhards oder in Valentins Armen lag – es nun zu wissen und vor allem zu ahnen, dass die Brüder mit ihr ein Spiel gespielt hatten, das machte sie fertig.

»Versuchen Sie ganz ruhig zu bleiben, Frau Eichenhaun.« Ole war bis in die letzte Faser angespannt. »Ich verstehe, dass das ein Schock für Sie ist, aber Sie müssen jetzt genau nachdenken. Bitte versuchen Sie sich zu konzentrieren. Wie oft haben Sie das Muttermal wahrgenommen?«

Helena überlegte. »Sicher weiß ich es nur von der Verlobungsnacht. Oh Gott.« Wieder wurde ihr ganz anders, als ihr klar wurde, was das bedeutete. Nämlich dass sich nach dem Streit über die Hochzeit Leonhards Bruder in ihr Bett geschlichen hatte. Dass sie sich gar nicht versöhnt hatten. Dass *der Bruder* ihren Heiratsantrag angenommen hatte. Ob es ein abgekartetes Spiel gewesen war? Ob die Brüder abgemacht hatten, sie zu teilen?«

»Aber öfter nicht?«, hakte Ole nochmals nach.

»Ich kann es nicht mit Gewissheit sagen«, wiederholte Helena.

»Hm. Sind Sie bereit zu einer gemeinsamen Vernehmung mit Leonhard?«

»Nein«, fuhr Helena auf. »Nein, ich will ihn nicht sehen. Nicht nach dieser Geschichte. Und nicht, nachdem er gestern meine Tochter bedroht hat.«

»Frau Eichenhaun, ich kann verstehen, dass Sie wütend sind. Sehr gut sogar«, versuchte Ole sie zu beruhigen. »Aber bitte glauben Sie mir – ich habe Herrn Bux gestern sehr, sehr lange vernommen. Er ist ein guter Mensch, der in einen Strudel geraten ist und nicht stark genug war, sich ihm zu widersetzen. Und ich bin überzeugt: Wenn sich sein Zwillingsbruder an Ihnen vergangen haben sollte, dann wusste er davon nichts.«

»Das stimmt nicht«, schnaubte Helena. »Er hat mir ja wegen des Muttermals ins Gesicht gelogen. Ich habe ihn drauf angesprochen und er hat gesagt, er habe es weggekratzt. Also wusste er es. Sonst hätte er gesagt, er habe dort nie ein Muttermal gehabt. Und dass es Leonhard war, der gestern meine Tochter bedroht hat, das steht doch wohl außer Frage, oder?«

»Da gebe ich Ihnen recht, Frau Eichenhaun«, mischte sich nun Monja ins Gespräch. »Und glauben Sie mir, es liegt mir fern, hier irgendjemanden zu verteidigen. Aber was die Sache mit Katharina angeht: Ich halte das für eine Kurzschlussreaktion.«

»Leonhard war total in die Enge getrieben«, erklärte Ole. »Er war seit sieben Jahren von seinem Bruder in ein Leben gepresst worden, das er nicht leben wollte. Nun hat er begonnen zu lieben. Und dann passiert so etwas. Bitte reden Sie mit ihm.«

Was er nicht aussprach: Dass er sich durch ein Gespräch zwischen Helena und Leonhard Erkenntnisse darüber erhoffte, was sich in jener Nacht zugetragen hatte. Dieser Mann liebte wirklich. Das hatte Ole gestern gemerkt. Was, wenn er nicht erst durch Helenas Frage zu dem Muttermal, sondern schon vorher erfahren hatte, dass sein Bruder mit Helena ins Bett gestiegen war? Was, wenn er deshalb so wütend gewesen war, dass er ihn erschlug? Zu dem Mord an Pahlke gab es ebenfalls eine Verbindung. Immerhin hatte Leonhard für Perucci gearbeitet, auch wenn er halbwegs glaubwürdig erklärt hatte, dass er mit dem Rezeptklau nichts zu tun hatte. Merkwürdig war es schon, dass ein Mitarbeiter von Perucci kurz vor dem Rezeptklau ausgerechnet in der Designabteilung von Saphir! auftauchte. Was, wenn Pahlke Leonhard das Rezept gegeben hatte? Angenommen, dem wäre so und Leonhard hätte versprochen, Pahlke zur Hälfte am Gewinn zu beteiligen – starb aber anscheinend vorher. Leonhard war ja, das wurde Ole erst jetzt klar, nach dem Tod seines Bruders in die Firma gekommen und hatte die Pfeife dort versteckt. Oder in der Mordnacht selbst, denn die Pfeife verschwand in der Nacht, als Valentin Moser starb. Am Vortag, dafür gab es mehrere Zeugen, hatte sie noch an Ort und Stelle im Mund des Aalener Spions gesessen. Was, wenn Leonhard die Pfeife, von der Ole immer noch nicht wusste, welche Rolle sie spielte, in jener Nacht vor Pahlkes Tod in der Firma verstecken wollte? Und dabei von Pahlke entdeckt und zur Rede gestellt wurde? Ihn im Affekt erschlug und in die laufende Maschine warf? Und warum versteckte Leonhard die Pfeife ausgerechnet im Designatelier?

In Oles Kopf rasten die Gedanken wie Autos auf einer Rennbahn. Aber wenigstens lenkte ihn das ein wenig von Alexandra ab. Klar war für ihn, dass der Tatverdacht gegen Leonhard Bux stark war. Die Verdachtsmomente gegen Christian Eichenhaun erhärteten sich jedoch nicht. Wie es aussah, wäre Helenas verhasster Sohn bald wieder auf freiem Fuß.

SIEBENUNDFÜNFZIGESTES KAPITEL

Konstanz

»Männer sind echt so was von Scheiße«, maulte Sina. »Glaub nur ja nicht, dass dein Ole der Einzige ist, der sich blöd verhält.«

Alexandra sah ihre Freundin unbehaglich an. Sina gefiel ihr gar nicht. Sie hatte eindeutig zu viel getrunken. So hatte sie sie noch nie erlebt. Aber andererseits, sagte sich Alexandra, musste sie sich wirklich nicht wundern, dass Sina schwächelte. Bei dem, was sie in der letzten Zeit durchgemacht hatte, würde jeder irgendwann schlappmachen.

»Elias hat mich voll und ganz abserviert.«

»Was?« Alexandra starrte die Freundin entsetzt an. »Warum das denn? Und wann?«

»Wir haben uns eigentlich schon an dem Tag gestritten, als ich aus Paris kam«, gestand Sina.

»Aber das ist ja schon …«

»Einige Zeit her, richtig«, ergänzte Sina.

»Was war denn los?«

»Wir wollten doch diese Weltreise machen«, begann Sina.

»Ja«, nickte Alexandra. »Ich weiß. Du hattest dich schon so darauf gefreut.«

»Ja«, sagte Sina bitter. »Ja, das hatte ich. Aber in jener Nacht, als ich aus Frankreich zurückkam, hat sich das alles zerschlagen.«

»Wie bitte?«, rief Alexandra. »Aber du hast doch gesagt …« Sina hob die Hand und hieß sie Schweigen. Alexandra verstummte.

»Während meiner Abwesenheit hatte Elias die ganze Route schon geplant und alles gebucht. Ohne mich einzubeziehen.«

»Vielleicht wollte er dich überraschen«, wandte Alexandra ein.

»Überraschen!«, schnaubte Sina wütend. »Das hat er auch gesagt. »Und er war zutiefst beleidigt, als ich mich nicht gefreut habe. Er hat mich undankbar genannt.«

»Ich bin sicher, er hat es nur gut gemeint«, beharrte Alexandra.

»Sicher«, stimmte Sina ihr zu. »Nur weißt du – eine Weltreise, das ist etwas so Großes, das muss man gemeinsam planen. Zumal das für mich ja auch etwas Berufliches war. Du kennst meinen Traum von der Kollektion aus aller Herren Länder.«

»Ja«, sagte Alexandra und schob sich eines von Sinas bunten Sofakissen in den Rücken. »Und ich finde, es ist ein schöner Traum.«

»Aber um diesen Traum verwirklichen zu können, muss ich dahin, wo ich es für richtig halte.«

»Das kann ich verstehen.«

»Elias hat das nicht verstanden«, fuhr Sina fort, und so wütend sie zuvor gewirkt hatte, so traurig klang sie nun. »Im Gegenteil. Er hat mir vorgeworfen, ich würde unsere private Reise zu beruflichen Zwecken nutzen und ihn nur mitnehmen, damit ich mich nicht langweile.«

»Und dann?«, fragte Alexandra gespannt.

»Nichts und dann«, herrschte Sina sie an.

Alexandra zuckte angesichts des ungewohnt harschen Tonfalls der Freundin zusammen.

»Seither haben wir uns nicht mehr gesehen. Funkstille. Aus. Finito.«

Alexandras Herz begann wild und hart zu klopfen. Irgendetwas an Sinas Ausführungen stimmte nicht, aber sie kam nicht darauf, was es war. Doch ihr Instinkt sagte ihr, dass es etwas Wichtiges war. Reflexartig legte sie die Hand auf ihren Bauch, als wolle sie ihr ungeborenes Kind vor der Gefahr schützen, die von der Freundin auszugehen schien. Gefahr? Ja, es war tatsächlich der Hauch einer Gefahr, der sirrend in der Luft lag. Oder reagierte sie jetzt völlig über? Waren das die Hormone? Sina, ihre liebe Freundin aus Kindertagen eine *Gefahr*?

»Was ist, was schaust du so?«, fragte Sina.

»Sina, ich …«, stammelte Alexandra. »Ich sollte jetzt wohl besser gehen. Mir ist nicht gut. Ich muss mich hinlegen.«

»Leg dich doch hier auf's Sofa«, schlug Sina vor. »Ich mache dir einen Tee. Tut mir leid, ich hätte nicht davon anfangen sollen. Du hast genug eigene Sorgen.«

Sina benahm sich jetzt wieder ganz normal und doch hatte sich alles verändert. Und jetzt fiel es Alexandra auch wieder ein, was sie irritiert hatte. Sina hatte gesagt, dass sie in der Nacht als Leonhard Bux starb, bei Elias gewesen sei. Das hatte sie gegenüber der Polizei als Alibi angegeben und auch ihr, Alexandra erzählt. Wenn Sina gelogen hatte, hatte sie kein Alibi. Alexandra fröstelte. Sie kannte dieses Gefühl. Es war dasselbe, das sie auch gehabt hatte, als Elisabeth Meierle sie damals voller Panik angerufen hatte. Elisabeth Meierle, die sie kurz darauf tot auf der Parkbank gefunden hatte.

Die Panik drohte ihr die Kehle zuzuschnüren. Aber Alexandra war klar, dass sie sich völlig unbefangen geben musste. Sina durfte auf keinen Fall merken, dass sie misstrauisch geworden war. »Aber nein, Süße«, sagte sie deshalb und merkte selbst, wie hohl und unecht ihre Stimme klang.

»Im Gegenteil. Ich bin einigermaßen entsetzt, dass du mir erst jetzt davon erzählst. Und ich habe fast ein schlechtes Gewissen, dass ich dich so mit meinen Problemen belastet habe.«

»Schon okay«, meinte Sina. Kam es ihr nur so vor, oder sah die Freundin sie lauernd an? Nein, entschied Alexandra. Sie hatte da wohl Gespenster gesehen. Sie würde Sina drauf ansprechen und alles würde sich aufklären. Mit einem Mal war Alexandra sich sicher, dass es sich um ein riesiges Missverständnis handelte. In der rasenden Sehnsucht nach Gewissheit sagte sie daher: »Sinchen, eins verstehe ich aber nicht.«

»Ja?«, fragte Sina.

»Du hast mir und der Polizei doch gesagt, dass du in jener Nacht bei Elias warst. Und jetzt erzählst du mir, dass ihr euch seit dem Streit nicht mehr gesehen habt.«

Ein Blick in Sinas Gesicht sagte ihr, dass sie besser geschwiegen hätte. Die Miene der Freundin wirkte wie versteinert. Warum hatte sie nur ihren Mund nicht gehalten! Aber sie hatte sich plötzlich so albern gefühlt mit ihren Verdächtigungen und gierte nach einer Bestätigung, dass alles gut und Sina nach wie vor die liebe Freundin aus Kindertagen war.

»Also doch«, sagte Sina gefährlich leise. »Ich habe in dem Moment, als ich das mit dem Streit zwischen Elias und mir gesagt habe, gewusst, dass ich einen Fehler gemacht habe. Aber ich bin davon ausgegangen, dass du dumm genug bist, ihn nicht zu bemerken.«

Alexandra schnappte nach Luft. »Sina!«, keuchte sie.

Sina sprang auf, packte ihr Weinglas und schleuderte es an die Wand, wo es zerschellte. Dicke, rote Rinnsale, die wie Blut aussahen, liefen die weiße Raufasertapete herab. »Sina, Sina, Sina!«, kreischte sie. »Es hat sich ausgesinat.«

Alexandra kroch verschreckt in die hinterste Ecke des Sofas, verschränkte die Arme schützend vor dem Bauch und starrte ihre Freundin aus weit aufgerissenen Augen verschreckt an. »Sina, bitte«, flehte sie. »Wir sind doch Freundinnen. Du weißt, dass du mir alles sagen kannst. Und du weißt, dass ich dich nicht im Stich lasse.«

»*Freundinnen*«, spie Sina aus. »Ich war immer für dich da. Aber wenn ich *dich* mal gebraucht habe – das hast du gar nicht gemerkt.«

»Aber du hast nie was gesagt«, wandte Alexandra schüchtern ein. »Bei dir schien immer alles in Butter zu sein.«

»Du hättest ja auch mal fragen können«, entgegnete Sina kalt. »Nichts war in Butter. Nicht das Geringste. Während du diesen albernen Streit mit deinem Ole ausgetragen hast, geriet mein Leben aus den Fugen. Aber richtig.«

»Entschuldige, Sina, aber als albern würde ich den Streit mit Ole nicht bezeichnen. Und mein Leben ist auch aus den Fugen.«

Für einen Moment wurde Sinas Miene weicher. »Du hast ja recht«, sagte sie. »Aber es ging immer nur um dich, dich, dich. Dabei hätte ich auch mal jemanden gebraucht, der mir zuhört.«

»Verzeih mir, Sina«, sagte Alexandra bedrückt. »Das war falsch von mir. Ich war zu sehr auf mich fixiert. Wenn du … wenn du möchtest, höre ich dir jetzt zu.« Es interessierte sie wirklich, was ihre Freundin bewegte. Und außerdem hoffte sie, dass sie die Gefahr bannen konnte, in der sie sich zweifelsohne befand, wenn sie die Freundin für sich einnehmen, ihr Vertrauen gewinnen konnte.

Und tatsächlich: Sina begann zu sprechen.

»Leonhard hat Katharina bedroht.«

»Was?« Alexandra richtete sich ruckartig auf und sank gleich darauf mit einem kleinen Schmerzensschrei wieder zurück auf das Sofa. Wieder und wieder vergaß sie, dass das heranwachende Leben in ihr keine ruckartigen Bewegungen mochte!

»In jener Nacht bin ich zufällig in den Garten gekommen. Ich war total durch den Wind wegen Elias. Ich habe gehofft, dass er sich meldet und sogar eine Versöhnungs-SMS nach der anderen geschickt. Aber es herrschte Schweigen. Bis zu jenem Abend. Da habe ich von ihm eine Antwort bekommen.«

Alexandra blickte ihre Freundin gespannt an. Fast hatte sie sogar ihre Angst vergessen.

»Er schrieb, dass er sich nun allein auf Weltreise begeben hat. Mit mir könne er nun wohl erst in unbestimmter Zeit rechnen und er habe schon so lange – zu lange – auf mich gewartet. Die ganze Zeit während meiner Ausbildung.«

»So ein Fiesling«, sagte Alexandra spontan.

»Ja, nicht?«, ereiferte sich Sina. »Jedenfalls musste ich raus aus meiner Bude, sonst wäre ich erstickt. Es war ein milder Abend. Oder eher: eine milde Nacht. Die Sterne funkelten so schön am Himmel. Du weißt, wie sehr ich die Sterne liebe.«

»Ja«, sagte Alexandra leise. »Ja, das weiß ich.«

Als Kinder hatten sie abends stundenlang nebeneinander am Fenster gesessen und ans Firmament hinaufgestarrt. Sina hatte so ziemlich jedes Sternzeichen gekannt und Alexandra den Himmel erklärt. Sie hatte sogar eine runde Scheibe gehabt, mit deren Hilfe man Sternbilder bestimmen konnte. Nicht dass Sina diese jemals benötigt hätte. Aber sie, Alexandra, hatte die Scheibe toll gefunden und Sina sogar ein kleines bisschen darum beneidet.

»Ich wollte nach Hause in den Garten. Wollte mich auf den Steg des Bootshauses setzen und in den Himmel schauen. Ich bin auch tatsächlich hingegangen. Lange habe ich da gesessen.«

»Und dann?«, hakte Alexandra nach.

Sina starrte mit weit aufgerissenen Augen vor sich hin. Die Beine hatte sie nun angezogen und die Arme darum geschlungen. Alexandra sah, dass die Bilder vor ihrem inneren Auge vorbeizogen.

Konstanz, wenige Tage zuvor

Sina schreckte aus ihren düsteren Gedanken, als sie bemerkte, dass sie nicht allein im Garten war. Sie hörte die Hollywoodschaukel quietschen.

Vorsichtig spähte sie ums Eck des Bootshauses. Katharina. Das hätte sie sich denken können. Schöner Mist. Auf ihre Schwester hatte sie nun überhaupt keine Lust. Und sie wusste, dass Katharina manchmal stundenlang auf der Hollywoodschaukel saß. Was hieß, dass sie, Sina, ebenso lange am Bootshaus ausharren musste, wenn sie nicht von ihrer Schwester entdeckt werden wollte. Hoffentlich hatte sie kein Date auf der Schaukel. Früher hatte sich Katharina hier gern mit Jungs getroffen. Wenn sie nun eine Uniliebe hierher gebeten hatte, würde Sina vielleicht noch Zeugin peinlicher Szenen werden.

In dem Moment hörte sie den Klang einer Männerstimme. Was sie sagte, konnte Sina nicht verstehen. Oje, dachte sie. Es kommt genau so, wie ich es befürchtet habe.

Es dauerte ein paar Minuten, bis Sina begriff, dass das, was sich da auf der Schaukel abspielte, kein Liebesgeplänkel war. Die Stimme ihrer Schwester wurde immer schriller, Katharina schien Angst zu haben. Sie sprang auf und versuchte dem Mann augenscheinlich zu entkommen.

Sina blieb schier das Herz stehen, als sie ihn erkannte. Leonhard. Katharina war ein Stückchen in Richtung See geflüchtet. Aber auf Höhe des Tulpenbeetes hatte Leonhard sie eingeholt. Er packte sie und drehte ihr die Hände auf den Rücken. Sina konnte deutlich hören, was er sagte: »Wenn du dich wehrst, dann bringe ich dich um.«

Katharina wimmerte jetzt nur noch leise. Leonhard stieß sie zu Boden.

Sina sprang auf, schnappte sich das Ruder, das zum Glück nicht im Bootshaus, sondern auf der Terrasse davor lag – irgendjemand hatte nicht aufgeräumt – und ging leise zu dem streitenden Paar hinüber. Leonhard war so mit Katharina beschäftigt, dass er Sina gar nicht bemerkte. »Lassen Sie sie los«, sagte sie mit schneidender Stimme.

»Sina«, schluchzte Katharina auf. »Gott sei Dank.«

Leonhard wandte sich zu Sina um. »Sieh an, sieh an. Noch eine Eichenhaun-Tochter. Und noch dazu so eine schöne. Da kann ich mich ja mit euch beiden vergnügen. Warst du auch auf einer Party wie deine hübsche Schwester?«

»Sie haben doch schon meine Mutter«, spie Sina ihm angeekelt entgegen.

»Das alte Weib?« Er lachte abfällig. »Du glaubst doch nicht, dass mir die gefällt. Mit der gebe ich mich bloß ab, um an die Firma ranzukommen. Und ihr seht ja, dass es klappt. Wir haben uns soeben sozusagen … verlobt.« Er grinste schmierig.

Sina spürte eine unbändige Wut in sich aufwallen. Dieser Mann beleidigte ihre Mutter, bedrohte ihre Schwester und wagte es auch noch, ihr eiskalt ins Gesicht zu sagen, dass er alles zerstören wollte, was der Familie wichtig war.

»Ich habe Sie bei Perucci gesehen«, sagte Sina.

»Ja klar, Perucci will euch schlucken und ich soll ihm dabei helfen.« Er lachte höhnisch. »Klappt ja auch bestens.«

Konstanz

»In diesem Moment entdeckte ich, wie sehr ich meine Mutter und die Firma liebte. Dieser Mann wollte alles kaputtmachen. Einschließlich meiner Schwester, die als ein wimmerndes Häufchen Elend im Tulpenbeet lag. Ich musste sie retten. Ich musste sie *alle* retten. Dachte ich zumindest in dem Moment. Ich dachte, wenn ich jetzt nicht handle, dann geht alles den Bach runter, dann macht dieser unverschämte Mensch alles kaputt, wofür Generationen in unserer Familie gekämpft haben. Das war eine ganz seltsame Mischung aus Wut und … und einem ungeheuren Druck der Verantwortung«, erzählte Sina leise. Die Tränen liefen ihr jetzt über die Wangen. Sie hob den Kopf und sah Alexandra an. »Kannst du das verstehen?«

»Ja«, sagte Alexandra, die dem Bericht ihrer Freundin entsetzt gelauscht hatte. »Ja, das kann ich verstehen.«

»Er hat sich dann wieder Katharina zugewandt und angefangen, sie zu bedrohen und zu beschimpfen. Und dann hat er sie angefasst und zu mir gesagt, ich solle zuschauen. Da habe ich ausgeholt und zugeschlagen. Einmal. Zweimal. Dreimal. Er ist ins Blumenbeet gesunken, zum Glück nicht auf Katharina, sondern direkt neben sie. Komischerweise hatte er das Ruder in meiner Hand die ganze Zeit ignoriert. Er hat mich wohl nicht als Bedrohung empfunden.«

Konstanz, wenige Tage zuvor

Zum Glück schreit Katharina nicht. Sonst würde Mutter vielleicht aufwachen. Das war das Erste, was Sina dachte, als ihr klar wurde, dass Leonhard nicht mehr atmete. Dass er nie mehr atmen würde.

Stumm und entsetzt starrten die beiden Schwestern auf die Leiche. Eine bedrohliche Stille lag über dem Garten.

Dann sank Sina neben dem Toten auf die Knie. »Was habe ich getan!«, flüsterte sie.

Katharina schwieg, rührte sich nicht.

»Ich habe ihn getötet. Ich habe einen Menschen getötet«, ächzte Sina entsetzt. Ich hätte doch nie gedacht, dass ich mit einem Ruder …«

»Es ist das Ruder mit dem Eisenteil im Paddel«, sagte Katharina mit einer Stimme, die von weit herzukommen schien. Das Ruder lag direkt neben ihr, sodass sie es genau im Blick hatte. »Weißt du nicht mehr? Als Christian seinen Männlichkeitswahn hatte, hat er es bauen lassen. Er dachte, dass er dann durch das Rudern mehr Muskeln bekommt. Als ob das etwas bringen würde.«

Ein Kichern, ein lautes, irres Kichern entrang sich Sinas Kehle. »Der Männlichkeitswahn unseres Bruders ist schuld daran, dass Mamas Lover nun sterben musste.« Sie konnte nicht mehr aufhören zu kichern. Und dann war Katharina bei ihr und nahm sie in die Arme. »Schschsch«, machte sie. Und noch einmal: »Schschsch.« Sinas Kichern wandelte sich in ein Schluchzen, ihr ganzes Entsetzen über ihre Tat brach sich in den Schluchzern Bahn. »Oh Gott. Oh Gott. Oh Gott«, stieß sie hervor, als sie wieder sprechen konnte. Und noch einmal: »Ich habe einen Menschen getötet. Ich bin eine Mörderin!« Unendliches Grauen lag in ihrer Stimme.

»Nein«, sagte Katharina. »Du bist eine Lebensretterin. Ich wäre tot, wenn du nicht gekommen wärst.«

»Quatsch«, widersprach Sina grob und löste sich halb aus der schwesterlichen Umarmung. »Er wollte dich vergewaltigen. Getötet hätte er dich nicht gleich. Er hat das nur so dahingesagt.«

»Doch«, nun war es an Katharina, bitterlich zu weinen. »Das hat er nicht nur gesagt, kurz bevor du kamst, sondern auch davor. Er hat so was gesagt von wegen, dass er dringend mal wieder junges Fleisch brauche nach dem alten Weib und dass er mich leider danach töten müsse, weil er nicht riskieren könne, dass sein ganzer Plan der Firmenübernahme durch mich gefährdet werde. Er hat mir angekündigt, mich zu erwürgen und mich anschließend in den See zu schmeißen.« Katharina schluchzte so sehr, dass sie kaum sprechen konnte. »Er meinte sogar … er meinte, wenn Mutter um mich trauere, würde sie ihm viel eher das Ruder in der Firma überlassen.«

»*Das* hat er alles gesagt?« Sina war fassungslos und zog die Schwester enger an sich. Katharina nickte unter Tränen.

»Mein Gott«, flüsterte Sina. »Oh mein Gott.« Plötzlich war sie ganz klar im Kopf. »Wir müssen hier weg«, sagte sie. »Am besten schaffen wir ihn fort.«

»Aber wie?«, wandte Katharina ein. Sie beugte sich vor, um zu überprüfen, ob Leonhard nicht doch noch atmete, tastete mit fliegenden Fingern nach seinem Puls, fand ihn nicht und schloss die Augen. Er war tot. Er war wirklich tot.

»Wir können ihn in ein Boot legen und auf den See rausfahren«, schlug Sina, die die Bemühungen ihrer Schwester stumm verfolgt hatte, nun vor.

»Treibt er dann nicht nach oben?«

»Wir müssen ihn irgendwie beschweren. Aber womit?«

»Zu spät.« Katharina deutete auf das Schlafzimmerfenster ihrer Mutter, wo gerade Licht angegangen war. »Mutter wacht auf. Wir müssen hier weg. Ganz schnell.« Geduckt rannten die Schwestern zum von dichten Hecken bestandenen Rand des Grundstücks. Sina hielt noch immer das Ruder in den Händen.

»Was machen wir damit?«

»In den See schmeißen?«, schlug Sina vor.

»Das hat keinen Sinn. Das finden sie. Sein Blut und deine Fingerabdrücke sind drauf. Ich weiß nicht, ob der See das abwäscht. Komm.«

Die sonst so zaudernde Katharina war mit einem Mal sehr zielstrebig und tatkräftig. Sie zog Sina in die Scheune, die neben dem Haus stand und die ihr als Atelier diente. Unter Sinas erstauntem Blick zog sie eine Stichsäge aus einem Karton, steckte sie in die Steckdose und begann, das Ruder zu zersägen. »Spinnst du? Das ist doch viel zu laut!«, zischte Sina. »Das hört man nicht weit«, widersprach Katharina. »Siehst du, ich bin schon fertig. Komm.«

Katharina hatte das Ruder in vier Teile gesägt und ließ es nun in einer großen Stofftasche verschwinden, die an der Wand stand. Die Säge steckte sie wieder aus und verstaute sie fein säuberlich in ihrer Kiste. Das Sägemehl kehrte sie weg und warf es zu dem Ruder in die Stofftasche.

»Komm«, forderte sie ihre Schwester erneut auf.

»Was hast du vor?«

Katharina antwortete nicht, sondern ging, Sina voraus, durch die Verandatür ins Haus. Im Wohnzimmer blieb sie lauschend stehen. »Mutter ist im Bad. Gut möglich, dass sie bald nach ihrem Liebsten sucht. Wir müssen uns beeilen.«

»Was hast du vor?«, flüsterte Sina.

Statt einer Antwort ging Katharina zum Kamin und öffnete die Tür. Das Hausmädchen hatte die Scheite schon perfekt aufgeschichtet, sodass Katharina nur das Streichholz gegen den Anzünder halten musste, damit die Konstruktion Feuer fing. Zum Glück war der Kamin sehr groß und Katharina konnte alle Ruderteile hineinlegen. Zum Schluss gab sie noch die Stofftasche mit dem Sägemehl oben drauf. »Bist du wahnsinnig?«, zischte Sina. »Was wenn Mutter merkt, dass wir hier was Komisches verbrennen?«

»Wie sollte sie? Du glaubst doch nicht im Ernst, dass sie sich die Mühe macht die Klappe zu öffnen, um nachzusehen!«

»Aber sie wird sich wundern, dass hier ein Feuer flackert.«

»Sina, jetzt spinn nicht rum. Mama weiß, dass ich leicht friere und ich schnappe mir einfach ein Buch und mache es mir auf dem Sofa gemütlich. Sie weiß, dass ich auf einer Party war und wird sich nicht wundern, wenn ich im Wohnzimmer sitze.«

»Wenn sie ihn draußen entdeckt, wird sie sich wundern, dass du nichts bemerkt hast.«

»Ach, Sina«, maulte Katharina ungeduldig. »Jetzt hör aber auf mit deiner Paranoia. Das Tulpenbeet kann man von hier aus gar nicht sehen.«

»Ich bin halt nervös«, entschuldigte sich Sina und flüsterte dann. »Verdammt noch mal, ich habe gerade einen Menschen getötet.«

»Und ein Leben gerettet«, erwiderte Katharina ruhig.

»Was willst du mit den Eisenteilen machen? Die verbrennen nicht«, sagte Sina.

»Die hole ich später raus und schmeiße sie in einen öffentlichen Mülleimer. Da kräht kein Hahn danach.«

»Katharina, in einer Stunde wird es hier vor Polizei nur so wimmeln. Was, wenn sie die Eisenteile finden?«

»Ich werde noch ein paar Scheite Holz hinterherwerfen, dann wird das Feuer munter flackern«, überlegte Katharina. »Ich kann mir nicht vorstellen, dass die im lodernden Feuer suchen.«

»Und wenn doch?«, fragte Sina bang.

»Dann stellen wir uns dumm.«

In dem Moment hörten die Schwestern die Mutter oben nach Leonhard rufen. »Mach, dass du wegkommst«, zischte Katharina, zerrte ein Buch aus dem Regal und setzte sich aufs Sofa.

Konstanz

»Als ich in meiner Wohnung ankam, habe ich mich erst mal splitternackt ausgezogen, meine Kleider in die Maschine gesteckt und mich heiß geduscht«, setzte Sina ihren Bericht dieser schrecklichen Nacht fort. »Eine Stunde später rief

Katharina mich an. Sie tat sehr aufgeregt und sagte, ich solle sofort kommen. Mama habe ihren Verlobten tot im Tulpenbeet gefunden. Naja, den Rest kennst du.«

Alexandra schüttelte fassungslos den Kopf. Sie hätte die Freundin gern in den Arm genommen, traute sich aber nicht so recht. Sina hatte so etwas Hartes, Ablehnendes, fast schon Feindseliges bekommen. Wahrscheinlich, dachte Alexandra, wappnet sie sich innerlich gegen die Vorwürfe, von denen sie glaubt, dass ich sie ihr gleich machen werde.

Aber davon war Alexandra weit entfernt. Sie konnte die Freundin verstehen. Vermutlich, dachte sie, hätte ich genauso gehandelt. Doch immer wieder bohrte sich die Nachricht in ihr Bewusstsein, dass sie jetzt eine Mitwisserin war. Dass Sina sich total verändert hatte und unberechenbar geworden war. Und immer noch war da die Erinnerung daran, dass Sina ihr eine Stunde zuvor praktisch verboten hatte zu gehen. Und das war zu einem Zeitpunkt gewesen, als sie noch nicht gewusst hatte, was sie jetzt wusste.

In ihrem Beruf hatte sich Alexandra auf Brennpunktberichterstattung spezialisiert. Deswegen kannte sie Situationen wie diese – wenn auch bisher mehr oder weniger nur aus der Theorie. Sie wusste, dass Menschen in Extremsituationen unberechenbar wurden. Und Sina, das stand außer Frage, befand sich in einer Extremsituation. Sie musste so gut wie möglich versuchen, den Ball flach zu halten.

Vorsichtig rutschte sie zu Sina herüber und legte der Freundin einen Arm um die Schultern. »Hey«, sagte sie leise. »Wir kriegen das hin.«

Sina hob ruckartig den Kopf und starrte sie an. »Ach ja?«, sagte sie laut – zu laut, wie Alexandra fand. »Und wie denn bitte, wenn ich fragen darf? Ich habe einen Menschen umgebracht. Und du weißt nun davon.«

Sie hat das nicht verkraftet, sie hat einen Knacks bekommen, dachte Alexandra schaudernd. Aber sie versuchte, ruhig zu bleiben und sich nichts anmerken zu lassen.

»Das war Notwehr, Sina. Wie deine Schwester schon so richtig gesagt hat: Du hast ein Leben gerettet. Ich bin sicher, dass dir nichts passieren wird. Was hättest du denn tun sollen? Zuschauen, wie er Katharina umbringt? Das wird auch jeder Richter so sehen, glaub mir!« Alexandra redete wie ein Wasserfall auf Sina ein, in der Hoffnung, wenigstens eins ihrer Worte möge zu ihrer Freundin durchdringen. Und um den bösen Blick zu entschärfen, mit dem Sina sie noch immer anstarrte.

»Du weißt nun davon, du bist eine Gefahr«, wiederholte sie und es klang wie ein Mantra, das jemand sich immer und immer wieder vorsagt, so lange, bis die Worte eine enorme Macht und Eigendynamik entwickeln, so lange, bis sie einen in eine Art Trance versetzen und logische Argumente keinen Zugang mehr finden.

Bleib ruhig, sagte sich Alexandra, obwohl ihr Herz hart gegen ihre Brust hämmerte. Hoffentlich schadet die ganze Aufregung dem Kleinen nicht, dachte sie und musste den Impuls unterdrücken, die Hand schützend auf ihren Bauch zu legen. Sie fürchtete, dass diese Geste Sina unnötig provozieren könnte, und das wollte sie unbedingt vermeiden.

»Ja, ich weiß jetzt davon und das ist gut so«, sagte sie und zwang sich, über Sinas Arm zu streichen. »Denn nur so kann ich dir helfen.«

»Helfen. Du. Mir. Mit deinem Bullen-Lover.« Sina spie es regelrecht aus und die Worte klangen fremd aus ihrem

Mund. Fremd in Wortwahl und Timbre. »Du wirst doch gleich zu deinem Ole rennen und mich verpfeifen.«

»Das kränkt mich jetzt aber doch, dass du so von mir denkst. Ich habe dich noch nie verraten, Sina.«

Alexandra wusste, dass Sina ihr nicht glaubte. Zu recht. Sina hatte sie zur Mitwisserin gemacht. Freundschaft hin oder her, *darüber* durfte sie nicht schweigen. Hinzu kam, dass Sina sich nur selbst schadete, wenn sie weiterhin schwieg. Alexandra musste ihr klarmachen, dass sowieso alles irgendwann herauskäme. Und dass es für Sina ein entscheidender Vorteil wäre, ein Geständnis abzulegen. »Hat die Polizei dein Alibi nicht überprüft?«, wollte sie wissen.

»Konnten sie ja nicht. Ich habe gesagt, dass Elias schon weg ist. Und weil er tatsächlich schon weg war und just an diesem Morgen geflogen ist – das *haben* sie nämlich überprüft – haben sie mir geglaubt. Dein feiner Ole hat nicht im Geringsten daran gezweifelt, dass ich in der Nacht vor Elias Weltreise selbstredend einen rauschenden Abschied mit ihm feierte.«

»Sina«, flehte Alexandra eindringlich. »Sina, du musst dich stellen, bitte. Rede mit Ole. Ich weiß, dass er Verständnis haben wird. Er hasst nichts mehr als Männer, die Frauen Gewalt antun. Und er bewundert mutige Frauen. Und du warst mutig. Sehr sogar.«

»Es ist mir piepegal, ob dein Ole mich bewundert oder nicht«, behielt Sina ihren groben Tonfall bei. »Wichtig ist nur eines: Was der Richter denkt. Und darauf werde ich es nicht ankommen lassen.«

»Was hast du vor?«, fragte Alexandra atemlos.

»Ich werde abhauen«, erklärte Sina. »Und dich muss ich leider zum Schweigen bringen.«

»Sina!« Alexandra war mit ihrer Kraft am Ende. Unwillkürlich flossen die Tränen.

»Halt den Mund und hör auf zu flennen«, brummte Sina. Doch dann hielt sie inne, ihre Züge wurden weich, und für einen Moment erkannte Alexandra wieder die alte Sina. »Hey«, sagte sie und ging vor Alexandra auf die Knie. »Es tut mir so leid, dass ich so bin. Ich habe mich selbst nicht im Griff. Wenn man …«, sie suchte nach Worten, griff dabei nach Alexandras Hand und spielte mit ihr. »Wenn es darum geht, die eigene Existenz zu schützen und wenn man mit dieser skrupellosen und kalten Welt so nah in Berührung kam wie ich … dann … dann … dann …« Nun liefen auch Sina die Tränen über das Gesicht. »Dann fällt irgendwie alles von einem ab, alle Erziehung, alle Kultiviertheit. Weißt du, ich glaube, dass wir Menschen alle im Laufe unseres Lebens eine Form bekommen und wenn wir sie kunstvoll schleifen, beginnen wir zu funkeln und zu sprühen. So, wie auch ein Diamant erst anfängt zu leuchten, wenn man ihn richtig schleift. Verstehst du, was ich meine?«

Mit unsicherem Blick sah sie zu Alexandra auf. Verschwunden war alles Böse, Harte und Kalte aus ihren Augen. Sina war nur noch eine sehr verzweifelte junge Frau, die in einen Alptraum geraten war und nun nicht wusste, wie sie wieder draus erwachen sollte. Alexandra nickte und strich der vor ihr knienden Sina mit zärtlicher Geste die Haare aus dem Gesicht. »Aber ja, Liebes. Natürlich verstehe ich das. Und ich sehe das ganz genauso.«

»Seit das passiert ist, habe ich das Gefühl, als hätte ich jeden Schliff und jede Form verloren«, fuhr Sina nachdenklich fort. »Ich habe zwar versucht, das zu überdecken, aber … Ich fühle mich wie ein sehr unfertiger Mensch im absoluten Rohzustand. Weißt du, zum ersten Mal kann ich spüren, was es bedeutet, nichts mehr zu verlieren zu haben. Auch vor sich selbst nicht.«

»Du hast überhaupt nicht Schliff und Form verloren«, widersprach Alexandra. »Deine Angst versucht etwas aus dir zu machen, was du nicht bist, und dem musst du was entgegensetzen, Sina. Sonst kommst du in die Gewalt-Angst-Spirale, aus der sich viele nicht mehr befreien können. Das ist ganz oft der Fall. Dass Menschen mehr zufällig in irgendetwas hineingezogen werden und sich dann nicht mehr aus diesem Milieu herausziehen können.«

»Ach, hier spricht die Journalistin für Sozialfragen«, höhnte Sina.

»Sina«, sagte Alexandra nur.

Die Frauen schwiegen. Nur ihr Atem war zu hören.

»Du hast ja recht«, wandte Sina nach einer Weile ein. »Aber ich kann nicht einfach zur Polizei marschieren und sagen: ›Hey, ich bin die Mörderin, die ihr sucht.‹ Das verstehst du doch, oder?«

»Sina, du hast keine andere Wahl.«

»Doch«, sagte Sina. »Ich habe eine andere Wahl. Ich haue ab. Und ich muss leider dafür sorgen, dass du mich nicht verrätst und mir die Flucht damit vereitelst.«

ACHTUNDFÜNFZIGSTES KAPITEL

Konstanz

Leonhard tobte. »Das glaube ich einfach nicht«, brüllte er und raste im Vernehmungszimmer derart auf und ab, dass der Polizist, der das Gespräch zwischen Leonhard und Helena überwachte, nervös wurde und immer wieder einen unsicheren Blick zu der dunklen Scheibe warf, hinter der, wie er wusste, Ole und Monja standen, um das Gespräch zu verfolgen.

»Dieser Widerling. Dieses arrogante Schwein«, brüllte Leonhard und kickte in seiner Wut gegen einen Stuhl, der polternd umfiel. »Hat er dir wehgetan?«, fragte er und eilte auf Helena zu. Die wich automatisch einen Schritt zurück. »Halten Sie Abstand!«, schnarrte der Polizist.

Leonhard sank auf den Stuhl am Besuchertisch, Helena zog den Stuhl auf der anderen Seite zurück und setzte sich vorsichtig. »Verzeih«, sagte Leonhard leise. »Verzeih, dass ich so gebrüllt habe. Aber ich ertrage den Gedanken nicht, dass dieser … dieser Widerling dich berührt hat. Hat er dir wehgetan?«, wiederholte er.

Seit Helena ihm von dem Muttermal erzählt hatte, hatte er eigentlich gewusst, dass Valentin mit ihr im Bett gewesen war. Aber er hatte dieses Wissen verdrängt, sich eingeredet, dass es eine andere Erklärung geben musste. Schönreden nannte man das wohl. Aber als sie nun vor ihm saß und es ihm bestätigte, seine wunderbare, schöne und so zerbrechliche Helena, da war es mit der Beherrschung vorbei.

An jenem Verlobungsabend war Leonhard gegen 20 Uhr bei Helena angekommen und hatte gesehen, dass *er* schon da war und sie in seinen Wagen stieg. Im letzten Moment hatte er sich hinter den Büschen versteckt, die sich gegenüber ihres Hauses befanden. Sie hatte vor dem Einsteigen zwei, drei bewundernde Worte über das schnittige Auto gesagt, das Valentin fuhr, und bei seiner geschleimten Antwort »für meine Liebste ist mir nichts zu teuer« war ihm hinter seiner Hecke fast schlecht geworden.

Valentin hatte also sein Versprechen gebrochen, Helena in Ruhe zu lassen. Nun gut, dann wäre er an *seines* ebenfalls nicht mehr gebunden. Er würde nach Aalen fahren und die Pfeife, die er zwei Tage zuvor mit dem Schmuck bestückt hatte, wieder leeren.

Als er in der Stadt auf der Ostalb ankam, an jenem Haus, in dem der verhasste Zwillingsbruder lebte, schloss er die Haustüre auf, stieg in den obersten Stock, kletterte von innen auf dem vertrauten Weg in den Spionenturm, stoppte die Maschine, die dafür sorgte, dass Aalens Wahrzeichen sich hin- und herdrehte und schob den Maschendraht zur Seite, der zum Schutz gegen Tauben angebracht worden war. Früher waren die Tiere immer wieder in den Turm geflogen und hatten auf der Maschine, die den Spion antrieb, genistetet, zeitweise hatte sich der Spion aufgrund der Nester gar nicht mehr gedreht. Leonhard versuchte, die Pfeife zu leeren. Doch die kleinen Saphire, die er in die Pfeife gefüllt hatte, weil er hoffte, seinen Bruder so schneller ausbezahlen zu können, ohne Helena die ganze Zeit ihren Schmuck stehlen zu müssen, waren ganz nach vorn in den Pfeifenkörper gerutscht und ließen sich nicht herausholen. Vorsichtig begann er also, die Pfeife, die von hinten im Mund des Spions befestigt war, abzuschrauben. Die andere Hand schob er am Gesicht des Spions vorbei, hielt die Pfeife fest und zog sie, als er die Schrauben gelöst hatte, nach innen in den Turm. Er betete, dass niemand in diesem Moment einen Blick zum Spion hinauf werfen und das Fehlen der Pfeife bemerken würde. Aber sein Gebet wurde nicht erhört. Nur wenige Augenblicke später hörte er von unten Geschrei: »Die Pfeife ist weg.« Er stopfte die Pfeife hastig unter seinen Pullover und raste das Treppenhaus hinunter zum Hintereingang. Er presste sein Ohr an die Tür. Alles blieb ruhig, hinter dem Haus schien sich niemand zu befinden. Er öffnete die Tür. Keiner bemerkte ihn. Aufatmend und so unauffällig wie möglich schlenderte er auf Umwegen zum Parkplatz hinter dem Rathaus, wo er seinen Wagen abgestellt hatte. Als er im Auto saß, holte er die prall mit Schmuck gefüllte Pfeife unter seinem Pullover hervor und versteckte sie unter dem Beifahrersitz. Er gab Gas und startete in Richtung Bodensee.

Während der ganzen Fahrt überlegte er, was er mit der Pfeife machen sollte. Mit zu Helena konnte er sie nicht nehmen, das war klar. Ebenso unmöglich war es, sie im Auto zu lassen. Die einzige Möglichkeit war, die Pfeife irgendwo in der Firma zu verstecken. Und da kam ihm der rettende Einfall: Im Stofflager ganz hinten bei den alten, historischen Stoffen. Da war seit Jahren niemand mehr gewesen. Das wäre ein sicherer Platz.

Alles ging gut: Er schob die Pfeife an ihren Platz hinter den Stoffballen, einige Schmuckstücke Helenas zog er zuvor allerdings heraus und steckte sie sich in die Taschen. Er wollte sie heimlich in ihren Schmuckschrank zurücklegen – zum Glück hatte sie die Stücke noch nicht vermisst. Dann fuhr er nach Meersburg und setzte über. Es war etwa fünf Uhr morgens. Die Fähre war noch relativ leer, aber die ersten Pendler waren schon unterwegs. Am liebsten wäre er ausgestiegen und hätte geschoben. Es drängte ihn zu Helena, er musste wissen, was sein Bruder getan hatte, wie weit er gegangen war.

Er parkte sein Auto etwas abseits der Straße, in der Helenas Villa stand. Dann ging er mit großen Schritten – fast rannte er – am Ufer entlang. Es waren nur ein paar Meter. Er wollte durch den Garten gehen, um durch die große Glasfront ins Haus zu spähen und herauszufinden, ob sich etwas regte, ob *er* bei ihr war.

Als er am Rand des Grundstücks angekommen war, hielt er irritiert inne. Im Schuppen brannte Licht und er hörte die Geräusche einer Säge. Und dann sah er ihn. In dem gelben Tulpenbeet lag Valentin mit dem Gesicht nach unten. Entsetzt starrte er seinen Zwillingsbruder und Peiniger an. Die Gedanken wirbelten in seinem Kopf. Er war sich voll darüber bewusst, dass Helena glauben musste, Valentin sei er – er war sich sicher, dass Valentin ihr nicht verraten hatte, dass er der Zwilling war, das hatte er nie getan. Leonhard war klar, dass er sich nun erst einmal verstecken musste. Und ihm war klar, dass die Polizei bald herausfinden würde, dass Valentin Valentin und nicht Leonhard war. Der Gedanke, Helena könnte glauben, er habe ihr eine falsche Identität vorgespielt, war ihm unerträglich.

Was er dann tat, verzieh er sich im Nachhinein nie. Obwohl er wusste, dass es Valentin nicht mehr schaden würde. Es war so würdelos. Aber er hatte keine andere Wahl. Leonhard hastete zu seinem alten, klapprigen Wagen zurück, zog die Batterie aus der Kühlerhaube und schüttete die Flüssigkeit mit zitternden Händen in die leere Bierdose, die auf dem Beifahrersitz lag. Dann raste er zurück, nahm Valentins Hände und goss die Säure darüber. Keiner sollte anhand der Fingerabdrücke herausfinden können, dass es sich bei der Leiche um einen anderen Menschen handelte als um ihn, Leonhard Bux.

Rasch schüttete Leonhard den Rest der Säure über die Hände seines Zwillingsbruders und rannte zu seinem Auto zurück. Es würde nun nicht mehr fahren, das war ihm klar, aber das konnte er nun auch nicht ändern. Er baute die Batterie wieder ein und hoffte, dass keiner darauf kommen würde, sie zu überprüfen. Selbst wenn: *Er war tot.* Ihm konnte man nichts mehr anhängen.

Er war tot. Wie merkwürdig das klang.

Wie betäubt und beinahe schlafwandlerisch ging er durch die folgenden Tage. Sein Leben, sein in der Kindheit so behütetes und geordnetes Leben schien immer abstruser zu werden. Der Verlust Helenas, die er nun nicht mehr berühren, mit der er nicht mehr sprechen konnte, schmerzte ihn mit einer Mächtigkeit, die ihm beinahe den Atem raubte.

Er wollte in ihrer Nähe sein. Unbedingt. Und so schlief er nachts im Wald neben ihrem Haus in einer kleinen Kuhle, die sich an einen großen Felsbrocken schmiegte. Zum Glück wurde es täglich wärmer und wenn er nachts auch fror, so war das nicht allzu schlimm. Wenn er wusste, dass sie in der Firma war, schlich er sich in ihr Haus, das trotz seiner Einsehbarkeit in Richtung See zu den Seiten hin so gut abgeschirmt war, dass man unbemerkt hineingelangen konnte. Den Schlüssel hatte er ja noch. Bitter stieg ihm die Galle empor. Am Anfang, das hatte Valentin ihm erzählt, hatte der verhasste Zwillingsbruder Helena immer beobachtet. Einmal habe er ihr beim Joggen zugesehen und sie sehr sexy gefunden, hatte er schmierig grinsend erwähnt. Und er war in ihr Haus eingestiegen und hatte sich dort gründlich umgesehen. Auch in ihrem Wäscheschrank. Leonhard war wütend geworden und hatte gesagt, er solle die Finger von ihr lassen, aber Valentin hatte nur gelacht.

Und nun war *er* es, der sie beobachtete. Oder eher: beschützte. Als Erstes gab er ihr den Schmuck zurück. Berührte Dinge, die sie berührte. Es reichte nicht aus, um seine brennende Sehnsucht nach ihr zu stillen, taugte höchstens dazu, sie noch zu schüren. Und deshalb hörte er irgendwann auf, aus dem Haus zu schleichen, bevor sie kam, sondern blieb auch, wenn sie daheim war. Atmete ihr Parfüm, lauschte auf ihre Schritte.

So verbrachte er seine Tage, bis sie ihn entdeckte. Aber auch dann konnte er sie nicht fragen, wie weit Valentin in jener Nacht gegangen war. Sie durfte nicht wissen, dass sich sein Doppelgänger ihr zumindest an diesem einen Abend genähert hatte. Als sie ihm von dem Muttermal erzählte, hatte er es nicht glauben wollen: Er war mit der Situation überfordert gewesen, wusste nicht, was er ihr sagen, wie es erklären sollte. Es war zu viel für einen Moment. Also log er sie an und sagte, er habe das Muttermal abgekratzt.

Eigentlich war das schon die Bestätigung gewesen, dass Valentin sich ihr genähert hatte. Recht glauben wollen hatte er es jedoch nicht. Bis heute. Bis sie ihn auf die Verlobungsnacht ansprach. Auf das Muttermal. Bis sie ihm vorgeworfen hatte, er habe ihren Bruder in ihr Bett geschleust. Helena war eine kluge Frau. Sie hatte eins und eins zusammengezählt.

Seine Wut war übermächtig. »Hat er dir wehgetan?«, fragte er zum dritten Mal.

»Nein«, sagte Helena.

»Helena, Liebste, sei doch nicht so distanziert«, flehte Leonhard.

Helena zwinkerte. Sie *konnte* sich ihm nicht öffnen. Da war das Bild, wie er ihrer Tochter das Messer an den Hals hielt. Da war sein Verrat, der bitter und gallig schmeckte. Aber vor allem waren da die vielen, vielen ungeklärten Fragen.

»Was habt ihr für ein Spiel mit mir gespielt, Leonhard?«, flüsterte sie. Leonhard schüttelte den Kopf. »Kein Spiel, mein Schatz«, beteuerte er. »Ich habe mich in dich verliebt, vom ersten Augenblick an. Und in der Firma konnte ich mich dann auch noch künstlerisch verwirklichen. Du hast es möglich gemacht, dass meine Träume fühlbar, tragbar, erlebbar wurden. Ich war der glücklichste Mann der Welt. Zum ersten Mal seit Jahren hatte ich wieder mein Leben gelebt. Aber ich habe die Rechnung ohne meinen Bruder gemacht. Natürlich hat er mir mein Glück nicht gegönnt. Warum auch. Er war ja der Ansicht, ich hätte in den ersten Lebensjahren so viel mehr Glück gehabt als er, dass ich kein Glück mehr haben dürfte.« Leonhard fuhr sich durchs Gesicht. »Am Anfang war ich fasziniert von ihm. Dann habe ich geglaubt, dass er mich benutzt, um sich seiner Straftaten zu entledigen und das normale Leben zu leben, nach dem er immer eine tiefe Sehnsucht verspürt hatte. Mittlerweile aber weiß ich, dass er nur einfach Vergeltung üben wollte. Vergeltung dafür, dass er die ganze Zeit über weniger Glück gehabt hatte als ich. Das wollte er nun ausgleichen. Nenn es … eine krankhafte Eifersucht.«

Leonhard sprang auf und setzte seinen unruhigen Spaziergang durch das Zimmer fort. »Er fand dich vom ersten Moment an faszinierend. Ich weiß noch, wie er sagte, dass er ja eher auf junges Gemüse stünde aber dass du etwas hättest, dass ihn – sehr reizen würde.« Er presste Lippen und Fäuste heftig zusammen und man sah ihm deutlich an, dass es ihn alle Beherrschung kostete, nicht auszurasten. »Ich habe ihm gesagt, er solle dich in Ruhe lassen. Aber er hat nur gelacht. Und dann begann er mich zu erpressen.«

»Wie?«, fragte Helena tonlos.

»Er versprach mir, dich in Ruhe zu lassen wenn ich …«, er brach ab. »Oh Gott, du wirst mir das nie verzeihen.«

»Sag es mir.«

»Ich sollte deinen Schmuck klauen und ihm geben.«

Helena starrte ihn nur an.

»Sag doch was, Helena, bitte!«

»Und du hast es getan?«, fragte sie ruhig. »Natürlich hast du es getan. Und du hast auch die Saphire gestohlen und in dieser komischen Pfeife versteckt. Es war dir ja ein Leichtes, an meinen Schlüssel zu kommen, richtig?«

Leonhard stöhnte. »Es gibt noch was, was ich dir sagen muss.«

»Was denn noch?«, fuhr Helena auf.

»Mein Bruder hat mich bei dir eingeschleust. Ich sollte das Rezept für Perucci besorgen.«

»*Du* warst das?«, keuchte Helena und sprang nun ebenfalls auf. »*Du*? Ich habe dir vertraut, ich habe dir geglaubt, ich habe dich geliebt! Ich habe zum ersten Mal in meinem Leben Gefühle zugelassen. Und dann hintergehst du mich so!«

Unversehens liefen ihr nun die Tränen über die Wangen.

»Nein, Helena. Ich habe mich vom ersten Augenblick in dich verliebt. Und ich wusste, als ich dich kennengelernt habe, nicht, wer du bist, ehrlich.«

»Aber als du es dann wusstest, kam es dir sehr gelegen, oder?«, höhnte Helena tief verletzt.

»Nein. Nein, nein, nein, das musst du mir glauben. Ich habe sofort meinen Bruder angerufen und gesagt, dass ich es nicht mache. Er musste es schlucken. Ich hätte ihm das Rezept nie gegeben, ich wusste doch, wie viel dir all das bedeutete. Stattdessen wollte er deinen Schmuck. Und dafür, dass er dich in Ruhe lässt. Das war dein Schutzgeld. Und ich, ich dachte, ich könne es irgendwie wieder gutmachen, wenn ich mich für die Firma opfere, ackere, sie nach vorn bringe. Ich wollte dir den Schmuck hundertfach zurückgeben. Aber ich wollte dich auch schützen. Verstehst du das?«

Helena schüttelte langsam den Kopf. »Aber wieso kam er an jenem Abend zu unserem Date und nicht du?«, fragte sie argwöhnisch. »Woher wusste er davon? Hast du ihn mir also doch geschickt?«

»Wie kannst du so etwas denken!«, rief Leonhard. »Er hatte sich irgendwie in meinen Account gehackt. So schwer war das auch nicht. Mein Passwort war Helena.« Er lächelte verlegen. »Ich war so dumm.«

»Nein«, sagte Helena und zum ersten Mal, seit sie mit Leonhard sprach, klang ihre Stimme zärtlich. »Nein, das warst du nicht.«

Sie schwieg kurz und fragte dann: »Aber selbst wenn er wusste, dass wir verabredet waren – du hättest die Mail dann ja auch gelesen. Und wärst auch gekommen.«

»Nein«, erklärte Leonhard. »Er hat sie anscheinend gelöscht.«

Helena schüttelte fassungslos den Kopf.

Auch Ole schüttelte den Kopf – allerdings stand er dabei hinter der gläsernen Wand. »Das ist nie und nimmer gespielt.

So wie der tobt … und auch die Variante mit der Pfeife klingt glaubwürdig«, sagte er zu Monja.

»Ich bin mir da nicht so sicher.« Monja hatte die Augen zusammengekniffen, um besser sehen zu können. Seit einiger Zeit wusste Ole, dass sie kurzsichtig, aber zu eitel war, eine Brille zu tragen. »Er weiß genau, dass wir hier stehen und er weiß, dass es für ihn um alles geht. Ich möchte nicht ausschließen, dass er diese Schau für uns abzieht – oder tatsächlich für Helena. Dass er sie liebt, das glaube ich ihm.«

»Pst«, machte Ole. Drinnen hatte Leonhard gerade wieder das Wort ›Pfeife‹ gesagt.

»Das Versteck war genial: Im Haus meines Bruders. Hätte mich jemand gesehen, hätte er mich für ihn gehalten«, erklärte Bux.

Ole schüttelte wieder den Kopf. Er fand das äußerst merkwürdig.

Auch Helena schien das nicht so ganz zu glauben. »Warum hast du es ihm nicht in die Wohnung gebracht? Das wäre doch viel einfacher gewesen.«

»Mein Bruder lebte nicht immer allein. Er hatte zahllose Frauenbekanntschaften – mit seinem Vorsatz, ein biederes Leben zu führen, ist er anscheinend zumindest in dieser Hinsicht nicht weit gekommen. Und, wenn wir uns irgendwo getroffen hätten und man uns zusammen gesehen hätte, wären wir aufgeflogen. Das war der einzige Grund.«

Er schwieg und sah Helena wieder flehend an. »Es tut mir unendlich leid, dass ich deinen Schmuck gestohlen habe. Und die Sache mit Perucci tut mir auch leid.«

»Ja«, sagte Helena hart. Alle die Zärtlichkeit, die sie für ihn empfand und der sie minutenlang gestattet hatte, die eisige Maske zu durchdringen, war nun aus ihrem Blick gewichen, der Verstand, der sich einen harten Kampf mit ihren Gefühlen geliefert hatte, hatte die Oberhand gewonnen. »Das sollte es auch. Das alles sollte dir sehr leidtun. Du hättest es mir auch einfach erzählen können. Dass du mir so wenig vertraut hast, das kränkt mich am allermeisten.«

Sie stand auf und schob ihren Stuhl zurück. Kühl nickte sie Leonhard zu, reagierte nicht auf sein flehendes »Helena« und sagte zu dem Beamten: »Ich möchte gehen. Bitte lassen Sie mich hinaus.«

Leonhard Bux blieb mit hängenden Armen zurück.

Hinter der Wand seufzte Ole mitleidig, was ihm einen irritierten Blick von Monja Grundel eintrug. »So gefühlsbetont, Herr Strobehn?«, fragte sie.

Ole gab als Antwort nur ein knurrendes Geräusch von sich.

Monja betrachtete ihn neugierig von der Seite, traute sich aber nichts zu sagen. In Gefühlsdingen war sie immer so unsicher. Und das bedauerte sie zutiefst.

NEUNUNDFÜNFZIGSTES KAPITEL

Konstanz

Alexandra weinte und wehrte sich, als Sina sie mit den zahlreichen Gürteln, die sie aus ihrem Kleiderschrank gezerrt hatte, kunstvoll fesselte. »Sina! Nicht!«, flehte sie. »Du machst es nur noch schlimmer. Glaub mir doch.«

»Halt den Mund«, herrschte Sina sie an. Sie war wieder in die Rolle der groben, herzlosen Frau geschlüpft. Alexandra wunderte sich, wie stark Sina war. Aber ihr war auch klar, dass sie nicht mit allen Kräften gegen die Freundin kämpfte, um zu verhindern, dass dem Baby durch heftige Bewegungen etwas geschähe.

Sina band ihr die Hände auf dem Rücken zusammen und zerrte sie dann an die Wand unter dem Wohnzimmerfenster, wo sich die Heizung befand. Dort band sie ihre weinende Freundin fest. Alexandra wehrte sich nicht mehr. Sie hatte begriffen, dass es vergebens war.

»Nachher muss ich dich leider noch knebeln, damit du nicht auf die Idee kommst, um Hilfe zu rufen«, kündigte Sina an. »Oder nein, ich mache es lieber gleich, nicht dass du jetzt schon anfängst rumzuschreien.«

Alexandra schluchzte, als Sina ihr eine Nylonstrumpfhose in den Mund steckte. Sie hatte Panik zu ersticken. Beim Weinen verstopfte ihre Nase immer fürchterlich und durch den Mund konnte sie nun nicht atmen. Sie versuchte, sich Sina verständlich zu machen, aber die Freundin war gnadenlos. Sie kehrte Alexandra den Rücken zu und begann in aller Seelenruhe, ihre Sachen zu packen. Ging von Zimmer zu Zimmer, schmiss Sommerkleider und Ballerinas ebenso in ihren knallgrünen Koffer wie Zeichenblock und Stifte, zweifellos dafür gedacht, ihre Impressionen malerisch festzuhalten. Währenddessen sang sie unentwegt: »Wir verkaufen unsrer Oma ihr Kleinhäuschen.«

Sie hat einen Knall, dachte Alexandra schaudernd.

Nach etwa einer Stunde war Sina fertig. Sie klappte den Koffer zu, ging zu ihrem Telefon, nahm die Batterien heraus und steckte sie in ihre Tasche. Dann leerte sie Alexandras Handtasche aus und nahm das Handy an sich. »Das muss ich leider mitnehmen, Süße.« Sie schob sich das Telefon in ihre Hosentasche und ging wieder vor Alexandra in die Hocke. »Tut mir leid«, sagte sie, plötzlich wieder ganz sanft und weich. »Es tut mir wirklich leid. Ich wollte dir nie etwas tun. Ich habe dich sehr, sehr lieb.«

Sie strich Alexandra fast verlegen über die Wange. »Hab keine Angst«, bat sie. »Ich werde sie wissen lassen, wo du bist. Spätestens morgen Mittag holen sie dich hier raus.«

Sie zögerte. »Musst du noch mal aufs Klo?«

Alexandra nickte heftig.

»Also gut. Aber wehe, du versuchst, mich auszutricksen.«

Alexandra schüttelte mit angstvoll aufgerissenen Augen wild den Kopf.

Sina löste die Fesseln und zog ihr die Strumpfhose aus dem Mund. »Trink noch einen Schluck Wasser im Bad«, empfahl sie.

In Sinas Toilette gab es kein Fenster. Das war wohl der Grund, warum die Freundin – durfte sie sie noch so nennen? – sie allein auf die Toilette hatte gehen lassen.

Alexandra dachte angesichts Sinas Empfehlung, sie solle noch einen Schluck Wasser trinken, wie merkwürdig diese sich benahm. Wobei – so merkwürdig war es eigentlich nicht. Dieses wilde Hin und Her zwischen der alten, besorgten, fürsorglichen und der neuen, groben Sina zeigte, wie verwirrt die junge Frau war. Wie sehr die Geister in ihr kämpften. Alexandra hoffte, dass die guten Geister gewannen. Aber darauf durfte sie sich nicht verlassen. Wenn Sina sie gefesselt und geknebelt in der Wohnung zurückließ, konnte es lange dauern, bis jemand sie fand. Auch wenn

Sina versprochen hatte, Bescheid zu geben, wo Alexandra sich befand – die Freundin war so verwirrt, dass sie darauf nicht bauen konnte. Sie durfte nicht riskieren, dass ihr oder dem Baby etwas passierte. Sie spähte durch das Schlüsselloch. Sina stand draußen, etwa einen halben Meter von der Tür entfernt. Wenn sie die Tür sehr schnell aufstieß, würde sie Sina an den Kopf knallen. Diesen Überraschungsmoment konnte sie nutzen, um zur Wohnungstür zu gelangen.

Sie sah sich hektisch um. Was, wenn Sina sich lediglich eine Beule holen würde? In diesem Fall kam sie wohl leider nicht drumherum, ihr etwas über den Schädel zu ziehen. Schon merkwürdig, dachte Alexandra. Jetzt bin ich in der gleichen Situation wie Sina neulich, wenn es bei mir vermutlich auch nicht um Leben und Tod geht. Aber auch ich überlege nun, einen Menschen bewusst zu verletzen, um mich selbst und ein Wesen, das ich liebe, zu schützen. All diese Gedanken rasten in enormer Geschwindigkeit durch ihren Kopf, während sie hektisch die Badezimmerschränke öffnete und wieder schloss.

»Wie lange brauchst du denn noch?«, quengelte Sina von draußen.

»Bin gleich so weit. Seit ich schwanger bin, habe ich … Verstopfung«, log Alexandra. Nur gut, dass sie ein Schwangerschaftsbuch nach dem anderen verschlang. Dort hatte sie gelesen, dass Verstopfung in der Schwangerschaft durchaus vorkommen konnte.

»Ihhhh«, machte Sina.

Alexandra öffnete den nächsten Schrank und fand eine Massagebürste mit einem sehr langen Stil. Nicht ideal, aber zur Not musste das reichen. Sie musste nur darauf achten, dass sie nicht mit der weichen Seite nach oben zuschlug.

Alexandra schlich zur Tür zurück und spähte wieder durchs Schlüsselloch. Sie täuschte einen wilden Hustenanfall vor, um das Geräusch des sich umdrehenden Schlüssels zu übertönen. Sekunden später riss sie die Badezimmertür auf und warf sich gleichzeitig mit aller Kraft dagegen. In der rechten Hand hielt sie die Bürste, bereit zuzuschlagen, mit der linken schützte sie ihren Bauch.

Sie hatte Glück: Die Türkante hatte die Freundin mit voller Wucht an der Schläfe getroffen. Sina wurde zur Seite geschleudert und landete mit dem Gesicht auf dem Boden. Alexandra stieg in rasender Geschwindigkeit über sie hinweg und starrte dabei panisch nach unten auf Sinas Hände. Sie wollte vermeiden, dass die Freundin ihre Knöchel zu fassen bekäme und sie so vielleicht zu Fall bringen könnte. Aber Sina war voll und ganz damit beschäftigt, die Hände an ihre Schläfe zu pressen. Doch lang, dessen war sich Alexandra bewusst, würde sie das nicht mehr tun. Nur noch Sekunden und Sina hätte ihre Fassung wiedererlangt.

Schon war sie an der Tür. Bitte mach, dass sie nicht abgeschlossen hat, dachte sie. Sie hörte Sina hinter sich fluchen. Ein rascher Blick über die Schulter zeigte ihr, dass sie im Begriff war aufzustehen. Alexandra packte den Türgriff. Die Tür sprang auf. Sie jagte durch das Treppenhaus nach unten. Sina war inzwischen dicht hinter ihr, nur ein halber Meter und sie würde sie erwischen. Da unten war die Haustüre. Sie würde Zeit verlieren, beim Öffnen. Sina würde sie kriegen.

Doch das Glück war Alexandra abermals hold: Sina, die im Gegensatz zu Alexandra keine Schuhe trug, sondern auf dicken, flauschigen Socken hinter ihr hergerannt war – schließlich hatte sie sich auf einen gemütlichen Abend zu

Hause eingestellt – rutschte aus. Alexandra gab Gas, riss die Türe auf und war im Freien.

SECHZIGSTES KAPITEL

Konstanz

Alexandra brauchte nur Minuten, um Ole zu informieren. Sie lieh sich von einem Passanten mit der Begründung, es handle sich um einen Notfall, dessen Handy und gab Oles Mobilfunknummer ein. Ein Glück, dachte sie, dass ich Nummern immer erst spät abspeichere. So war das auch in Oles Fall gewesen: Es hatte eine Weile gedauert, bis sie die Nummer unter seinem Namen im Ordner ›Kontakte‹ ablegte. Dadurch hatte sie sie anfangs immer wieder neu gewählt und sie sich eingeprägt.

Bitte geh ran, flehte sie stumm und blickte hektisch über die Schulter. Sie hatte Panik, dass Sina ihr folgte, andererseits würde sie sie schon nicht auf offener Straße anfallen. Außerdem war sie im Paradies gleich um mehrere Ecken gerannt, so leicht würde Sina sie nicht finden.

Ole meldete sich. »Strobehn«, sagte er knapp.

»Ole, hier ist Alexandra.«

»Alexandra!«, seine Stimme klang erstaunt, unsicher und auch erwartungsfroh. »Wie schön, dass du anrufst.«

»Hör zu, Ole«, unterbrach sie ihn hastig. »Sina hat Leonhard Bux umgebracht. Sie hat es mir gerade eben gestanden.

Es war Notwehr. Sie versucht vermutlich zu fliehen, ihr solltet euch beeilen.« Alexandra bemerkte, dass der Passant, mit dessen Handy sie telefonierte, sie fassungslos anstarrte, und lächelte ihm beruhigend zu.

»Wo ist sie?«, fragte Ole.

Alexandra nannte ihm die Adresse, merkte aber an, dass die Freundin ihr möglicherweise nachgerannt war.

»Wir kommen.« Ole legte auf.

Wie in Trance gab Alexandra dem Passanten das Handy zurück und war dankbar, dass er nicht wissen wollte, was denn geschehen sei. Sie hätte neugierige Fragen jetzt nicht ertragen. Sina, ihr Geständnis, die Gefahr, der sie und das Kind ausgesetzt gewesen waren, all das war zu viel gewesen. Oles Unterkühltheit hatte das Fass schließlich zum Überlaufen gebracht. Komisch eigentlich, dachte sie, dass sein Verhalten sie nach all dem, was sie an diesem Tag erlebt hatte, am meisten schmerzte.

Dabei wusste sie, dass Ole im Einsatz war und keine Zeit hatte, sich nach ihrem Befinden zu erkundigen. Und vor allem: nach dem Befinden des Kindes. Er musste ahnen, dass Sina sie nicht einfach so hatte gehen lassen, dass es einen Kampf gegeben hatte.

Alexandra überquerte, immer wieder über die Schulter blickend und nach Sina Ausschau haltend, hastig die Untere Laube in Richtung Innenstadt. In der Ferne hörte sie ein Martinshorn. Ob das schon Ole war, der fuhr, Sina abzuholen? Sie hatte die Freundin verraten. Aber was hätte sie denn tun sollen? Sina war augenscheinlich durchgedreht und brauchte Hilfe, das war Alexandra klar. Sie eilte durch die Niederburg mit ihren schmalen Gässchen und Sträßchen. Gegenüber des Café Dom befand sich ein Laden mit

Umstandskleidung. Davor stand ein wunderschöner alter Kinderwagen mit großen Rädern. Liebevoll strich sie im Vorübergehen über den Griff. Bald würde auch sie einen solchen Kinderwagen durch die Gegend schieben. Ganz allein. Ohne einen Mann an ihrer Seite.

Tränen traten ihr in die Augen. Oh nein, dachte sie. Ich will, ich *darf* jetzt nicht weinen. Sie überquerte den Münsterplatz und ging zu dem kleinen Rasenstück, das sich am nordwestlichen Ende des Münsters befand. Kaum jemand verirrte sich je hierher und das, obwohl sich, wie sie bei ihren Recherchen für das Buch ›Geheimnisse der Heimat‹ über Konstanz, das sie im letzten Jahr geschrieben hatte, herausbekommen hatte, unter diesem Rasenstück eine unterirdische Kapelle befand. Ein schlichter Metalldeckel verbarg den Eingang, durch den sie vergangenes Jahr hinabgestiegen war. Sie setzte sich auf das kühle Gras. Wie gern hätte sie hemmungslos geweint und ihre ganze Einsamkeit und Verlorenheit herausgeschluchzt. Doch da waren immer noch Menschen. Überall. Sie würden die rothaarige, weinende Frau sicher bemerken, und das wollte Alexandra um keinen Preis.

Also stand sie nach kurzer Zeit wieder auf und lief weiterhin ziellos durch die Stadt. Sie fühlte sich unendlich einsam und verlassen und sie konnte nicht verhindern, dass eine gehörige Welle Selbstmitleid in ihr aufstieg und sich ihrer bemächtigte. Vom Vater ihres ungeborenen Kindes verlassen, von der engsten Freundin bedroht und verraten. Keiner, dachte Alexandra, hat mich lieb.

Sie schlang die Arme um ihren noch nicht sichtbaren Schwangerschaftsbauch und flüsterte dem kleinen Wesen, das in ihr heranwuchs, zu: »Wir beide sind ganz allein auf dieser Welt.«

EINUNDSECHZIGSTES KAPITEL

Konstanz

Ole sprang bei der Vernehmung nicht gerade sanft mit Sina um. Die Sorge um Alexandra und das Baby, das in ihr heranwuchs, nagten an ihm. Am liebsten hätte er die bockige junge Frau, die mit der kartoffelgroßen Beule über dem rechten Ohr regelrecht lächerlich aussah, durchgeschüttelt und aus ihr herausgepresst, was sie mit Alexandra gemacht hatte. Aber er wusste selbst, dass er damit wieder in jenes unprofessionelle Verhalten gerutscht wäre, das er schon bei seinem letzten Fall im Zusammenhang mit Alexandra an den Tag gelegt hatte. Es ist aber auch verhext, dachte Ole, dass meine Freundin – oder Exfreundin – ausgerechnet in den beiden größten Fällen, die ich bisher am Bodensee gehabt habe, eine Hauptrolle spielen muss. Alexandra, so fand er, zog Katastrophen regelrecht magnetisch an. Ebenso wie Menschen, die auf die eine oder andere Weise hofften, von ihr Hilfe zu bekommen. Alexandra hatte ein großes Herz und das strahlte sie auch aus. Für jeden nahm sie sich Zeit, für jeden hatte sie ein Ohr, es fiel ihr schwer, sich abzugrenzen.

Es tat Ole leid, dass er Alexandra vorhin am Telefon so knapp abgefertigt hatte. Aber in diesem Moment war er nur Polizist gewesen und als solcher musste er schnell handeln. Als er dann neben Monja Grundel im Polizeiwagen saß und an den Tatort brauste, hatte er sein Handy aus der Tasche gezogen und Alexandra angerufen. Sie nahm nicht ab. Kein Wunder. Oder hatte sie ein neues Handy und ihm die Nummer nicht gegeben? Hastig wählte er die Nummer, von der aus sie ihn angerufen hatte. Es meldete sich ein Mann. Ole legte auf. Für ihn war die Sache klar, sie hatte einen anderen. Der Gedanke machte ihn rasend. Und jetzt saß diese junge Frau vor ihm. Sina, die Alexandra für ihre Freundin gehalten hatte. Sie hat ein Talent, die falschen Menschen anzuziehen, dachte Ole wieder. Auch er konnte Sinas Tat, die sie ihm erst bockig und widerstrebend, dann verzweifelt und unter Tränen gestanden hatte, nachvollziehen. Doch auch wenn er noch nicht sicher wusste, dass Sina Alexandra gegenüber ausgetickt war, so sah er doch in ihren Augen, dass mit ihr etwas nicht stimmte. Das war auch deshalb deutlich, weil sie sich bei ihrer Verhaftung – die Beamten hatten sie mit einem verletzten Fuß, vermutlich ein Bänderriss, auf der Treppe liegend vorgefunden,– derart getobt und auf Alexandra geschimpft hatte. Sina, die immer so stark wirkte, war eigentlich ein zartes Pflänzchen, dachte Ole. Ein Mensch, der in seiner Kindheit zu wenig Liebe bekommen hatte und nun versuchte, das durch übermäßige Selbstdarstellung zu kompensieren. Was zunächst auch zu gelingen schien. Jeder mochte Sina. Nicht nur wegen ihres Aussehens, sondern auch wegen ihres Strahlens und wegen ihres selbstsicheren Auftretens. Jetzt erinnerte sich Ole daran, dass Alexandras Freundin ihn von vornherein irgendwie irritiert hatte. Es war eine ganz leise Stimme gewesen und er hatte ihr kein Gehör geschenkt. Ein Mann hatte die beste Freundin seiner neuen Flamme erst mal zu mögen. Basta. Ablehnung gab es nicht und schon gar nicht ohne Grund. Jetzt wurde Ole klar, dass er in Sinas blauen Augen eine Unsicherheit und eine Verletzlichkeit gelesen hatte, die nicht so recht zu ihrem selbstsicheren und strahlenden Auftreten passen wollte. Es war diese Kluft, dieses nicht zusammenpassen, was ihm Unbehagen bereitete. Sina hat nicht viel Substanz, dachte er nun. Nichts, worauf sie in Krisenzeiten wie dieser zurückgreifen kann. Sie produziert ihr Strahlen und schleudert es sofort in die Welt hinaus. Vielleicht auch eine Art Selbstschutz. Wer immer strahlt, wird nie hinterfragt. Keiner macht sich Gedanken, dass es demjenigen nicht gut gehen könnte. Also schaut auch niemand genau hin und kommt in die Nähe von Sinas empfindlichem Inneren.

Ole sah Sina Eichenhaun fordernd an. Die ganze Zeit über, die sie sich nun schon anschwiegen, wartete er auf eine Antwort. Eine Antwort auf die Frage, ob Sina auch Dieter Pahlke ermordet hatte.

»Nö«, hatte Sina gesagt, die Arme verschränkt und bockig vor sich hingestarrt. Dann war sie in tiefes Schweigen verfallen.

»Was ist? Was glotzt du mich so an? Willst du mich jetzt anbaggern, nachdem du die arme Alexandra so schäbig hast sitzen lassen?«, fragte sie.

Ole ballte die Fäuste. Sie wollte ihn provozieren, das war klar. Dass sie Alexandra ins Spiel brachte, war unfair. Vermutlich wusste sie von seinen Sorgen und Ängsten und davon, dass er sich schwere Vorwürfe machte, weil er Privates und Berufliches beim letzten großen Fall nicht getrennt hatte. Alexandra hatte ihr bestimmt davon erzählt. Frauen erzählten sich ja immer alles.

»Ich glaube nicht, dass wir schon beim Du waren, Frau Eichenhaun«, sagte er kühl. »Und ich habe Ihre Faxen ehrlich gesagt auch langsam dicke. Das Stichwort Alexandra erinnert mich daran, dass ich eigentlich längst Feierabend habe.«

Er warf einen Blick auf seine große Armbanduhr. Eine Ingersoll mit gläsernem Boden. Man konnte das Getriebe sehen und die Uhr lief ohne Batterie – nur durch Körperwärme. Alexandra hatte sie ihm geschenkt. Weil er sich stets so für Technik begeisterte. Und sie hatte gesagt, dass diese Uhr sie an sie selbst erinnere. Auch sie, hatte Alexandra damals gemeint, werde durch ihn und seine Wärme zum Leben erweckt. Ole lächelte wehmütig. Alexandra. Es wurde Zeit, etwas zu klären. Und wenn sie tatsächlich schon einen Neuen hatte, dann sollte sie ihm das ins Gesicht sagen. Immerhin trug sie *sein* Kind unter dem Herzen. Vor allem aber musste er endlich wissen, ob es ihr gut ging oder ob ihr etwas zugestoßen war.

»Wissen Sie was, Frau Eichenhaun«, sagte Ole. »Sie können mich mal mit Ihrem Getue. Wenn Sie nicht mit mir reden wollen, dann lassen Sie es eben bleiben. Sie werden jetzt ohnehin erst mal in Gewahrsam genommen. Da können Sie dann von mir aus schweigen, bis sie schwarz werden. Im Zweifel werden Sie dann eben des Doppelmords angeklagt.«

Er stand auf, warf Sina, die verdattert auf dem Stuhl saß, einen kurzen Blick zu und verließ den Raum.

ZWEIUNDSECHZIGSTES KAPITEL

Überlingen

»Alexandra, endlich!«

Ole sprang auf, als er Alexandra die Straße entlang kommen sah. Seit zwei Stunden wartete er nun schon auf der kleinen runden Bank, die, sich um einen Baum schmiegend, vor ihrem Haus stand. Er hatte sich inzwischen schreckliche Sorgen gemacht. Es war nach Mitternacht, auf dem Handy erreichte er sie nach wie vor nicht. Alexandra musste am nächsten Tag arbeiten und es sah ihr überhaupt nicht ähnlich, spät ins Bett zu gehen. Sie brauchte ihren Schlaf und konnte äußerst grätig werden, wenn man sie dessen beraubte. Zwischen Eifersucht, als er der Überzeugung war, sie halte sich bei ihrem Neuen auf, und ernsthafter Sorge – schließlich wusste er immer noch nicht sicher, was sich zwischen Sina und ihr ereignet hatte und ob sie vielleicht verletzt war – hin- und hergerissen, war Ole in den letzten beiden Stunden durch einen wahren Wechselozean der Gefühle geschwommen und nun, als sie endlich vor ihm stand, war er gewissermaßen endlich und völlig entkräftet am Ufer angekommen. Ihrem Ufer. Er wollte auf sie zueilen, sie in seine Arme schließen, aber dann bremste er sich. Ihm wurde klar, dass er dieses Recht verwirkt hatte. Also stand er mit hängenden Armen vor ihr.

»Hi«, sagte er schüchtern.

»Hallo«, antwortete sie kühl und fügte schroff hinzu: »Was willst du hier?«

»Dich sehen?« Oles Antwort klang wie eine Frage.

»Ach, auf einmal.« Alexandras Stimme war bitter und Ole konnte das verstehen. Er hatte ihr wehgetan, sehr sogar, und sich benommen wie ein Schwein.

»Bitte Alexandra, ich … ich war wirklich so dumm. Können wir reden?«

»Nein.«

Ole zuckte zurück. So hart kannte er seine Freundin nicht. Eigentlich war er überzeugt gewesen, dass er alles wieder geradebiegen könnte. Jetzt aber wurde ihm zum ersten Mal mit voller Wucht klar, dass er sie verloren hatte.

»Es gibt einen anderen«, flüsterte er.

»Nein, Ole, es gibt keinen anderen«, erwiderte Alexandra. »Komisch, dass ihr Männer immer nur das als Grund gelten lassen wollt, wenn eine Frau nicht mehr will. Aber das, mein Lieber, hast du ganz allein dir zuzuschreiben. Und keinem andern.«

»Alexandra«, flüsterte Ole. »Ich … du … du bist so hart.«

»Ach ja?«, fauchte Alexandra. »Das zeigt, wie wenig du mich kennst. Aber was, lieber Ole, erwartest du von mir? Du schwängerst mich, lässt mich dann mit den Worten, das sei meine Sache, sitzen und tauchst in tiefes Schweigen ab. Und jetzt glaubst du, du musst nur mit den Fingern schnippen und ich komme zurück?«

»Ich …«, setzte Ole an.

»Nein, jetzt hörst *du* mir mal zu«, herrschte Alexandra ihn an. »Ich habe sehr schlimme Stunden hinter mir. Sina hat mich gefesselt und geknebelt und ich konnte mich nur befreien, weil ich sie niedergeschlagen habe. Ich hatte scheußliche Angst um mich und das Kind. Ich bin fertig, Ole. Vom Freund – ach was: Vom Vater meines Kindes verlassen, von meiner besten Freundin bedroht – ich habe einfach das Gefühl, dass es keine Werte mehr in der Welt gibt. Dass da nichts ist, woran man noch glauben kann.«

Unvermittelt begann sie zu schluchzen. Ole versuchte, sie in seine Arme zu ziehen, aber sie wehrte ab. »Lass mich«, sagte sie und machte einen Schritt zurück. »Deine Reaktion vorhin am Telefon hat das Fass dann endgültig zum Überlaufen gebracht. Du hast nicht mit einem Wort gefragt, wie es mir geht. Wie es dem Kind geht.«

Die Tränen liefen ihr nun haltlos über die Wangen und sie ließ sich auf die Bank sinken, auf der Ole zuvor gesessen und auf sie gewartet hatte. Er blieb hilflos vor ihr stehen.

»Ich war so verwirrt, deine Stimme zu hören. Dann noch die fremde Nummer. Und das, was du mir gesagt hast: Da musste ich reagieren. Ich bin doch Polizist, Alexandra. Wessen Handy war das?«

Sie zuckte die Achseln. »Irgendein Passant.«

»Wir waren in Eile, aber auf dem Weg zu Sina habe ich dich wieder und wieder angerufen. Du bist nie ans Telefon gegangen. Dann habe ich es auf der Nummer probiert, von der aus du angerufen hast. Es meldete sich ein Mann. Deshalb dachte ich, du hättest einen Neuen.«

»Aber der Mann hat dir das doch sicher erklärt.«

»Ich habe gleich wieder aufgelegt«, gab Ole zu. »Ich hatte keine Lust, vor meinem Nachfolger als Depp dazustehen.«

Wider Willen musste Alexandra lächeln. Ihr lieber, sturer Ole mit seinem Männlichkeitswahn.

Ole, der sie nicht aus den Augen ließ und jede Regung in ihrem Gesicht wahrnahm, schöpfte Hoffnung: »Alexandra«, sagte er leise und streckte die Hand aus.

Zögernd hob sie ihre Hand und legte sie in seine. Der Bann war gebrochen.

DREIUNDSECHZIGSTES KAPITEL

Überlingen

»Ich war so ein Idiot«, flüsterte Ole drei Stunden später. Es war mitten in der Nacht, aber an Schlaf war nicht zu denken. Alexandra und Ole hatten sich leidenschaftlich versöhnt und danach waren beide viel zu aufgeregt und zu berauscht von der Nähe des anderen, um zu schlafen. Vorsichtig legte Ole seine Hand auf Alexandras Bauch. Sie fühlte sich warm und gut an. »Könnt ihr mir verzeihen?«

Alexandra seufzte. »Das haben wir doch schon längst, Ole. Aber es reicht nicht, wenn wir dir verzeihen.«

Ole richtete sich erschrocken halb auf. »Wie meinst du das?«

»Nicht *wir* waren das Problem, sondern *du*. *Du* kamst mit meiner Schwangerschaft nicht klar, und die Gründe dafür, die sind keineswegs aus der Welt geschafft, sondern wie eh und je vorhanden.«

»Da hast du recht.« Ole ließ sich wieder auf das Kissen zurückfallen. »Aber mir ist klar geworden, dass ich auf dem Holzweg war.«

Alexandra sah ihn misstrauisch an. »Tut mir leid, aber ich weiß nicht, ob ich dir das einfach so glauben kann. Ich habe Angst, dass du dir das einfach nur einredest, weil du gemerkt hast, dass du … mich zurückhaben willst. Ole«, sagte sie ernst. »Die letzten Tage waren sehr, sehr hart für mich. Ich möchte das nicht noch einmal durchmachen müssen, wenn du es dir doch noch einmal anders überlegst.«

»Keine Angst«, flüsterte Ole und beugte sich über sie. »Ich bin mir ganz, ganz sicher.«

Alexandra gab nicht nach. »Doch, ich habe Angst, Ole. Ich habe Angst, dass du dich nun in ein Leben zwängst, das du nicht leben willst. Dass du das irgendwann merkst und daraus ausbrichst. Und mich und das Kind dabei verletzt.« Sie spürte, wie ihr schon wieder die Tränen in die Augen traten.

Ole küsste sie ihr sanft fort. »Hey«, sagte er und lächelte zaghaft. »Du musst keine Angst haben. Ich fiebere der Zukunft mit dir entgegen und ich freue mich riesig auf unser Baby.« Seine Hand strich über Alexandras Bauch. »Ich hoffe, dass der Kleine nicht schon jetzt sauer auf mich ist.«

»Was heißt hier *der* Kleine?«, lächelte Alexandra unter Tränen.

»Na, ist doch klar«, grinste Ole, froh, sie wieder lachen zu sehen. »Gegen zwei Frauen wäre ich machtlos. Ich brauche dringend Verstärkung.«

In diesem Moment begann Alexandras Magen laut und deutlich zu knurren. Ole sah sie besorgt an. »Hast du Hunger? Hast du schon wieder nichts gegessen? Du musst jetzt wirklich auf dich achten, Alexandra. Was möchtest du haben?« Schon saß er auf der Bettkante, um aufzustehen und ihr ein Mitternachtsmahl zu bereiten.

Alexandra musste nun wirklich lachen. »Komm zurück ins Bett, Schatz«, bat sie. »Es ist vier Uhr morgens und es wird unserem Kind sicherlich nicht guttun, wenn ich jetzt etwas esse. Wir frühstücken morgen früh ausgiebig.«

Ole sah sie zweifelnd an. »Meinst du?«, fragte er. »Nicht, dass es Hunger hat, da drin. Er meinte das völlig ernst und Alexandra musste ob dieser Mischung aus Unwissenheit und Hilflosigkeit schmunzeln. »Keine Sorge, das holt sich, was es braucht«, versicherte sie. »Ich gebe dir morgen mal ein paar Bücher, dann kannst du dich informieren.«

Sie wurde ernst. »Aber genug über uns geredet. Ich möchte jetzt endlich wissen, wie es Sina geht.«

Oles Blick verhärtete sich. »Muss das sein?«

»Ja«, beharrte Alexandra. »Sie ist meine Freundin.«

Ole sah sie überrascht an. »Du empfindest sie tatsächlich noch als Freundin? Nach allem, was passiert ist?«

»Ja«, sagte Alexandra. »Ja, das tue ich. Das heißt nicht, dass ich gutheiße, was sie getan hat. Aber ich will es ihr verzeihen. Ich will es ihr vergeben – aber nicht vergessen.«

»Wie meinst du das?«, hakte Ole nach.

»Damit meine ich, dass ich ihr verzeihen will, was sie mir angetan hat, dass ich aber in Zukunft sehr wachsam sein werde. Sina braucht Hilfe, Ole, und das dringend. Und ich als ihre Freundin bin in der Pflicht, ihr diese Hilfe zu geben.«

»Liebste, du kannst nicht allen Menschen helfen«, wandte Ole ein.

»Nicht allen Menschen. Nur Sina«, beharrte Alexandra. »Ich kenne sie von Kindesbeinen an. Und ehrlich gesagt wundert es mich nicht, dass sie so ist, wie sie ist. Sie hat immer sehr wenig Liebe bekommen. Sie hat keine Substanz, auf die sie in Krisensituationen zurückgreifen kann.«

Ole sah sie erstaunt an. »Genau das Gleiche habe ich gestern auch gedacht.«

»Hat sie etwas über mich gesagt?«, fragte Alexandra bang.

»Sie hat mich beschimpft, weil ich dich sitzen gelassen habe«, grinste Ole.

»Gutes Mädchen«, lächelte Alexandra. Doch gleich darauf wurde sie wieder ernst. »Was passiert nun mit ihr?«

Ole zuckte die Achseln. »Das kommt darauf an, wie sie kooperiert. Wenn sie weiter so bockig ist, hat sie keine guten Karten.«

»Aber es war doch Notwehr. Was hätte sie denn tun sollen? Zuschauen?«, fragte Alexandra aufgebracht und setzte sich im Bett auf.

»Natürlich nicht«, antwortete Ole. »Aber sie hat ihre Lage natürlich dadurch, dass sie dich gegen deinen Willen festgehalten hat, nicht verbessert.«

Alexandra schwieg.

»Mich beschäftigt noch etwas ganz anderes«, sagte Ole.

»Was denn?«

»Pahlke«, antwortete Ole knapp.

»Damit hat sie nichts zu tun, da bin ich ganz sicher«, erklärte Alexandra hastig.

»Woher willst du das wissen?«

»Sina ist doch keine vorsätzliche Mörderin«, empörte sich Alexandra.

»Sie verfügt zumindest über genügend kriminelle Energie, ihre beste Freundin – die noch dazu schwanger ist – zu fesseln und zu knebeln«, knurrte Ole.

»Aber sie hätte mich nicht umgebracht.«

»Bist du dir da sicher?«, fragte Ole. »Nimm mal an, du hättest dich nicht befreien können und ihr wäre die Flucht geglückt. Wahrscheinlich hätten wir dich gefunden, bevor dir wirklich etwas passiert wäre. Aber sicher ist das nicht.«

VIERUNDSECHZIGSTES KAPITEL

Konstanz / Friedrichshafen

»Was? Was sagen Sie da?«

Ole starrte die kleine, zierliche Frau, die verlegen vor ihm stand, fassungslos an. »Und damit kommen Sie erst jetzt? Bei der Befragung nach dem Mord haben Sie doch versichert, dass Sie weder etwas gesehen, noch etwas gehört haben.«

»Ich hatte Angst um meine Stelle«, gestand die Frau leise. »Er ist doch mein Chef. Er ist für die Einstellungen und für die Entlassungen zuständig. Ihn zu verraten – das ist schon heftig.«

»Noch heftiger ist, die polizeilichen Ermittlungen zu behindern«, brummte Ole. »Aber jetzt sind Sie ja hier und das ist das Wichtigste. Ich nehme Ihre Aussage gleich zu Protokoll. Er griff nach dem Diktiergerät und sprach hinein: »Ich, Hanni Martens, habe morgens um 4.30 Uhr den Maschinenraum gesäubert. Ich war eine halbe Stunde später dran als sonst, denn ich hatte verschlafen. Deshalb habe ich mich auch versteckt, als ich gesehen habe, dass Michael Eichenhaun in Begleitung von Herrn Pahlke in die Fabrikhalle kam.« Er unterbrach sich, drückte auf ›Pause‹ und sah Hanni Martens stirnrunzelnd an. »Ist es normal, dass die beiden sich um diese Uhrzeit in der Halle aufhalten? Das ist ja, vor allem für einen Geschäftsführer, eine ungewöhnliche Zeit.«

Hanni Martens schüttelte den Kopf. »Nein, Herrn Eichenhaun habe ich vorher noch nie um diese Uhrzeit gesehen«, sagte sie. »Ich kannte ihn nur von meinem Einstellungsgespräch. Aber Herr Pahlke kam oft sehr früh, das weiß ich von den anderen. Er überprüfte den Schichtbeginn gern persönlich.«

Unvermittelt traten Tränen in ihre Augen, die sie mit dem Zipfel ihres Ärmels fortwischte. »Er war ein guter Mann«, sagte sie leise.

»Die Männer haben gestritten?«, fragte Ole.

»Ja«, bestätigte Hanni. »Aber das habe ich erst nicht gemerkt. Die Maschinen waren ja schon angelaufen, Herr Pahlke hatte sie wohl angeschaltet. Und wenn die Maschinen laufen, sind sie ziemlich laut. Da muss man schreien, um sich zu verstehen.«

»Konnten Sie etwas verstehen?«

»Nein«, sagte Hanni.

»Und was ist dann passiert?«

»Mit einem Mal haben sie angefangen zu rangeln. Das heißt – eigentlich ist Herr Eichenhaun auf Herrn Pahlke losgegangen. Er hat ihm irgendwas auf den Kopf gehauen. Und dann hat er sich gegen ihn geworfen und ihn in die Maschine geschubst.«

Sie schluchzte auf.

»Was haben Sie dann getan?«

»Ich bin weggerannt – oder eher geschlichen«, sagte Hanna beschämt.

Sie tat Ole leid. »Sie hätten nichts mehr für ihn tun können, Frau Martens«, sagte er seufzend. »Dann nehme ich Ihre Aussagen jetzt offiziell zu Protokoll.«

Als sie kamen, wusste Michael gleich, dass es vorbei war. Und Ole und Monja wussten, dass er es wusste. Ohne auf die Proteste von Michaels Sekretärin zu achten, waren sie in sein Büro marschiert. Michael hatte an seinem Schreibtisch gesessen, Berge von Papieren und Unterlagen um sich herum, das unglückbringende Kleid von Perucci lag verloren auf dem Aktenberg. Ein skurriler Anblick.

»Sie wissen, warum wir kommen?«, fragte Ole.

»Nehmen Sie doch Platz«, forderte Michael die beiden Polizisten statt einer Antwort auf.

»Danke, wir stehen lieber«, sagte Monja und verschränkte die Arme.

Ole sah Michael Eichenhaun abwartend an.

»Warum haben Sie Dieter Pahlke ermordet?«, wollte Ole wissen.

»Er wollte mich verraten.« Es klang seltsam emotionslos. »In der Gesellschafterversammlung hat er nur Christian verpfiffen. Er hat sich wohl nicht getraut, die volle Wahrheit zu sagen, weil ich ja dabei saß. Das heißt: Eigentlich hat er schon die Wahrheit gesagt. Er hat Mama erklärt, dass es ihr Sohn war. Und Mama hat dann gleich geglaubt, es sei Christian. Da hat er dann nicht mehr widersprochen.«

»Christian war es also nicht?«

»Der war doch viel zu feige«, sagte Michael verächtlich. »Er hat Pahlke wirklich nach dem Rezept gefragt, aber nicht für Perucci, sondern für sich selbst. Nein, Perucci ist an mich herangetreten. Und da war er an der richtigen Adresse.« Er lächelte glückselig.

»Warum haben Sie das getan?«, wollte Ole wissen. »Sie haben doch an dem Ast gesägt, auf dem Sie selbst sitzen.«

Michael zuckte die Achseln. »Mit einer Million lässt es sich gut leben. Und ich hätte Mutter geholfen, die Firma wieder aufzubauen.«

»Aber warum sie dann erst zertrümmern, das macht doch keinen Sinn?«, fragte Monja.

Ole sagte gleichzeitig: »Jetzt verstehe ich« und nahm nun doch auf den Besucherstühlen Platz. Er fasste sein Gegenüber fest ins Auge. »Es ging Ihnen darum, dass Sie vor Ihrer Mutter als Retter dastehen wollten, stimmt's? Sie haben gehofft, sich dadurch ihre Liebe und ihre Zuneigung erkaufen zu können.«

Michaels rechtes Augenlid begann nervös zu zucken. Rasch kniff er beide Augen zu, fasste sich unter die Brille und begann mit der für ihn so typischen Geste, seine Nasenwurzel zu massieren. Ole wurde klar, dass es eine Geste der Unsicherheit war.

»Stimmt's?«, fragte er wieder.

Michael antwortete nicht. Er senkte nur den Kopf.

»Haben Sie ihn also vorsätzlich umgebracht? Damit er Sie nicht verrät?«, fragte Monja.

»Herrgott, nein«, fuhr Michael auf. »Ich wollte mit ihm reden, ihn zur Vernunft bringen, ihm 100.000 Euro geben, damit er seinen Mund hält. Aber er war so stur, so rechthaberisch, so borniert. Es sei seine Pflicht, meine Mutter zu informieren und er würde bereuen, dass er es auf der Gesellschafterversammlung nicht gesagt habe. Stattdessen habe er Christian verleumdet, der zwar auch keine edlen Absichten hatte, letztendlich aber gar nichts getan hätte. Das könne er nicht verantworten, sagte er. Damit hätte er alles kaputt gemacht, verstehen Sie? Alles. Es wäre alles umsonst gewesen. Das konnte ich doch nicht zulassen.«

»Und dann haben Sie ihn einfach erschlagen?«

»Ich war so wütend. Und dann war da dieser Hammer. Da habe ich zugeschlagen. Und ihn danach in die Maschine gestoßen. Nur mit meinem Jackenärmel, damit man meine DNS nicht sieht. Den Hammer habe ich dann mitgenommen und in den See geschmissen.«

»Wie kaltblütig. Von einer Kurzschlusshandlung kann man da eher nicht sprechen.«

Michael schwieg und massierte kräftig seine Nasenflügel.

»Ich fürchte, die Sympathie Ihrer Mutter haben Sie sich auf diese Weise nun auch verwirkt«, sagte Ole kühl. »Abführen.«

FÜNFUNDSECHZIGSTES KAPITEL

Konstanz

Helena stand auf dem großen Platz vor dem so prachtvollen und mächtigen Polizeigebäude und starrte hinauf. Dieses furchtbare Haus, um das sich ihr Leben in den letzten Wochen gedreht hatte. Völlig aus den Fugen war es geraten. Drei ihrer vier Kinder standen unter Anklage. Nur der, den sie von Anfang an beschuldigt und verdächtigt hatte, war unschuldig. Und ihr Liebhaber hatte sie bestohlen und benutzt.

Helena hatte das Gefühl, versagt zu haben, und zu ihrem Entsetzen spürte sie, dass sich eine Träne aus einem Augenwinkel löste und die Wange hinunterrann.

Da legte sich eine Hand von hinten auf ihre Schulter. »Frau Eichenhaun?«

Sie fuhr herum. Vor ihr stand Alexandra, Sinas rothaarige Freundin. Helena schämte sich so sehr, dass sie sie kaum ansehen konnte. »Was machen Sie denn hier?«, presste sie hervor. »Ich musste gerade meine Aussage zu Protokoll geben«, sagte Alexandra leise. »Haben Sie ein paar Minuten Zeit?«

Helena nickte, dankbar, nicht allein sein zu müssen.

Sie gingen über den Benediktinerplatz zu den rosenumrankten Pergolen. »Kommen Sie.« Alexandra setzte sich auf eine Bank.

Und in dem Moment brachen Helenas Schleusen auf und sie begann zu weinen, wie sie noch nie zuvor in ihrem Leben geweint hatte. Alexandra legte die Arme um sie und zog sie an sich. »Schschsch«, machte sie. »Schschsch.«

»Ich habe versagt. Ich habe so grauenhaft versagt«, schluchzte Helena.

Ja, das hast du, dachte Alexandra. Aber sie sagte: »Das stimmt nicht, Frau Eichenhaun. »Das haben Sie nicht.«

»Doch. Drei meiner Kinder sind angeklagt. Nur der, den ich von Anfang an beschuldigt habe, ist unschuldig.« Sie löste sich aus Alexandras Umarmung und wischte sich mit dem Handrücken über die Augen.

»Frau Eichenhaun«, sagte Alexandra ernst. »Ein Mord ist eine entsetzliche Sache und unentschuldbar. Aber nicht umsonst gibt es den Begriff Notwehr.« Sie schüttelte leicht den Kopf. »Sina musste zusehen, wie dieser Mann ihre Schwester massiv bedrohte und sogar ankündigte, sie zu töten. Was hätte sie denn machen sollen? Ich will nicht ausschließen, dass ich in einem solchen Moment genauso gehandelt hätte. Und sie hat ihm das Ding ja nicht in der Absicht auf den Kopf gehauen, ihn umzubringen. Sie wollte ihn nur davon abhalten, ihrer Schwester etwas anzutun.

»Und Katharina ...«, setzte Helena an. »Katharina ist der Beihilfe beschuldigt.« Wieder schüttelte Alexandra den

Kopf. »Auch hier gilt die Frage: Was hätte sie denn tun sollen? Ihre Schwester verraten, nachdem diese ihr das Leben gerettet hat?«

Unsicher sah Helena Alexandra an. »Sie haben ja recht«, sagte sie leise.

»Sehen Sie. Der Einzige, der wirklich einen vorsätzlichen Mord begangen hat, ist Michael. Und – so schrecklich es klingt und so unentschuldbar das ist: Er hat aus Liebe gemordet. Um *Ihre* Liebe zu gewinnen.«

»Ich glaube nicht, dass Sina und Katharina groß belangt werden«, sagte Ole hinter ihnen. Er hatte Alexandra und Helena von seinem Büro aus durch das Fenster gesehen und war ihnen nachgeeilt. »Sina hat aus Notwehr gehandelt und das ist eine Rechtfertigung für die Tat. Nur dafür, dass sie Alexandra gefesselt und geknebelt hat, wird man sie zur Verantwortung ziehen. Aber auch hier wird man vermutlich die extremen Umstände berücksichtigen. Ich bin kein Richter, aber ich würde sagen, Sina kommt mit einer Bewährungsstrafe davon. Zumal sie sich nie zuvor etwas hat zuschulden kommen lassen.«

Helena lauschte seinen Ausführungen mit angehaltenem Atem. »Dann ist sie gar keine Verbrecherin?«, fragte sie hoffnungsvoll.

Ole schüttelte lächelnd den Kopf. »Nein. Eine Lebensretterin, die, nachdem sie dieses Leben gerettet hat, psychisch ausgetickt ist. Sie ist damit nicht fertig geworden. Was gewissermaßen viel eher für sie spricht, als wenn sie die Sache einfach so weggesteckt hätte.«

»Und Katharina?«, fragte Helena bang. »Sie hat immerhin einen Mord gedeckt.«

»Ich bin kein Richter«, wiederholte Ole. »Aber meiner

Ansicht nach kann derjenige, der eine Straftat deckt, nicht dafür belangt werden, wenn die Straftat wegen Notwehr gar nicht strafbar ist. Nur Ihr Michael, der hat ein Problem.«

»Er wollte Ihr Held sein«, sagte Alexandra leise. »Sie wären arm gewesen, wenn die Firma den Bach runterginge. Und er reich. Er hätte Sie retten können. Einmal wäre er stärker gewesen als Sie.«

Ole sah sie bewundernd an. Alexandras Einfühlungsvermögen und ihre Fähigkeit, sich in andere Menschen hineinzuversetzen, war eines der Dinge, die er so an ihr liebte. Sie hatte den Kern getroffen, obwohl sie bei der Vernehmung Michaels nicht dabei gewesen war. »Meinen Sie?«, fragte Helena nachdenklich.

Alexandra nahm ihre Hand. »Verzeihen Sie, Helena. Verzeihen Sie Michael und Ihren Töchtern. Und verzeihen Sie Leonhard.«

»Leonhard liebt Sie wirklich«, bekräftigte Ole.

»Er hat mich bestohlen. Und er hat mich belogen.«

»Was er getan hat, war nicht richtig«, bestätigte Ole. »Aber er ist in einen richtigen Strudel geraten. Und als er sich in Sie verliebt hat, hat er versucht, sich daraus zu befreien.«

»Ja, indem er meinen Schmuck gestohlen hat«, schnaubte Helena.

»Die richtige Variante wäre gewesen, mit Ihnen über alles zu sprechen. Aber er hatte Angst, dass Sie ihn sofort hinausschmeißen würden«, sagte Ole leise.

»Das hätte ich vermutlich auch getan.«

»Sehen Sie?«

»Verzeihen Sie«, bat Alexandra wieder.

»Verzeihen *Sie Sina* denn?«, fragte Helena, an Alexandra gewandt. »Was sie Ihnen angetan hat, ist – unbeschreiblich.«

»Das habe ich bereits«, erklärte Alexandra. »Nicht verziehen hätte ich ihr, wenn sie gezielt böse wäre. Aber sie ist einfach ausgetickt. Wegen Überbelastung. Das hätte mir genauso passieren können.«

Ole deutete auf das Polizeigebäude: »Dort drüben warten vier Menschen auf ein liebes Wort von Ihnen.«

Helena sah erst Ole, dann Alexandra unsicher an. Schließlich stahl sich Entschlossenheit in ihren Blick und sie erhob sich. »In Ordnung«, sagte sie. »Zeigen Sie mir den Weg?«

ENDE

SCHLUSSBEMERKUNG

Wenn Autoren Bücher schreiben, in denen der Protagonist Ähnlichkeit mit dem Autor hat, dann fragt sich der geneigte Leser leicht, ob die Geschichte autobiografischen Charakters ist. Und bei diesem Buch liegt der Gedanke ganz besonders nahe. Schließlich gibt es die Buchreihe »Geheimnisse der Heimat« wirklich und auch die Journalistin, die sie geschrieben hat: mich. Aber, das sei hier ganz ausdrücklich gesagt, die Figur der Alexandra Tuleit hat mit der Journalistin Eva-Maria Bast rein gar nichts zu tun. Es handelt sich um eine reine Fantasiefigur. Auch alle anderen Figuren sind erfunden, und wenn es Ähnlichkeiten mit lebenden Personen geben sollte, sind sie rein zufällig.

Allerdings habe ich mir erlaubt, einige »Geheimnisse«, die ich für die Buchreihe »Geheimnisse der Heimat« geschrieben habe, in »Tulpentanz« zu verarbeiten. Die größte Rolle spielt dabei das Geheimnis um die Pfeife des Aalener Spions. Auch die Frage, wo heute in Friedrichshafen Männer durchaus himmlischen Freuden in ehemaligen Klostermauern nachgehen können und wie einst in Überlingen mit Dieben verfahren wurde, ist aus meinen eigenen Geheimnis-Büchern übernommen, ebenso wie die Geschichte von Karl und Olga und von der unterirdischen Kapelle am Konstanzer Münster. Die originalen Geschichten will ich meinen Lesern natürlich nicht vorenthalten. Auf den folgenden Seiten sind sie zusammengestellt.

Aus eigener Anschauung weiß ich, dass die Geschichte mit dem Versteck in der Pfeife des Aalener Spions in der Realität sehr unlogisch wäre. Im Spionenturm ist es sehr eng und verwinkelt und man müsste sich arg anstrengen, um von hinten an die Pfeife des Spions zu gelangen. Viel einfacher wäre es, die Schätze irgendwo unter einer Diele im Spionenturm zu verstecken. Aber das ist ja das Schöne an der Belletristik: Dass die Fantasie ihre eigenen Wege gehen darf und sich nicht immer streng an die Realität halten muss. Noch eine weitere Anmerkung zum Spionenrathaus: In dem Gebäude befindet sich das Urwelt-Museum und ganz oben die Geologengruppe. Es ist, anders als in meinem Krimi, kein Wohnhaus. Früher allerdings hat sich, wie mir ein kundiger Aalener berichtete, im Dachgeschoss eine Wohnung befunden.

GEHEIMNISSE DER HEIMAT AALEN & WASSERALFINGEN

Aalener Spion
Die Pfeife und der Pfeifle

Pfeife rauchen verbindet. Und es kann wohl nur ein Pfeifenraucher nachempfinden, wie hart der Verlust einer Pfeife treffen kann. Vor allem dann, wenn man nicht in der Lage ist, sich das Rauchinstrument wieder zurückzuholen, weil man festgekeilt und in luftigen Höhen in einem Turm hockt. Den Aalener Spion ereilte dieses Schicksal in den 1980er Jahren. Ein heftiger Sturm riss ihm die Pfeife aus dem Mund und schleuderte sie in die Tiefe. Welch Glück für Spion und Pfeife, dass drunten gerade ein Mann mit Hut entlangspazierte. Auf selbigem landete die Pfeife wunderbar weich. Und welch Glück für den Flanierenden, dass er eine derartige Kopfbedeckung trug, sonst hätte er sich womöglich noch verletzt, da die Pfeife bei der Fallhöhe sicherlich einiges an Geschwindigkeit aufgenommen haben dürfte. Der Spion wäre trotzdem pfeifenlos geblieben, hätte nicht in jener Zeit ein Mann in Aalen regiert, der einfach ein Pfeifenfreund sein muss, wenn man dem Sprichwort »Nomen est Omen« Glauben schenken will. Und tatsächlich ist Altoberbürgermeister Ulrich Pfeifle auch ein großer Pfeifenfreund und denkt mit Freude an die Zeiten zurück, als er im Gemeinderat noch Pfeife rauchen durfte. Ulrich Pfeile also erhielt am Morgen nach dem Sturm einen empörten Anruf: »Ein Mann war am Telefon und schimpfte, der Spion habe keine Pfeife mehr«, erinnert sich Pfeifle schmunzelnd. »Und dann hat er noch gefragt, was die Stadt denn mit dem armen Spion mache und dass das eine Schweinerei sei.«

Mehr ums Wohl des pfeifenlosen Spions denn um den Ruf der Stadt besorgt, verließ Ulrich Pfeifle sofort sein Amtszimmer, um sich selbst davon zu überzeugen, dass der Spion keine Pfeife mehr hatte. Und dann zögerte der Schultes nicht lang und startete umgehend einen Zeitungsaufruf, in dem er den »ehrlichen Finder« bat, die Pfeife zurückzubringen, und versicherte, es werde ihm auch nichts passieren. »Wenn ich mich recht entsinne, habe ich dem Finder sogar angeboten, er könne sie anonym im Rathaus deponieren«, erzählt der ehemalige Oberbürgermeister. Doch niemand meldete sich und dem armen Spion auf seinem Turm ging es immer schlechter. Drunten am Boden litt Ulrich Pfeifle mit. Und startete einen zweiten Zeitungsaufruf – diesmal mit Erfolg: In seinem Vorzimmer wurde, säuberlich in Zeitungspapier gewickelt, die Pfeife abgegeben. Der Überbringer ließ ausrichten, ihm sei die Pfeife in der Sturmnacht auf den Kopf gefallen, zum Glück habe er einen Hut aufgehabt und er sei froh, dass er noch lebe. »Schließlich ist die Pfeife ziemlich schwer, die ist ja viel größer als eine normale Pfeife«, sagt Ulrich Pfeifle.

Das fieberhaft gesuchte Rauchinstrument war also wieder da. Nur: Wie in aller Welt sollte man es dem in luftigen Höhen thronenden Spion nun wieder in den Mund stecken?

Pfeifenraucher halten zusammen: OB Pfeifle scheute keine Mühe, forderte die Drehleiter der Freiwilligen Feuerwehr an und ließ sich nach oben fahren. »Ich habe ihm die Pfeife ganz vorsichtig wieder in den Mund gesteckt«, erzählt er. Gleichzeitig sorgte das damalige Stadtoberhaupt dafür, dass der Spion seine Pfeife nicht so schnell wieder verlieren würde. »Von hinten kam ein Feuerwehrmann, der hat dem Spion die Pfeife angeschraubt.«

Da sitzt sie nun sicher und fest und trotzt jedem Sturm. Der Spion ist dafür bestimmt sehr dankbar. Schließlich weiß er, wie sich ein Leben ohne Pfeife anfühlt. Nicht nur, weil er diese Erfahrung während der pfeifenlosen Tage nach dem Sturm machen musste, sondern auch, weil vorher durchaus nicht immer eine Pfeife in seinem Mund gesteckt hatte.

»Als der Spion nach dem Dreißigjährigen Krieg auf den Turm gesetzt wurde, hatte er noch keine Pfeife«, erzählt der Alt-OB. »Und zwar deswegen, weil in der Freien Reichsstadt Aalen Rauchverbot bestanden hatte.« Da konnten die Aalener freilich keinen rauchenden Spion an eine derart prominente Stelle setzen. Außerdem dürfte zu jener Zeit niemand auf die Idee gekommen sein, einen Spion mit einer Pfeife auszustatten: »Das Bild der englischen Detektive mit der Pfeife kam erst im 19. Jahrhundert auf«, sagt Ulrich Pfeifle, der, mit seiner eigenen Pfeife in der Hand, am Marktbrunnen steht und einen liebevollen Blick in Richtung Spion wirft. Fast könnte man meinen, Ulrich Pfeifle sei der zweite Aalener Spion. Und in der Tat haben sich ja auch beide um das Wohl der Stadt verdient gemacht. Der Spion, der als besonders klug galt, hatte den Auftrag, in Schwäbisch Gmünd die feindlichen Lager auszuspionieren, gab sich gleich als Spion zu erkennen und sagte sinngemäß: »Grüß Gott, ich bin der Spion von Aalen. Ich soll gucken, was bei euch los ist.« »Und der Feind«, lacht Ulrich Pfeifle, »der sagte: ›Die Aalener scheinen nicht besonders klug zu sein, also sind sie keine Gefahr und wir müssen Aalen nicht überfallen.‹«

Der Aalener Spion war also so schlau gewesen, sich dumm zu stellen und hat die Stadt damit vor der Zerstörung bewahrt. Und Ulrich Pfeifle hat Jahrhunderte später gekonnt drauf aufgebaut.

Aus: Bast, Eva-Maria; Schwenk, Sibylle: Geheimnisse der Heimat – 50 spannende Geschichten aus Aalen und Wasseralfingen. Überlingen 2012, S. 10 ff.

GEHEIMNISSE DER HEIMAT ÜBERLINGEN

Steinerne Hände

Kampf den Langfingern!

In Überlingen wird nicht geklaut! Da herrschen Recht und Ordnung! Und wessen diebische Hand sich selbstständig machen und am Besitze anderer vergreifen sollte – dem wird sie abgehackt! Nein, so hart verfahren die Überlinger Gesetzeshüter längst nicht mehr mit Straftätern. Doch zeugen noch zwei Steine davon, wie man sich seinerzeit vor Dieben zu schützen suchte. Einer der Steine steht im Museumsgarten, ein zweiter ragt in luftiger Höhe aus der Westseite des Aufkircher Tors. Auf beiden ist eine – allerdings schon recht verwitterte – Hand zu sehen. »Diese Steine symbolisieren die hohe Gerichtsbarkeit, auch Blutgerichtsbarkeit, die einst in der Stadt herrschte«, erklärt Kustos Peter Graubach. »Die Steine sollten möglichen Straftätern gleich am Stadttor zeigen, dass man Kriminalität innerhalb der Stadtmauern nicht duldete.« In der Stadt Meersburg, in der sich ebenfalls noch ein solcher Stein befinde, sei sein Signal noch deutlicher als in Überlingen. »Da wird neben der Hand auch ein Beil gezeigt. Das soll symbolisieren, dass im Sinne der Gerechtigkeit auch Blut vergossen werden darf«, erzählt der Kustos.

1384 übertrug König Wenzel IV., ältester Sohn Kaiser Karls IV., der Stadt die Blutgerichtsbarkeit oder die hohe Gerichtsbarkeit für die Straftäter, die auf dem Territorium der Stadt aufgegriffen wurden. Die Bezeichnung »Blutgerichtsbarkeit« stamme daher, dass zur Bestrafung auch Blut vergossen, also der Täter auch getötet werden durfte, erklärt Graubach. Wie auf einer dem Stein zugeordneten Tafel im Überlinger Museum zu lesen ist, war die hohe Gerichtsbarkeit »eines der wichtigsten Privilegien der Stadt und führte wiederholt zu Kontroversen mit den Inhabern der hohen Gerichtsbarkeit in den angrenzenden Territorien.«

Aus: Bast, Eva-Maria; Thissen, Heike: Geheimnisse der Heimat – 50 spannende Geschichten aus Überlingen. Konstanz 2011, S. 37 ff.

GEHEIMNISSE DER HEIMAT FRIEDRICHSHAFEN

Karl-Olga-Brunnen
Plätschernde Erinnerung

Eine zutiefst sozial eingestellte, starke Frau, prunkvolles Hofleben und ein König, der Württemberg sowohl liberal als auch sehr zurückhaltend regierte und zudem noch den Herren der Schöpfung mehr zugetan war als seiner Gattin: Die Ereignisse, an die der schmucke Brunnen nahe des Graf-Zeppelin-Hauses erinnert, sind ebenso dramatisch wie historisch bedeutsam. Das 1886 errichtete Denkmal im Renaissance-Stil wurde zu Ehren des württembergischen Königspaars Karl I. (1823-1891) und Olga (1822-1892) errichtet. Das Paar pflegte neben der bekannten Stuttgarter Villa Berg auch im Friedrichshafener Schloss zu weilen – vornehmlich nutzte es das Schloss als Sommerresidenz, die Karl und Olga, wenn sie anwesend waren, zu blühendem höfischen Leben erweckten. Wie überall im Württembergischen war besonders Olga auch in Friedrichshafen sehr beliebt – und das nicht erst, als sie 1864 nach dem Tod ihres Schwiegervaters mit ihrem Gatten Karl den Thron bestieg. Sie hat den Häflern auch den Riedlewald gerettet, indem sie ihn einfach kaufte und ihn damit vor der Abholzung bewahrte. Man bewunderte Olgas Auftreten, das, wie Freifrau Hildegard von Spitzemberg in ihrem Tagebuch vermerkt, »königlich vom Scheitel bis zur Zehe in ihrem ganzen Wesen und Gebaren« war. Außerdem engagierte sie sich auch am Bodensee sozial und die Häfler Kinder hatten ihr zahlreiche Feste zu verdanken. Mit einem eigenen Kind war die Ehe zwischen Olga und Karl nicht gesegnet, aber ein Jahr vor der Thronbesteigung nahm das Kronprinzenpaar Olgas russische Nichte Wera bei sich auf, die beide wie eine Tochter liebten. Und als Wera später Kinder bekam, waren König und Königin den Kleinen zugetan, als handle es sich um die eigenen Enkel.

Olga war wohl das, was man als einen Menschen mit Herz und Verstand bezeichnet. Im Gegensatz zu ihrem Gatten, der eher als weich und zögerlich galt, wusste sie durchzusetzen, was ihr am Herzen lag, zum Beispiel ihre zahlreichen sozialen Projekte. Sie unterstützte bestehende Einrichtungen und gründete neue, sie sorgte für Behinderte und Kriegsverwundete und sie nahm sich der Bildung und Erziehung von Mädchen an. Fürst Gortschakoff, russischer Kanzler und zeitweise als russischer Gesandter in Württemberg tätig, soll Olga einmal als »einzigen Mann am Stuttgarter Hof« bezeichnet haben.

Übrigens befand sich in Friedrichshafen nicht nur die königliche Sommerresidenz, sondern auch der Flucht-Eisenbahn-Wagen von König Karl, ausgestattet mit eineinhalb Millionen Gulden und allerlei Silbergegenständen. Karl, der das Land in eine liberalere Politik geführt hatte, geriet nämlich immer mehr in die Kritik und wollte sich die Möglichkeit eines schnellen Abgangs sichern: Mit Bismarck gab es ernsthafte Spannungen, weil Württemberg die Auflösung des Deutschen Bundes anerkannt und ein geheimes Schutz- und Trutzbündnis mit Preußen geschlossen hatte, sich aber weiter antipreußisch gab. Außerdem zog sich Karl immer weiter aus der Politik zurück – und das nahm man ihm übel: Als Württemberg sich im November 1870 als letztes Land dem Norddeutschen Bund anschloss und an der Seite Preußens in den Deutsch-Französischen Krieg zog, weilte der König in Friedrichshafen. Das Schloss am See war nicht der einzige Rückzugsort. Gern reiste Seine Majestät auch nach Nizza und verbrachte die Tage lieber mit seinem jeweiligen Geliebten, als seinen Pflichten nachzukommen. Die nicht unterschriebenen Dokumente sollen sich zeitweise auf 800 Stück belaufen haben. Als Württemberg 1871 ein Bundesstaat des Deutschen Reichs wurde, verlor das Land ohnehin an Souveränität und Bedeutung, Karls Stern geriet weiter ins Sinken.

Zum Glück hatte Württemberg mit Hermann von Mittnacht einen sehr fähigen Ministerpräsidenten, den Karl gewissermaßen schalten und walten ließ. Immer mehr gab er sich der Kunst, der Musik und seinen Liebschaften hin. Der Reigen seiner Geliebten begann mit dem Generaladjutanten Freiherr Wilhelm von Spitzemberg, setzte sich mit Richard Jackson aus Cincinnati, dem Sekretär des Konsulats der Vereinigten Staaten von Amerika, fort und gipfelte 1883 in der Beziehung zu dem 30-jährigen Amerikaner Charles Woodcock. Mit ihm zeigte sich Karl auch in der Öffentlichkeit, ernannte ihn erst zum Kammerherrn, dann zum Baron Woodcock-Savage und beglückte ihn mit einem stattlichen Vermögen. Woodcocks Einfluss auf den König war groß, das nahm man ihm allgemein übel, es kam zu einem Skandal, teils war sogar von einer Absetzung des Königs die Rede. Karl gab die Beziehung zu Woodcock schließlich auf. 1889 liierte er sich mit dem Maschinenmeister des Hoftheaters, Wilhelm George, mit dem er bis zu seinem Tod zwei Jahre später zusammenblieb.

Trotz aller Schwierigkeiten brachte Olga ihrem Mann Wertschätzung entgegen. Das Sinken des königlichen Sterns bereitete aber auch ihr Schwierigkeiten, ebenso wie Karls Launenhaftigkeit und Schwäche in den letzten Ehejahren. Nach seinem Tod zog die Witwe nach Friedrichshafen, wo sie nach einem Jahr ebenfalls das Zeitliche segnete. Beide fanden in der Gruft des Alten Schlosses in Stuttgart ihre letzte Ruhestätte – und in dem plätschernden Brunnen in Friedrichshafen ein würdiges Denkmal.

Aus: Bast, Eva-Maria; Blust, Julia: Geheimnisse der Heimat. 50 spannende Geschichten aus Friedrichshafen. Überlingen 2012, S. 99 ff.

Bordell im Kloster
Wenn das die Nonnen gewusst hätten!

In dieses Haus gehen Männer entweder schnurstracks hinein oder sie machen einen weiten Bogen darum, damit sie nicht damit in Verbindung gebracht werden. Wer allerdings einfach nur am »Bodensee Bordell« in Friedrichshafen vorbeispaziert oder -fährt, der wundert sich etwas über die Architektur des Gebäudes: Da ragt ein schreiend rot gestrichenes Haus aus altem Gemäuer empor. Und altes Gemäuer ist im einst weitgehend zerbombten Friedrichshafen ja nun wirklich eine Seltenheit. Befasst man sich intensiver mit der Geschichte dieses Hauses, ist man ziemlich verblüfft und schwankt – je nach persönlicher Prägung – zwischen Amüsiertheit und aufrichtiger Empörung: Bei dem Gemäuer, auf dem sich das heutige Bordell erhebt, handelt es sich nämlich um die letzten Reste des Klosters Löwental, das Ritter Johannes von Ravensburg-Löwental und seine Frau Tuta von Angelberg im Jahr 1250 stifteten. Um das Kloster mit Leben zu füllen, wurde im Gründungsjahr die Konstanzer Beginengemeinschaft der »Konversen von Au« (conversae de Owe) nach Löwental gerufen, der auch Johannes' Ehefrau Tuta von Angelberg beitrat. Johannes selbst wurde wenige Monate später Mitglied bei den Konstanzer Dominikanern. Das Kloster entwickelte sich in den ersten 100 Jahren seines Bestehens gut: Zeitweise lebten dort 120 Schwestern und das Kloster Löwental galt als eines der größten und bedeutendsten Dominikanerinnenklöster des Bodenseeraums.

Die Nonnen betrieben mithilfe von Mägden und Knechten eine mehr als 200 Hektar große Eigenwirtschaft. Zudem hatten die abhängigen Bauern des Klosters Abgaben und die Höfe der Löwentaler den Pfarreien Zehnten zu leisten. Doch im Laufe des 14. Jahrhunderts geriet der Stern des Klosters Löwental immer weiter ins Sinken. 1416 lebten lediglich noch knapp 30 Frauen im Konvent, und auch die bauliche Substanz wurde immer mehr vernachlässigt. Gänzlich in die Knie ging das Kloster während des Dreißigjährigen Kriegs (1618–1648) im Jahre 1634, als große Teile von schwedischen Soldaten zerstört wurden. Erst 1657 begann man mit dem Wiederaufbau. Mit der Weihe der Klosterkirche waren die Aufbaumaßnahmen im Jahre 1687 fertiggestellt. Als Schwäbisch-Österreich im Zuge der Säkularisation 1806 an die französischen Verbündeten überging, wurde das Kloster aufgelöst.

Noch sechs Jahre war es den Schwestern erlaubt, das Konventsgebäude weiter zu bewohnen. Doch 1812 wurde das Kloster zur Kaserne und die Pfarrrechte der Klosterkirche gingen an die gerade frisch gegründete Stadt Friedrichshafen über. 1826 wurde das Klosterareal versteigert und die Gebäude bis auf einen Teil des Ostflügels und des Kreuzgangs abgerissen. Und schließlich zerstörten die Angriffe der feindlichen Flieger im Zweiten Weltkrieg 1944 weitere Teile der ehemaligen Klosteranlage. Noch erhalten sind die 1709 und 1747/48 entstandene Klostermühle und 230 Meter der westlichen und südlichen Klausurmauer. Und aus dieser ragt nun ein Häfler Freudenhaus auf. Übrigens wollte Johannes von Ravensburg-Löwental seine Stiftung mit dem Namen »Himmelswonne« versehen – und in der Tat hieß das Kloster auch bis 1253 so. Ob sich der Stifter wohl im Grabe umdrehen würde, wenn er wüsste, dass der ursprüngliche Name »Himmelswonne« nun eine ganz andere Bedeutung bekommen hat?

Aus: Bast, Eva-Maria; Blust, Julia: Geheimnisse der Heimat. 50 spannende Geschichten aus Friedrichshafen. Überlingen 2012, S. 164 ff.

GEHEIMNISSE DER HEIMAT KONSTANZ

Metallplatte im Gras
Unterirdische sakrale Schätze

Es ist nur eine schlichte, rechteckige Metallplatte, die inmitten des von Hecken eingefassten Wiesenabschnitts auf der Nordostseite des Münsters liegt. Kaum jemand würde ihr wohl einen zweiten Blick schenken oder auf den Gedanken kommen, dass die Metallplatte den Eingang zu einem unterirdischen sakralen Schatz verschließt. Doch unter der Wiese, in drei Metern Tiefe, befindet sich eine Kapelle – die Barbarakapelle, die heute allerdings sehr verfallen und öffentlich nicht zugänglich ist. Und die kaum noch jemand kennt.

Gestiftet wurde der sakrale Schatz zusammen mit einem Ölberg im Jahre 1401 von Jakob von Ulm, einem Mitglied des Konstanzer Stadtadels. Die Kapelle befand sich einst mitten im Geviert des Kreuzgangs, der die Wiesenfläche damals noch umfasste, und sollte der Familie Jakobs von Ulm als Grablege dienen. »Die Hauptsache der Stiftung war aber nicht die Kapelle, sondern der Ölberg, der darüber errichtet wurde«, erzählt der ehemalige Münstermesner

Konrad Schatz. Hans von Ulm habe, so Schatz, die Stiftung seines Bruders Jakob unterstützt, indem er ihm viel Geld für die Kapelle vermachte. In der Chronik von Christoph Schulthaiß findet sich hierzu ein Eintrag, in dem Hans von Ulm verfügt, Jakob solle »das Gelt gentzlich nehmen (…), so verer dass die buw vollefurt (die Bauten vollendet) werden zu dem münster, das er darzu haiße den berg und den buw (den ölberg und die kapelle) machen nach syner maynung uff das aller beste.« Bei der Barbarakapelle, erzählt Schatz, habe es sich um einen sechseckigen Raum mit ungefähr 6,50 Metern Durchmesser gehandelt. In der Mitte stand, auf einem sechseckigen Sockel, eine zentrale Säule, die heute teilweise noch erhalten ist. Die Decke war als gotisches Rippengewölbe gearbeitet, der Zugang führte über eine Wendeltreppe drei Meter in die Tiefe. Anders als heute, wo von außen keine Erhöhung mehr zu sehen ist, ragte die Kapelle einst etwa zwei Meter über das Bodenniveau des Kreuzganges hinaus. Hier waren Fenster eingebaut, die Licht in das unterirdische Kirchlein fallen ließen, und ein Portal bildete einen prunkvollen Zugang zur Wendeltreppe, von der heute noch Reste zu sehen sind. Auf der Erhebung der Kapelle stand der Ölberg, wie zu deren Krönung.

»Und deswegen sagte man auch immer, die Kapelle liege ›sub monte oliveti‹ also ›unter dem Ölberg‹«, erklärt Schatz.

Doch der Standort bereitete Probleme: Die Feuchtigkeit im Erdreich setzte dem Gemäuer sehr zu, so dass es über die Jahrhunderte hinweg immer wieder saniert werden musste. »Ganz schlimm war es 1760«, erzählt Schatz. Damals habe man sogar einen Einsturz befürchtet. »Man beschloss, die Kapelle wieder instandzusetzen, inwieweit das tatsächlich geschah, ist unklar.«

Anfang des 19. Jahrhunderts sei der Sakralbau dann zugeschüttet worden und ganz in Vergessenheit geraten. »Man wusste nicht mal mehr, wo die Kapelle genau lag«, berichtet der ehemalige Münstermesner. Doch im Jahre 1957 fand man die Kapelle zufällig wieder – als nach Überresten römischer Mauern im Münsterkreuzgang gesucht wurde. Die Kapelle wurde freigelegt und mit dem Metalldeckel gesichert. »Man hatte damals vor, den sakralen Bau zu sanieren und wieder zugänglich zu machen, aber dazu kam es nie«, bedauert Konrad Schatz.

Und so ruht die Barbarakapelle nun unter einem schlichten Metalldeckel im Geheimen.

Aus: Bast, Eva-Maria; Thissen, Heike: Geheimnisse der Heimat. 50 spannende Geschichten aus Konstanz. Konstanz 2011, S. 17 ff.

DANKSAGUNG

In diesem Buch geht es um Mütter und ihre Kinder. Eigentlich würde ich dieses Buch daher gern meinen Töchtern und meinem Sohn widmen. Voller Dankbarkeit für unser unbeschwertes Familienleben und das Glück, das sie mir jeden Tag bescheren. Aber irgendwie erscheint es mir unpassend, Kindern einen Krimi zu widmen. So möchte ich ihnen wenigstens ganz herzlich danken, für all die Liebe und das Vertrauen, das sie mir Tag für Tag schenken. Ich danke meiner Mutter Lena Bast, die alle meine Projekte interessiert begleitet und die in der heißen Phase eigens anreiste, um mich und meine Familie zu bekochen. Allein um in den Genuss ihrer Küche zu kommen, hat sich das Schreiben dieses Buches gelohnt. Ich danke meinem Vater Alfred Bast für sein Interesse an meiner Arbeit. Vor allem danke ich aber meinem unendlich geduldigen Lebensgefährten Thomas Braun, der mir den Rücken freihält, damit ich schreiben kann, der mir auch dann nicht böse ist, wenn ich bis nach Mitternacht in die Tasten haue, und der mich immer fleißig mit Kaffee versorgt.

Ich danke auch all den Menschen, über deren Schicksale ich im Laufe meines journalistischen Daseins berichten durfte. Die mir Einblick in ihre oft schmerzhaften Biografien gaben, sich mir anvertrauten und mir so ermöglichten, zu verstehen, was sich in tief verzweifelten, ungeliebten Menschen abspielen kann. Auch danke ich all den Fachleuten und Spezialisten, mit denen ich bisher zusammengearbeitet habe. Sie haben mir vieles erklärt, Zugang zu Menschen in schwierigen Lebenssituationen ermöglicht und mich an ihrem Wissen teilhaben lassen.

Ein riesiges Dankeschön geht natürlich an meine tolle Lektorin Claudia Senghaas, die mir inzwischen auch eine sehr liebe Freundin geworden ist. Die Zusammenarbeit mit Dir ist ebenso wunderbar wie unsere Gespräche mit Prosecco. Du bist spitze! Tausend Dank an meine Korrekturleserinnen: Jennifer Reich, die mir seit Langem nicht nur eine geschätzte Kollegin, sondern auch eine ganz, ganz wichtige Freundin ist. Toll, dass es Dich gibt, liebe Jenny. Tanja Brost, die mein Manuskript an zwei Nachmittagen durchgelesen hat, die immer für mich da ist und mir verzieh, dass unsere Yoga-Abende dem vielen Schreiben zum Opfer fielen. Dank an Andrea Ill – Dein begeistertes Feedback hat mir Mut gemacht. Danke an Dorle Schüle für ihre bewegende Rückmeldung und an Heike Thissen, die mein Buch nicht nur quergelesen hat, sondern die mir, ebenso wie Julia Blust, nach Erscheinen der 2012-er Ausgaben der »Geheimnisse der Heimat« in den organisatorischen Bereichen sehr viel abgenommen hat. Das war nämlich die Zeit, als ich »Tulpentanz« fertig schrieb. Merci Euch beiden!!!

Dank auch an Aalens ehemaligen Oberbürgermeister Ulrich Pfeifle, dass er mir die Geschichte mit der verlorenen Pfeife des Aalener Spions erzählt hat, mir erlaubte, sie für den Aalener Krimi abzuwandeln und mir zahlreiche Detailfragen zum Spion beantwortet hat. Ich danke auch Walter Bestle vom Urwelt-Museum dafür, dass er mich auf den Spionenturm steigen ließ, obwohl dieser eigentlich nicht öffentlich zugänglich ist. Ein herzliches Dankeschön an Andreas Breuning und Dieter Nagy vom Polizeirevier Überlingen, die all meine ermittlungstechnischen Fragen umgehend beantworteten – sofern sie nicht selbst gerade im Einsatz waren. Andreas Breuning brachte mich auch auf die

Idee mit der Batteriesäure, als ich mir verzweifelt überlegte, wo Leonhard denn so schnell Säure herbekommen könnte. Lieben Dank an Elke-Maria Fritz für ihre geburtskundliche Beratung – vor allem zu der Frage, ob es theoretisch denkbar ist, dass eine Frau in den 1970-er Jahren in halb ohnmächtigem Zustand bei der Geburt nicht merkte, dass sie Zwillinge gebar. Herzlichen Dank an Wilhelm Leberer für das Korrekturlesen der badischen und Sibylle Schwenk und Brigitte Waldenmaier für das Überprüfen der schwäbischen Mundartstellen.

Und ganz besonders danke ich meinen Freunden für ihr Verständnis, wenn ein Kaffee wieder mal nicht zustande kam, weil das Schreiben vorging. Insbesondere Sibylle, Tanja, Andrea, Nadja, Sylvie, Dorle, Rainer, Elke, Stefan und Bina.

Eva-Maria Bast, November 2012